Michael Kleeberg

Der König von Korsika

Michael Kleeberg

Der König von Korsika

Roman

Deutsche Verlags-Anstalt
Stuttgart München

Die Deutsche Bibliothek – CIP-Einheitsaufnahme

Ein Titeldatensatz für diese Publikation ist bei
Der Deutschen Bibliothek erhältlich

Satz: Stempel Garamond (QuarkXPress) im Verlag
Druck und Bindung: Friedrich Pustet, Regensburg
Diese Ausgabe wurde auf chlor- und säurefrei gebleichtem,
alterungsbeständigem Papier gedruckt.
Printed in Germany
ISBN 3-421-05448-7

*»Flüchte du, im reinen Osten
Patriarchenluft zu kosten.«*

Johann Wolfgang von Goethe, Westöstlicher Diwan

Für P.

Vorspiel

Die Bühne ist dunkel und leer.

Schließe ich die Augen, dehnt sie sich zu einem Universum. Die feuchte, von winzigen Moosen rauhe Fläche unter meiner Hand wird zur Reliefkarte meiner Freiheit, und mit den Fingerkuppen taste ich, blinder Odysseus, die Kontinente ab, die Isthmen und Flußdeltas, die Inseln und Ebenen und Hochplateaus, zu denen die Reise meiner unschuldigen Träume führt.

Mein Gedächtnis gleitet, ein kreisender Adler, so weit oben durch den Äther, daß es nur die Verwerfungen des Zeitalters wahrnimmt, nicht die Beute meines eigenen Lebens. Oder gleicht es eher einer Fledermaus, die torkelnd durchs Gewölbe meiner Vergangenheit flattert und gierig und erfolglos nach den wenigen reuelosen Erinnerungen schnappt?

Licht!

Majestät wünscht Licht!

Licht kommt!

Ein heller Schimmer läßt Stalagmiten und Stalaktiten aus der schwarzen Unendlichkeit wachsen. Schritte schrammen über Stein. Wo das Kerzengeflacker hinfällt, schichtet die Leere Mauern auf. Wogende Schatten auf den immer näher rückenden Wänden künden die herbeigetragenen Leuchter an.

Ich habe mich immer zuviel für mich interessiert, aber bei Gott, ich bin ein Thema, das mehr Interesse verdient als andere.

Jetzt sind sie aufgestellt, der lichtgeborene Stein wuchert als enges Gewölbe bis unter meine Hand. Die moosige Landkarte der Phantasie unter meinen Fingern erlischt.

Ich habe alles verloren bis auf die Hoffnung, die ist so hartnäckig wie die Läuse, und ich werde mir den Schädel der Illusionen rasieren müssen, um sie endlich loszuwerden.

Musik!

Majestät wünscht Musik!

Eine schwere Holztür fällt ins Schloß. Die hundert Flämmchen zittern und rußen. Eisenbeschläge oder ein Schlüsselbund klappern.

Die Musiker sind bereit!

Ein tief gestrichener Summton löst sich aus der Mauer, strömt durch meine Hirnschale, bricht sich an der Rückwand und flutet zurück. Eine Sirenenstimme geistert unter der Gewölbedecke entlang, sinkt herab und schmiegt sich um das Baßgebrumm, dann wird beides von schrillem Lärm verschluckt, der sich wie auf geheimen Befehl zu einem einzigen Ton verengt und wieder auseinanderplatzt in Celloschnurren und hysterische Geigentriller, Trompetenfanfaren, Flötengesirr und den Brunftruf des Fagotts. Ein im Gewölbe gefangener Wirbelsturm braust auf und legt sich wieder.

Gestühl für den Gast!

Majestät wünscht einen Sessel für den Gast!

Ich hatte immer Angst. Angst vor der Welt. Angst vor dem Tod. Angst vor dem Stillstand und der Veränderung. Angst vor den Menschen und vor allem vor ihrer Abwesenheit.

Sessel kommt!

Das Möbel wird herbeigeschleppt und abgeklopft, daß der Staub im Kerzenlicht tanzt und die Troddeln flattern. Im Gegenlicht wirft das Ding einen Schatten wie ein Schafott.

Mein Thron!

Majestät wünscht ihren Thron!

Der Thron kommt!

Wieder die schlagenden Türen und über den Steinboden scharrenden Füße. Ein Bärtiger mit fleckigem Wams und strähnigem Haar trägt den zerkratzten hohen Stuhl über dem Kopf, so daß die gedrechselten Füße, von denen das Blattgold blättert, wie ein Geweih in die Luft ragen.

Mein lieber William, stell ihn hier auf.

Der Gehörnte holt auch das Essen aus der Küche, ein bißchen Freundlichkeit ist also gewinnbringend angelegt. Die Kissen aus Samtbrokat sind zerschlissen, die Farben verschossen, zwischen den Bronzenieten sieht es verdächtig nach hervorquellender Holzwolle aus. Aber sobald ich darauf sitze, ist auch dieses Wrack ein Thron.

Spielt!

Vier Stakkatoakkorde, und schreitend und trabend setzt die Tafelmusik sich in Bewegung. Ich spähe ins Vorgewölbe, wo mein Schreibtisch vor der vergitterten Luke steht, dem engen Sonnentrichter. Die Musiker stehen so dicht, daß sie im Gegenlicht eine dunkle Welle bilden, auf der wie Schaumkrönchen die gepuderten Perücken nicken und stäuben. Jetzt fängt ein weit ausgreifender Bogen das Kerzenlicht auf und schimmert wie eine Angelrute in frühester Morgensonne.

So hell ist es hier selten. Unglücklicherweise kann ich mich genauer sehen, als mir lieb wäre. Die dicken, knorpligen Gelenke, die verkrümmten letzten Fingerglieder. Beinahe eine Klaue. Und die Gelenke schmerzen, als zöge man sie mit Zangen aus ihren Pfannen.

Dabei war ich einmal ein schöner Mann.

Eine Psyche!

Eine was?

Herr im Himmel, den hohen Spiegel, du Tropf!

Den Spiegel für Majestät!

Die Psyche, mannshoch, in einem doppelten Kirschbaumrahmen, der innere ist über die Querachse des äußeren schwenkbar, wird herbeigetragen. Die Kerzen verdoppeln sich, schwanken, gleiten vorüber, verschwinden, tauchen wieder auf und neigen sich, ohne zu tropfen.

Stellt sie so, daß man sich von beiden Sesseln aus darin sehen kann und verschwindet.

Der Kerl im Spiegel schaut mich an wie ein verwachsener, schwachsinniger Onkel, den man vor den Gästen verleugnet, aber nicht aus dem Haus gibt, weil man das Geheimnis gemeinsamer Untaten mit ihm teilt. Das Haar ist ergraut und nicht mehr sehr dicht, kurzgeschoren, um den Läusen keine Winterstatt zu gewähren. Ein hartes Gesicht, muß ich sagen, keine Spur von Altersweisheit (allerdings ist auch der Spiegel nicht von erster Qualität). Trotzdem liebe ich es mit zärtlichem Mitleid wie einen alten Schoßhund, der nur noch auf dem Schaffell liegt und das Wasser nicht mehr halten kann. Es ist ein Gesicht, das keine Hoffnung mehr zuläßt auf irgendeine Zukunft.

Dabei habe ich immer auf etwas gehofft, an etwas geglaubt, über uns, das die Geschicke lenkt. Wenn aber wir Menschen selbst alles bewegen müssen in diesem Leben und nicht der Allmächtige, dann kann einen keiner freisprechen als man selbst.

Die Verantwortung, die in dieser Leere aufschimmert, bis zum Grunde durchzudenken, wäre eine Aufgabe, für die ich jetzt zwar Zeit hätte, aber immer noch ebensowenig Lust wie je zuvor und auch nicht genügend analytischen Verstand. Da ist dieser blinde Fleck, dieses Flimmern und Verschwimmen, sobald ich mich der Haut eines Gedankens nähere, oder, nebenbei gesagt, der einer Frau.

Ich gestehe, ich habe nie über etwas anderes nachgedacht als über mich selbst. Ich bin geschwätzig, aber brillant.

Wichtiger als alles Nachdenken ist ohnehin das Geld, ich weiß, wovon ich rede. Ein gedeckter Kreditbrief gleicht einer eigenen Loge im Theater: Die Katharsis ist bezahlt, und man kann schon in der Pause gehen, um rechtzeitig beim Souper zu sein.

Ich blicke wieder auf die Psyche, aber jetzt sehe ich dort das Gemälde und kann die Augen schließen. Es soll das letzte sein, was ich sehe, und ganz zum Schluß werde ich es verstehen.

Da ist die gewitterverhangene, sonnige Landschaft, die ich zum ersten Mal in Venedig erblickte. Am rechten Flußufer die das Licht abstrahlenden Häusermauern, darüber der Himmel, grün vor Spannung und Ballung, und ein erster Blitz zuckt aus den Wolken. Im Vordergrund die junge Schönheit, nur ein Tuch um die Schultern, die ihr Kind säugt. Ihr leicht abgespreiztes linkes Bein ist im Knie gebeugt, und der Fuß streicht im Versuch, den Körper abzustützen, wie ein Perlmuttkamm durchs Gras. In heiterer Gleichmut blickt sie den Betrachter an, oder besser: durch ihn hindurch.

Wen sie nicht ansieht, das ist der Wanderer, der Stadt und Gewitter hinter sich läßt, im Gehen innehält, sich auf seinen übermannshohen Stab stützt und lächelnd zu ihr hinüberschaut. Er trägt ein weißes Hemd und eine offene, rote Schaube darüber. Seine kurzen Pluderhosen sind reich gemustert, seine rechte Hand streichelt sinnend den Wanderstab. Die Spannung, der Abstand zwischen den beiden, in die der Blitz leuchtend fährt, schreit nach einer Auflösung wie ein disharmonischer Akkord.

Erster Teil

»Tout notre raisonnement
se réduit à céder au sentiment.«

Pascal

Erstes Kapitel

Es herrschte Geselligkeit im Hause Pujol. Die Eichentür im Erdgeschoß, das die Kontorräume beherbergte, stand offen, gemietete Fackelträger leuchteten den Eintreffenden heim, als ob's dessen bedurft hätte bei all dem Lärm und den Düften, die das spitzgieblige Haus verströmte. Die Glocke ging ohne Unterlaß, und das Mädchen oben auf dem Treppenabsatz hielt die Arme auf und nahm Mäntel, Umhänge und Hüte in Empfang.

Zwischen der Küche, wo Schweine und Fasane brieten und Pasteten garten, und dem Saal war ein stetes Kommen und Gehen der Aufwärter, deren schwankende Silbertabletts voller Hühnchen und Kuchen, Quiches, Weinkaraffen, Gläser und Bierhumpen spanischen Galeonen glichen, die von korsarischen Händen schon leergeplündert waren, bevor sie noch ihren Bestimmungsort erreichten.

Gelbgrüne Lichtsprenkel aus den Butzenscheiben scheckten den weiten, hohen Raum, Falbalas schabten übers geschrubbte Parkett, Rhingraves raschelten, wenn jemand sich verstohlen zwischen den Beinen kratzte, fächelnde Damen gluckten zusammen, pfeifeschmauchende Männer postierten sich vor dem Kamin. Wo stehen heut' die Preise für Wolle aus Verviers? Ist die Belagerung Brüssels endlich aufgehoben? Habt ihr die Italiener schon gesehen? Zu teuer!

Ein spanischer Beamter brütete würdig und schwarz auf einem Stuhl, dessen hohe, mit Schnitzereien verzierte Rücken- und Armlehnen ihm die Flanken und den Nacken freihielten, zwei französische Obristen sowie eine Handvoll Großbauern aus dem Hennegau und dem Limburgischen repräsentierten das Geschäft, mehrere Prälaten und Theologieprofessoren aus der Stadt den Geist.

Pujol, der mit Tuch und Textilien handelte, aber auch für das französische Heer fouragierte und es mit Stiefeln, Mänteln, Musketen und Pulver versorgte, thronte am Kopfende des größten Tisches, sprach den vor ihm ausgebreiteten Speisen herzhaft zu und erklärte seinem Nachbarn mit einer Saal, Gemälde, Draperien, Möbel, Krüge, Schnitzfiguren umfassenden Geste, die über der Wachtel auf seinem Teller zum Stillstand kam, seine Liebe zu den Dingen, zu dem, was um ihn war, was man sehen, berühren, anfassen, riechen und schmecken konnte und was ihm gehörte.

Er war ein rotwangiger, grauhaariger Mann in den Fünfzigern, der einen nach oben gezwirbelten Schnurrbart, dessen Spitzen seine schweren Tränensäcke kitzelten, mit einem kleinen fussligen Ziegenbärtchen unter der fleischigen Unterlippe auspendelte, angetan mit einer schwarzen Prunkjacke, die mit farbigen, Blumenkörbe, Rankenwerk und überquellende Füllhörner darstellenden Stickereien verziert war. Über den Revers breiteten sich, als schliefen auf seinen Schultern zwei friedfertige weiße Tauben, die Spitzen des seinen Hals bis unters Kinn umschließenden Kragens, den, da der Hausherr zugleich aß und redete, mehrere Soßenspritzer verunzierten.

In der Mitte des Saals thronten auf der Querstange eines meterhohen Pfostens zwei große Papageien, ein roter und ein blaugelber Ara, deren Schwanzfedern bis zum Boden reichten, goldene Kettchen um ihren rechten Fuß, die sie am Aufflattern hinderten. Die schräggeneigten Köpfe ruckweise von links nach rechts und wieder zurückdrehend, beobachteten sie mit ihren regelmäßig blinzelnden Äuglein das seltsame Treiben.

Pujol hatte die beiden Vögel als Geschenk aus Übersee

erhalten, bei Empfängen ließ er sie aus dem Bauer holen, in dem sie wochentags dahinvegetierten, und sie wurden begafft wie gefangene Negerhäuptlinge. Der Kaufmann betrachtete sie mit demselben etwas schmatzenden Genuß wie die anderen Einrichtungsgegenstände seines Heims und mit einer eigentümlichen Mischung aus Ehrfurcht und Verachtung.

Selbst nach Stunden noch glichen die Tiere sich nicht dem schwerblütigen Dekor an und blieben ein schriller Farbtupfer aus einer fremden Welt. Den Blick ihrer Knopfaugen überwachend, der leer war von der Schwermut der Gefangenschaft, empfand der Hausherr eine leise Abscheu wie gegenüber allem und jedem, das von ihm abhängig war und ungleich schwächer als er selbst, aber einer höheren Sphäre entstammte. Das bunte Kleid der Papageien wirkte wie ein hilfloser Protest, um so unleidlicher, je auftrumpfender er in seiner Sträflingsautonomie den Hausherrn provozierte.

Jetzt kniete ein junger Mann sich zu den Vögeln und geriet ins Blickfeld Pujols, dessen Augen und Mundwinkel sich nicht bewegten. Er hob den Zeigefinger, der rote Ara öffnete den Schnabel und sagte: Al-fons ist scheen! Und der blaugelbe fügte hinzu: Al-fons ist serr scheen!

Pujol nickte stumm. Man konnte den Viechern schwerlich widersprechen. Der braunhaarige, in moirierendes Schwarz Gekleidete wirkte inmitten der anderen Gäste wie ein Quecksilberkügelchen zwischen Bleimurmeln. Er war jünger als die meisten, sein anmutiges Gesicht eine Oase zwischen all den warzenübersäten, blatternarbigen Wüsteneien, zwischen den Kolbennasen und Kropfkinns, den Schwarten-Nacken und unreinen Augäpfeln. Auch sein Gelächter, seine graziösen Bewegungen schieden ihn von den Männern, deren Finger dazu dienten, Geld zu zählen oder Erde an den Mund zu heben, um ihre Fruchtbarkeit zu schmecken.

Alfons von Neuhoff stammte aus der westfälischen Grafschaft Mark unter dem Schutz des Kurfürsten und Markgrafen von Brandenburg. Dort, auf der Anhöhe von Pungelscheid, befand sich das Schloß von Donnersfurth-Bruchmühle – es wurde ein Schloß genannt, war aber wohl eher ein Haus mit Fenstern und Türen –, wo die Freiherren von Neuhoff seit Generationen residierten. Er wohnte seit sechs Monaten als Logiergast im Hause Pujol, um in Lüttich die Gottesgelehrsamkeit zu studieren. Er war sechsundzwanzig Jahre alt und Leutnant in der französischen Armee. Er war der Zankapfel seiner über die Maßen auf ihn stolzen Eltern.

Das Leben im Schloß von Donnersfurth-Bruchmühle verhielt sich zu dem im Hause des Kaufmanns Pujol in Lüttich wie die Fasten- zur Karnevalszeit. Was waren die Neuhoffs letztlich anderes als Großbauern und Waldbesitzer? Der Krieg hatte ihre Knechte getötet, das Dorf verwüstet und die tributpflichtigen Kleinsassen in alle Winde verstreut. Er hatte die Kühe geschlachtet und die Pferde requiriert. Den Wald abgeholzt und den Speicher in eine Kloake verwandelt. Er hatte Fensterläden, Fuhrwerke, Tische und Schränke mitgehen lassen. Im Gemüsegarten wucherten die Disteln. Es gab mehr Galgen als Bäume, die Gesichter der Gehängten waren flügelschlagende Krähennester, und noch immer marodierten Truppenteile und Freikorps durch die Gegend, erstachen Männer, schlitzten ungetauften Säuglingen die Bäuche auf, um ihrer Seele den Flug ins Fegefeuer zu erleichtern, und pfählten die Frauen – es war eine wilde, versteppte Ödnis, durch die der fanatische Singsang der wandernden Mönche und das Geklingel der Pestkranken hallte wie über eine leere Bühne.

Alfons' Großvater hatte noch in der französischen Armee gedient und hielt aus jener Zeit ein Offizierspatent. Sein Vater, dessen Nase aus dem Golilla-Kragen ragte wie eine Muskete über die Brustwehr, kannte den Krieg zwar nur als Knabe, war aber, wie das häufig vorkommt, eher noch martialischer gestimmt als der aktive Militär. Seine soldatische Kleidung war vor fünfzig Jahren in Mode gewesen, aber wer kümmerte sich um Mode in Donnersfurth-Bruchmühle? Wer scherte sich dort um Manieren, Tischsitten, um alles, was die Friedenszeit, die Stadt und der Austausch mit anderen an Verfeinerung hervorbringen?

Um so erstaunlicher war es, daß Alfons in dem rußschwarzen, modrigen Haus zu einem hellen Glanz heranwuchs, der wie ein unerklärlicher Vor- oder Rückgriff in bessere Zeiten über mehrere Generationen hinweg erschien. Es mißfiel seinem Vater, daß sein Sohn gerne bei den Frauen saß, mit abgespreiztem kleinen Finger Schokolade trank und, seine Aufmerksamkeiten und seinen Charme salomonisch auf die jüngeren und die älteren verteilend, ein hauchzartes Spinnennetz aus Zuvorkommenheit und kleinen *histoires* wob, in dem die Weiber kleben blieben, so daß sie gar nicht mehr fortkamen von ihm.

Er lernte Französisch und Latein schneller als Reiten; Holzhacken und Biersaufen lernte er nie, und sein Vater kaufte ihn, um seine Männlichkeit zu stärken, als Leutnant in die Armee König Ludwigs ein. Seine Mutter dagegen, die ihren Sohn hielt wie eine Lichtmonstranz in einem Tabernakel, träumte davon, einen Kirchenmann aus ihm zu machen, wenn auch von anderer Art als die krähengleichen Kapuziner mit ihren Fanatikergesichtern, die durch das wüste Land zogen wie Sensenmänner, oder die Pastoren, die seit dem obrigkeitlich verfügten Konfessionswechsel mit ihren schwindsüchtigen Frauen und zwölf Kindern die Pfarrhäuser des Sprengels füllten.

Am Jesuitenkolleg in Lüttich verglich Alfons mit seinen Patres auf lateinisch die Meriten der Montespan mit denen der Maintenon und der Lavallière, die Abende bei Wein, Karten und Würfeln im Hinterzimmer des Ständesaals endeten im Morgengrauen, und im Hause Pujol ging er ein und aus, eine Mischung aus Sohn und älterem Bruder für die junge Amalia, Ehrengast und Zierde des bürgerlichen Heims und mit jovialer Miene ertragene Beschwernis.

Alfons war vor allem erleichtert, den Zwängen des Lebens von Donnersfurth-Bruchmühle entronnen zu sein. Die wohlhabende, hektische Stadt an der Maas mit ihren laut schreienden Händlern, leichten Mädchen, geistreichen Jesuiten und gediegen eingerichteten Bürgerhäusern war Alfons' Bohème; der Leutnantstitel brachte außer einigen Pflichtaufenthalten bei der Garnison von Metz keinerlei Bürden mit sich, und nach einer steifen Jugend voller Erzählungen von Mord, Krieg, Not und Elend genoß er den Wartezustand, als den er sein Leben selbst empfand, hier in dieser komfortabel ausgestatteten Zwischenwelt in vollen Zügen. Er empfand ein Recht auf Sorglosigkeit und hatte, wie es vielen charmanten jungen Männern ergeht, die nur das Lächeln sehen, das sie auf die Gesichter in ihrer Umgebung zaubern, den Eindruck, die Welt gestehe es ihm gutwillig zu und empfinde nicht, daß er etwa von jemandes Langmut profitiere, sondern vielmehr, daß jeder Dienst zugunsten seines leichten Lebens auch den Geber leichter und fröhlicher stimmen müsse.

Alfons' Hauptgläubiger war der alte Pujol, zu dem der junge Mann, die Zunge im Mundwinkel, das Verhältnis eines Sohnes zugleich kultivierte und spielte. Er bewunderte die finanzielle Bewegungsfreiheit, in der der Kaufmann lebte wie in einer bequemen Strickweste. Ein Ehrenmann war er selbst, das vermißte er nicht an seinem Wirt, aber dessen weltoffenes Parlando, seine Fähigkeit, zu jedem Thema etwas beizusteuern – nichts Weltbewegendes, aber einfach die Zähne auseinanderzubekommen – gestaltete das Leben soviel angenehmer. Pujol machte auf Alfons den Eindruck eines Mannes, der zu seiner Zeit gehörig über die Stränge geschlagen und Fünfe hatte gerade sein lassen und der ähnlichen Anwandlungen bei einem jungen Mann mit von selbstzufriedener Erinnerung getränktem Wohlwollen gegenüberstand.

Ging er ihn um Stundung des Mietzinses an oder erzählte beim Wein von seinen Spielschulden, reagierte Pujol mit abwinkender, komplizenhafter Selbstverständlichkeit – aber Baron, reden wir doch nicht von solchen Dingen. Ich weiß doch ganz genau, was solche momentanen Verlegenheiten sind, ein Wort mehr, und Sie beleidigen mich, junger Freund! –, daß das westfälische Prinzlein zu Zeiten überzeugt war, es tue dem Hausherrn einen Gefallen, indem es ihn an seiner Stelle bezahlen oder sich Geld vorstrecken ließ.

Auf eine kompliziertere Weise, als er dachte, hatte Alfons damit nicht unrecht. Pujol empfand eine ehrliche Zuneigung zu dem jungen *galand*. Bei einer Geselligkeit wie der heutigen war seine hübsche Larve, seine sorglose gute Laune ihr Geld wert. Auch war es dem verwitweten Kaufmann angenehm, abends nach Tisch einmal Männergespräche führen zu können. Die zutrauliche Vater-Sohn-Mystifikation, in der Alfons sich gefiel und die er durch einen feinen Abstand der Förmlichkeit davor bewahrte, mißverständlich zu werden, machte Pujol Spaß, aus demselben Grund wie dem Jüngeren: Es fehlte ihr das Element der Verantwortung.

Die unsichtbare Grenze überschritt der junge Neuhoff nur dann – und da er bei seinem Gegenüber keinen Widerstand sich regen spürte, immer öfter –, wenn er sich in finanzieller Verlegenheit befand. Das erste und vielleicht noch das zweite Mal hatte Pujol aus Höflichkeit vorgestreckt, das dritte und vierte Mal, weil die früheren Vorschüsse irgendwann zurückgezahlt worden waren. Das fünfte Mal, weil – nicht obwohl – Alfons säumig geblieben war und der Kaufmann feststellte, daß das Bilanzungleichgewicht ihn in diesem Fall nicht ärgerte, sondern ihn vielmehr mit einer bislang unbekannten Genugtuung erfüllte.

Nicht, daß er sich mit den Fuggern oder Medici hätte vergleichen wollen, aber sich etwas leisten und halten zu können, was nichts einbrachte, war nicht jedermann möglich, und ohne daß Pujol seine Gedanken bis auf den Grund zu analysieren in der Lage gewesen wäre, schien ihm doch, der Zustand habe etwas mit Zeitenwende und Wertewandel zu tun. Manchmal kamen ihm sogar solche Spitzfindigkeiten in den Kopf, wie daß Alfons ihm durch sein taktloses Finanzgebaren womöglich freiwillig eine moralische Kompensation dafür zuschusterte, ihn als feilen Geldmenschen nicht so hoch achten zu können, wie er es vielleicht gewünscht hätte.

Noch immer verharrten Pujols Augen auf dem neben den Papageien knienden und sie neckenden Neuhoff.

Barroon, fragte der rote Ara krächzend, ist es richtig, daß alle Naturerscheinungen sich aus Bewegung und Ausdehnung erklären lassen?

Die Materie ist träge, behaupte ich als Gassendianer, rief der Blaugelbe.

Wovon reden diese Tiere? wurde Alfons gefragt.

Von der Leibniz'schen Monadenlehre, erklärte der Baron. Aber sie verstehen sie nicht richtig.

Monaden sind Seelen! quäkte der Gassendianer.

Darüber wandte die Aufmerksamkeit der Gäste sich einem eintretenden jungen Mädchen zu, das, eine Viola da Gamba im Arm, errötend den Raum durchquerte und das Musikzimmer betrat. Die Gäste, einschließlich Alfons, der sie begleiten sollte, folgten ihr, während Pujol am Tisch sitzen blieb. Er erwartete noch jemanden.

Das schwarzgelockte Mädchen war Amalia, die Tochter des Hauses. Sie trug ein bodenlanges, hochgeschlossenes Kleid und schlug vor den drängelnden, starrenden Freunden des Hauses auf entzückend keusche Weise die langbewimperten Augen nieder. Sie war hochgewachsen und schlank, und das Kleid, das sich nach unten hin weitete und bauschte, umschloß ihren Körper wie eine Metapher: alles ausdrückend, nichts preisgebend. Ihr Gang, ein wenig breitbeinig, fast seemännisch wiegend, widersprach dem Bild einer Dame, ohne dem Eindruck des Reizvollen Abbruch zu tun, genauso wie Amalias ungezupfte, von Natur aus kräftige Augenbrauen, die ihre ganze Mimik beherrschten, so daß der Betrachter sich zunächst nur auf sie konzentrierte, bevor er die Augen selbst und die rosigen Lippen wahrnahm. Dieser dichten und beweglichen Brauen wegen durfte man sie schwerlich eine Schönheit *à la mode* nennen, aber, sagte sich Alfons, was gibt es Langweiligeres als die Perfektion?

Die widersprüchlichen Eindrücke setzten sich fort, sobald Amalia auf ihrem Schemel saß und zu spielen begann.

Sie hockte da mit weit gespreizten Beinen, zwischen die sich der warme Holzleib des Instrumentes schmiegte, und strich den Bogen mit kräftiger Armbewegung. Der Anblick erinnerte Alfons an eine Bäuerin, die ein Lamm im Schwitzkasten hält und schert, aber die dabei produzierten Geräusche waren kein panisches Blöken, sondern eine heisere Melodie, die zusammen mit den geschlossenen, wie nach innen horchenden Augen, den gerunzelten Brauen und dem klaffenden Mund einen Anschein von Wissen hervorrief – von Erfahrung und Genuß –, auf den Alfons' Schweißdrüsen mit alarmierter Tätigkeit reagierten.

Es ist ja nicht der Mensch als solcher, der unsere Lust entfacht, Alfons hatte Monate an Amalias Seite verbracht, ohne jemals andere als brüderliche Gefühle für sie zu empfinden, sondern ein plötzliches Aufbrechen in unserer Wahrnehmung, eine leichte Verschiebung der Perspektive. Mit einem Mal scheint die Schale, die wir bis dahin ausschließlich gesehen haben, sich zu öffnen, und der verborgene Kern, die Frucht offenbaren sich.

Jener Ausdruck angespannter Verzückung auf Amalias Gesicht, den wollte er wieder und wieder sehen, und vor allem wollte *er* ihn hervorrufen und selbst den Platz der Gambe zwischen ihren Beinen einnehmen. Mit steifen Fingern drückte Alfons seine Akkorde, bis Amalia ihm auf die Schulter klopfte und Aufhören, Alfons, rief, das Stück ist zuende.

Verliebt in Amalia auf eine brüderliche, unschuldige Weise war Alfons bereits gewesen. Diese Neigung war so sorglos, sie trug ihren Sinn und ihre Begrenzung ebenso in sich wie sein ganzes derzeitiges Leben, und es war Alfons bis zu diesem Abend nicht in den Sinn gekommen, mit ihr irgendwelche Pläne zu schmieden. Sie bestand aus Blicken, Scherzen, kurzen Berührungen der Hände, gegenseitigen Seelenergüssen und Anekdoten aus der Kinderzeit. Sie war wie ein Sommertag in den Dünen, wenn Wind und Meer rauschen und es keinerlei Notwendigkeit gibt, entdecken zu müssen, was jenseits der zwei, drei Sandhügel liegt, zwischen denen man spielt.

Aber an diesem Abend störte der plötzlich erweckte erotische Impuls Alfons' Seelenfrieden auf und träufelte ein wenig Unerfüllbarkeit und Hoffnungslosigkeit ins klare Wasser seiner harmlosen Geschwisterverliebtheit, die das Getränk im Nu in einen ungleich attraktiveren Bitter verwandelten.

Zur selben Zeit, als im Nebenraum die Hausmusik erklang, der begleitende Alfons seine Lust auf Amalia entdeckte und das musizierende junge Mädchen ganz im säuberlich in Schwarz und Weiß geschiedenen Jansenismus der Saint-Colomb'schen Melodien aufging, ohne auch nur im entferntesten etwas von den Phantasien ihres Freundes zu ahnen oder selbst dergleichen zu empfinden, erschien endlich der von Pujol so dringlich erwartete Ehrengast des Abends, der Großbauer Xavier Hainaut.

Ohne Umschweife steuerte er auf Pujol zu und winkte ihn ins Arbeitskabinett. Die Türen schlossen sich, und nach einiger Zeit trat Hainaut heraus und kletterte ebenso eiligen

Trippelschritts die Treppe hinab, wie er gekommen war. Die Festlichkeiten hatte er mit keinem Auge gewürdigt, auch die Tochter des Hauses nicht begrüßt. Der Gastgeber aber blieb verschwunden. All das erfuhr Alfons nach der musikalischen Darbietung, und da er von Natur aus kein Parzival war, klopfte er, nachdem die Gäste fort waren, bei Pujol an und fragte nach seinem Befinden.

Es war schlecht und Pujol viel zu aufgewühlt, um seinem jugendlichen Freund nicht gleich seine Misere zu offenbaren, oder jedenfalls einen Teil davon, denn indem er seine Sorgen laut aussprach, ordneten sie sich auch in dem Kaufmannskopf, der damit wieder unterscheiden konnte, was man einem Außenstehenden verrät und was nicht.

Lieber Meister Pujol, hat die Begegnung mit Ihrem Gast Sie in irgendeine Trauer oder Verlegenheit gestürzt, in der ich Ihnen hilfreich sein könnte, indem ich mich zu Ihrer Verfügung halte oder Ihnen einfach nur mein Ohr leihe, begann Alfons in seiner flamboyanten Art, die aus Höflichkeit und echter Großherzigkeit immer etwas mehr versprach, als sie hätte halten können und wollen.

Sie sind ein guter Junge, Baron, meinte Pujol und erzählte, daß er mit seinem alten Bekannten und Lieferanten Hainaut schon seit Jahr und Tag die Heirat ihrer Kinder ausgemacht habe und daß dieser Vertrag heute habe beurkundet werden sollen.

Es fehlte nicht viel, und er hätte sich von Alfons' lauschenden Gesichtsausdruck hinreißen lassen, auch die finanzielle Notwendigkeit der Union zu erwähnen, den Schein des Wohlstands zu gestehen, den er mit Abenden wie dem heutigen aufrechterhalten mußte, um seinen Ruf zu wahren, aber in diesem Moment erschien ein Diener mit den Papageien und fragte, wohin er sie bringen solle, und Pujol entschied sich, von diesen Dingen zu schweigen.

Allerdings schockierte, was er statt dessen erzählte, den Zuhörer viel mehr als das Geständnis einer schwachen finanziellen Gesundheit, die der junge Mann nur allzugut hätte verstehen und billigen können. Georg nämlich, der Sohn Hainauts, sei nicht erschienen, weil er ein junges Mädchen aus den Hügeln von Herve geschwängert habe, dessen Familie ihm jetzt ans Leder wolle, woraufhin sein Vater ihn schnellstens nach Frankreich und in die Armee expediert, möglichst weit weg, Sie verstehen, bis die Situation zu einer gütlichen Eingung geführt sei. Die Heirat mit Amalia müsse daher noch mindestens ein Jahr warten. Pujol sah so verstört und betrübt aus, weil er beim Sprechen im Kopf mitrechnete, ob er dieses Jahr wohl überstehen werde.

Zum ersten Mal in seinem Leben fühlte Alfons sich, nicht ohne Stolz, von der Fatalität des Lebens gestreift. Er sah die Kutsche seiner Existenz, von einem fremden Fuhrmann gesteuert, vor seiner Nase davonrollen und mußte nun diesem sich entfernenden Wagen, ohne zu zögern, hinterherstürzen, um zu retten, was zu retten war.

Mehr verwirrt als freundlich und höflich, gelang es ihm, die Form zu wahren und sich zurückzuziehen, aber an Schlaf war nicht zu denken. Er verließ das Haus und eilte in einem bedenklichen Zustand, alle Sinnesorgane nach innen gekehrt, um die Revolution zu begreifen, die dort brodelte, zu einem Wirtshaus unten am Fluß, wo er sich, ohne einen Blick auf die anderen späten Besucher zu werfen, auf eine Eckbank fallen ließ und Bier bestellte.

Erst jetzt fragte er sich, warum die Nachricht, Amalia sei einem anderen versprochen, ihn in derartige Panik versetzen konnte. Daß sie es kann, dachte er, heißt doch wohl, daß ich sie liebe, und indem er diesen Schluß zog, bemerkte er, daß er sie jetzt tatsächlich liebte. Aber selbst die Liebe rechtfertigte nicht das Entsetzen darüber, daß Pujol sie einem Bauernsohn vermählen wollte. Hatte er denn etwa vor, sie selbst zu heiraten? Nicht bis zu diesem Moment, nun aber stand die Frage groß und sperrig im Raum.

Er verstand vage, eigentlich spürte er es eher, daß er zu irgendeiner Form von Reaktion und Aktivität aufgefordert war, da die Welt über seine Zwischenexistenz, seinen fröhlichen Wartestand einfach hinwegschritt. Offenbar wurden seine Zustände erst in dem Moment, da er sie benennen konnte, virulent. Der laut ausgesprochene Tastgedanke »Ich liebe sie« schuf eine unumstürzliche Tatsache.

Ich habe Angst, um mein Glück gebracht zu werden, das ist es. Seltsam nur, daß erst diese Angst überhaupt das Bewußtsein von einem Glück erschaffen hat, an dem es mir nun plötzlich mangelt. Er war ein junger Adliger, der in den Brunnen der bürgerlichen Moral gefallen war. Und dann verstand er, was das eigentlich Neue und Verstörende an seiner Situation war: Sich seiner selbst bewußt geworden zu sein. Wer bin ich eigentlich? fragte er sich, als habe Pujols Erzählung den Schlußstein aus dem Gewölbe seines Lebens gerissen. Was will ich eigentlich in dieser Welt? Und antwortete sich: Glücklich sein! Dem entgegen stand im Moment die Erkenntnis, daß Dinge geschahen, die er nicht beherrschte, ja, von denen er nicht einmal wußte.

Glücklich sein, das hieß Amalia besitzen, und Amalia besitzen hieß sie heiraten, und das war in jeglicher Hinsicht ein so unerhörter Gedanke, daß der schiere Wahnsinn, ihn zu denken, ganz zu schweigen von dem Gebirge an Unmöglichkeit, ihn zu realisieren, ihn als einzig adäquate Reaktion auf die Scham erscheinen ließ, die Alfons verspürte.

Was soll aus mir werden, wenn ich jetzt dieses Glück verpasse, wenn ich Amalia nicht gewinne? fragte er sich und dachte an die Bogenstreicherin mit den geschlossenen Augen, das braunglänzende Tier zwischen ihren Schenkeln und dann an die trübe Heimat, wo all seine Bildung zu nichts nutze war, und diese Kaufmannswelt, in der man für das bißchen Wohlleben hart zu arbeiten und sich die Finger zu beschmutzen hatte.

Die Ehe mit Amalia gegen alle Widerstände durchzusetzen, war womöglich die einzige Großtat, die es für jemanden wie ihn zu begehen und bestehen gab. Ein Entschluß wie Kolumbus' Einschiffung auf Entdeckungsfahrt. Aber das Glück, das er finden wollte, war ein Kontinent der Häresie, von allen Karten getilgt. Kein Gefühl und persönliches Gelüst, wie machtvoll auch immer, rechtfertigte eine Mesalliance. Die Ungeheuerlichkeit seiner Liebesrevolution nahm ihm den Atem, machte ihm aber dennoch keine angst. Bevor er nicht handelte, konnte nichts passieren, man konnte also auch nicht wissen, was passieren mochte. Das heißt, theoretisch konnte man es wohl wissen: Skandal und gesellschaftliche Ächtung drohten, aber es war wie beim Schach, wenn ein ungedeckter Läufer eine Dame herausfordert. Sie konnte ihn schlagen, es gab eigentlich gar keinen Grund, es nicht zu tun, aber sie hatte eben auch noch so und so viele andere Zugmöglichkeiten. Und zog er nicht selbst, würde er nie erfahren, wie die Welt darauf reagierte.

Pujol reagierte alles andere als erfreut, er mußte sich Mühe geben, nicht zu vergessen, sich als geehrt zu bezeichnen, bevor er Alfons von der Absurdität seines Begehrens zu überzeugen begann, wobei er die wirklichen Gründe seiner ablehnenden Haltung ja gar nicht erwähnen konnte. Je höher sich aber die Hindernisse vor dem nun einmal ausgesprochenen Entschluß türmten, desto hartnäckiger und eloquenter bestand Alfons auf ihm. Er ging sogar so weit, in wohltemperierte Tränen auszubrechen und den Kaufmann anzuklagen, selbst er, vor dem er den allergrößten Respekt hege, sei der Feind seines Glücks, wobei dieser Respekt und das Wissen, daß Amalia ihres Vaters Stütze und Stab, sein Augapfel sei, es ihm selbstverständlich verbiete, sie je gegen seinen Willen zu ehelichen.

Amalia selbst war beeindruckt von Alfons' Willen und seinem Interesse für sie. Ohne zu wissen, ob sie ihn denn auch liebe, oder dieser Frage besondere Wichtigkeit beizumessen, fand sie es ganz in der Ordnung, dem Mann zu folgen, der sich nächst ihrem Vater am intensivsten um sie bemühte. Auch sie wußte nichts von der Vermögenslage Pujols, übrigens ebensowenig von der ihres Freiers.

Als Alfons' hysterische Werbung das Zusammenleben unerträglich zu machen begann und er schließlich noch in eine Art psychosomatisches Fieber fiel, das auch durch mehrere Aderlässe nicht zu lindern war, als dann durch eine gewissermaßen seelisch-solidarische Ansteckung auch Amalia ernstlich erkrankte, blieb Pujol – um so weniger als Hainaut schlechte Nachrichten betreffs seines Sohnes schickte – keine andere Wahl, als dem delirierenden Alfons sozusagen *in articulo mortis* die Hand seiner Tochter zu gewähren, woraufhin es keine Woche dauerte, bis der junge Mann von den Toten erstanden war und die Heirat stattfinden konnte.

Der Rest von Alfons' Geschichte und Leben ist schnell erzählt. Denn leider sollte seine heroische Entscheidung, gegen alle Konventionen seines Standes sein persönliches Glück zum Mittelpunkt und Ziel seines Lebens zu machen, sein größter Moment und einziger Triumph bleiben. Die Hochzeit fand im Oktober 1693 statt, der Bräutigam war siebenundzwanzig Jahre alt.

Zuallererst ging er daran, seine Eltern von seiner Ehe in Kenntnis zu setzen. Er brauchte mehrere Tage, den langen Brief fertigzustellen, denn nachdem er seinen Willen tatsächlich bekommen hatte, beschlich ihn eine Art innere Erschlaffung, und er erwartete unbewußt, da er nun schon soviel getan hatte, müßten auch die anderen mit gutem Willen folgen und das ihre zum Gelingen des Unternehmens beitragen.

Die Sätze gerieten ihm immer länger, apologetische Parenthesen umklammerten die einfachen Aussagen wie Riesenkraken, und unter der Hand formte sich sein Schreiben zu einem Hilferuf nach Verständnis und (finanzieller) Unterstützung.

Die Antwort von der Hand seiner Mutter ließ lange auf sich warten und war, als sie dann eintraf, ebenso kurz wie vernichtend. Die Baronin verbat sich weitere Belästigungen ihres zutiefst enttäuschten Gatten, untersagte Alfons, jemals wieder das elterliche Haus aufzusuchen, und teilte ihm bündig mit, er sei enterbt und beide Eltern hätten keinerlei Interesse zu erfahren, wie es fürderhin einem Sohn erginge, der gleich bei seinem ersten Eintreten in die Welt sich so erbärmlich kompromittiert habe.

Etwas in dieser Art war ja bei nüchterner Betrachtung vorauszusehen gewesen, und doch schockierte es Alfons tief, und es lähmte ihn, feststellen zu müssen, daß sein sonniges Wesen und sein argloses Vertrauen darauf, dank seines Charmes vom Leben begünstigt zu werden, mit einem Mal an schroffe Grenzen stießen und nichts mehr gelten sollten. Es wurde in der kurzen Frist, die ihm noch blieb, deutlich, daß er sich verausgabt hatte mit seiner Entscheidung, seinem Glück leben zu wollen, und daß er für die Bewältigung seines weiteren Lebens keine Reserven mehr besaß.

Der alte Pujol starb kein Jahr nach der Hochzeit und hinterließ seiner Tochter nach der Liquidierung seines Geschäfts bescheidene elftausend Gulden. Bezeichnenderweise hatte er seinem Schwiegersohn nie vorgeschlagen, es etwa selbst zu übernehmen, und wenn die Eroberung seines Glücks für den Baron eine kompromittierende Ehe rechtfertigte, so doch niemals eine kompromittierende Tätigkeit. Blieb nur mehr die soldatische Karriere. Alfons verwandte die Mitgift, um eine Kompanie aufzustellen, als deren Hauptmann er das Kommando eines Forts bei Metz übernahm, in einer der frisch eroberten Taschen oder *réunions*, die der pfälzische Krieg König Ludwigs nahe der umkämpften Frontlinie hatte entstehen lassen.

Das Fort war eine der genialen Konstruktionen Vaubans, das heißt, genial war es als Verteidigungsstellung, zum Leben, vor allem für eine schwangere Frau, war es ein Alptraum. Zugige Korridore, in denen die Nässe giftgelbe Pilze von den Decken wuchern ließ, der eisige lothringische Wind, der über die Hochebene brauste, sich im Innenhof verfing und durchs Logis zog, der Lärm der exerzierenden Soldaten, der durch die Privatzimmer des Hauptmanns hallte, der ewig verhangene Himmel, der blasse Gemüsegarten, den Amalia an der Innenhofmauer der Kommandantenwohnung hochpäppelte. Die in verschiedenen breiten Dialekten plärrenden Gesänge und das betrunkene Gegröle der Soldaten, ihre verstohlenen Tierblicke auf die junge Frau – das granitene Fort auf der Hochebene war ein kaltes Fegefeuer, und je mehr Zeit verging, desto wahrscheinlicher erschien es, daß die Strafe auf lebenslänglich lautete.

Jedes Gesuch Alfons' nach Versetzung, jede Eingabe nach Beförderung blieb unbeantwortet, wurde abschlägig beschieden oder verschleppt. Bis auf wenige Scharmützel war das Leben im Fort ruhig, zu ruhig, die Soldaten langweilten sich, mußten diszipliniert, beschäftigt und besoldet werden, da keiner von ihnen fiel. Alfons, vom militärischen Leben und der feuchten Granitdüsternis des Gemäuers eher geschwächt als gestählt – er begann zu husten –, konstatierte melancholisch, daß seine heroische Tat gegen jede Würfelwahrscheinlichkeit ausschließlich zum Schlechten ausgeschlagen war, und fragte sich, wie lange das Schicksal ihn denn noch foppen wolle. Im Grunde erwartete er nach wie vor eine Art Belohnung für seinen damaligen Mut und letztlich auch für seine Person als solche, ganz unabhängig von ihren Taten.

Er mietete, als Amalia begann, sich täglich zu übergeben, die *Tour aux Puces* in Diedenhofen an, wo am vierundzwanzigsten August 1694 sein Sohn geboren und auf den

Namen Theodorus Antonius Alfons getauft wurde. Das Wochenbett zog sich hin, denn die Blutungen nach der Entbindung des großen und kräftigen Knaben wollten nicht aufhören, und als Amalia schließlich mit dem Kind und einer Amme und Zugehfrau namens Minne, die wie die Neuhoffs aus Westfalen stammte, ins Fort zurückkehrte, schimmerte ihre Schläfenhaut durchsichtig und blaugeädert wie Chinaporzellan.

Im Frühjahr darauf war sie erneut in Hoffnung, und nichts hatte sich geändert. Latenter Kriegszustand, Regen, Wind, Kälte, die dunklen, klammen Räume des Logis, die die Kleider in den Schränken schimmeln ließ, der immer häufiger hustende und spuckende Alfons, dessen ergrauende Schläfen und abgezehrtes Gesicht ihn noch schöner erscheinen ließen; keine Versetzung, keine Beförderung, kein Geld, und daher auch nicht die Spur eines gesellschaftlichen Lebens.

Der Umgang zwischen den Eheleuten war noch immer von derselben exquisiten Höflichkeit und Liebenswürdigkeit wie in ihrer Brautzeit. Alfons blickte, wenn er seine Frau zu einem frugalen Abendessen in die zugige Halle führte, Amalia aus so brennend hypnotischen Augen an, als wolle er sie überzeugen, daß nur die Luftbrücke zwischen ihnen Realität sei, alles widrige Drumherum Trugbild und als müsse Amalia auch das ihre tun, diese Fiktion aufrechtzuerhalten, und dürfe auf keinen Fall durch ein Wort der Klage, einen Hinweis auf ihr aussichtslos erbärmliches Leben den Zauberbann brechen, durch den er sich eine Konfrontation mit den Realitäten vom Leibe hielt. Sie lernte, die stumme Verleugnung der Welt aufrechtzuerhalten; die Kraft, mit der seine Augen sie in eine Art Levitation versetzten, in der ihre Füße den schmuddeligen Boden der Tatsachen nicht mehr spürten, war ein letztes Echo der Kraft, die er gezeigt hatte, um sie zu erringen.

Amalia tat ihm den Gefallen, nie mit Worten an dieser

Fiktion zu rühren. Was sie nicht hinderte, die verfahrene Situation in aller Deutlichkeit zu empfinden. Sie war Alfons gefolgt, weil sie einem Elan, der so ganz ihr galt, nicht hatte widerstehen wollen oder können. Freilich hatte sie erwartet, daß diesem Anfangsschwung irgend etwas folgen werde. Sie sah die Schwäche ihres Mannes, seine – sagen wir es deutlich – Unfähigkeit, den Alltag zu meistern, ganz ungeschminkt. Sie war ein anderes, ein komfortableres Leben gewohnt gewesen, aber während ihre Situation immer elender wurde, eignete Amalia sich den stoischen Hochmut ihres Gatten an, und ein Bewußtsein ihrer eigenen Kraft keimte in ihr und wuchs. Vorerst war es mehr ein schlummernder Schatz, ein unterirdisches Feuer, aber das wärmte sie in der klammen Kälte des Exils von innen heraus. Sie wußte, sie war ihrem Mann überlegen. Mit jedem Tag, den sie Alfons' Verfall zusah, wuchs ihr Selbsterhaltungswille. Sie leugnete die Wirklichkeit auch tapfer weiter, als es kurz nach der Geburt ihres zweiten Kindes, einer auf den Namen Amélie Viktoria Elisabeth Charlotte getauften Tochter, nun nicht einmal mehr vor sich selbst zu verheimlichen war, daß Alfons an Schwindsucht litt und der Horizont seiner Zukunft sich zusammenzog. Es wurde kein Wort darüber verloren. Eigentlich, sagte der Baron, einen Wollschal um den Hals, zitternd beim Frühstück, während der Nordwind durch die Mauerritzen pfiff, eigentlich wäre nun eine Beförderung zum Obersten fällig und die Versetzung nach Paris. Meinst du nicht auch? Sie müßte eigentlich jeden Tag eintreffen. Was hältst du von Paris? Ich kann es kaum mehr erwarten. Aber es war ja auch hier ganz schön, nicht wahr?

Gewiß, sagte Amalia. So schlecht war es hier nicht. Sie sah ihren Gatten liebevoll an. Ja, sie liebte ihn. Sie verachtete seine Schwäche und war enttäuscht von seinem Mangel an Fortüne, sie verabscheute ihn um ihrer betrogenen Hoffnungen willen. Sie stellte fest, daß dies die ersten tiefen Gefühle waren, die sie für ihn empfand. Und man braucht konkrete Gefühle für den anderen, die man dann Liebe nennen kann, denn »Liebe« ist ein Sammelbegriff für eine Kombination exakterer Empfindungen, die ganz widersprüchlich sein können und die mit dem großen Wort, das wie ein Hut über sie geworfen wird, im allgemeinen nur mundtot gemacht werden.

Im Spätherbst 1697, der Friede von Rijswijk war soeben unterzeichnet worden und das Fort verlor seine strategische Position im umkämpften Kriegsgebiet, starb Alfons von Neuhoff, und seine Witwe zog mit ihren Kindern und der Amme Minne fort und kaufte vom Rest ihres Geldes ein Haus auf dem Land am Rande des Argonnerwaldes.

Zweites Kapitel

Die Gräfin von Mortagne, eine überzeugte Provinzlerin, der nichts entging, was sich bei ihr auf dem Lande zutrug, schrieb ihrem Gatten, dem Kämmerer *Monsieurs*, mit dem sie ein hauptsächlich epistoläres und daher offenes und harmonisches Eheleben führte: » ... und übrigens spricht hier jeder von einer Dame aus offenbar deutschem Adel, die völlig verarmt in einer Strohhütte leben und, während sie kein Kleid zum Wechseln besitzt, doch all ihre Zeit und Energie außer der Erziehung ihrer zwei Kinder den Armen und Kranken des Kantons widmen und keine Messe versäumen soll. Die Bauern nennen sie die ›Schwarze Madonna‹, da sie nicht davon abzubringen ist, Trauer zu tragen, obwohl ihr Mann, ein Offizier der königlichen Armee, schon vor Jahren das Zeitliche segnete, wenn ich recht informiert bin. Wäre das nicht eine Herausforderung an Ihre berühmte *générosité*? Vor allem da die Dame angeblich unter ihren Lumpen eine Schönheit sein soll und Ihr idealistisches Streben nicht mit Ihrem Sinn für Ästhetik in Konflikt geraten müßte ...«

Nicht alle Informationen in diesem Brief entsprachen den Tatsachen, so lebte Amalia keineswegs in einer Strohhütte, sondern in einem zweistöckigen Haus mit Fenstern, einem Paar Kaminen, einem gepflegten Garten und litt auch keinen Mangel an Toilette, aber vermutlich hätte es sie nicht gestört, so gesehen zu werden, denn ein derartiger Zustand würde zum schlechten Gewissen der Welt ihr gegenüber beigetragen haben, das sie beständig einforderte.

Zehn Jahre nach dem Tod Alfons' war Amalia von Neuhoff eine schwarzgekleidete dreißigjährige Matrone, deren strenger Stolz ihr nicht gestattete, die Augen niederzuschlagen, um ihr den Anblick ihrer Holzschuhe im Kot der schlammigen Karrenwege zu ersparen, und deren Lippen so fest geschlossen waren wie die Tore einer belagerten Stadt, die geschworen hat, eher unterzugehen, als sich zu ergeben. Amalias Feind war das Leben, oder besser gesagt, die Umstände ihres Lebens. Die ignorierte sie verächtlich, und was sich nicht ignorieren ließ, dem gestand sie keine tiefere Wirklichkeit zu.

Ihr Leugnen ging Hand in Hand mit einem Trotz und einer höheren Art von Beleidigtsein, die sich in einem königlichen Gang ausdrückten und sie mit einer subtilen Form von Blindheit schlugen, denn auch noch nach zehn Jahren in dem erbärmlichen Dorf, an dessen Rand sie mit ihren halbwaisen Kindern lebte, erkannte sie, hocherhobenen Hauptes an ihnen vorüberschreitend, kaum einen ihrer Nachbarn wieder.

Zu dieser stolzen Leugnung der Welt gesellte sich der Wille, sie ihren Kindern untertan zu machen, wobei es nicht immer ganz klar war, ob sie mit der Welt, für die sie die zwei, vor allem aber ihren Sohn erzog, diejenige meinte, die hinter ihrem trotzigen Blick und ihrem vernähten Mund existieren mußte, oder die tatsächliche, durch die ihre schlammbespritzten Schuhe patschten.

Die Jahre seit dem traurigen Abschied von Lüttich waren ein schwarzer, morastiger Alptraum, durch den sie, das Herz voller Angst, ihre Kinder an der Hand, gewatet war, ständig sich umwendend, wenn Lärm ihr ins Ohr stach, unablässig auf der Hut, alle lauernden Gefahren rechtzeitig vorauszufühlen, die Augen mit Elend füllend, bis sie geschwollen und schwarz waren wie die aufgetriebenen Leichen im Straßengraben, um den Blick der Kinder zu schützen vor allem, was ihn vergiften konnte.

Die Wege waren nicht sicher. Räuber konnten den Sohn erschlagen, der Tochter und ihr selbst die Kleider vom Leib reißen und sie mißbrauchen. Marodierende Soldaten nahmen Frauen, wo sie sie fanden, bei der Einnahme von Städten, in requirierten Häusern, aus Spaß, aus Überdruß, sie kannte sie aus der Nähe. Ein Kapuzinerprediger mochte die Bauern aufhetzen, und schon liefen sie los in ihrer dumpf trunkenen, selbstgerechten Wut und verbrannten Juden und Sarazenen in ihren Häusern und Wagen.

All die Schreie, die man hörte in einem Leben! Schreie der Sterbenden am Tag, Schreie der armen Seelen in der Nacht, im Schlaf, davor bewahrte keine Beichte und Lossprechung. Das Kreischen der Verbrennenden, das erbarmungswürdige Quieken der Erstochenen, das entsetzliche Röcheln der Pest- und Aussatz- und Auszehrungskranken, das viehische Brüllen, wenn ein zerquetschter Arm oder ein Bein abgesägt wurde. Die schwärenden Wunden, die fetten grünen Fliegen überall, die ihre Eier in eiterndes Fleisch legten, die baumelnden Gehenkten an den Kreuzwegen, ihre schwarzrot gedunsenen Körper, die eine Meile weit stanken, so süßlich. Die niedrigen, von Unschlittkerzen erhellten Bauernkaten und das Geblök der Schafe hinter der Bretterwand, an der die Strohsäcke lagen, damit die Menschen noch aus der Wärme der Tiere ihren Nutzen zogen, und der Bocksgestank in den fettigen Wollwämsern der schmutzverkrusteten Bauern und deren Brut mit ihren grindigen Augen, dem gallertigen Weiß ihres Blicks und dem debilen Kopfwackeln. Und nie war sie sich sicher, das Rechte zu tun. Der Priester zieh sie des Hochmuts und hatte recht, und um zu sühnen, strich sie Salbe auf den Grind der stinkenden Bauernkinder und betete mit ihnen. Auch ihrem Sohn hatte sie die Sünde des Hochmuts ins Herz gepflanzt, aber wie sollte er denn überleben ohne sie? Mücken und Bremsen und Gestank überall, und der Morast, sobald es regnete, als wollte es nie mehr aufhören, und in der kahlen Kammer des Pfarrers das Menetekel des kohlkopfgroßen grünen Pilzes an der geweißten Decke, die Kuhlen im Holz des Betschemels und auf dem rohgezimmerten Bord die Gläser mit den Ratten und Lurchen in Alkohol. Und immer wieder die Angst vor Brandschatzung, vor einer Klinge, die ihr ins Fleisch fuhr, die tierische, zehrende Angst, den Kindern könne etwas zustoßen, eine Krankheit sie dahinraffen, man läßt sie zur Ader, ihr hellrotes Blut sprudelt, plötzlich sind sie weiß wie ein Laken und verenden ohne ein letztes Wort, ohne Sakrament, oder ein Geschwür wächst ihnen, und sie verfaulen von innen heraus bei lebendigem Leib, und ihre Augen rufen sie, ihre Mutter, um Hilfe an, und sie kann nichts tun.

Manchmal hielt sie wie eine Erstickende den Kopf ins Geißblattdickicht oder im Juni in den Blütenkelch einer Päonie, um einmal einen Duft wiederzufinden, so köstlich und sauber wie die frischgebleichten Laken ihrer Kindheit, oder der Spekulatius in der Eschenholztruhe oder das Lavendelsäckchen in ihrem Wäscheschrank daheim in Lüttich.

Nie verbrachte sie eine ruhige Nacht, weil sie dem kommenden Tag zuversichtlich entgegenblicken konnte. Kein Trost als der paradoxe der wieder und wieder gelesenen Seligpreisungen der Schrift, und keine Zuflucht als ihr verbarrikadiertes Herz. Niemand nahm ihr die Last der Verantwortung ab, ihr Vater hatte sie im Stich gelassen, dann ihr Mann, nur Gott nicht, aber Gott hilft denen, die sich selbst zu helfen wissen.

Schmallippig beichtete sie: Wenn die Welt mir die Mittel verweigert, das zu tun, was ich dennoch tue, um so schlimmer für die Welt. Schuldbewußt sah die Welt sie für die Ärmsten des Sprengels der eigenen Bedürftigkeit abgetrotzte Wunder an kühler Nächstenliebe und unpersönlicher Fürsorge tun, aber da es in Gelddingen keine Wunder gibt, war Amalia Neuhoff bis über den Kopf verschuldet, beim Bäcker so gut wie bei der Bank, der sie ihr Haus verpfändet hatte, und wenn sie noch frei herumlief, so eigentlich nur deswegen, weil ihre Persönlichkeit die Gläubiger Scham darüber empfinden ließ, daß diese Frau ihnen Geld schuldete.

Seine ganze Kindheit hindurch liebte Theodor seine Mutter wie eine Frucht den Baum liebt, an dem sie hängt. Amalia war überzeugt, daß das Schicksal ausschließlich eine Konsequenz des Charakters ist, und da ihr Sohn ein Abbild ihres verewigten Gatten war, die gleichen sanften Augen, das gleiche fellweiche dunkle Haar, die gleichen vollen Lippen, bemühte sie sich, den Charakter Theodors von den Schlacken der väterlichen Schwächen zu reinigen. Denn dies war Amalias Glaube: Auserwählte sind keine Märtyrer. Wer Lorbeeren erwerben will, muß zunächst einmal dauern und überleben und durfte sich nicht, wie Alfons, einfach dahinraffen lassen, als hätte es sonst keinen gegeben, der mit dem Sterben an der Reihe war.

Solange Theodor noch klein war, bestand die Erziehung seiner Mutter ausschließlich in Erzählungen. Deren zwei einzige Helden (denn Amalias Stolz wurde höchstens noch von der Beschränktheit ihrer Bildung überboten: von Odysseus hatte sie so wenig gehört wie von Lancelot, Parzival und seinem gestreiften Halbbruder Feirefitz, Iwein dem Löwenritter oder gar Don Quichotte) waren Alfons und Theodor selbst. Amélie dagegen lernte, indem sie ihrer Mutter und der Zugehfrau zur Hand ging.

Es war eine Art fünftes Evangelium, das der sechsjährige Theodor gepredigt bekam, in welchem er selbst die Hauptrolle des göttlichen Kindes spielte, und die Überzeugung setzte sich in ihm fest, er müsse dieses Buch zu einem guten Ende bringen, indem er seinen Vater in der Verantwortung für das Glück der Mutter beerbte.

Manchmal aber in der Intimität des gegenseitigen Anschauens, das sich mit der Zeit zu einem wechselseitigen

Durchschauen steigerte, beklagte Amalia sich bei ihrem Sohn bitter über den, der sie alleine in diesem Jammertal zurückgelassen hatte.

Dann wieder schien sie mitten in den intimen Träumereien mit ihrem kleinen Sohn plötzlich aus dem Schlaf zu schrecken und musterte Theodor verblüfft und mit einem fast angeekelten Ausdruck, als bemerkte sie, wie absurd die Schimäre war, ein Kind könne einen Ehemann ersetzen. Nahm Theodor diese unvermittelten Ab- oder Anwesenheiten für einen Ausdruck von Witwentrauer und erkühnte sich, seinen Trost mit zwei, drei die Gloriole seines Vaters relativierenden Wendungen zu spicken – wörtlichen Wiederholungen von Amalias Klagen –, fuhr sie ihm über den Mund oder schlug ihn darauf und begann zu weinen aus Verzweiflung darüber, daß der Sohn das Andenken des Verklärten beschmutzte.

Dennoch wurde Theodor die Gesellschaft seiner Mutter nie über. Sie ersetzte ihm nicht etwa die Welt, sie war ihm die Welt, und deren Pole waren seine eigene Größe und Nichtigkeit. Er sah keine Notwendigkeit, sich nach einer anderen umzutun, lebte beständig in ihren Erinnerungen und Visionen, ausschließlich im Einst, gleich in welche Richtung es ging. Die Gegenwart war lediglich ein bequemer Hochsitz, von dem aus man die Aussicht auf Vergangenheit und Zukunft genoß.

Gerne beobachtete Theodor seine Schwester bei der Gartenarbeit und empfand dabei ein wohliges Gefühl im Nacken, als werde er gekrault. Sie kniete auf der Erde und zupfte Unkraut und sah und hörte ihn nicht. Er betrachtete die stille Hingabe und Konzentration mit neidlosem Wohlgefallen, so wie ein Handwerksmeister das Können des Kollegen einer anderen Zunft schätzen mag. Ihre Zunft war das Leben. Und seine?

Amélie war seine einzige Vertraute, sein einziger Freund, er liebte und bewunderte jedes ihrer raren Worte, jede ihrer in sich ruhenden Bewegungen. Wieviel schöner als alles Sorgen und Tun war dieser Körper, der da im grauen Kattunrock vor dem Beet kniete, dieses herzförmige Gesicht, das zum Schutz vor der Nachmittagssonne unsichtbar im Schatten eines breitkrempigen Strohhuts lag! Diese sehnigen, braungebrannten Unterarme und die kräftigen Hände, die über die trockene Erde glitten, am Fuß einer Distel zu graben begannen und dann mit einem Ruck die Wurzel ausrissen, die wie ein nackter weißer Wurm aussah und fast eine Elle maß. Neben ihr stand der große Korb aus Weidenruten, in den sie das Unkraut warf, und den sie, wenn er voll war, unter den Arm nahm und zum Komposthaufen trug, während Theodor die angespannten Muskeln und Sehnen auf ihrem den bauchigen Korb umfassenden Arm betrachtete.

In solch träumerischen Stunden verlor er alle Erdenschwere und war nur noch ein Paar Augen, das voller Sympathie und innerer Zustimmung auf seiner Schwester ruhte, als genüge es vollauf, daß sie für sie beide lebte und agierte. Was sollte er heute noch lernen oder anfangen, Unkraut zu zupfen, wenn morgen schon das Große, das Unbekannte ihn erwartete und eine gewisse vorbereitende Andacht erheischte.

Diese Hälfte des Lebens, die im Hier und Jetzt angesiedelt war und im Schneckentempo ihrer Alltagsverrichtungen immer verblieb, war die Amélies. Die andere, der zwischen der Flüchtigkeit der Erinnerungen und der Sehnsucht nach dem Kommenden die Ruhe fehlte, hier und heute irgendwelche Interimsbeschäftigungen anzufangen, war die seine. Er wußte sehr wohl, daß er einem meskinen Geist, der blind war für seine sensible Konstitution und seine Bestimmung, als verträumter Faulpelz erscheinen mochte, und wenn er eine solche Bezeichnung auch unangemessen und verständnislos gefunden hätte, so wäre er doch der erste gewesen zu bestätigen, daß von ihnen beiden Amélie den vertrauenswürdigeren Kompaß im Kopf hatte, das sicherere Urteil, das größere Herz besaß, kurz: daß sie der bessere Mensch war. Und niemandem gönnte er es mehr als seiner Schwester, ein besserer Mensch zu sein als er. Die Gaben waren schon gerecht verteilt zwischen ihnen: Sie war ihrer Mutter Stütze und er ihr Stolz.

Er stand auf, nahm Amélie bei der Hand und sagte: Komm, laß uns Königskinder spielen.

Seine Schwester seufzte über die Launen ihres manchmal gar zu kindsköpfigen Bruders, aber der feste Griff seiner Hände auf ihren Schultern und sein sinnlicher Faunsblick – sie mußte an die mythologischen Stiche denken, auf denen langbewimperte Knaben dem trunkenen Gott Trauben reichten – becircten sie. Wie ihrer Mutter war es Theodor gegeben, einen mit seinen hypnotischen Augen in Samt und Seide zu hüllen, daß man die Gartenarbeit und alles vergaß und sich zur Prinzessin wandelte unter seinem behutsamen, achtungsvoll zärtlichen Fingern.

Königskinder besaß verschiedene Spielarten, wortlastige und phantasievolle, in denen die beiden würdig und gesetzt ihre Parks und Ländereien durchschritten, links und rechts huldvoll Bäume, Schafe und ahnungslose Bauern grüßten und in allen Sprachen, die sie fließend oder auch nur bruchstückhaft beherrschten, einschließlich einer grausamen, mit gurgelnden Rachen- und Nasallauten gespickten Parodie auf den örtlichen Dialekt, Komplimente und imaginären Hofklatsch austauschten und einander Artigkeiten sagten, historisch aktionsgeladene, in denen sie als Engländer von den bestialischen G'scherten vertrieben und nach entbehrungsreichen und erniedrigenden Jahren des Exils und der Irrfahrt wieder in ihre Rechte eingesetzt wurden, und schließlich körperbetont intime, sozusagen Kemenaten-Versionen des Spiels. Da erwiesen sie einander alle möglichen zärtlichen Dienste, halfen dem andern kniend in die

Schuhe, feilten seine Nägel, kämmten sein Haar, wobei sie abwechselnd und mit fließenden Übergängen in die Herren- und Dienerrolle schlüpften. Es war diese Nähe von Atem und Händen rund um seinen Körper, dieser Sanftheitskokon aus Düften und sekundenlangen Berührungen seiner Haut, bei denen alle seine Flaumhärchen sich wollüstig aufstellten, die Theodor an diesem Spiel am meisten genoß.

Sie nahmen sich bei der Hand und schritten von den Apfelbäumen zur Linde, grüßten die nickenden Sonnenblumenköpfe, die ein Spalier bildeten, und das Rascheln und Knistern des Laubs in der den Abend ankündigenden Brise klang wie Gewisper und bewunderndes Getuschel des Hofstaats, während sie einander zum Tanz führten. Jetzt berührten sich ihre Fingerspitzen an den wie zu einer Prim-Einladung ausgestreckten Armen, und sie setzten graziös mit durchgedrücktem Spann die Fußspitzen auf die Erde und schritten zu den unhörbaren Klängen eines Menuetts vor und zurück. Jetzt umarmten sie einander, faßten sich um die Hüften und drehten sich wie die Bauern beim Dorfschwof immer schneller um die gemeinsame Achse. Amélie lachte laut bei den Pirouetten des königlich-plebejischen Tanzes und verströmte einen Duft nach Heu und frischem Schweiß, die Fliehkräfte der Drehung rissen sie auseinander, und sie fielen ins Gras und hielten sich den Kopf.

Im zwölften lothringischen Winter war Amalia endgültig und unwiderruflich zahlungsunfähig und alle obskuren Quellen, aus denen ihr sonst das Nötigste zufloß, vereist. Nach einigen Tagen bemerkten die Kinder, daß das Haus kalt und ihnen nur mehr kaltes Essen vorgesetzt wurde, dann nur noch Brotkrusten, dann gar nichts mehr. Die Lippen ihrer Mutter zogen sich noch tiefer ein, ihre zusammengepreßten Kiefer zitterten, und ihre hochgewachsene, schlanke Gestalt spannte sich an wie der Schwibbogen einer gothischen Kathedrale, um den Druck des Elends über die Köpfe ihrer Kinder hin abzuleiten.

Sie ernährte sie nur mehr mit dem zornigen Stolz ihrer Blicke. Lieber sterben, lieber Sohn und Tochter opfern als klein beigeben, betteln gehen, sich bücken, um in die stinkenden Bauernkaten zu treten und um Milch und Mehl zu flehen.

Für Theodor und Amélie war es zunächst ein kleines asketisches Spiel, dann wurde es Entbehrung, schließlich Qual; Erbrechen, Durchfall und abwesende Zustände, in denen sie Amalias beschwörend ablenkende Worte und Bibellesungen wie in Trance wahrnahmen, bis sie so leer dahindämmerten, das Sterbesakrament ihrer Auserwähltheit empfangen zu können.

Da tauchte der Graf von Mortagne auf, der eine seiner Inspektionsreisen durch seine Länder dazu nutzte, einen Blick auf die Frau zu werfen, von welcher seine Gattin ihm berichtet hatte. Sogleich schrieb er ihr zurück: »In zwei Punkten, *ma chère*, kann ich Ihre Informationen bereits jetzt bestätigen: Sie ist eine flammend fromme Katholikin, und sie ist eine Schönheit.«

Worauf seine Frau antwortete: »*Mon pauvre ami, je vous souhaite bonne chance.*«

Aber Mortagne begnügte sich nicht mit stiller Bewunderung während der Messe. Er stellte sich Amalia vor, wechselte einige Worte mit ihr und hielt am folgenden Tag Einzug in dem Dorf, in dem sie lebte, was einen Massenauflauf provozierte.

Seine vierspännige Karrosse mit dem Löwenwappen, sein Dreispitz mit der roten Hahnenfeder, der sich aus der Kutsche neigte, bevor sich die glänzenden Stulpenstiefel auf das Trittbrett senkten und mit dem nächsten Schritt im Morast einsanken, das Ordensband, die schwarze Kräusellockenperücke, der gezwirbelte Schnurrbart, spitz und dünn wie waagrecht abstehende Pfeifenreiniger, die Wolke von Rosenwasser, die aus dem Frack und dem Spitzentuch stieg, das er sich beim Aussteigen vor die Nase hielt und dann achtlos in den Dreck fallen ließ, woraufhin sich sofort ein balgendes Knäuel von Dorfkindern im Schlamm rollte, bis eine siegreiche kleine, schmutzige Hand es aus dem Getümmel hochhielt wie eine gerettete Regimentsfahne und von Mortagnes Kutscher eine Kupfermünze zugeworfen bekam – seine Ankunft bei der »schwarzen Madonna« war ein Ereignis. Die Bauern gafften, die Mistgabel über der Schulter, bis er im Haus verschwunden war. Der Pfarrer stand am Gartentor und verneigte sich vor dem Herrn wie ein Majordomus.

Daß ein Herr wie Mortagne, ein Mann von nicht zu unterschätzendem Einfluß bei Hofe, die verarmte, kleine Familie unter seine Fittiche nahm, konnte Theodor weder überraschen noch verwundern. Es war, soviel stand von Anfang an fest, Amalia, die dem Grafen eine Ehre erwies, indem sie sich von ihm helfen ließ. Der Graf spielte das Spiel vollendet mit. Er brachte Brot, Fleisch, Dörrobst, Parfum, Kleider, kandierte Früchte, Nougat, Zuckermandeln, und Theodor begann zu essen, wie er nie gegessen hatte. Sein Gaumen und seine Geschmacksknospen taumelten von einer Ekstase in die nächste, mit dem Ergebnis, daß er sechs Monate nach den Hungerödemen zu einem fetten Knaben angeschwollen war, der es zeit seines Lebens nicht mehr ertrug, auf etwas warten, für etwas leiden zu müssen.

Daß er dick und unbeweglich wurde, fiel ihm natürlich auf und paßte nicht zu seinem Selbstbild. Sah er die mageren Dorfknaben an, deren Rippen man zählen konnte, deren Schulterblätter unter der roten Haut wie Flügelstümpfe hervorstanden, und betrachtete dagegen seinen runden weißen Bauch und seine weiblich gepolsterten Hüften, so war es nicht abzustreiten, daß hier etwas fehlgelaufen war.

Er klagte seine Scham und sein Mißfallen seiner Mutter, doch Amalia leugnete sein Übergewicht schlichtweg ab. Er sei schlank, und er sei perfekt, und dabei fixierte sie ihn mit ihren Magnetaugen wie immer, wenn sie ihn in ihre Welt hinüberziehen wollte.

Aber diesmal, fiel Theodor auf, war ihr Blick bodenloser als sonst, und indem er ihm auf den Grund ging, fühlte er sich erwachsener werden: Mitten in der opaken Dunkelheit ihrer Augen war ein Loch, in das er hineintauchen konnte wie in eine Zisterne, an deren Grund eine weitere Höhle klaffte. Und dort, in der tiefsten Tiefe, verlangte sie nicht mehr blinden Glauben, sondern warb um Komplizenschaft. Laß uns die Dinge nicht bei dem Namen nennen, den eine Welt für sie hat, die nicht die unsre ist.

Vielleicht gewährte Amalia Theodor diesen Einblick in ihre Brunnenaugen nicht von ungefähr gerade in dem Moment, als wieder ein erwachsener Mann Anteil am Leben der Familie zu nehmen begann.

Mit dem Eintritt Mortagnes in dieses Leben begann für Theodor ein geregelter Schulunterricht. Der Graf engagierte Monsieur de Broglie, ein ehemaliges Mitglied der Akademie, das aufgrund eines nicht näher erwähnten Skandals die Hauptstadt zu meiden und seine dortige Stellung verloren hatte, um Theodor ein privates Kolleg zu halten.

Der lernte lesen, schreiben, rechnen, wie ein Fisch schwimmen lernt – er fand sich in seinem natürlichen Element und machte automatisch die richtigen Bewegungen. Bald stellte sich heraus, daß er auch ein Ohr für fremde Sprachen besaß. Selbst lateinische, französische und italienische Grammatik nahm er auf wie eine Pflanze den Tau.

Der Schock war daher um so größer, als diese Überzeugung, es sei nur eine Frage der Zeit, auf die gewohnte vegetative Weise *alles* zu lernen, in dem Moment zusammenbrach, als De Broglie daran ging, ihn in die höheren Gründe der Mathematik einzuführen, die Algebra, die Infinitesimalrechnung, die analytische Geometrie, die im letzten halben Jahrhundert dank der Forschungen Pascals und Fermats eine sprunghafte Entwicklung durchgemacht hatten.

Was Theodor noch verstand, war, daß es hier zum ersten Mal in seinem Leben um Nachdenken ging, daß ein Widerstand sich ihm in den Weg stellte, taub, stumm und körperlos, den man weder umgehen noch mit schnellem Wort oder farbenprächtigem Bild beeindrucken und erweichen konnte. Die schlichte Existenz eines solchen Gegendrucks ließ ihm das Herz in die Hose fallen.

In der ersten Stunde, beim ersten »Können Sie mir folgen, Baron?« war er genauso erschüttert wie einmal, als er dem Beispiel einiger Dorfburschen hatte folgen wollen, die sich per Klimmzug einen Ast hochhievten, und feststellte, daß er an der entsprechenden Stelle offenbar keinen Muskel besaß. Jetzt mußte er gegen ein Gefühl der Panik ankämpfen, als er spürte, daß ihm auch im Gehirn irgendwelche Muskeln zu fehlen schienen.

Wie kam es, daß seine Mutter ihm nie von der Eventualität von Hindernissen gesprochen hatte? Daß solche Widerstände normal waren, ja, daß das Leben womöglich überhaupt erst beginnt, wenn man mit ihnen ringt und einige überwindet, davon ahnte er nichts. Er fühlte sich betrogen und persönlich beleidigt. Seine Überzeugung war, daß ein jeder komplett geboren wird und nichts lernen kann, was nicht ohnehin schon, von Natur aus, in ihm steckt. Jede Form von Studium war daher eher ein Wachrufen in seinem Innern schlummernden Wissens, und die einzig schwierige Aufgabe für die Zukunft nicht, mit etwas Wesensfremdem zu ringen, sondern es ignorieren zu lernen.

Nein, ein Kämpfer war der junge Theodor nicht! Lorenzini zum Beispiel, der von Mortagne engagierte *Maître d'Armes*, hatte noch größere Mühe als De Broglie, dem halbwüchsigen Baron seine Künste nahezubringen. Theodor begnügte sich offenkundig damit, die Handhabung des

Degens, das En-Garde, das Fallen in Sixt-, Quart-, Oktav- und Prim-Einladung, die er aufgrund der ungeheuer hochnäsigen, herablassenden Armhaltung am liebsten hatte, ästhetisch beeindruckend zu markieren, ein Gentleman und Fechtmeister vom Scheitel bis zur Sohle, aber sein nicht eben muskulöser Arm hielt die Waffe so schlaff, daß jede Battuta, ja schon fast jede Bindung sie ihm aus der Hand schlug.

Mà...! rief Lorenzini mit klaffendem Mund und schüttelte verzweifelt die freie Hand, deren Finger wie ein geschlossener Blütenkelch im Wind schwankten, Sie spielen ja nur, Baron! Sie sollen die Bewegung nicht spielen, Sie sollen sie ausführen! Der Italiener wirkte bei diesen Worten so sehr wie ein Mime der Commedia dell'Arte, daß Theodor innerlich laut auflachte. Dann jedoch quiekte er wie ein Ferkel, als die Waffe des andern im Ausfall die seine beiseite fegte und die korkgeschützte Degenspitze seinen weichen Bauch traf.

Mà què, Baron! Appliquez-vous!

Dies war nun genau ein Problem Theodors: sich anzustrengen, sich zu konzentrieren und bei einer Sache zu bleiben. Tatsächlich spielte er die Einladungen, ja, die Fechterei überhaupt, aber nicht, wie Maître Lorenzini glaubte, weil er sie nicht mochte oder nicht ernst nahm, im Gegenteil: Gerade bei dem, was ihm wichtig war, kam es ihm vor allem auf die jedermann sichtbare Leichtigkeit der schönen Geste an.

Meistens eilten seine Gedanken voraus oder trödelten hinterher, ein Flimmern und Verschwimmen seiner Konzentration setzte ein, er durchquerte eine Nebelbank, befreite sich von den Ariadnefesseln der Logik und ersetzte sie durch die vergoldeten Zierbändchen seiner Phantasie.

Führte De Broglie in die Philosophie ein, so wollte Theodor, der sehr viel unkonzentrierter lauschte als seine Schwester, gleich viel lieber etwas über die Menschen hören, die solch große Gedanken geäußert hatten, und wissen, wozu sie ihnen denn im täglichen Leben gedient hätten. Nach drei, vier Sätzen steckte er bereits in der Haut eines Sokrates und diskutierte, während des Meisters weitere Ausführungen ungehört an ihm vorüberrauschten, in der Akademie, verteidigte sich wortgewandt, lachte des Giftes, litt unter seiner Frau, sonnte sich in der Bewunderung seiner Schüler und sprach die Weisheiten aus, die der kaum noch körperhafte De Broglie ihm soufflierte, wobei Präzision und Zusammenhang im rauschenden Innern seines Kopfes von der Bugwelle seiner Glorie zur Seite gepflügt wurden.

Die Mathematik, abstrakt wie sie war, bot solche Auswege nicht. Theodor mußte sich eingestehen, daß die Ars analytica, das Rechnen mit Buchstaben, die Grenze seines Verständnisses markierte.

Können Sie mir folgen, Baron?

Er schüttelte den Kopf. Er haßte Gleichungen, mit denen man nicht reden konnte und die sich in ihren dunklen Masken seinem Blick entzogen. Pascals Satz über die verlängerten Seiten eines Sechsecks – warum gerade eines Sechsecks? – in einem Kegelschnitt, deren jeweilige Schnittpunkte auf einer Geraden liegen – *so what!* Englisch lernte er leichter –, ließ nicht mit sich verhandeln. Er war im wahrsten Sinne des Wortes unmenschlich. Und dergleichen schön finden zu können, verlieh auch De Broglie etwas Unmenschliches.

Was finden *Sie* denn schön, Herr Baron? fragte der Lehrer.

Den Sonnenaufgang zum Beispiel! rief Theodor und machte eine verzweifelte Handbewegung.

De Broglie frohlockte und holte zu Erklärungen über die mathematischen Bewegungsgesetze der Himmelskörper aus, vor denen Theodor die Ohren verschloß wie vor einer Blasphemie. Was den Sonnenaufgang jeden Morgen zu etwas Besonderem und Wunderbarem machte, war seine Zufälligkeit. Ein Sonnenaufgang war nicht das Ergebnis einer Gleichung, sondern eine Gnade, und jeder einzelne erschütterte sein dankbares Herz, weil er überzeugt war, die Sonne könne ebensogut *nicht* aufgehen. Er brauchte die Hoffnung, die Bangigkeit, um dann die Freude empfinden zu können. Sich *nicht* auf den Sonnenaufgang zu verlassen, der genausogut ausbleiben konnte, *das* war Logik, so wie Theodor sie verstand.

Er war unfähig, sich so lange zu sammeln, daß er einer einzigen Beweisführung seines Präzeptors bis zum Ende hätte folgen können. Ein vorzeitiges geistiges Ausatmen setzte seinen Bemühungen regelmäßig ein Ende, als versuche er, mit angehaltenem Atem einmal ums Haus zu laufen, um nach drei Seiten japsend aufzugeben. Ich will doch nicht sterben! empörte er sich dann, als sei das Nachdenken eine subtile Form des Suizids, in den man ihn treiben wollte.

Kaum begann seine Konzentration von den Rändern her zu zerfransen, floh er in Selbstgespräche, in denen er ein großer Mathematiker war und verlor darüber den Faden von De Broglies geduldigen Erläuterungen. Wie sollte er leben, wenn er nicht in jedem Belang der war, als den seine Mutter ihn beschrieben hatte – diese Frage wandelte sich zu: Wo sollte er sich vor dieser Erkenntnis verbergen? Das einzige Exil, das sich anbot, waren seine Wachträume.

Können Sie mir bis hierher folgen, Theodor? Er schauderte vor verletzter Würde. So dumm erschien er bereits, daß er nicht mehr der Herr Baron war, sondern nur noch Theodor. Er schüttelte zähneknirschend den Kopf, wieder einmal hatte er nicht hingehört. Diesmal nahm er sich zusammen und lauschte Wort für Wort, wie der wacklige Turm der Logik sich vor ihm aufbaute. Ab der fünften Etage verschwand er in den Wolken, und als Theodor innehielt, um sich wenigstens des Fundaments zu vergewissern, brach alles zusammen und er in Tränen aus.

Die einzige schwache Hoffnung bestand darin, einmal in so schreckliche Schicksalsstürme zu geraten, daß er in seiner existentiellen Not all diese Dinge vollständig und für immer vergessen würde, um nach dem Ende der Gefahr wieder so unbeschwert weiterzuleben wie zu der Zeit, bevor sie begonnen hatten, ihm sein Leben zu vergällen.

Warum war sein Geist des tollsten Unfugs fähig, wußte er zum Beispiel intuitiv, wie ein italienisches Wort, das er nie zuvor gehört hatte, ausgesprochen werden mußte? *Reviviscenza* zum Beispiel oder *spidocchiare* oder *dapocaggine* – er brauchte nicht einmal zu ahnen, was es bedeutete, und untermalte es sogar mit expressiven Gesten, die De Broglie zwar als *singeries* mißbilligte, die aber wiederum Lorenzini so entzückten, daß er sich vor Rührung und Heimweh die Fingerspitzen küßte.

Sobald es jedoch um das abstrakte, analytische Denken ging, wo es mit Improvisation, Schäkern mit dem Zufall und menschlicher Unwägbarkeit zuende war, wo es keinen Klang und kein Bild mehr gab, erblindete Theodor geistig.

Na schön, genug für heute, Baron. – Und wie resigniert klang jetzt das Wort Baron. Es war noch erniedrigender als das »Theodor« von vorhin. – Versuchen wir's morgen wieder.

Theodor nickte und schwor sich, den Stoff abends und nachts und am kommenden Vormittag noch einmal durchzugehen, und das so lange, bis er verstanden hatte, und tatsächlich beugte er sich nach dem Abendessen über das leblose Muster der Buchstaben, die keine sprechbare Sprache formten, der Linien, die keine schöne Zeichnung ergaben, aber sogleich verschwamm alles vor seinen Augen, er hörte sich mit Fermat über den Satz streiten, den eigentlich er aufgestellt hatte – es war harte Arbeit, erklärte er dem Mathematiker, reden wir jetzt lieber von heitereren Dingen –, und seine Lider wurden schwer. Er schwor sich noch: Morgen, morgen gewiß, aber am nächsten Morgen schien die Sonne, und er floh in den Garten, dessen Schönheiten er aufgrund seines schlechten Gewissens noch deutlicher wahrnahm als sonst. Ja, Willenskraft und Disziplin hätte er benötigt, aber wer weiß, dachte er, das sind Dinge, von denen man nur ein gewisses Quantum in sich hat, und das sollte man besser für Wichtigeres aufheben als für die Mathematik.

Seine Mutter ignorierte die Katastrophe seiner Beschränktheit in der bewährten Manier. Zunächst war Theodor enttäuscht, daß sie den niederen Tendenzen in ihm so entgegenkam. Er hatte gehofft, sie werde ihn schelten und ihn zwingen zu lernen, notfalls mit der Peitsche – das heißt, eigentlich hoffte er, sie werde ihn befähigen zu verstehen, statt dessen behandelte sie die Mathematik wie einen Gast, der sich danebenbenommen hat, sie verwies sie des Hauses.

Dennoch tat Theodor sich schwer, die intellektuelle Erniedrigung zu verkraften. Er flüchtete sich in Schlaf und Fieber. Während dieser Krankheit oder Rekonvaleszenz lernte er den Grafen Mortagne näher kennen, der ihn jeden Tag an seinem Bett besuchte und den er zuvor nur ein-, zweimal gesehen hatte.

In den halbe Stunden dauernden Gesprächen mit dem Gönner, der an seinem Bett saß, verstand Theodor zum ersten Mal, was Adel tatsächlich bedeutete. Amalias erziehendes Wort wurde Fleisch in der Person des Grafen. Der Junge beobachtete fasziniert und wie erleuchtet jede Geste, jede Äußerung dieses Mannes, bei dem auf wundersame Weise das Nebensächliche vom Wesentlichen geschieden war, das Tun vom Sein, und dieses Sein entfaltete sich zu voller Blüte, sobald der Graf den Mund öffnete.

Alle Tätigkeit, die ihn ausmachte, lief wie abgesondert und von ganz alleine, ohne daß Mortagne selbst irgend etwas damit zu tun zu haben schien. Seine Kutsche fuhr, seine Bediensteten lasen ihm die Wünsche von den Augen ab, irgendwo in der Hauptstadt arbeiteten Sekretäre für ihn, übte sein Amt sich aus, pflanzte sein Einfluß sich fort, irgendwo auf dem Land hielten helfende Hände sein Schloß instand, rodeten Holzfäller seine Wälder, säten und ernteten seine Bauern, ohne daß er auch nur in einem Augenblick den Eindruck erweckte, selbst mit Mühe und Anstrengung, mit Arbeit und Nachdenken in dieses Räderwerk eingreifen zu müssen. Nein, seine gesamte materielle Existenz lebte für sich, und der Graf war frei, seinem Adel zu leben.

Und diesen Adel machten seine Worte aus. Sie waren einer Müdigkeit abgerungen, die nichts Persönliches hatte, denn Mortagne war ein alerter, weltgewandter Mann von eben vierzig Jahren. Es handelte sich um eine Müdigkeit der Jahrhunderte, die Last sekulären Weltwissens, das sich mit Vorliebe in Sentenzen kleidete, über Generationen angesammelt und jenen *ennui* verhindernd, den persönliche Meinungen, unhöflich, präpotent und zu einer Stellungnahme herausfordernd, wie sie von Natur aus sind, in einer Konversation hervorrufen.

Denn, soviel begriff Theodor rasch, die Sprache, wenn sie durch einen Menschen von Adel gehandhabt wurde, diente weder dazu, irgendwelche Handlungen in Gang, und noch weniger, seine persönlichen Ansichten durchzusetzen, die Sprache war die höchstentwickelte Form der Innenarchitektur, sie machte leere Räume bewohnbar.

Das erste Mal, als Mortagne an des kranken oder krank spielenden Theodors Bett saß, sagte er: Baron, es ist großer Seelen nicht würdig, ihre Verwirrungen publik zu machen. Und: Man muß die ernsten Probleme mit Leichtigkeit und die gewichtslosen mit Ernst angehen.

Solche Sätze waren unpersönlich genug gehalten, daß Theodor sie nicht als Handlungsanweisungen mißverstand, sondern vielmehr als ein Angebot – weiterzusprechen. Es ging Mortagne nicht darum, Probleme zu wälzen und womöglich zu lösen – wie Gleichungen! – diese Sprache diente dem Sprechen selbst. Wobei man keinesfalls auf die irrige Idee verfallen sollte, hier habe billige Konversation stattgefunden. Der materialistische Gedanke, Worte hätten nur einen Wert, wenn Ansichten, Erkenntnisse und Taten aus ihnen folgen, war der Mortagneschen Rhetorik fremd. Sie besaß ihre eigenen Regeln und Gesetze und glich eher der Musik.

Wenn einer keinen Geschmack hat, sagte der Graf, ist Ehrlichkeit eine bedauerliche Eigenschaft. Und angesichts von Theodors derzeitiger Verzweiflung: Es ist Sache der Frauen zu trauern, Baron. Männer müssen sich erinnern.

War also die Kunst der Unterhaltung und des Gesprächs, so wie Mortagne sie Theodor vorlebte, niemandes Magd, vor allem nicht die der Tat, so zeigte sich doch rasch, daß sie dreifache Kraft besaß: Sie bannte das Bewußtsein der Menschen wie das rote Tuch die Aufmerksamkeit des Kampfstiers, sie lenkte ab von dem, was war, aber eben, dank ihrer Macht, sogleich nicht mehr war, und sie vermochte zu steuern, sie lenkte den Kahn der Wahrnehmung in die gewünschte Richtung.

Als Theodor das verstand, war er einen Schritt weiter als seine Mutter: Die Gegenwelt, die sie sich durch Leugnung der Realitäten geschaffen hatte, konnte mit Hilfe der Sprache zu einem angenehmen und bequemen Ort verschönt werden, an dem auch Dritte sich gerne aufhielten.

Reüssieren ist häßlich. Reüssieren ekelt mich an, erklang das dozierende Parlando des Grafen, und Theodor verstand den Satz so, daß es unwürdig sei, einen Menschen – und insbesondere sich selbst – an Resultaten zu messen. Das war etwas für Kaufleute. Eines Edelmannes Wert hing an seinem Sein, welches sich in seiner Sprache verkörperte, durch die es ins rechte Licht zu rücken war.

Drittes Kapitel

Seine in den Gesprächen mit dem Grafen von Mortagne erworbenen Erkenntnisse wandte Theodor zunächst in den naturwissenschaftlichen Stunden Meister De Broglies an. Als der trotz des mütterlichen Verbots wieder einmal seine Enterhaken auf die porösen Mauern von Theodors analytischem Verstand warf und von den Verlängerungen der einer Ellipse einbeschriebenen Sechseckseiten begann, die sich in den auf einer Geraden liegenden Punkten A, B und C schneiden, blickte Theodor ihn brennend interessiert an und sagte: War Pascal nicht, als er diesen Satz entwickelte, Mitglied der Académie Mersenne, der Vorgängerin der Wissenschaftsakademie, zu der auch Sie, Meister, gehörten?

In der Tat, antwortete De Broglie überrascht und mit einem freudigen, noch halb zögernden Lächeln.

Ich frage mich, fuhr Theodor fort, was ihn dann nach Port-Royal getrieben und von der Mathematik auf die Gottesgelehrsamkeit geworfen hat. Es besteht doch, nach dem wenigen, was ich beurteilen kann, ein erheblicher Unterschied zwischen der Logik dieser Kegelschnitte hier und der *logique du coeur*... Haben wir es nicht doch mit einem, nun ja, einem Nachlassen zu tun?

Hochinteressante Frage, lieber Baron, und ich möchte Ihnen aufs lebhafteste widersprechen. Zunächst einmal müssen Sie sich in das geistige – und geistliche – Klima der Zeit hineindenken, das an der Akademie herrschte ...

Das war, bemerkte Theodor, schon ein anderer Ton als zuvor, und die Stunde verging in einem vergnüglichen und lehrreichen Gespräch, gespickt mit Anekdoten aus der akademischen Laufbahn De Broglies, Ausfällen gegen die Kasuistik Escobar de Mendozas, Spekulationen über den Herzbegriff des Augustinus und Proben des existentiellen Optimismus. Theodor genoß es und konnte interessierte und interessant scheinende Fragen und Einsprengsel beisteuern, die De Broglie beständig das Gefühl vermittelten, es handle sich hier um einen Dialog.

Nach dem Ende ihres Kollegs war er zufrieden mit Theodor wie selten. Das macht zwei, dachte dieser stirnrunzelnd und fragte sich dann doch erstaunt und etwas ungläubig, inwieweit der andere das Spiel nur aus Gefälligkeit mitgespielt und dabei in keiner Sekunde Theodors Beschränktheit aus dem Auge verloren hatte oder ob es tatsächlich so einfach sein sollte, die Menschen von allem abzulenken, was einem unlieb war.

Gierten auch hartgesottene Logiker wie sein Lehrer im Grunde ihrer Seele nach nichts anderem als danach, eine Bestätigung ihrer Existenz und Identität zu erfahren, die ihnen lebensnotwendiger war als alle Theorie und Praxis des Denkens und Handelns?

Wenn er jedoch glaubte, dank erster rhetorischer Kniffe die Probleme gelöst zu haben, vor die ihn De Broglie stellte, so sah er sich bald getäuscht: Eines Tags schickte der Lehrer die sonst während der Unterrichtsstunden geduldete Amélie fort, nämlich als er Theodor, dessen Bildung zu einer von der Bibel und den Vorsokratikern bis hinauf zu den neuesten naturwissenschaftlichen Erkenntnissen reichenden Pyramide aufgeschichtet werden sollte, von der jüngst durch Leeuwenhoek mithilfe seines zweihundertsiebzigfach vergrößernden Mikroskops gemachten Entdeckung der Spermatozoen in Kenntnis setzen wollte.

Comment, Baron? Der Präzeptor riß die Augen auf. Sie haben noch nie... noch nie? Und sei es nur über die Bedeutung dieses Sekrets in ihrer offenen Hand nachgedacht?

Theodors vollkommen schafhafter Gesichtsausdruck ließ ihn innehalten.

M'enfin ... Sie wissen doch ... Er deutete auf die Pluderhose unter Theodors Gürtel. Sie wissen doch wohl, was damit anzufangen ist?!

Der junge Mann, oder in diesem Moment der rot angelaufene Knabe, wußte nur eines: Wenn er sich, allein im Bett liegend und von der Vergangenheit oder Zukunft träumend, die Nachmittagsbilder der Gartenspiele mit Amélie herbeizitierend, in unzähligen ineinanderfließenden Begegnungen mit Gestalten der Sage und Geschichte, reisend, kämpfend, lorbeerbekränzt, auf dem Bauch räkelte, sich drehte und wendete, sich streckte und zusammenrollte, vergrößerte und versteifte sich sein Glied, um das es De Broglie offenbar zu tun war, wobei wohlige Schauer den ganzen Körper durchrieselten; es war wie wenn man ganz müde ist vom Reiten oder Wandern oder Schwimmen und endlich im Bett die Beine ausstrecken kann.

Dasselbe Gefühl stellte sich auch ein, wenn Minne ausdauernd sein schulterlanges Haar kämmte – da begann es auf der Kopfhaut und lief von dort wie warmer Regen in kitzelnden Rinnsalen über Schläfen und Schlüsselbeine abwärts – oder wenn Amélie seinen Arm streichelte, daß die Flaumhärchen seines Nackens und seiner Arme sich aufrichteten, oder wenn die kühle Hand seiner Mutter auf seiner Stirn lag und seine Haarsträhnen um die Finger wickelte.

Es war ein Gefühl, das nur in vollkommener Reglosigkeit gedieh, ein Mit-sich-Geschehen-Lassen, es ähnelte dem Toter-Mann-Spielen auf der sonnenglitzernden Oberfläche des Sees und besaß ein süßes kreiselndes Nicht-zu-Ende-Kommen. Es begann leise wie eine Nachmittagsbrise, wurde ziehend und zehrend und verklang dann langsam wieder. Daß etwas daran zu fehlen schien, verlieh diesem Wonnegefühl eine Spannung wie sie ein unaufgelöster

Akkord besitzt, paarte es mit einer gewissen nervösen Erwartung auf mehr, in der Haut und den Gliedern, ließ es in den Fingerspitzen prickeln und öffnete Ausblicke auf weite Täler der Phantasie, die in seinem Abklingen leise und etwas melancholisch verschatteten.

Kurz, es war angenehm, höchst angenehm, ein lethargischer Genuß, der angenehmste körperliche Zustand, den er kannte, nun und? Worauf wollte der alte Franzose hinaus mit seinen Leeuwenhoek'schen Wie-sie-auch-immer-Hießen?

Der alte Franzose fragte nicht weiter und bat, sonderbar genug, um eine Unterredung mit Theodors Mutter. Die lauschte den Ausführungen des Magisters ungerührt mit kühlen grauen Augen.

Non, Monsieur, je n'ai pas l'habitude de surveiller la quequette de mon fils, war alles, was der am Schlüsselloch lauschende Theodor verstand, und er schloß aus alledem, an einer tödlichen Krankheit zu leiden, die De Broglie durch irgendeine Blöße, die er sich gegeben, entdeckt hatte. So war es also schon vorbei mit seinem Leben, und all seine Träume waren koboldhaft täuschende Schimären gewesen. Er sackte auf den Steinfliesen zusammen. Den kalten Schweiß von der Stirn wischend, begann er zu beten: Gott, wenn du – da öffnete sich die Tür, Theodor vermochte seine Haltung gerade noch rechtzeitig als Polieren seiner Schuhschnalle zu tarnen, und Amalia und De Broglie traten heraus. Der Todgeweihte blickte zwischen Mutter und Lehrer hin und her, und noch unerträglicher als die Sterbensgewißheit war die Indiskretion dieses Mannes, der von dem intimsten aller Geheimnisse, nämlich seinem bevorstehenden Tod, eher gewußt hatte als er selbst. Daß der Franzose auch noch lächelte, war das Ungeheuerlichste, denn auch, wenn er es tröstend meinte, war es doch eine der Tragik des Augenblicks schauderhaft unangemessene Geste.

Auf dem Wagen, der Mutter und Sohn in den Marktflecken brachte, erfuhr Theodor, daß es nicht ums Sterben ging, sondern um eine Operation. Aus ihren Andeutungen konnte er sich einiges zusammenreimen, vor allem aber – und das war schlimmer als der Tod, weil peinlicher –, daß er offenbar in einem gehemmten, unnatürlichen, frühkindlichen Zustand gelebt hatte, ohne es zu ahnen, eine Art retardiertes Monstrum also war. Dutzende von Anspielungen und Aufschneidereien der Dorfburschen, die er von fern gehört hatte, ohne sich einen Reim darauf machen zu können, bekamen mit einem Mal Relief. Die würgende Angst, zu kurz gekommen zu sein im Leben, ohne sich doch vorderhand exakt erklären zu können, wie und wodurch, weitete sich während der Fahrt zum Gefühl einer alptraumhaften Entfernung aus der Realität, als seine Mutter, mehr zu sich selbst, sagte: Einen Bader, einen Quacksalber kann man so etwas nicht tun lassen, das muß ein Mohel machen. Theodor verstand das Gemurmel nicht, er hatte plötzlich den Eindruck, eine fremde Frau sitze mit ihm im Wagen.

Der bärtige Mann mit den Ringellocken wiegte bei seinem Anblick bedächtig den Kopf und dienerte tief: Hoheit, ist kompliziertere Sache bei einem so großen Jingel wie junge Hoheit als bei kleinem Säugling...

Amalia schwenkte ein klingelndes Säckchen, und der Bärtige verneigte sich nochmals. Theodor hatte beschlossen, was immer ihm bevorstand, wie ein Mann zu bestehen. Als er aber sah, wie der Mann das zweischneidige Messer mit der runden Kuppe schärfte und einen flachen Schutzgriff darauf steckte, verlor er im Silberschimmern und dem drohend wetzenden Schabgeräusch das Bewußtsein.

Junge Hoheit hat sensible Konstitution, kommentierte der Mohel mitfühlend. Amalia nickte gespannt. Gewiß. Nun walten Sie Ihres Amtes.

Möchte Hoheit nicht vielleicht lieber...? Ist womöglich nicht gut für zarte Nerven.

Nie im Leben, rief die Baronin, werde ich meinen Sohn in einem solchen Moment alleine lassen!

Baruch-ha ba, entgegnete der Mohel, und es klang wie: Ich wasche meine Hände in Unschuld. Es folgte der Schnitt, das Blut spritzte, Amalia schrie auf: Er verblutet mir! Er verblutet mir!

Theodor erwachte, sah das Blut und wußte, er war verstümmelt.

Der Schwarzgelockte beruhigte seine Mutter. Der Blutverlust, durch mehrere schnell sich tränkende Binden aufgefangen, sei bei einem Vierzehnjährigen, der, nun ja, an der entsprechenden Stelle bereits voll durchblutet sei, normal.

Jedesmal wenn die verkrusteten Verbände gewechselt wurden, riß die Wunde wieder auf und blutete erneut, es dauerte Tage, bis die Heilung einsetzte.

Theodor beschloß, als alles verwachsen war, nach einem Blick auf die häßlichen, wie verbrannt aussehenden roten Hautwülste um die blaßrosa Eichel, die er mit einem gewissen sentimentalen Mitleid entdeckte und die ihn an ein aus dem Nest gefallenes, totes Vögelchen erinnerte, diese Zone seines Körpers in der altbekannten Manier zu ignorieren und zu vergessen. Außer zum Wasserlassen war das Ding nicht nötig, und so wie ein alter Feldherr sich damit abfinden mag, nach wiederholten Niederlagen ein Stück des von ihm eroberten und besetzten Territoriums auf immer und ewig abzuschreiben, verzichtete Theodor auf die bewußte Wahrnehmung und Nutzung dieses Fortsatzes, diesem Gefäß zu peinlicher Erinnerungen.

Es dauerte Monate, bis er in einer schlaflosen Nacht, dem gleichmäßigen Atmen seiner Schwester lauschend, das durch die offenen Fenster vom Nebenzimmer herüberklang, vor Einsamkeit verging und sich an irgend etwas festhalten mußte, um nicht von der Strömung seiner Sehnsüchte fortgeschwemmt zu werden. Das einzig Feste, was seine Hände fanden, war sein Glied.

Den verwachsenen, roten Hautwulst zu kneten, den er nicht ansehen wollte, war nicht gerade unangenehm, aber was zuvor an zärtlichen Sensationen seinen ganzen Körper durchflossen hatte, lief jetzt in dieser Spitze zusammen; eine Konzentration der Intensität und eine Verarmung zugleich. Er fiel, da es ganz deutlich wurde, daß seine Körpersäfte zu dieser einen Stelle hinstrebten wie ein Fluß im immer engeren und steileren Bett einem Wasserfall entgegen, in eine melkende Bewegung, die den eigentümlichen Juckreiz halb linderte, halb steigerte. Irgend etwas, soviel war deutlich, würde gleich geschehen, in irgendeinem Schlußakkord und Paukenschlag mußte dieses Crescendo doch kulminieren. Während er noch darüber nachsann, was es wohl sein und wie es sich in Überraschung und Schrecken bemerkbar machen werde, während sein Hirn in rascher Folge Bilder vorschlug und wieder verwarf, die zur Illustration und Übersetzung der Sinnenrevolte hätten dienen können, um schließlich bei körperlichen Details Amélies zu verharren – ihren abgearbeiteten, kräftigen Händen, den Adern und Sehnen in ihren Unterarmen –, begann plötzlich auf halber Höhe seines Rückenmarks eine Bewegung, der sein ganzer übriger Körper angespannt lauschte, eine Art Quecksilbersäule sank in einem engen Kanal zielstrebig den Rücken hinab und stieg dann vom Gesäß an schräg aufwärts durch seinen Unterleib, zwischen den Hoden hindurch hinauf und ans Licht.

Ein kurzer Krampf, eine über ihn hinwischende Bewußtseinstrübung, die behagliche Erschlaffung nach der zerplatzten Spannung und sofort danach die schale, schmutzige Ernüchterung, mit feuchten, klebrigen Fingern aus der Trance zu erwachen. Theodor schüttelte sich, um wieder zu Sinnen zu kommen, und zwei Worte formten sich in seinem Bewußtsein: Leeuwenhoek und Erbsünde.

Dazu also hatte seine Verstümmelung gedient: das heilige Gefäß zu entkorken, damit er in diesem es sich mit der

Erleichterung ein wenig zu leicht machenden Vergießen allen anderen gleichwerde. Die Sünde hat einen *horror vacui*, sie erträgt es nicht, daß man sich ihr verweigere im Stande der Unschuld. Dafür belohnt sie mit körperlichem Genuß, um die nachfolgende Scham vergessen zu machen. Hatte der holländische Forscher seine Spermatozoen, dieses Agens der Sündigkeit, nicht als eine Art Geißeltierchen beschrieben? Gott hatte sie zu Flagellanten gemacht, ihnen die Gestalt von Büßern gegeben, die des Menschen Drang sühnten, alles ans Licht zu zerren, alles sehen zu wollen und zeigen zu müssen.

Dieses Aufreißen seiner Haut und Sich-Vergießen aus einem Punkt war nicht nur ein Verlust an Reinheit, sondern vor allem die Aufdeckung eines Geheimnisses. Die Lösung war banal wie alle Lösungen, und halb, um sich selbst für seine fatale Neugierde zu bestrafen, halb in der Hoffnung, vielleicht doch noch etwas Zusätzliches bei der Sache entdecken zu können, begann er die Übung bald wieder. Aber es gab nichts weiter zu entdecken, außer daß der Körper enttäuschenderweise banale Genüsse sublimen Frustrationen vorzieht.

De Broglie kam wieder auf die Spermatozoen zu sprechen und ihre Aufgabe bei der Begattung.

Nun Baron, diese kleine Lusteruption, die Sie mittlerweile wohl erleben durften, ist eigentlich, bei Lichte betrachtet, für die Fortpflanzung nicht notwendig. Die Tiere kennen dergleichen offenbar nicht. Vielleicht ist es die menschliche Seele, die uns dafür empfänglich macht. Wir stehen also vor einem merkwürdigen Phänomen. Es scheint ganz, als sei die empfundene Wonne eine Art uns Menschen reservierter Dank der Natur fürs Perpetuieren der Gattung.

Die Natur, entgegnete Theodor kühl, dankt in kleiner Münze.

Er haßte seinen Lehrer seit dieser Geschichte, der andere wußte zuviel von ihm, hatte sein Leben in sündige Banalität hinabgezogen, sein Anblick wurde unerträglich. Und da Theodor all seine inneren Konflikte, Ängste und Hoffnungen in Hunderten von immer wieder variierten, neu ansetzenden inneren Monologen und Dialogen austrug, flog ihm in einem dieser imaginären Gespräche plötzlich ein böser Satz zu, der sich in seinem Alltagsbewußtsein festhakte und dort wuchs wie ein Geschwür, bis Theodor eines Tages nicht mehr umhinkonnte, ihn laut auszusprechen, sei es um ihn loszuwerden, sei es um auszuprobieren, wie in der Wirklichkeit funktionierte, was in seinen Wachträumen schon dutzendmal geschehen war.

Und eben weil er den Satz lautlos schon so oft und in so unterschiedlichen Betonungen ausgesprochen hatte, kam er ihm sehr glaubwürdig und überzeugend über die Lippen, als er ihn, zu seinen schulischen Erfolgen befragt, dem Grafen von Mortagne mit wohlabgewogen schockierter Stimme ins Ohr flüsterte. Dennoch war er froh, daß sein Gönner nur nickte und nicht noch einmal nachfragte.

Nun war er also auch böse geworden, aber da die hermetische Blase der Unschuld, in der er existiert hatte, durch De Broglies Indiskretion (so Theodors Interpretation) zerplatzt war, und er sich im Stand der Erbsünde befand, machte es schon nachgerade nichts mehr aus.

Am nächsten Morgen verabschiedete De Broglie sich bei Amalia. Dringende notarielle Angelegenheiten verlangten seine Anwesenheit in Dijon. Seinen Nachfolger werde der Graf in den nächsten Tagen schicken. Er warf einen melancholisch lächelnden Blick auf den kreidebleichen Theodor, der sich mühte, das Eis seiner Augen nicht schmelzen zu lassen.

Au revoir, Baron. Je n'ai plus rien à vous apprendre.

Theodor mußte feststellen, daß er nicht in der Lage war, ein Geheimnis männlich schweigend und finster einverstanden mit der eigenen Schlechtigkeit zu bewahren. Es war, als versuche er einen Deckel auf einen Topf mit kochendem

Wasser zu drücken. Keine vierundzwanzig Stunden nach De Broglies Abreise vertraute er sich, mit der Absicht, sich ihrem moralisch einwandfreien, aber von Liebe und Verständnis geprägten Urteil zu unterwerfen, seiner Schwester an.

Was hast du Mortagne gesagt? fragte sie erschüttert nach.

Du hast es schon richtig gehört, flüsterte Theodor zerknirscht, der die Worte nicht wiederholen mochte.

Amélie sah ihn ernst an: Du enttäuschst mich, Theodor. Das hätte ich dir nicht zugetraut.

Der Sünder erbebte wie über das böse Omen einer Wahrsagerin. Zugleich war jedoch mit dem Aussprechen des Tadels das Schlimmste vorüber, mit dem mutigen Anhören des Schuldspruches bereits ein Gutteil der Sühne abgeleistet und er der Vergebung nähergekommen.

Amélie, bitte sag, daß alles wieder gut wird.

Alles wird wieder gut, wenn du Mortagne die Wahrheit sagst und dich entschuldigst.

Ja, das will ich tun, antwortete Theodor inbrünstig. Du aber wirst mich doch immer lieb behalten?

Natürlich behalte ich dich lieb!

Und ebenso natürlich sagte Theodor Mortagne kein Wort; er nahm es sich so lange vor und formulierte die Sätze so oft im Geiste, daß er sich irgendwann beinahe so fühlte, als hätte er sie laut ausgesprochen, sich mit dieser halben Erleichterung begnügte und den Rest der Zeit überließ. Amélie war zu hochherzig, jemals nachzufragen.

Aber obwohl De Broglie fort war, konnte Theodor die durch ihn erlittenen Erniedrigungen nicht vergessen. Er ging durch Haus, Garten und Dorf wie mit roter Farbe angestrichen und betrachtete jedermann mit einer geheimen Abneigung und Rachsucht. Am liebsten hätte er sich in Luft aufgelöst, wäre verschwunden, irgendwohin, wo er ein unbeschriebenes Blatt war, wo nur das Sein zählte und nicht das – mangelhafte – Tun.

Aber als der Graf von Mortagne in Aussicht stellte, er wolle, um seine Erziehung zu vervollkommnen, indem er sie in eines der ersten Häuser Europas verlege, Theodor einen Platz als Page von *Madame* bei Hofe vermitteln, einer Landsmännin, die in ihrer Gesellschaft gerne das heimische Idiom erklingen höre, hoffte Theodor nur eines: daß seine Mutter ihn *nicht* gehen lassen würde.

Amalia selbst wußte nicht recht, was sie davon halten sollte, ihren Sohn nach Versailles zu verlieren, wenn sie sich auch eingestand, daß dies der einzige Weg war, die Keime, die sie in ihn gelegt zu haben hoffte, zum Blühen zu bringen. Nur hätte sie selbst sie eben gerne blühen sehen. Seit der Geburt ihres Sohnes war sie der begleitende Schatten, der Chronist und Hüter dieser Existenz gewesen, und sollte die ihr nun entrissen werden, was bliebe dann noch?

Der Graf von Mortagne hatte, auch was das betraf, seine Pläne und Vorschläge und teilte sie Amalia eines Abends hinter verschlossenen Türen mit. Das Fenster des Nebenraumes allerdings war nicht geschlossen, und dort standen Theodor und seine Schwester und lauschten mit angehaltenem Atem, um mitzuhören, wie über ihre Zukunft zu Gericht gesessen wurde.

Mortagnes Frage hatten sie nicht verstanden, Theodor drehte sich zu Amélie um, die die Achseln zuckte.

Aber dann hörten sie das leise Nein ihrer Mutter und faßten sich an den Händen.

Offenbar stand Mortagne auf, kniete sich vor den Kamin, ergriff den Blasebalg und pumpte. Die Flammen beantworteten das Schu-Schu des Luftstrahls wie ärgerlich zischende Schlangen.

Die darauffolgenden Geräusche machten keinen rechten Sinn.

Wieder war Amalias Stimme zu hören: Nein, Graf. Und wieder folgten Geräusche, über deren Bedeutung die

Geschwister sich mit fragenden Blicken zu verständigen suchten.

Nach einer beunruhigenden Gesprächspause hörten sie von neuem die Stimme ihrer Mutter. Sie sagte nur ein Wort: Ach, dies aber in einem Ton, den sie noch nie an ihr gehört hatten.

Sie sahen sie erst am folgenden Morgen wieder, als sie Theodor beim Frühstück mitteilte, Mortagne, der bereits abgereist sei, werde am morgigen Tag zurückkommen und ihn nach Versailles mitnehmen, zu seinem Besten und ihrem größten Stolz.

Er versuchte, in ihre Augen zu tauchen, aber die Brunnenschächte waren abgedeckt.

So war, ohne Vorwarnung, der Tag des Abschieds gekommen. Jetzt schien alles schnell gegangen zu sein, das ganze Leben. Das Haus, der Garten, alles wurde leicht unter seinem loslassenden Blick, alles zerstäubte wie in zu heller Sonne, und Theodor fragte sich, ob das, was seine Augen nicht mehr sähen, fortbestehen werde oder ob die Welt hinter jedem seiner Schritte zu Nichts zerfiel.

Amélie, mit der er über den gestrigen Abend kein weiteres Wort verloren hatte, war im Garten, und ein Gefühl von Vergänglichkeit trieb ihn in ihre Arme. Er hielt sie fest, als sei sie die fliehende Zeit. Sie sah ihn überrascht und belustigt an.

Mit einer kuriosen Mischung aus Verzweiflung und Neckerei sagte Theodor zu ihr: Laß uns noch einmal Königskinder spielen.

Zu seinem Erstaunen willigte sie ein. Sie schritten untergehakt durch den Garten, schritten zum Tanz, begannen mit zierlichen Schritten und Schwüngen, wurden immer wilder, drehten sich schließlich wie die Derwische und lagen irgendwann betäubt im Gras.

Als Theodor weitermachen wollte, hob Amélie abwehrend die Hand, es sei genug, sie fühle sich nicht ganz wohl.

Sofort ließ er von ihr ab. Im Gegensatz zu den hinterwäldlerischen Dorfmännern faszinierte ihn das Mondgeheimnis der Frauen. Er empfand eine nicht recht tief gedachte, aber dafür treu gehegte Hochachtung vor Amélie in dieser Periode, ein wenig wie gegenüber einer Stigmatisierten. Diese würdig ertragene unsichtbare Wunde, diese mysteriöse Öffnung in ihrem Leib, aus der sie regelmäßig ihr Blut vergoß, ohne sterben zu müssen, verlieh ihr in Theodors Augen etwas Märtyrerhaftes, das so gar nicht mit dem Bild seiner ganz diesseitigen und still heiteren Schwester in Einklang zu bringen war. An solchen Tagen wünschte er insgeheim, sie anbeten zu können wie eine Heilige oder befragen wie eine Pythia.

In der Ernüchterung nach der Hitze des Tanzes war plötzlich der Abschiedsschmerz präsent, der ihn wie eine Sinneslupe alles näher und schärfer empfinden ließ: den ungeheuer lebendigen und dabei so unköniglichen Schweißgeruch, den die erhitzten Achseln seiner Schwester ausstrahlten, die männlichen Adern an ihren Unterarmen und ihre schmutzigen Knabenfinger in seiner manikürten Hand, in deren Teller peinvoll die Erinnerung an die klebrige Nässe der kürzlich erst wieder ans Licht beschworenen De Broglie'schen und Leeuwenhoekschen Spermatozoen juckte, Amélies mondhaftes, fließendes Unwohlsein und die vage Vorstellung von jener Öffnung, jenem Blutquell in ihrem Leib – im Zentrum des Musters blieb ein blinder Fleck, etwas Beängstigendes und zugleich Verheißungsvolles.

Mit dem nächsten Atemzug trat er für die Dauer eines Herzschlags in eine Trance ein, in der er blind und taub für seine eigenen Gesten und Bewegungen war. Dann spürte er die Hand seiner Schwester auf der Brust, schlug die Augen auf, fand sich dicht vor ihrem Gesicht, sie küßte ihn mit trockenen Lippen auf den Mund und flüsterte: Hoheit, wir sind abgesetzt. Jetzt wollen wir gemeinsam sterben. Sie legte sich flach auf den Rücken, er folgte gehorsam. Sie lagen da wie die *gisants* romanischer Basiliken, zwei steinerne Skulpturen mit auf der Brust gefalteten Händen, wortlos, reglos, nur der treue Hund zu ihren Füßen fehlte. Theodor schlug die Augen auf und antwortete verspätet: Ja, das wollen wir.

In diesem Zustand müde-wunder Empfindsamkeit verblieb Theodor den ganzen restlichen Tag. Er floh vor dem enervierenden Tick-Tack der Standuhr, das ihm den Kopf zu sprengen schien, auf den stillen Dachboden und kaute einen trockenen Brotkanten so ausdauernd, bis er vor lauter süß-sauren, pikant-mürben Geschmackssensationen fast die Beherrschung verlor und ihn ausspucken mußte. Dazu kam noch die Angstlust angesichts der bevorstehenden Abreise. Abends im Bett war er hellwach. Er empfand das Bedürfnis zu beten, oder besser gesagt, mit Gott Zwiesprache zu halten.

Glaube mir, mein Französisch ist lange nicht so gut, wie ihr alle offenbar meint, ich habe auch keine Ahnung von höfischer Etikette, ich werde mich lächerlich machen, und du weißt, wie löchrig und fadenscheinig meine Kenntnisse sind. Es wird ein Eiertanz werden, du mußt mir helfen, mich da durchzumogeln, mich unsichtbar zu machen oder die anderen mit Blindheit für meine Schwächen zu schlagen.

Für Amélie war ein Frauenleben vorgesehen, Mortagne würde sie über kurz oder lang verheiraten, die Bestimmung seiner Mutter hatte sich mit dem Flüggewerden ihrer Kinder erfüllt. Ohne es sich eingestehen zu wollen, wußte Theodor, daß es unmöglich war, die Uhr des Lebens hier anzuhalten und es in einen Dornröschenschlaf fallenzulassen, bis er wieder zurückkam und alles erneut zum Leben erweckte, ohne eine einzige Sekunde verpaßt zu haben.

Sein pochender Herzschlag war in den weicheren Rhythmus des schlafenden Ein- und Ausatmens seiner Schwester eingebettet, den er durch die offenen Fenster wahrzunehmen glaubte, und wieder, wie schon am Nachmittag, fiel Theodor in eine taub-blinde Trance, in deren Bann er willenlos aufstand, die Tür öffnete, über den Korridor schlich und lautlos in Amélies Kammer glitt.

Die Sphäre der Stille, die diese Kammer war, weckte Theodor aus seiner Betäubung. Er fühlte sich wie ein Nachttier, eine Katze mit aufgestellten Schnurrhaaren, die sich lautlos bewegt, alles sieht, hört und von der Luft um ihren Körper wie elektrisiert ist.

Es war eine einfache Kammer, nur ein Bett darin, der Waschtisch mit der marmornen Platte, darauf Wasserkrug und Waschschüssel, eine Wäschetruhe, das Handarbeitskästchen mit dem Intarsienwerk, auf dem das *métier* lag, der Stickrahmen mit eingespanntem, noch nicht bearbeitetem Leintuch sowie der Klöppelbrief und das Kissen. Alles war von der bläulichsilbrigen Glasur des Mondlichts überzogen, Theodors Augen gewöhnten sich rasch daran.

Amélies Körper war vollständig zugedeckt, nur der braune Schopf war sichtbar und ihr linker Arm, der aus dem Bett hing.

Behutsam machte er einige Schritte, griff den Dreifuß, der vor dem Handarbeitskommödchen stand, stellte ihn neben das Bett und ließ sich lautlos darauf nieder. Streckte er jetzt die Hand aus, konnte er Amélie berühren. Er rückte den Stuhl ein wenig beiseite, aus Angst, sein Atem auf ihrer Haut könnte seine Schwester aufwachen lassen.

Um noch unsichtbarer zu werden, paßte er seine Atmung der der Schlafenden und der Natur an, bis er zu einem Teil des Dekors geworden war, das sich ausdehnte und zusammenzog wie das leise knarrende Holz.

In regelmäßigen Abständen ertönte das reine, gepfiffene C einer Kröte. Er lauschte der Atmung seiner Schwester, die zum fernen Rauschen eines Flusses, zum Säuseln des Windes in Pappeln wurde. Er roch das *potpourri* mit der

Lavendelkopfnote und die in der Wäsche gefangene Sonnenwärme. Den Flacon auf dem Nachttisch umgab wie ein Hof den Mond ein schwacher Duft nach Rosenwasser.

Töne und Gerüche, die ihn durchflossen, formten sich zu pastosen Bildern, Idyllen seines Lebens, an deren Horizont die Zukunft wetterleuchtete und die auf einen hellen Untergrund gemalt schienen, der sich, indem Theodor genauer hinsah, als der weiße Arm Amélies erwies, auf den seine Augen die ganze Zeit gestarrt hatten.

Der sanft modellierte längliche Bizeps war von einem feinen Aderngeflecht durchzogen, über die leicht angewinkelte Ellenbeuge verliefen zwei zarte Querfalten, und dort saß unter der hellen Haut wie ein dunkelblauer Skarabäus eine Vene, die zunächst wieder unter dem Schneefeld des Unterarms verschwand, um gleich einem unterirdischen Fluß am Gelenk erneut aufzutauchen, sich zu verzweigen und ins Delta der Hand zu münden.

Der Farbwechsel von der bleichen Glätte des Arms zur rötlichen, wulstigen Muschel des Handtellers war schockierend, wie wenn ein Kirchenlied mit einem Fluch endet. Diese halbgeöffnete Hand wirkte obszön gegen den Arm, so fleischig zwischen den Abschnürungen der Handlinien, eine tropische Pflanze, deren unbewegliche Blütenblätter, die Finger, nur darauf zu warten schienen, daß ein Opfer, angelockt von der rotglänzenden, feuchtwarmen Kelchhöhlung, sich in ihr verlor, um sich zu schließen.

Theodor beugte sich instinktiv nach vorn, um die Nase näher an diese Sumpfblume zu führen und die in ihren Poren gespeicherten Gerüche nach Erde, Schweiß, Zwiebeln und Rosenwasser einzuatmen, zügelte dann aber seine Bewegung. Wie ungeschützt dieser weiße Arm dalag, halb hing, als habe er sich schon aufgegeben. Wie vergänglich er war. Und welches Gefühl der Dringlichkeit angesichts dieses dem Tod so schutzlos preisgegebenen Lebens. Dringlichkeit wessen? Theodor wußte es nicht. Es war ein allgemeines, allumfassendes Gefühl von Dringlichkeit. Eine Nacht, ein Tag, ein Wimpernschlag, und schon würde alles der Verwesung anheimfallen, würde nur noch Erinnerung an ein Leben sein, das verdunstete wie Tau in der Morgensonne.

Theodors Pulsschlag erhöhte sich, sein Atem wurde kürzer. Je länger er vor seiner Schwester saß, desto übermannender wurde sein Begehren, ihren Arm zu streicheln, ihre Hand zu pressen, bis das Blut aus ihr wich und weiße Druckstellen zurückließ, in die von den Rändern her langsam wieder das Blut zurückkehrte. Aber dann bemerkte er, daß er, einen Atemhauch vom Objekt seiner Sehnsucht entfernt, genau diese Spannung, die letzten Zentimeter nicht überbrücken zu können, wollte er den Zustand zehrenden Glücks nicht beenden, intensiv genoß.

Schauer durchrieselten seine Schenkel und Schultern, eine Müdigkeit legte sich auf seinen Nacken und in seine Kniekehlen, und seine Kopfhaut prickelte. Sein Blick wurde schärfer, und er hatte den Eindruck, seine Haut straffer auszufüllen, die sich wie ein Handschuh aus Eidechsenleder um seine Nervenenden schmiegte, und nicht mehr um sie schlotterte wie ein Wollfäustling.

Er sah seine Schwester wie eine makellose, geschlossene Sphäre, und auch sich selbst: geschlossen, makellos, und zwischen ihnen züngelten Blitze wie Elmsfeuer. Wieviel süßer das Geheimnis war, die letzte Unschärfe, als die banale, kalte Logik der Auflösungen. Kein forschendes, sezierendes Skalpell wollte er an diese beiden Sphären setzen, die Spannung wollte er, die ungelöste Spannung, in der die Sehnsucht sich langsam hochspiralte, als spiele ein Orchester das immergleiche Thema, mit jeder Schraubendrehung einen Halbton nach oben versetzt, ohne je zu einem Ende zu kommen.

Gegen Morgen schlich er aus dem Zimmer und dem Haus.

Er hatte mit vollen Händen Wasser aus dem Krug geschöpft und sich gegen Gesicht und Brust geklatscht. Aus den Steinfliesen, auf denen er mit bloßen Sohlen stand, stieg die Kälte seine Beine hoch und bis in die Ellbogen und Zahnwurzeln. Draußen tschilpten und zirpten die Vögel ohrenbetäubend in den erwachenden Tag. Die Schwalben sichelten durch die diesige Luft. Kurz bevor die Sonne erschien, kochte der schieferfarbene Himmel zu weißem Glast auf, dann wurde der Wind warm, und die Lerchen stiegen, man konnte sie als schwarze, tanzende Flecke im Licht erahnen, und Theodor fühlte sich, als könnte er an diesem Vormittag, immer den Feldweg entlang, mühelos einmal um die Welt laufen, den Kopf beständig zurückgewandt, wo die immer tiefer werdende Landschaft seiner Vergangenheit den Reichtum seiner Existenz beglaubigte.

Und was war dann geschehen? Schon saß er auf dem Kutschbock von Mortagnes Kalesche, durchquerte den Argonnerwald, dessen Buchenstämme wie oxydiertes Kupfer leuchteten, tauchte vom lothringischen Plateau hinab ins sonnenheiße Tal der Marne. Dort hinten zeichneten sich schon die Rauchsäulen der Kirchtürme von Chalons im Lichtdunst ab. Was war geschehen? Er hatte heimlich das enge Korsett angelegt, in dem er schwitzte und das ihm die Reise zur Qual machte, aber in dem er für Mortagnes und aller Welt Augen so schlank und nobel aussah, wie man es von ihm erwartete, er hatte in den Armen seiner Mutter gelegen, die ihn den ganzen Vormittag über angesehen hatte, als lese sie in einem Buch, das sie auswendig kannte. Wie sah sie eigentlich aus? Womöglich hatte er versäumt, ihr Bild so in sich aufzunehmen, daß er es nie vergessen würde? Was hatten sie einander zum Abschied gesagt? Und Amélie? Fort war sie, alles schon fort und wie nie gewesen, und er schwor sich, sobald wie möglich zurückzukommen und auch dieses Leben, das nur unterbrochen war, weiterzuleben, neben dem neuen, zu dem es ihn jetzt hinzog.

Im Gasthaus, wo sie einkehrten und die Pferde gewechselt wurden, starrte eine Magd ihn unverblümt an, ging dann behäbig und breitbeinig in die Scheune und sah sich noch zweimal über die Schulter nach ihm um.

Einmal fuhren sie an löwenzahngelben Wiesen vorüber, Schafe grasten träge, und im Gras lag eine Hirtin im braunen Kleid und hielt einen Halm im Mund. Wie seltsam der Anblick dieses Mädchens ihn berührte, dessen Leben er ebensogut hätte führen können wie sein eigenes. Er hatte das Gefühl, seine Seele könne mühelos aus seinem Körper in den einer dieser Gestalten am Wegesrand fahren, der Angler oder Lastkahnschlepper auf dem Treidelpfad des Flusses.

Mortagnes rumpelnde Kutsche riß ihn fort durch Raum und Zeit, er wußte nicht einmal mehr, ob er sich überhaupt von Mutter und Schwester verabschiedet hatte. Was würde aus ihnen werden, wenn er fort war?

Die Jugend ist vorüber, Baron, rief Mortagne, als sie ihre Zimmer aufsuchten. Morgen abend sind wir in Versailles.

Viertes Kapitel

O niederschmetterndes Déjà-vu! Theodor, den Mortagnes Kutsche, wie er glaubte, allen peinlichen Erinnerungen entrissen hatte, fand sich am Ziel der Reise vor die Aufgabe gestellt, eine mathematische Gleichung zu lösen, die sich ungleich komplizierter darstellte als alles, woran er schon in den Stunden mit Meister De Broglie gescheitert war.

In einer visuell beeindruckenden Imitation der kabbalistischen Welt geometrischer Zeichnungen versuchte Theodor das Schloß horizontal in Ebenen der Wichtigkeit, vertikal in Säulen geographischer Zugehörigkeit zu unterteilen und verband die einzelnen Niveaus mit Diagonalen und Treppen. Aber das reichte bei weitem nicht aus. Das ohnehin schon unverständliche Diagramm mußte noch mit diversen Kreisen kompliziert werden, in deren Mittelpunkt kleine Fixsterne saßen, umkreist von ihren Trabanten. Die Arbeits- und Funktionsbereiche breiteten ein enges Raster über das Gekritzel, das schließlich an der Unmöglichkeit der Wiedergabe einer Art Kräuselung scheiterte: Ganze Flügel, Bewegungen, Uniformen, Gesten und vertane Tage, Umherhuschen und Stimmen, tanzende Körper und hallendes Gelächter, die nichts und niemand zuzuordnen waren, verzerrten die Wahrnehmung, wie wenn der Wind über den See geht und alles Gespiegelte in Licht und Schatten auflöst. Außerdem hätte das wahnwitzige Schaubild noch von unregelmäßigen Parabeln durchwellt gehört, das Ansteigen und Abfallen einer allgemeinen Spannung darstellend, die von unbekannten Ereignissen herrührte, Besuchen, Abreisen, Aufführungen, Festivitäten, welche sämtliche Niveaus, deren Verbindungen, die Kreise und die Flimmerfelder in zusätzliche, unberechenbare Bewegung versetzten und durcheinandergeraten ließen.

Und alledem floß noch eine vierte Dimension zu, die die Lösung der Gleichung, die Theodor aufgegeben war, vollends unmöglich machte: Die Zeit, die Dauer, das Wissen um Tradition und Langlebigkeit, das jede Bewegung, Geste und Handlung nach hinten zu einem unendlichen Raum hin öffnete, und alles als die Konsequenz weit herkommender, gewachsener Entwicklungen und Prozesse erkennen ließ.

Und all das, all dieser pulsierende Wirrwarr berührte noch gar nicht das Innerste, das Unsichtbar-Numinose, das schlagende Herz im Zentrum, die Sonne, die diesen Kosmos am Leben hielt, den Kreis des alt und bigott gewordenen und an all den Lustbarkeiten und Tollheiten seiner Welt kaum mehr partizipierenden Königs, seiner allerchristlichsten Majestät Ludwigs des Vierzehnten.

Dabei hatte der erste Anblick Theodor noch beglückt: Eine Zentralperspektive mit dem Fluchtpunkt des weiß leuchtenden, rasch sich vergrößernden Schlosses, während Sand und Kies von den Pferden aufgewirbelt wurden und den Ausblick auf das Camelot der Neuzeit mit avalonschen Nebeln verschleierten. Er hatte kein Auge für die Umgebung, starrte nur voraus, und da lag es, hinter der majestätischen schwarzen *grille d'honneur*, ockergolden, immens, überwältigend in seiner Schönheit.

Aber das dauerte nur kurz. Das Schloß entpuppte sich rasch als dreidimensionales Labyrinth mit einem jedes Raumgefühl verhöhnenden Treppengewirr, ein steinerner Moloch, der den Umherirrenden fraß und verdaute. Unaufhörlich tauchten neue Gesichter auf. Es war ein Kommen und Gehen, Türen-Aufstoßen, Zimmerfluchten-Durchhasten, in Sälen Verschwinden von Körpern und Gesichtern, und sobald ein Kabinett sich öffnete, befreite sich der gefangene Gestank nach Urin und Kot und mischte sich mit dem talgigen Geruch nach altem Schweiß, der unter den Perücken weste, daß man zurückprallte.

Unmöglich, in einem Gesicht zu lesen, ein Wort zu verstehen, war man der Codes, der Zeichensprache nicht mächtig, in der hier kommuniziert wurde.

Der erste Impuls, irgendeinen Auslöser zu entdecken, von dem aus all diese Bewegung einen Sinn bekäme, stellte sich rasch als illusorisch heraus. Dergleichen gab es nicht. Dennoch brach nicht alles zusammen, stand der Komplex auch am nächsten Morgen noch, rumpelten die Wagenkolonnen der Lieferanten herein, beschleunigte sich das nächtlich ein wenig verlangsamte und mit kleinerer Besetzung fortgeführte Ballett von neuem.

Vielleicht, dachte Theodor auf seinen ersten Botengängen, war das ganze undurchsichtige Getriebe dieser Arche ja nichts anderes als die Summe solcher Wege wie der seinen, gespickt mit unerwarteten Zusammenstößen, vom Kurs gebracht durch Abschweifungen, Irrgänge und Aufenthalte, tausendfach potenziert, sinnvoll und zielgerichtet im einzelnen, aber sich in seiner Gesamtheit zu einem gigantischen, wahnsinnigen Gewusel ballend.

Es schien die ersten Tage, in denen er bis in die Gesichtsmuskeln wie gelähmt war von der schieren Größe des Schloßkomplexes und dem Wald ineinander übergehender, einander gleichender Gesichter, vollkommen hoffnungslos, jemals so etwas wie Orientierung und Übersicht zu erlangen, und sei es nur im engsten Kreis um ihn herum, was doch, das spürte Theodor, überlebensnotwendig war, wollte er nicht unter die Räder kommen.

Seine Herrin, *Madame*, die *Palatine* wurde sie überall genannt, sah er zum ersten Mal am zweiten Tag nach seiner Ankunft. Eine massige alte Dame in grünem Brokat, die ihn in ihrer blühenden Runzligkeit an einen Obstbaum erinnerte. Ihr breites Gesicht saß auf einem zum Fettkranz geschwollenen, den Hals verbergenden Doppelkinn, das die Bewegungen des Kopfes nicht immer ganz mitmachte. Der Kopf drehte sich weg, der Wulst blieb liegen. Ihr Hühnermund spitzte sich unter einer breiten, hohen Oberlippe, einer großen, leeren Fläche und so bleich, als habe die Herzogin sich soeben erst einen buschigen grauen Walroßschnäuzer abrasiert. Ihre wachen, beständig feuchten Äuglein musterten jedermann mit mißtrauischen (aber wer blickte hier nicht mißtrauisch?), häckselnden Blicken, woraufhin die zerkleinerten Eindrücke hinter der hohen, faltenlosen und schön gewölbten Stirn in die Wursthäute der Erinnerung gestopft zu werden schienen.

Die große Frau wußte durchaus, wen sie vor sich hatte, als er sich, im Vorzimmer von einem Lakaien angeleitet, ihr dienernd näherte, was, wie Theodor anhand der aufmerkenden Umstehenden befriedigt bemerkte, offenbar nicht selbstverständlich war. Sie duzte ihn sofort.

Ei, Theodor, sagte sie, nachdem sie sich seine Geschichte angehört hatte, deren Darstellung sie mit erhobenen Händen (kürzer, schneller), offenen Handflächen (sprich dich aus), flatternden Fingern (will ich nicht so genau wissen) dirigiert und in ihr genehme Formen und Proportionen gebracht hatte, ei, Theodor, jetzt gehst du als' mal da drüben in die Kammer und stellst dich da ans Fenster und guckst, wann die Leute kommen und gehen, die ich hier auf dieser Liste stehen hab, gell. Man wird dir dabei helfen.

Oui, Madame, flötete Theodor, rot vor Stolz, ihre Handzeichen so fehlerlos interpretiert zu haben, als seien sie ein Code, den er schon seit Jahren perfekt beherrsche. So erblickte er gleich zu Anfang, was mancher der Glücklichen, der nicht dort hausen mußte, die »Kloake von Versailles« nannte, das im großen Innenhof verborgene und von außen unsichtbare »Armenviertel« des Schlosses.

Mehrere Reihen lieblos hochgezogener, spitzgiebliger,

mietskasernenartiger Wohnhäuser standen dort, von Hofmauer zu Hofmauer reichend, dicht an dicht, kleine Lichthöfe dazwischen, hölzerne Außentreppen führten in die vier Etagen eines jeden, das dennoch niedriger war als das nur zwei Stockwerke umfassende Schloß. Die Häuser waren durch Arkaden miteinander verbunden, die ebenso im Schatten des Palastes lagen wie die kleinen Fenster der niedrigen Wohnungen.

In dieser Düsternis und in Zimmerchen, die nicht größer waren als Gefängniszellen, hausten, wie Theodor später erfuhr, mehrere tausend Männer und Frauen, die meisten von ihnen Adlige, die zu Hause auf dem Land in hundertmal komfortablerem Rahmen gelebt hatten. Sie waren aus allen Teilen des Landes an den Hof gedrängt, um der Sonne des Königs teilhaftig zu werden, und lebten in schwer vorstellbarer Promiskuität, was auch der Grund war, warum man ihr Kommen und Gehen, von Kammer zu Kammer, von Block zu Block, wie die *Palatine* es jetzt von Theodor verlangte, von den Fenstern der Beletage ausspionierte.

Er selbst mußte nicht so tief anfangen, sondern genoß auch weiterhin Privilegien, die seiner inneren Überzeugung, ein Auserwählter zu sein, der nur vorübergehend inkognito auftrat, weiter genügend Nahrung zuführten. Er brauchte nicht Arbeit in einem niederen Sinn zu tun, Mortagne, den er in den ersten Monaten nur zweimal zu Gesicht bekam, sorgte nach wie vor für seine schulische und edelmännische Ausbildung, die Stunden vor lateinischen, englischen und italienischen Büchern, die Räume, in denen er studierte, das bleiche, von einem Tic, der das linke Auge und den linken Mundwinkel aufeinanderzuzog, durchzuckte Gesicht seines neuen Lehrers, des Abbé Ducreux, und das altrosa getönte Vorzimmer von *Madame* wurden seine Zuflucht, seine Fixpunkte im unbegreiflichen Chaos von Versailles.

Im Kabinett der Pfälzerin wurde auch Politik gemacht,

aber so – kam es Theodor vor – wie in jedem zweiten Raum des Schlosses: auf eine hypothetische, kinderspielhafte Weise, als träfe man sich zum Schach und räumte hinterher die Figuren verdrossen und enttäuscht angesichts all der verpufften Geistesanstrengung zurück in ihr Holzkästchen. Es wurde intrigiert, worum, wußte Theodor nicht. Damenzirkel schlossen sich ein, seltsame gepuderte Herren mit krankhaften Rougeflecken auf den Wangen trippelten ein und aus, die Lakaien und Zimmermädchen klatschten und übertrumpften einander im beiläufigen Fallenlassen ellenlanger Namen, von denen keiner Theodor etwas sagte. Bittsteller standen Schlange, sie kamen aus der Provinz, sie kamen aus der verwüsteten Heimat von Madame, ihr Akzent war durch geschlossene Türen, ohne daß man ein Wort verstanden hätte, nur am Klang sofort zu erkennen. Sehr viele jüngere Damen und Herren saßen herum, kamen und gingen, von einer sonderbaren Unruhe getrieben, und unterhielten sich stundenlang, in offenbar grenzenloser Kenntnis der Örtlichkeiten, darüber, was man tun könne, am Nachmittag, heute abend, heute nacht, am morgigen Tag, um sich die Langeweile zu vertreiben.

Eine Unmenge Zeit, die für die mehr oder weniger ständigen Bewohner des Palasts allerdings auch im Übermaß zur Verfügung stand, wurde auf die Veränderung, Verschönerung, Verkleidung und Verwandlung der Körper verwandt. Theodor war regelmäßig zugegen, wenn Madame am Vormittag, bevor sie ihren Sohn zu einer fünfminütigen *entrevue* empfing, hergerichtet wurde. Was ihm zunächst in jugendlicher Unduldsamkeit lächerlich und absurd vorkam, fing nach einiger Zeit an, ihn zu beeindrucken. Soviel Ausdauer und Mühe, so viele Cremes, Essenzen, Parfumflaschen, Batisttücher, so viele Hände des Perückenmachers, Coiffeurs, der Schneiderin, der Zofen, soviel Verschleierung – die Haut wurde weiß grundiert, die Schönheitsflecke mehrmals versetzt, die geschwollenen Knöchel bandagiert, um in die Schnürstiefeletten eingeführt werden zu können, die hellbraunen Altersflecken auf den Händen überschminkt, die Garderobe der Jahreszeit, dem Wochentag, der Stunde, der Sonneneinstrahlung, der Tapete des zum Gespräch bestimmten Raums angepaßt – soviel Aufwand, um aus einer häßlichen alten Frau, ja, was zu machen? Eine immer noch häßliche alte Frau, aber eine, die aus Höflichkeit oder Eitelkeit mit allen Mitteln gegen diese Zumutung der Tatsachen anging.

Manchmal, wenn er stundenlang zugesehen und assistiert hatte, schien es Theodor, als sei der Schein, der häßliche Schein, das Werk der Natur, und alle menschliche Mühe diene dazu, den Schleier dieses Scheins fortzureißen und die höhere Wahrheit des Gewünschten ans Licht zu ziehen. Denn bestand nicht eine direkte Verbindung zwischen den Retuschen, die an Madame vorgenommen wurden, und der Art, wie im Park aus der wildwuchernden Natur ein Extrakt von Maß und Schönheit herausdistilliert war, oder der Verwirklichung der alten menschlichen Idee, ein Dach über dem Kopf zu benötigen, in der Architektur des Schlosses?

Es waren im übrigen keineswegs nur die Frauen, die Stunden damit verbrachten, sich zu schminken und Kleider zu probieren. Zahlreiche Männer taten das gleiche. Einige von ihnen waren ungeheuer effeminiert, ohne daß das irgendwen schockiert hätte. Sie alle einte die gleiche zärtliche Aufmerksamkeit, die sie der eigenen Person widmeten, ein ständiges Bemühen, gut auszusehen, in Form zu sein, brillant aufzutreten; eine kreiselnde Selbstbezogenheit, die sie den Damen zum Verwechseln ähneln ließ und die die gesamte Schloßstadt in ein androgynes Licht tauchte, das Theodor blendete.

Die Wahrheit zu sagen, fand er, sobald er sich an dieses Licht gewöhnt hatte, nichts weiter daran auszusetzen. Gewiß, er war ein Mann, weil Gott eben seinerzeit, um ein wenig Ordnung zu schaffen, die Menschen in Mann und Frau geschieden und der Zufall ihn ja nun auf einer der Seiten hatte plazieren müssen. War aber von einer physischen Gegebenheit unbedingt auf eine existentielle zu schließen? Das männliche Verhalten mit seinen Konventionen, denen er ihren Willen tat wie nörgelnden Kindern, bildete sozusagen das Alltagskleid seines Lebens, was aber war natürlicher, als daß seinem reichen Seelenleben auch andere Gewänder zur Verfügung standen? Wenn es weiblich war, sich in wollüstigem Genuß kämmen zu lassen, nun, dann gebot er eben auch über weibliche Eigenschaften, und wenn es für männlich galt, andere Männer in die Seite zu puffen, grobianisch auf die Schulter zu schlagen, einander beim Pissen den Schwengel zu halten oder in durchsoffenen Nächten mit immer schwererer Zunge dem Freund die Welt und die eigene Misere zu erklären, kurz, wenn Mangel an Würde, Zurückhaltung und Abstand sein Geschlecht kennzeichneten, dann lag hier eine Grenze, an der er das Mitspielen verweigerte. Er empfand es als unglaubliche Zumutung und Einschränkung, seine innere Welt so ganz aus seiner geschlechtlichen Zugehörigkeit definieren zu sollen.

Solche Gedanken waren der Tatsache geschuldet, daß Theodor in diesen ersten Monaten bei Hofe noch unschuldig war und das geschlechtliche Drunter und Drüber mit neutralem Blick betrachtete. Mehr als die Frage, ob man sich eher zu einem Menschen des eigenen oder des anderen Geschlechts hingezogen fühlen sollte, beschäftigte ihn die, ob überhaupt jemand außer seinem eigenen Blut, sprich seiner Schwester, würdig war, Einblicke ins Tabernakel seines Inneren gewährt zu bekommen.

Daß er, wenn es darauf ankam, trotz dieser geschlechtlichen Flimmeridentität Grenzen zu ziehen vermochte, konnte er kurz darauf feststellen, als ihn seine Studien zum wiederholten Mal zu Monsieur de Cheisseux führten, dem

Bibliothekar in seinem sonnendurchfluteten Bücherreich im ersten Stock.

Theodor hatte in Versailles Männer gesehen, die in einem behaarten und muskulösen Körper eingesperrte Frauen waren, unglückliche, groteske Zwitterwesen. Er hatte Männer gesehen, so männlich, daß die Jagd auf Frauen ihr einziges Ziel war, und ihr glücklichster Augenblick der, wenn sie auf die erlegte Strecke niederblicken konnten.

Monsieur de Cheisseux dagegen war auf eine andere Weise vollkommen männlich. Er war so sehr Mann, daß er die Frauen einfach nicht brauchen konnte. Nicht, daß er sie verachtet hätte, aber in seiner Welt des Geistes und der Begeisterung durch junges Leben kamen sie schlicht nicht vor.

Saß Theodor an einem der großen Kirschholzschreibtische, die im Tageslicht rotgolden glänzten, und blätterte die Seiten eines Buches um, daß der Staub in den Lichtbahnen wilde Tänze vollführte, konnte es geschehen, daß der Bibliothekar sich von hinten über ihn beugte, sich mit den Händen zu beiden Seiten des Buches abstützte und dann eine hob, um Theodor übers Haar zu streichen, oder ihm die Schultern massierte. Dabei dozierte er auf eine angenehm erzählerische Art und Weise, und Theodor hörte um so aufmerksamer zu, als er den Eindruck hatte, der Bibliothekar rede mehr zu sich selbst und hätte auch gesprochen, wenn er alleine im Raum gewesen wäre.

Mehrere Nachmittage genoß der junge Page die kräftigen massierenden Hände mit der gleichen prinzenhaften Huld wie einst die seiner Mutter oder Minnes und lauschte den Lehrworten männlicher Geistigkeit so geschmeichelt, als hätte De Cheisseux ihn in einen exklusiven Club eingeführt.

Das hätte so weitergehen dürfen, aber plötzlich brachte der Bibliothekar das »Du« ins Spiel, und was bislang in der Schwebe gehangen hatte, unpersönlich und anonym gewesen war, wurde mit einem Mal konkret: Es ging um ihn, Theodor, und um den vierzigjährigen, glattrasierten Mann, der ihn ganz anders ansah als zuvor, ja, der ihm überhaupt zum ersten Mal in die Augen blickte.

Allez, mon petit baron, ich sehe, die Jugend ist bereit, sich von der Reife an die Hand nehmen zu lassen.

Das war sie jedoch keineswegs. Theodor entzog sich De Cheisseux und ging auf Abstand. Er verstand nicht recht, an welchem Punkt und aus welchem Grund Ton und Stimmung sich verändert hatten, begriff aber, daß der Bibliothekar eine Grenze überschritten hatte, indem er sozusagen nicht mehr hinter ihm stand, sondern vor ihm, sich ihm zeigte und ihm ins Gesicht sah.

Theodors Gefallen an zärtlichen Händen und klugen Worten war eines. Der Schweratmende, der ihn jetzt in die Enge trieb und sagte: *Soyez pas coquin,* seit Wochen schon regst du mich auf, war etwas ganz anderes. Für ihn empfand Theodor nichts.

Ne sois pas si réfractaire, Bengel! Wer das Tiefste gedacht, liebt das Lebendigste. Laß dir die Augen öffnen. Wovor hast du Angst? Vor meiner Zärtlichkeit?

Schulden wir die Zärtlichkeit und das mit offenen Augen ausgesprochene Du nicht doch den Damen? entgegnete Theodor unsicher und im Bemühen, De Cheisseux nicht zu verletzen.

Mais que m'importent les bonnes femmes. Dich will ich! *Allez, pas de manières. Ce n'est pas parce que je t'enculerai une ou deux fois que tu deviendra pédéraste ...*

Er zerrte mit wachsender Ungeduld an Theodor, der fieberhaft nachdachte, wie er einen Ringkampf mit ungewissem Ausgang verhindern könne. Es hieß improvisieren, wobei er Dinge glaubwürdig in Worte fassen mußte, von denen er keinen genauen Begriff hatte, die aber, dessen war er sicher, in dieser Situation die gewünschte Wirkung nicht verfehlen würden. Er nahm einen, wie er hoffte, verschlagen-verderbten Gesichtsausdruck an und flüsterte dem Erregten sein Sätzchen ins Ohr. Der prallte zurück.

Petite crapule! Warum hast du das nicht gleich gesagt? Aus meinen Augen! Fort mit dir! Ich rechne dir deine Ehrlichkeit hoch an, armes, verlorenes Kind!

So schnell zurück? fragte die Herzogin. Hat De Cheisseux versucht, dich zu inkommodieren?

Ich habe, um mich vor einem Privatissimum zu drücken, eine Krankheit vorgeschützt, unter der ich Gott sei Dank noch nicht wirklich leide, Madame ...

Bien fait, mon petit. Diese Franzosen sind alles Schweine, Sodomiten und Schmutzfinken.

Theodor fand, daß seine Herrin übertrieb. Er vermochte auch dem Bibliothekar nicht böse zu sein, das Groteske und Peinliche des Auftritts wurde doch überwogen von der leisen Erschütterung, Zeuge geworden zu sein, wie ein Mensch sich ihm öffnete und sich dadurch vor ihm erniedrigte, ohne dabei seiner Würde verlustig zu gehen. Fast bedauerte er es, das Privileg ausgeschlagen zu haben, Monsieur de Cheisseux in seine reine und von einer gewissen Tragik der Sterilität umwölkte Welt zu folgen, in der reife Männer den Samen des Geistes in junge Adepten pflanzten und aus der, ähnlich wie im Kloster, die fremde, beängstigende, mysteriöse Lockung der Weiblichkeit ausgeschlossen war.

Aber kurz darauf nahm Theodor zum ersten Mal die Baroness Valentini wahr, eine der Ehrendamen der Herzogin, und der kalt-heiße Sturm von Empfindungen, den ihr Anblick auslöste, ließ ihn dem Schicksal danken, sich einer derartigen Erfahrung nicht vor der Zeit versagt zu haben.

Wenn er die Italienerin auf den ersten Blick als derart berückend empfand, daß er sich einen zweiten verbot – es war ihm, als dürfe man eine Epiphanie nicht versuchen, indem man sie von vorn und hinten begaffte wie ein Händler ein Stück Vieh –, so hatte das mit ihrer Gesichts- und Körperbildung rein gar nichts zu tun.

Die Baroness war eine Frau, gewiß doppelt so alt wie er oder doch kaum weniger, er war unfähig, eine weitergehende Beschreibung von ihr zu geben. Dennoch war sie es, ganz eindeutig sie, die ihn so verstörte.

Es war, genauer gesagt, der Kontrast zwischen ihrer weißen Haut und ihrer bläulich getönten Perücke und den dazu passend lackierten Nägeln und ummalten Augen. Der Eindruck war so schlagend künstlich und maskenhaft, daß er Theodors Fantasie ungleich mehr erregte, als hätte sie sich ihm nackt gezeigt. Er mußte an die mechanischen tanzenden Püppchen im Kabinett Madames denken, die er, fasziniert von dem Geheimnis in ihrem Innern, stundenlang betrachten konnte.

Er wußte nicht einmal, ob die Dame, die kichernd mit anderen Ehrenjungfern in der offenen Equipage saß, ihn überhaupt gesehen hatte, und eigentlich war es ihm auch ganz gleichgültig. Aber diese weißblaue Porzellanmaske war entschieden verheißungsvoller als aller männliche Geist von Monsieur de Cheisseux.

Die ersten Fortschritte, die Theodor im Verständnis des minoischen Palastes machte und die ihm halfen, seiner verzagten Verwirrung langsam Herr zu werden, waren geographischer Art. Auf seinen Botengängen, bei den Spionagediensten im Auftrag Madames sowie den Ausflügen durch das Anwesen in ihrem Gefolge fühlte er sich wie ein in die Ferne Verschlagener, der die Wunder des fremden Kontinents nur nickend quittiert und, ganz aufs Überleben und die glückliche Heimkehr konzentriert, nicht ans Verstehen, Einordnen oder Klassifizieren denkt, jedoch wurde ihm der Plan der Örtlichkeiten durchsichtig.

Er fand heraus, welcher Eingang von der Hof-, welcher von der Parkseite am schnellsten in den Flügel Madames führte. Er prägte sich die Anordnung ihrer Zimmerfluchten und Kabinette ein. Er erkundete den Bereich Monsieurs

Vorzimmer für Vorzimmer. Er grenzte im Geiste den dem König reservierten Teil des Schlosses ab. Er durchforschte die »Kloake«, die enge Welt der Höflinge, mit all ihren Treppchen, Durchgängen und Arkaden. Er machte sich die Anordnung der Wirtschaftsgebäude klar, dieses lärmenden, nach hundert Gerüchen stinkenden, wimmelnden Orkus voll hart arbeitender Tischler, Zimmerleute, Schmiede, Stukkateure, Maurer, Köche, Bäcker, Gärtner, Schreiber, Aufpasser, Näherinnen, Spinnerinnen, Weberrinnen – all jener Gesichts- und Namenlosen, die die Welt von Versailles ermöglichten.

Er studierte Le Nôtres Plan des Parks, erforschte die Wege zum Trianon oder zum Potager du Roi, lernte spielerisch, welches Fenster zu welchem Saal oder Kabinett gehörte, und nach einigen Monaten in Versailles hatte er einen perfekten Begriff von der Verpackung, wenn auch noch immer keinen von ihrem Inhalt.

Die Hierarchien, Intrigen, die ungeheure Menge an wichtigen, scheinbar wichtigen und unwichtigen Leuten, all das blieb ein Buch mit sieben Siegeln.

Immerhin dämmerte ihm, welch ein Informationsmarkt der Palast war: Das Zuhören und heimliche Horchen, das Weitersagen, Ausplaudern, Fortspinnen, Verschweigen von Gerüchten, Gesprächen, Unterredungen und Unterhaltungen war auf allen Ebenen und Zuständigkeiten eine der eifrigst verfolgten Tätigkeiten, nur sagten ihm die Themen nichts, um die die Gespräche sich drehten, ebensowenig wie die Anspielungen auf politische Entscheidungen, diplomatische Vorstöße, Feldzüge, Belagerungen und Verhandlungen, das Geschacher um Posten und Ämter, den Ärger in Paris und der Provinz, noch auch all die Namen, die flüsternd, hochachtungsvoll, zweifelnd, verächtlich oder genüßlich genannt wurden. Nun, er lebte auch so, aber er war zum Verstummen und Große-Augen-Machen verurteilt, und das lag ihm letztlich nicht.

Jedes zweite Gespräch in Versailles drehte sich um Geld, und das war für Theodor ein weiteres großes Mysterium. Die Welt des Palastes schien nach ähnlichen Gesetzen zu funktionieren wie die Existenz des Grafen von Mortagne: ein offenbar unabhängiger Kreislauf von Geld und Arbeit auf der einen und frei und unabhängig agierende Individuen auf der anderen Seite. Aber obwohl alles da war, was man brauchte, Nahrung, Kleidung, Möbel, obwohl Reisen stattfanden und in Luxus geschwelgt wurde, war die Rede vom Geld, seinem Mangel, genauer gesagt, und woher es kommen sollte, omnipräsent.

Die Schulden des Landes, das hieß die Schulden des Königs, seien unermeßlich, hörte Theodor, und soviel er verstand, nahm jedermann das als Freibrief, sich an dieses Kreditleben anzuhängen und um so verächtlicher – aber auch öfter – vom Geld zu sprechen, je prekärer die eigene Situation wurde.

Der Abbé Ducreux erklärte ihm: Die Spannung zwischen dem Palast und Paris wächst von Jahr zu Jahr. Es ist ein Mysterium, wie lange das Geld noch von dort zu uns fließen wird. Haben Sie gesehen, wie viele Bankiers hier mittlerweile herumlaufen?

Für Theodor war das Mysterium die Frage, wie es eines Tages zu ihm gelangen werde, wenn er nämlich, was zwar noch in ferner, unsichtbarer Zukunft lag, aus seinem Nest hier fallen würde.

Wieder einmal stellte er fest, daß ihm Mysterien lieber waren als klar überschaubare, analysierbare Gegebenheiten. Es war ihm angenehmer, in eine dunkle Wolke hineinzuschreiten und sich Schicksal und Zufall anzuvertrauen, als sich seinen Weg durch eine vor ihm liegende Aufgabe hindurchdenken zu müssen. Das eine verlangte Improvisation und Glück, das andere eine an ihren Resultaten meßbare Anstrengung, und derlei Anstrengungen empfand er als Zumutung an sein Selbstwertgefühl. Nein, er ließ den

Dingen und Menschen lieber ihren Lauf und zog es vor, sich von ihnen überraschen zu lassen.

Das Geld, woher es kam und wie es wieder verschwand, daß man es brauchte und was man damit anfing, war ein solches Mysterium, ein Hort möglicher Überraschungen, ein anderes war die verlockend blauschimmernde Baroness Valentini.

Ein drittes ergab sich aus der Begegnung mit dem Marchese Vanzetti, dem Astrologen Madames, zu dem Theodor eines Tages geschickt wurde. Der Marchese, der, wie seine Herrin angedeutet hatte, gar kein richtiger Marchese war, erwies sich nichtsdestoweniger mit seinem vollen schwarzen Lockenhaar, das keine Perücke duldete, seinem Richelieu-Bart und einer etwas theatralischen, rotsamtgefütterten schwarzen *houppelande*, als höchst beeindruckende Erscheinung, die den jungen Mann zum ersten Mal mit einer Sonderform der Naturwissenschaften bekanntmachte, die seinen Neigungen entgegenkam.

Denn sowohl die Astrologie als auch die alchimistischen Experimente, die der Italiener praktizierte, gingen von naturwissenschaftlichen Prämissen aus, benutzten auch die Regeln und das Vokabular, ließen jedoch eine breite Bresche im arroganten, selbstgenügsamen System der Zahlen, in die das Unwägbare, Unkontrollierbare, das Interpretierbare, kurz: das dem Wort Zugängliche und sich ihm Beugende einströmen konnte.

Theodor fragte so begeistert nach, daß der Marchese ihn in die Grundregeln der Sterndeutung einführte, und lernte soviel, wie er immer lernte, daß heißt genug, um jeden Außenstehenden glauben zu machen, er verstehe etwas von der Materie. Mit anderen Worten: Er lernte die symbolische Handhabung dieser Wissenschaften, die menschlich genug waren, dort wo Theodors Wissen zerfaserte, sich in ebenso interessant klingenden wie vagen Sätzen fassen und manipulieren zu lassen.

Die Alchimie liebte der Page noch mehr als die Gestirnskunde, denn sie ließ vor allem Auge und Ohr auf ihre Kosten kommen. Das Exakteste an ihr schien der halb rosenkreuzerische, halb katholische Ritus von Beschwörungs- und Konsekrationsformeln, Gesten, Anrufungen und Versen, einer peinlich genau respektierten Anordnung verschiedener Steine, Metalle und Werkzeuge, Momenten der Stille und Sammlung und gregorianisch anmutender gesummter Antiphone, mit der sie sich umgab, um ein dem Gelingen günstiges geistiges Klima zu schaffen, lange bevor es an konkrete Verrichtungen ging. Das, zusammen mit der blasenschlagenden Suppe im Kupferkessel, den Glaskolben und Phiolen, Reagenzgläsern und Retorten, den vielfarbig durch Röhren fließenden und blubbernden Flüssigkeiten, wirkte und roch und klang dank herrlicher Worte wie *conjunctio*, *maza*, *nigredo* oder *citrinitas* so überaus faszinierend, daß es kaum mehr nötig schien, ein greifbares Ergebnis so schöner Anstrengungen erwarten zu wollen.

Und, was kommt dabei heraus? fragte Theodor den Marchese dennoch ungezogen, aber in der vagen Hoffnung, nicht durch eine präzise Antwort enttäuscht zu werden.

Nichts, mein Junge, entgegnete der Astrologe leichthin und vielleicht doch ein wenig unvorsichtig. Der Weg ist das Ziel, und da schaute Theodor ihn so erfreut an, daß der Marchese die Pfälzerin bat, ihn zu seinem Gehilfen machen zu dürfen.

So schritt Theodors Eroberung der hiesigen Welt weiter voran, wobei er mitunter ins Stolpern geriet. Wochenlang hielt er aufgrund einer falschen logischen Verknüpfung einen der Marschälle des Reichs, der sich öfter mit dem Herzog Philippe bei der Pfälzerin traf, für einen hartnäckigen Schnorrer aus der Provinz, einen dieser Landedelleute, die um Geld einkamen, mit dem sie irgendwelche utopischen Projekte zur Sumpftrockenlegung oder Landgewinnung finanzieren wollten, und grüßte ihn mit hochgezogenen Brauen und abschätzig zuckenden Mundwinkeln.

Mit der Zeit aber lernte er, Gesichter zu unterscheiden und die Bewohner und Besucher des Palastes in Gruppen zu scheiden.

Diejenige Kategorie, die Theodor am faszinierendsten und undurchsichtigsten fand, waren die von ihm so genannten »gefährdeten Trabanten«: Frauen und Männer, die keinen in Zahlen faßbaren Nutzen besaßen, auch kein Amt ihr eigen nannten und die lediglich kraft des Wortes, durch die Gefälligkeit ihrer Person sich ein lichtes, aber in jeder Sekunde vom Absturz bedrohtes Nest gebaut hatten. Ihre Beharrlichkeit, ihr bohrender Wille, sich einen Platz an der Sonne zu erkämpfen, die Disziplin, die sie an den Tag legten, um *à la mode*, geistvoll, kreativ, witzig, spitz, unterhaltsam zu sein, die ungeheuren Nebelmaschinen, die sie mit allen Kräften bewegten, um ihre vollkommene Überflüssigkeit für den Gang der Dinge zu kaschieren, waren bewundernswert und erschreckend zugleich. Mit dem ihm selbst noch nicht bewußten fachmännischen Blick, den Menschen gleicher Berufung und ähnlicher Artung füreinander haben, machte Theodor sich zum mitfühlenden, mitleidenden Zuschauer ihrer heroischen Anstrengungen, heroisch, weil nichts davon, auf die Gefahr hin völligen Aus-der-Mode-Kommens und damit sofortigen Verschwindens von der ersten Bühne der Welt, nach außen dringen durfte.

Es waren Gesellschafter der noblen Herrschaften, Liebesbotschafter, bestallte Intriganten und inoffizielle Herolde, Künstler, Halb- und Viertelskünstler, Lebenskünstler, Hofnarren. Einen von ihnen lernte Theodor näher kennen, als die Pfälzerin ihn bat, Monsieur de Mortemart dienstbare Gesellschaft zu leisten.

Der braungelockte, schlanke junge Mann mit den hektisch geröteten Wangen riß Theodor um halb sechs Uhr morgens aus dem Schlaf.

Was ich von Ihnen erwarte und worum ich Sie bitte, erklärte er, ist, was die Engländer *coachen* nennen.

Theodor erfuhr rasch, was damit gemeint war. Nach einem zweistündigen scharfen Ritt in den Sonnenaufgang mußte er den Erhitzten mit vor Anstrengung zitternden Muskeln mit Güssen kalten Wassers überschütten, wie man kein Pferd traktiert hätte.

So, nun bin ich wach, kommentierte Mortemart, auf ins Studierzimmer!

Theodor sah zu, wie der Eifrige seine mitgebrachten Bücher an vorgemerkten Stellen aufschlug und rezitierte. Es waren Sammlungen von Gedichten, Sinnsprüchen, Aphorismen und Aperçus, von den griechischen Klassikern über die persische und indische Dichtung bis zu gegenwärtigen französischen oder englischen Produktionen. Daneben besaß Mortemart ein Quartheft, in das er selbst geistvolle Wendungen eingetragen hatte, die Theodor ihn abfragen mußte. Der Proband bekam feuchtglänzende Schläfen, aber er vertat sich nicht ein einziges Mal.

So, und jetzt, und bei diesen Worten nahm er mit gespitzten Fingern seine Schläfen in eine Art Klammer, um sich zu konzentrieren, jetzt reden Sie. Sie sprechen über irgend etwas, das Ihnen gerade in den Sinn kommt, und dann fragen Sie mich nach meiner Meinung oder fordern eine Stellungnahme. Auf, vorwärts!

Theodor extemporierte, und Mortemart zündete ein regelmäßiges, in bunten Arabesken explodierendes Feuerwerk kommentierender Bonmots, Sottisen und wie aus der Pistole geschossener Repliken, daß dem Pagen vor Staunen der Mund offenstand. Er hatte einen Meister vor sich.

Wie spät ist es? Mittag? Sehr gut. Ich ruhe jetzt eine Stunde, nehme anschließend eine leichte Kollation mit zwei Gläsern Mousseux, und dann wird es Zeit für das Déjeuner von Madame. Nun muß ich noch meine Atemübungen machen. Wenn Sie mich dazu entschuldigen würden ...

Am Nachmittag war Theodor bei der bunten Gesellschaft im Park zugegen, wo die Schranzen sich in konzentrischen Kreisen um die Pfälzerin und ihre Cour drängten wie schwärmende Wespen um ihre Königin.

Es dauerte über eine Stunde, bis Mortemart sein Stichwort bekam. Eine der hohen Damen sagte etwas, und bevor der Klang ihrer Worte noch verweht war, durchschnitt aus der zweiten Reihe, scharf wie ein Tranchiermesser, der Spruch des jungen *précieux* die Stille. Ein Herzschlag Pause, dann Gelächter, Applaus, Fächergeschwirr, Erröten und kokett drohende Finger. Mortemart hatte sich seinen Tag verdient.

Gegen Ende der Lustbarkeit wandte sich eine Gräfin an ihn und lud ihn zum Wiederkommen ein. Mit einem Kopfnicken zu Theodor verschwand er mit seinem Bücherköfferchen, leicht gebeugt wie ein Handwerker, der nach getaner Arbeit nach Hause geht, zurück ins Nichts, aus dem er vermutlich kam.

Und seinesgleichen gab es Hunderte.

Ihnen gegenüber fand sich die privilegierteste Gruppe der Versailler Bevölkerung: der Hof selbst, die farbenprächtige, strahlende, brillante, hypersensible, dekadente, gelangweilte, perverse, hochgebildete und unaufhörlich plappernde Pfauenschaft all derer, die sich nicht zu rechtfertigen brauchten, deren Existenz finanziell und hierarchisch gesichert war, die nicht arbeiten mußten oder doch nur symbolischen Tätigkeiten nachkamen, einer Kabinettssitzung hier, einem bunten, fahnenschwenkenden Feldzug da, und die nach Zeitvertreib lechzten wie sündige Seelen nach dem Heil.

Es war das funkenschlagende Aufeinandertreffen der hungrigen Aufstrebenden mit den übersatten Arrivierten, ihre Dialoge, ihre Liebeshändel, ihre Intrigen, ihre Spiele und Aufführungen, die dem Hofe seinen ganz Europa erleuchtenden Glanz verliehen.

Le Nôtres Park war die erste Bühne der Welt, auch wenn es wie üblich hieß, früher, als der König noch jung und lebenslustig gewesen sei und selbst mitgemacht habe, sei alles größer, schöner, wilder und verrückter zugegangen, und Theodor sagte sich schwindelnd, daß er mitten darauf stand und von Millionen Menschen beneidet wurde.

Freilich ahnten diese Millionen nichts von den Realitäten. Denn waren Hof und Park auch eine Bühne, so doch ebensosehr ein Ort, an dem Lebenszeit dahinging, wo die Uhren womöglich noch erbarmungsloser tickten als andernorts, und was in Spiel und Selbstdarstellung an Energien verpulvert wurde, konnte nicht mehr für das eigentliche Leben genutzt werden.

Aber was ist das eigentliche Leben denn eigentlich, fragte Theodor sich verwirrt und wie in die Unendlichkeit einer Spiegelflucht blickend. Gibt es überhaupt eine Grenze zwischen dem, was man für die anderen darstellt, und einem andern, das man nur für sich selbst wäre? Lag eine Tiefe unter der schimmernden, aus tausend verschwiegenen Anstrengungen bestehenden Oberfläche, oder war diese Oberfläche alles, was es gab, und besaß womöglich einfach eine gewisse, das Nichts abdeckende Dicke?

War die Leichtigkeit, die er so liebte, das Element, aus dem man bestand, oder nur der Firnis, die Endpolitur über einem schweren, soliden, langweiligen Unterbau aus Arbeit, Lernen und Bildung, der all die brillanten Figuren bei Hofe lediglich zu auffälligeren, zivilisierten Verwandten der herkömmlichen Menschen, der dumpfen Landbevölkerung gemacht hätte, so wie letztendlich auch der Pfau nur ein etwas prächtigeres Huhn ist.

Instinktiv suchte Theodor Halt bei der alten Pfälzerin, die in den vierzig Jahren, die sie hier lebte, kupiert, beschnitten, verpflanzt und entrindet worden war und dennoch im Kern sich nicht verändert und verformt hatte. Sie ließ sich Theodors sohnes-, oder besser enkelhafte Anlehnung gefallen, und er lauschte stundenlang, wenn sie von früher erzählte, von daheim, und klagte.

In ihrem Schutz und Schatten lernte er die komplizierte Grammatik der Versailler Kommunikation, die Standardformeln und ihre Bedeutung, die Sprachcodes, die die Hierarchien trennten und verbanden, das Parlando, das Geplauder, das sich selbst in Worten, in einem Ton Definieren, erforschte die Grenzbereiche dieser redegeregelten Welt, die dem Flickenteppich im Osten des Landes glichen, die Halbinseln und Besitzstandswechsel zwischen dem gebotenen, dem erlaubten, dem tolerierten und dem unmöglichen Wort.

Sein Mangel an Gewißheiten und Meinungen machte Theodor zu einem guten Zuhörer, einem tiefen Gefäß ohne Deckel, in das alles mögliche fallen konnte, womöglich aber auch, wie er sich selbst zweifelnd fragte, zu einem ohne Boden.

Denn je mehr er erfuhr von den Verhältnissen des Palastes, der Stadt, des Landes, desto weniger Sicherheit zog er daraus: Alles schien ihm gleich gerechtfertigt, gleich wichtig und gleich faszinierend, und nach einiger Zeit gleich beliebig. Das heißt, er lernte unter der Hand die Ironie: den wohlwollenden Zweifel an der Einzigartigkeit aller Dinge, der das Ergebnis des tiefsten Zweifels an sich selbst ist.

Die erste Gelegenheit, selbst den Mund zu öffnen, ließ er nicht ungenützt verstreichen. Der Herzog von Orléans, Madames Sohn, echauffierte sich bis zur Weißglut über ein höhnisches Papier aus Paris, gegen das er immer wieder mit der flachen Hand schlug, nachdem es einmal die Runde gemacht hatte.

Was sagen Sie dazu? rief er die Umstehenden an. Was erlauben diese Leute sich? Halten sie sich denn für kompetenter als den König?

In die Stille hinein sagte Theodor: Tintenflecke auf

einem Rattenfell machen daraus noch keinen königlichen Hermelinpelz.

Wie? fragte Philippe verwirrt. Sagen Sie das noch einmal!

Theodor wiederholte sein improvisiertes Sätzchen.

Das ist ja großartig! rief der Herzog. Tintenflecke auf einem Rattenfell? Ganz köstlich! Und er wandte sich an seinen Sekretär: Verbreiten Sie diesen Satz als meine Antwort! Sie haben doch nichts dagegen, junger Mann?

Theodor verneigte sich: Es *ist* Ihre Antwort. Ich habe sie Ihnen nur vorwitzigerweise von den Lippen gelesen ...

Es fiel ihm auf, welch tiefen, lebensrechtfertigenden Genuß ihm der Applaus bereitete und wie geschmäcklerisch sich dennoch sein Mund verzog, wenn er nicht weiter nennenswerten Leistungen gezollt wurde. Manche der jungen Höflinge und *précieux* neideten ihm seine Nähe zu den Höchsten und nannten ihn einen Liebediener und Intriganten. Aber sie täuschten sich in ihm. Er konnte einfach gut mit der Herzogin, deren mütterliche Strenge es ihm angetan hatte und die im übrigen so gar keinen Einfluß auf den Gang der Dinge besaß. Es wäre ihm viel zu anstrengend gewesen, den ganzen Palast nach einem auf seine Zwecke zugeschnittenen Gönner zu durchforsten, die Pfälzerin war nur einfach dagewesen, wo er sich auch befand, und er bestätigte ihre Überzeugungen ebenso leichthin wie die eines jeden anderen.

Als Theodor dem Pagenalter entwuchs, legte seine Herrin ihm nahe, sich eine Wohnung in Paris zu nehmen und ab und zu Bericht zu erstatten, was geredet werde in den Salons und Cafés.

Theodor dachte nach. Die Kapitale, die »Stadt«, wie sie kurzerhand genannt wurde im Gegensatz zum »Schloß«, zwei Stunden Wegs durch lichte Wälder entfernt und vom Fluß sich bis zu den sie umgebenden Hügeln dehnend, war ein Aspekt, den er bislang sträflich vernachlässigt hatte.

Sei du mal nicht so eingebildet, weil du in diesem Vogelbauer sitzt und ein bißchen mitzwitschern darfst, hatte ihn ein Kollege belehrt. Die Adler und Bussarde leben in Paris. Ich bin da zur Schule gegangen. Der König kann noch so sehr versuchen, der Stadt das Rückgrat zu brechen, es wird ihm nicht gelingen. Das Leben findet dort statt. Auf den Faubourgs, in den Salons und Cafés. Alle wichtigen, alle richtigen Menschen schwören auf Paris. Da wird gedacht und gehandelt, nicht hier in dieser Theaterkulisse.

Ich weiß nicht, sagte er. Ich würde Versailles ungern verlassen.

Erwachsen werden heißt verzichten lernen, Theodor, antwortete die Herzogin.

Nun ja, wir wollen einmal sehen, sagte er.

Fünftes Kapitel

Sie waren in ein Kabinett der Universität getreten, zu dem Theodor, wie er pikiert feststellte, nur in Begleitung Jakob Sternharts Zutritt hatte. Auf dem Tisch vor ihnen stand der ominöse Apparat zwischen brennenden Kerzen wie eine Monstranz.

Theodor blickte gelangweilt auf den Kasten mit den verschraubten Holzpaneelen, einer Art durchbrochenem Zifferblatt, Walzen und einer Eisenschiene auf vier Kupferfüßen, auf der sich der mit zahlreichen Zugringen versehene Gerätekörper hin- und herschieben ließ.

Das, sagte Jakob, und seine kleinen, wimpernlosen, unter den Wülsten der gewölbten Stirn geborgenen blauen Augen strahlten vor Bewunderung, das ist sie: die Leibniz'sche Staffelwalzen-Rechenmaschine! Das einzige Exemplar in Paris. Warte, ich zeige dir, wie sie funktioniert.

Man hätte seinen Bauernhänden soviel Zärtlichkeit und Behutsamkeit nicht zugetraut. Sanft berührte er die Maschine, hob sie hoch und ließ Theodor darunter blicken. Und dann begann er zu erklären, und während die Erregung angesichts der geistigen Spitzenleistung, die er seinem Freund nahebringen wollte, einen feinen Schweißfilm auf seinem roten Stirngebirge entstehen ließ, über dem das flaumige Blondhaar von jedem Luftzug aufgeweht wurde, fragte Theodor sich, ohne recht zuzuhören, wie man sich für eine Idee, in diesem Fall einen zu Kastenform geronnenen Gedanken, derart begeistern konnte.

Das ist die Zukunft, schau sie dir gut an.

Nun ja, sagte Theodor, Pascals Satz über die Seiten eines Rechtecks in einem Kegelschnitt wird sich mit so etwas aber wohl nicht beweisen lassen. Dafür braucht es nach wie vor den menschlichen Geist.

Sternhart sah ihn mit einem Ausdruck von Enttäuschung an, die Theodor der Beschränktheit der Maschine zuschreiben wollte, und reckte das Kinn in einer unbewußt herausfordernden Weise. Seine Züge bekamen etwas zugleich Kriegerisches und Verächtliches, als blicke er, durchdrungen von seiner Sendung, dem gewappneten Gegner der wissenschaftlichen Rätsel direkt ins Auge, meilenweit über die Tändler erhoben, die ihn nicht kannten und sich von der Glorie der bevorstehenden geistigen Schlacht kein Bild machten.

Theodor wußte, daß der mittellose Student mit einem Italiener korrespondierte, einem Marchese, um mit ihm oder gegen ihn eine weiterentwickelte Form dieser Rechenmaschine zu konstruieren; er erinnerte sich an das häßliche Wort »Sprossenrad«, das ihm ebenso unverständlich und gleichgültig war wie »Staffelwalze«.

Aber in seine aufkeimende Verstimmung hinein, in diesem Augenblick von dem Freund, auf den er doch normalerweise mit guten Gründen und in aller Freundschaft ein wenig herabsah, nicht für voll genommen zu werden, sagte er sich, daß Sternhart ihm mit dem Besuch hier ein Geschenk machte, ein sehr großes, er, der kein Geld und keinen Geschmack oder Sinn für andere Geschenke hatte, indem er ihn das Objekt seiner Leidenschaft schauen ließ. Theodor mußte sich ein wenig mitfreuen, auch wenn es ihm lieber gewesen wäre, der andere hätte ihn auf ein Glas Wein eingeladen, anstatt in diese staubige Kammer.

Denn Jakob Sternhart war der einzige Freund, den er gefunden hatte, seit er neuerdings zeitweise in Paris lebte, im Faubourg St. Antoine, dem Viertel der Ebenisten, und obwohl er sich lieber Beschäftigungen widmete, die ihm

Vergnügen bereiteten, mißtraute Theodor doch dem Wert all dessen, was ihm gar zu einfach von der Hand ging, und glaubte an die moralisch und geistig stärkende und bessernde Kraft von gelegentlicher Selbstdisziplinierung durch Langweiliges und Qualvolles.

Da er noch immer seinen monatlichen Wechsel von Mortagne erhielt und noch nicht an die drohende Zukunft als Soldat zu denken brauchte, hatte er sich ein möbliertes Zimmer in Paris genommen und hospitierte ein wenig in der Sorbonne, um seine Bildung zu vervollkommnen.

Eigentlich ging es ihm kaum um Vervollkommnung, eher um ein Betäuben seines schlechten Gewissens, sein Leben womöglich als zweitklassiger *précieux* zu billig zu verkaufen.

Jakob, dem Handwerkersohn, imponierten das gewählte Wort und das nonchalante Auftreten des westfälischen Barons, der wiederum mit einer Mischung aus Grauen und Bewunderung in seinem Freund einen Gelehrten erkannte, der kein verknöcherter Greis war, sondern ein junger Mann wie er selbst. Dem Denken und Wissenwollen gab man sich also offenbar nicht nur, war das Leben vorüber und der Leib impotent, als einer Art Selbstbestrafung hin, sondern es konnte von Jugend an gelernt und praktiziert werden. Ein Spaß war das freilich nicht, und Sternhart ließ keinen Zweifel daran, daß es ihm um Spaß auch nicht zu tun war.

Jakob, dachte Theodor grübelnd, ist belesener als die meisten Gelehrten im Palast, und doch käme ich nie auf den Gedanken zu sagen, er hätte Geist. Hat Geist also etwas mit Mühelosigkeit zu tun, und was ist von Kenntnissen zu halten, die erschwitzt sind?

Aber erschwitzt oder nicht, Sternharts Kenntnisse waren enorm, und Theodor, der sich immer für belesen gehalten hatte, entdeckte mit Bestürzung die Lücken seiner Bildung, oder besser gesagt, den Ozean seiner Ignoranz, in dem die Atolle des Wissens kaum mehr auszumachen waren, wenn Sternhart Jahrhunderte geistiger Abenteuer zusammenschaute oder mit Querverweisen jonglierte, angesichts derer Theodor nur mit Hilfe seiner erprobten Taktik sein Gesicht zu wahren vermochte, das flüchtig Erhaschte und Erinnerte mit viel Frechheit als Gegenbeispiel ins Gespräch zu werfen und ansonsten Sternharts dozierenden Redefluß mit wissend lächelnden »Hat er nicht übrigens auch geschrieben, daß...« und »Mag ja sein, aber mir gefällt sein Stil nicht, und der Stil macht den Mann« zu begleiten, in der Gewißheit, daß Höflichkeit und Eifer den anderen hinderten, ihm fatale Rückfragen zu stellen.

Es waren für Theodor Tagesausflüge ins Reich des Geistes, aber danach kam er auch ganz gern wieder nach Hause. Er fand das Lebenskonzept des Widderschädels, Lesen als Arbeit zu betrachten und vor Sachkenntnissen auf die Knie zu sinken wie vor Epiphanien, übertrieben wie den Hedonismus im Park Le Nôtres. Die Heiligung des Denkens war ebensowenig sein Weg wie die Banalisierung der Sünde.

Übrigens traf er Sternhart nicht allzu häufig, denn der war gezwungen, sein Dasein als Hauslehrer zu fristen, und dann bildeten die Dinge, über die sie redeten, auch nur den Überschuß im Lernvermögen des Preußen. Dessen eigentliche Fakultät war die Mathematik, und den größten Teil des Tages verbrachte er mit Tüfteleien an seinen vermaledeiten Maschinen (und im Moment dem Erlernen der italienischen Sprache – er hatte einen erbarmungswürdigen Akzent, sowohl auf italienisch wie auf französisch –, um sich mit dem Marchese jenseits der Alpen austauschen zu können).

Zwei Dinge waren in Theodors Leben getreten, die ihn mehr beschäftigten als Sternhart und sein Dünkel des Denkens, das waren die Liebe und das Geld, und beide hingen eng miteinander zusammen.

Zunächst einmal wurde Theodor im Garten der Diana

des Schlosses von Fontainebleau nach allen Regeln der Kunst von der verständigen Baroness Valentini entjungfert.

Er ahnte wohl kaum, wieviel Glück er hatte, dieses Erlebnis, für das es, da es eben das erste ist, keinerlei Vorbereitung gibt, mit einer Frau zu teilen, für die die Liebe kein metaphysisches Problem war, sondern eine praktische Lösung.

Natürlich wollte Theodor seit geraumer Zeit in die Mysterien der körperlichen Liebe eingeweiht werden, noch wichtiger jedoch war es ihm, den Eindruck zu erwecken, er kenne sie bereits. Ohne die Italienerin wäre er womöglich sein Leben lang unschuldig geblieben, denn das schier unüberwindliche Problem bestand darin, daß er, um zu wissen, wenigstens und zum mindesten eine Person einweihen mußte, diese jedoch gerade diejenige war, vor der er seine Ahnungslosigkeit am strengsten geheimhalten zu müssen glaubte.

Im übrigen beunruhigte ihn die vage Vorstellung, der sexuelle Akt sei als Mysterium auch eine Zelebration exquisiter, makelloser Schönheit, ein Kunstwerk, wo eines sich fugenlos ins andere fügen und die Perfektion des Gesamten die Summe der Perfektion aller Einzelteile sei. Und da er sich weit entfernt von körperlicher Perfektion wußte, fragte er sich bang, ob er denn nicht nur Abscheu und Gelächter erregen würde.

Mit einem Wort, er machte sich die Dinge schwerer, als sie sind, was aber auch hieß: Er machte sich große Vorstellungen von der Sache. Insofern war es ein Glück, daß er an die Valentini kam – und auch wieder nicht.

Denn für die Italienerin war die Liebe die logische Fortführung und Steigerung der sonstigen Aktivitäten bei Hofe, der Unterhaltung, Zerstreuung, des intrigenreichen Machtspiels und der allgemeinen Pilgerfahrt zum Heiligtum immer pikanterer, immer ausgefallenerer Vergnügungen.

Eine glückliche Disposition, ihre Seele mit kaum feststellbarer Verzögerung immer ganz dem Wollen ihres Körpers und Bewußtseins hinterherzuschicken, verhinderte, eine kalte Verführerin aus ihr werden zu lassen. Mit wem sie der Liebe frönte, den liebte sie auch, und genau so, wie ihre Gefühle synkopiert ihrem Trieb nachfolgten, erkalteten sie auch nach dessen Verglimmen nur mit Verzögerung, und in dieser Zeitspanne stand ihr eine ganze romantische Gefühlswelt aus Nostalgie und Trauer zur Verfügung, in der zu schwelgen sie zwar nicht hinderte, sich einem neuen Favoriten zuzuwenden, die ihr aber das tragische Voranschreiten der Zeit bewußt machte und ihren Umarmungen eine Art von verzweifelter Schwere und Dringlichkeit verlieh, von fordernder und sich hingebender Leidenschaft, die sie von anderen Frauen unterschied, deren Erfahrungen ebenso reich gesät waren, die ihr Instrument aber ganz im Takt mit dem Augenblick spielten.

Auf diesem düsteren Untergrund des *tempus fugit* jedoch war die Liebe der Valentini taghell und von praktischen Erwägungen geleitet. Sie mochte Sichtbarkeit, Deutlichkeit, Bewußtheit, wachen Austausch und Erfüllung, die Zärtlichkeiten setzten bei ihr, von erklärlichen Ausnahmen abgesehen, nicht die Unterhaltung außer Kraft, sie wußte um die erotische Macht der Benennung, die ja ursprünglich eine Beschwörung ist. Die Namen, die sie den Dingen und Vorgängen gab, unterstützte ihre Körpersprache, die das durchs Wort ins Leben Gerufene sofort auf seine Beschaffenheit hin befühlte, und siehe, es war gut.

Bei einem Maskenspiel trieb sie Theodor unter dem Gekicher der anderen jungen Damen und Herren zielsicher in eine Sackgasse des Hainbuchenlabyrinths und nahm ihm erst dort die Binde von den Augen, worauf er ihre blaue Perücke und ihre große, geometrisch aus lauter Dreiecken zusammengesetzte Nase so dicht vor sich sah, daß an Flucht oder Ausflüchte nicht mehr zu denken war.

Er wußte sich in diesem Augenblick weit von jeder Erregung, das Ganze war zu öffentlich, man konnte die anderen hören, die wußten, wo man steckte, und womöglich das Bevorstehende behorchten, und Theodor schien die Liebe doch Geheimnis, Verschwiegenheit und Verschleierung zu verlangen. Außerdem war es zu hell, und die blauen Augen der Valentini blickten so gar nicht verschwommen oder verklärt, sondern wach, neugierig und konzentriert, wie es angemessen sein mochte, wenn man ein logisches Problem studierte, aber gewiß nicht, wenn es ins Nebelreich der Körper hinabging, dem man sich, dachte Theodor, nur mit geschlossenen Augen und Ohren, halb schlafend und träumend nähern sollte.

Auch ähnelte dieser Moment fatal einer Prüfungssituation, wie Theodor sie nie geschätzt und immer umgangen hatte, er wollte nichts beweisen und lernen müssen, sondern alles zugleich besitzen und bereits hinter sich haben. Er fühlte sich unwohl in seiner Haut, und als die Valentini, die den Braten schnell roch, das Heft der Konversation in die Hand nahm, erstarrte er, seine Beine gaben nach, und er sank zu Boden, und genau dort wollte seine Freundin ihn haben.

Nun möchte sie ihn aber auch einmal sehen, sagte die Blauhaarige, was Theodor zunächst nicht verstand, da sie ohnehin nur eine Handbreit von ihm entfernt im hellen Sonnenlicht kniete, aber ihre fliegenden Finger an seinen Kleidern, von seinen eigenen Händen halb verscheucht, halb unterstützt, ließen ihn rasch begreifen. Er klammerte sich an die Unterhaltung, als sei sie das Eigentliche und Ursprüngliche, die Rechtfertigung ihres Beisammenseins, und als müsse er mit ruhigen Worten einen Erregten oder Betrunkenen davon abhalten, einen Skandal zu verursachen.

Schließlich ergab er sich in die Situation und versuchte, den Geschehnissen immer einen Wimpernschlag hinterher, das, was er sah, fühlte, hörte und dachte, zu ordnen, um in seiner fortschreitenden Verwirrung einmal »Jetzt« sagen zu können und zu wissen, ob eine, und wenn ja, welche Empfindung zu diesem »Jetzt« gehörte.

Die weißen, weich nachgiebigen Schenkel der Valentini waren umhüllt von der Gaze ihrer Strümpfe, die irgendwo unter dem Geraschel des Kleids abrupt endeten und an einem filigranen Tauwerk aufgehängt waren, miniaturisierten Wanten, die die Korsaren seiner Lust, das Messer zwischen den Zähnen, hinaufenterten, dann aber ließ ihn eine mehr zu ahnende als zu fühlende Wärmequelle innehalten, er zog sich zurück und griff in klassischer Übersprungshandlung nach ihrer großen, langen, ebenso weißen und sommersprossigen Nase. Sie schüttelte seine Hand unwirsch ab, faßte sie herrisch ums Gelenk und führte sie resolut wieder dorthin, wo sie sich unterbrochen hatte.

Dieser Griff erinnerte ihn daran, wie die Hand seiner Mutter, als er schreiben lernte, seine, den Federkiel haltende, ruhig und fest geführt hatte und wie die gemeinsame Bewegung schwarze Kalligraphien und Arabesken aufs Papier zauberte, die Theodor zutiefst faszinierten. Zugleich mußte er angesichts des ockerblonden Haars der Baroness, die ihre Perücke in die Hecke geworfen hatte, unwillkürlich an die Felltönung der im Abfall des Aligre-Marktes schnüffelnden Straßenköter und ihre traurigen Augen und Ringelschwänze denken, und so taumelte sein Geist zwischen diesen wenig hilfreichen Bildern und dem Anblick der Valentini hin und her, die ihn nach wie vor geduldig bei der Stange hielt. Jetzt drückte sie ihr Erstaunen und, deutete Theodor ihre melodische Stimme richtig, ihr Wohlgefallen darüber aus, daß er, offenbar aufgrund einer gewissen Dickhäutigkeit in seinem Zentrum, anders als andere Männer, diese »hastigen Gäste, welche, kaum eingetroffen, sich bereits wieder verabschieden«, langmütiger konstituiert sei und daher ihrem, der Frauen, natürlichem Rhythmus viel zupaßkommender. Aber zu langmütig, gar zu passiv genießerisch dürfe er auch nicht sein, es handle sich um ein Geben und Nehmen, weswegen die Baroness nun mit beiden Händen ihr Kleid raffte und von den Schultern riß und sich rittlings über ihn schwang, so daß ihre schweren Brüste wie spanische Galeonen in den Hafen seines Oberkörpers einliefen und direkt vor der Kaimauer seines Kinns andockten und er, genau in dem Augenblick, als er fürchtete, nun müsse sein schutzlos aufgerichtetes Geschlecht unter ihrem weißen Rubenskörper zerquetscht werden, auf eine derart perfekte, paßgenaue und mühelose Weise in sie glitt, daß er eine Befriedigung empfand, die der Sternharts ähneln mußte, wenn eine seiner Gleichungen glatt und mit einer ganzen und runden Zahl aufging.

Aber das war wohl doch ein unpassender Vergleich, denn zu der Erfahrung, die er soeben durchlebte, gehörte ein Rest von Verwischtheit und Unschärfe, ein letztes, sich bewußter Wahrnehmung entziehendes Ungewisses, eine nicht zu erarbeitende, nur zu wünschende Offenbarung.

Der italienische Gesang seiner Amazone riß ihn aus seinem nutzlosen inneren Disput. Sie ging gerade vom leichten Trab in den Galopp über, schnaubte und wieherte, aber gab die Zügel nicht aus der Hand, Roß und Reiter in einem, ein rechter Zentaur, ging es Theodor in wilden Mythenbildern durch den Kopf.

Er blickte in ihr gerötetes Gesicht, über dem das unschuldige Veilchenblau des Himmels schon wie Ironie wirkte, sie sah ihn an und rief ihm in ihrer Muttersprache einen gejauchzten Befehl zu, ein einziges Wort nur, das in Theodor sogleich Bilder der Götterspringbrunnen in den Parks wachrief, der steinernen Titanen und Tritonen mit den ungeheuren Gliedmaßen, die herrlich geschwungene Fontänen in die sonnenglitzernden Becken spien, und die Bildhaftigkeit des Imperativs – ebenso wie der Klang des Doppelkonsonanten und dunklen Vokals – war so gewaltig, daß er der Aufforderung fast augenblicklich und ganz ohne willentliches Zutun laut schreiend vor Befreiung nachkam, gerade im selben Augenblick, als drei gewaltige Kontraktionen, die Theodor nicht recht lokalisieren konnte, aber deutlich spürte, die Valentini wie einen Drachen, den er soeben erlegt hatte, über ihm zusammenbrechen ließen, in einem röchelnden Ausatmen und einer Explosion der Gerüche, salziger Schweiß in Bächen und Maiglöckchen und Knoblauch und noch mehr Undefinierbares.

Dies war also dies. Theodor schüttelte sich innerlich, um wieder zu Verstand zu kommen und aussprechen zu können, was hier angebracht war:

Grazie, murmelte er heiser, *grazie tante*.

Aber die Baroness wollte nichts von Dank hören, sondern von Liebe. Theodor sprach ihr brav nach, was sie ihm vorsagte, fragte sich aber dennoch, wo das gewünschte Gefühl wohl steckte, das er im Gegensatz zur Wollust auch dann nicht empfand, wenn die Valentini es wortreich beschwor. Er hatte eher den Eindruck, einen Berg überstiegen zu haben und jetzt eigentlich mehr zu wissen, als er hatte wissen wollen. Zwischen ihm und der großnasigen Italienerin war auf eine schwer erklärliche Weise auf einen Schlag zuviel und auch wieder nicht genug offenbart worden, und Theodor verspürte eine Art Reue, als habe er jemandem, von dessen Verschwiegenheit er nicht überzeugt war, ein Geheimnis verraten.

Wenn also das Bild ihres fruchtreifen Körpers und der Klang ihrer Stimme ihn zu regelmäßiger variierender Wiederholung des gemeinsamen Erlebnisses rief, so war doch zugleich etwas Neues in ihm freigesetzt, das die Valentini nicht befriedigen konnte, oder besser gesagt: das zu befriedigen er ihr nicht zutrauen und zugestehen wollte. Deshalb verliebte er sich kaum eine Woche nach seiner Entjungferung anderweitig, ganz bewußt und absichtlich nach einer Ikone für seinen unbefriedigten Anbetungsdrang suchend und in einer Art seelischer Arbeitsteilung, in der er wie ein Politiker funktionierte, der nie all seinen Mitarbeitern alles von seinen Plänen und Gedanken mitteilt, sondern jeden mit nur für ihn bestimmten Bruchstücken abspeist.

Das Objekt seiner Liebe hieß Gertrud Holzacher und war die siebzehnjährige Tochter eines aus Franken eingewanderten Ebenisten, der im Faubourg nicht weit von Theodors Zimmer eine florierende Möbeltischlerei mit zehn Gesellen und Lehrlingen betrieb.

Gertrud, von dem Verliebten in Gedanken nur Laura genannt, war ein frischgewaschen aussehendes, braungelocktes Mädchen mit gebogenen Brauen, die der beträchtliche Stolz auf den väterlichen Betrieb beständig in die Nähe des eher tief gelegenen Haaransatzes hob, und einem etwas fliehenden Kinn. Es muß einen körperlichen Charme selbstgewisser und behaglicher Mediokrität geben, denn genau darin verliebte Theodor sich, da sie bei Gertrud noch vom Flaum der Unschuld bedeckt war.

Dennoch darf man sich fragen, wie der Erweckte, der die Gunst der wohlhabenden und willigen Baroness Valentini besaß, die bei hellem Tageslicht und nicht minder hellem Bewußtsein all den Genuß geben und empfangen wollte, dessen sie sich fähig wußte, auch nur eine Minute mit ihr versäumen konnte, um sich vor der Tischlerei herumzudrücken und seinen Diener Larbi mit Blumen, Konfekt und Gedichten zur Haustochter zu schicken, die ihre Unschuld ebenso peinlich genau verwaltete wie ihre Mutter die Betriebskasse.

Theodor wußte um diesen Aberwitz, wußte in einem Fach seines Gehirns, das er nur momentan versiegelt hielt, ebenfalls, daß Gertrud-Laura sich nicht nur in keiner Weise mit der zentaurischen Valentini messen, sondern auch, daß sie nicht bis drei zählen konnte, den mittellosen Adligen mit seinen Manieren wahrscheinlich verachtete und, ganz die Tochter ihres Vaters, einen stämmigen Handwerksmeister vorgezogen hätte – und daß seine parfümierten *billets-doux* mit ihren Appellen an das Göttliche in ihr bei dem Mädchen auf völlig unfruchtbaren Boden fielen.

All das wußte Theodor, und es störte ihn nicht, denn was brauchte er Gertrud, wenn er Laura hatte, und vor allem: da er die Valentini hatte. Ohne die regelmäßige Beziehung zur Baroness hätte es – auch dies war Theodor bewußt – keine Liebe zur Tischlerstochter gegeben. Es machte ihm daher überhaupt nichts aus, daß die Angebetete ihn mit einiger Sicherheit nicht erhören würde, im Gegenteil! Je ferner und unschärfer sie blieb, desto leichter konnten ihr fröhliches Lachen und ihre Unschuldsaura in der Messe, wo er von hinten unter den aufgesteckten braunen Locken ihren Schwanenhals sah, in Sehnsucht und Poesie verwandelt werden.

Den Abstand, den die Valentini ständig bereitwillig überbrückte, schuf Theodor sich in seiner *cour* der Bürgerstochter. Und wie er dem kopfschüttelnden Larbi erklärte, war es ihm ernst mit dieser Passion. Nach mehreren Wochen süßer Erniedrigungen, wenn zum Beispiel der Tischler, der unterrichtet war, ihn auf offener Straße nach seinem Einkommen und seinen Absichten (in dieser Reihenfolge) fragte, spielte er sogar mit dem Gedanken an Selbstmord.

Ja, es war ihm ernst, wenn auch vielleicht nicht tiefernst, und es ist ja ohnehin die Frage, die er sich auch beständig stellte, wie ernst es einem mit etwas sein kann, bei dem man sich selbst nötigenfalls zu höherer oder abgeschwächter Intensität dieses Ernstes zu mahnen weiß. Vielleicht waren verschiedene Menschen unterschiedlich ernsten Ernstes fähig, in welchem Falle, dachte Theodor bekümmert, er offensichtlich nicht zu denen gehörte, die um einer Überzeugung willen bereit waren zu sterben, auch wenn er solche Konsequenz sehr charmant fand.

Aber sowohl die Liebe mit der Valentini als auch die Liebe zu Gertrud-Laura hatten eines gemeinsam: Sie kosteten Geld.

Überhaupt mußte Theodor, seit er in Paris logierte, feststellen, wie dringend notwendig Geld für ihn war. Alles, was er unternahm, alles, was er wollte und tat, verlangte Mittel, über die er nicht verfügte. Verwundert verglich er sich wieder einmal mit seinem Freund Sternhart, der sich und seine schmalen Bedürfnisse aus einer inneren Kraftquelle zu versorgen schien und nicht darauf angewiesen war, Handeln und Wandeln durch einen ständigen Zustrom von Geld zu speisen. Nun gab der Preuße auch für Essen und Trinken, Kleidung und Wein, für alles, was Vergnügen macht, nichts aus, der Gedanke, andere Menschen einzuladen oder freizuhalten, war ihm fremd, er besuchte nur die billigsten Bordelle, hatte eine genügsame Verlobte, die sich mit Briefpapier abspeisen ließ, und arbeitete zu allem Überfluß auch noch. Seine einzigen Passionen, lernen und denken, waren kostenlos.

Theodor dagegen beschenkte die Valentini, mietete Kutschen und Separées, mußte sich um seine Garderobe sorgen, seinen Diener Larbi aushalten, ein Pferd und einen Stall bezahlen und sich über die Maßen großzügig zeigen, wenn er Gertrud den Hof machte. Das konnte so seltsame Ausgaben wie die für einen Dichter zeitigen; Larbi, der die Kasse seines Herrn verwaltete, sagte mißbilligend: Monsieur, nun hören Sie sich das an! Für derartige Verse will der Mann einen *Louis* haben:

O Laura Herbstzeitlose,
wenn ich dein Bild liebkose,
neiden selbst die Götter der Antike
mir die Schönheit meiner Nike.

Nike! Das ist doch völliger Unfug! Da sind ja Ihre eigenen Gedichte, mit Verlaub gesagt, noch besser.

Gewiß, aber ich habe nicht immer Zeit und Muße zum Dichten. Im übrigen liest sie sie ohnehin nicht, wenn sie des Lesens überhaupt mächtig ist, was ich bezweifeln möchte.

Es geht darum, ihr etwas zu schenken, was kein anderer ihr schenkt und was sie erhöht.

Aber dieser Mist erhöht nun wirklich niemanden, diese »Lyrik« beleidigt jeden intelligenten Menschen, meinte Larbi, der in seiner Heimat eine gewisse Bildung genossen hatte.

Es ist die Poesie an sich, erklärte Theodor, die Tatsache, daß ich ihr Gedichte schenke statt Lyoner Würste.

Mir wären Lyoner Würste lieber, nörgelte der Diener und trug den *Louis* in die immer länger anwachsende Liste der Schulden seines Herrn ein.

Theodor gab Mortagnes monatliche Zuwendungen doppelt und dreifach aus, pumpte sich auf seinen Namen zusätzliches Geld, ließ beim Schneider, Hutmacher und Patissier anschreiben und versuchte in Spielclubs und beim Wetten sein Glück. In dieser Stadt war Geld alles, so wie die Sprache mit ihren Geheimcodes in Versailles herrschte, es war vielleicht das einzig Ernsthafte, was es gab, und der tiefe Unernst, mit dem Theodor es behandelte, führte ihn zu weitschweifigen Meditationen über sein Verhältnis dem Leben gegenüber an und für sich.

Das Glücksspiel war per Saldo eine interessante Einkommensquelle, aber nur deshalb, weil er keine Angst hatte, zu bluffen und hoch zu setzen, obwohl oder weil er kaum je Deckung besaß. Er ging so weit, ohne Skrupel Larbi zu setzen, und stellte überrascht fest, daß diese momentane Notwendigkeit und die ehrliche Zuneigung für seinen Diener ungestört nebeneinander bestanden. Befremdet betrachtete er seine schwitzenden, rotköpfigen Gegner, die ihre Nägel abkauten, als sei ihr Leben in Gefahr. Genau dieses Gefühl ging Theodor vollkommen ab. Denn *er* fürchtete tatsächlich um sein *Leben*: Die Aussicht, demnächst als Soldat im Régiment d'Alsace niedergemetzelt zu werden oder eines Abends unter die Messerstecher des Boulevard du Crime zu fallen, denen es im Gegensatz zu den Menschen, mit denen er spielte, nichts ausmachte, einem Adligen den Bauch aufzuschlitzen, um ihn, während er röchelnd verreckte, als einen der ihren zu erkennen, einen Sterblichen, die machte ihm angst. Nicht aber die Möglichkeit, Geld zu verlieren.

Ist das nun, fragte er sich, das Zeichen einer unverbrüchlichen Zuversicht oder vielmehr stoischer Hoffnungslosigkeit?

Er spielte häufig in einem Kreis von Gesandten und Diplomaten, die er aus Versailles kannte, und der einzige von ihnen, gegen den Theodor regelmäßig verlor und den er dafür bewunderte, war der englische Botschafter, Mr. Montague, ein *free thinker*, den er in Gedanken häufig mit Sternhart verglich, denn beide waren Männer von hoher Bildung und materialistischer Weltauffassung und hätten doch unterschiedlicher nicht sein können.

Wenn Montague beim Port oder Sherry über die Schlacht am Boyne River erzählte, an der er als junger Soldat teilgenommen hatte, über die *Declaration of Rights* oder die Eroberung Gibraltars, wenn er über die *Two Treatises of Government* sprach und die Handelsfreiheit in seiner Heimat mit der erstickenden Kontrolle aller wirtschaflichen Aktivitäten hierzulande durch den *Surintendant des finances* und sein Heer von Steuereintreibern verglich, sah Theodor die Weberschiffchen zwischen Geist und Tat hin- und herflitzen.

Jakob dagegen war die Politik ein Graus, er fand es unter seiner Würde, sich mit dergleichen abzugeben. Sein preußischer König war, wie die allerchristlichste Majestät hier in seinem Gastland, von Gott eingesetzt, und beide sollten tun, was sie für richtig hielten, solange sie ihn nur seine Rechenmaschine konstruieren ließen. Im übrigen strebte er nach einem Amt, und wenn er auch im kleinen Kreis mit seiner Verachtung für die Unfähigkeit aller Administration nicht hinter dem Berg hielt, war er doch

Dialektiker genug, den Mund zu halten, sobald er vor jemandem stand, der eventuell für seine Zukunft von Belang war.

Insgeheim hielt Theodor Sternhart für einen schlummernden Fanatiker. Dieser unbedingte Glaube an Theorien und Axiome, diese Ungeduld mit dem Gletscher der Menschheit, der Zoll für Zoll auf seine Durchgeistigung und Höherentwicklung zukroch, seine exklusive Liebe zu den Gedanken und seine Verachtung für die Leute, die sich nicht nach ihnen richteten, machten eine Zukunft vorstellbar, in der solche ungeduldige Hoffnung sich in unduldsamen Terror verkehren und eine neue, der Athene geweihte Inquisition ins Leben rufen würde, gegen die die spanische, die immerhin noch Raum ließ für göttliche Gnade, sich wie ein harmloser Scherz ausnehmen würde.

Einmal besuchten sie in einem Hinterhof des Boulevard du Crime einen Hahnenkampf, ein Gedränge und Gewoge schreiender, säuerlich riechender Männer vor dem abgesperrten Areal, das fistelnde, synkopische Gebrüll des Wettleiters, die ganze Fauna von der *Cour des miracles*, freigelassene Galeerensträflinge, Einäugige, Holzbeinige, Bettler, Säufer, Taschendiebe, Zuhälter, und dann die noblen Hähne, jettschwarz, kardinalsrot, goldgelb in ihren Käfigen, die Trauben von Freunden und Beratern um ihre Besitzer, die sich mit Blicken maßen wie Faustkämpfer, die irrlichternden schwarzgelben Knopfaugen der sich plusternden Vögel, das geld- und blutgierige Augenweiß der Zuschauer. Dann wurden die Käfige geöffnet, und, zwei rauschende Sturmwinde, zu schnell, um Einzelheiten wahrzunehmen, flogen die Kampfhähne aufeinander zu, vereinigten sich zu einem hackenden Knäuel, aus dem Federn stoben, Schreie schrillten und Blut spritzte. Kollektiv hielt der Pöbel den Atem an und schnaufte im Takt, die eisenspornbewehrten Krallen des dunkleren Hahns gruben sich ins Brustfleisch seines Gegners, dann rollte, ein schwarzes Kügelchen, dessen ausgehacktes Auge in den weiß-roten Sand, es folgte die Agonie des jetzt wehrlosen, aus einem Dutzend Wunden blutenden Verlierers, der die Flügel hängen ließ, während sein Gegner in unerbittlichem Blutdurst wie hypnotisiert weiter auf ihn einhackte.

Theodor wandte sich ab, ihm war übel, er wollte das nicht sehen, dieses Martyrium unschuldiger Kreaturen. Sternhart beobachtete alles mit unbewegtem Gesicht, mathematisch kalt, oder wie er selbst hinterher sagte: interessiert. Du bist zu sentimental und zu oberflächlich, erklärte er dem Freund, und Theodor dachte: Und du weißt nichts von Würde.

Es gibt eine Würde des Sich-Abwendens, des Nicht-alles-sehen-und-wissen-Wollens, die dir fremd ist. Sich abzuwenden bewahrt die eigene Würde und die des Nicht-Angeblickten. Es gibt nämlich Blicke, und dein eiskalt interessierter gehört dazu, die dem andern seine Würde nehmen.

Im Bordell war es das gleiche.

Theodor, der den Manufakturbetrieb des Geschlechts verabscheute und sich selbst nur eine Massage bestellt hatte, verließ nach kurzem den gemeinsamen Raum, um von den Bildern und Geräuschen nicht für den Rest seines Lebens in eine Askese des Ekels getrieben zu werden. Sein Freund Sternhart erinnerte ihn an ein idiotisches Kind, das sich stundenlang mit demselben Steckspiel beschäftigt und nichts anderes kann und will.

Nur die eigene Ermächtigung und Auslösung interessierte ihn, und für alles, was an den Mädchen nicht der Penetration diente, begeisterte er sich ebensosehr wie der Bauer für die Schönheiten der Natur, wenn er mit prüfendem Blick aufs Feld tritt und sagt: Die Furche ist feucht, wir können säen.

Es ist die Erotik eines Wissenschaftlers, dachte Theodor befremdet, reduziert auf das Ineinandergreifen zweier

Organe, die Erotik eines Bürgers, dessen Moral eine der Ergebnisse ist: Stehen am Ende der Mühen drei Tropfen Rendite, so waren sie gottgefällig.

War es nicht Mortagne, der gesagt hatte: Reüssieren ekelt mich an. Wie er ihn doch verstand.

Und doch durfte er nicht Jakobs Tugenden vergessen, die die Kehrseite des Abscheulichen bildeten, Tugenden, die er in Versailles nicht angetroffen hatte und die er in sich selbst so schwach entwickelt fühlte: Fleiß, Ausdauer, Konzentration, Gründlichkeit. Was also fehlte Sternhart?

Theodor grübelte darüber nach, während er sich wieder ankleidete, die Masseuse mit einem großzügigen Trinkgeld verabschiedete und auf seinen Freund wartete. Letztlich war es die Achtung vor dem Mysterium, dem der Liebe, der Frau, der Natur. Es fehlte Sternhart ein religiöses Gefühl.

Das er selbst im Übermaß besaß. Ja, er war unmodern. Verglichen mit Männern wie Montague oder Jakob war er ein geistiger Anachronismus. Er fühlte sich Jahrhunderte älter als sie, ja, er fühlte sich hier in diesem Bordell, an Minne und Mysterien denkend, während es um ihn herum zuging wie im Kaninchenstall, zutiefst adelig.

Kurz darauf lief der Kahn von Theodors Leben, in dem er gegen die Fahrtrichtung gesessen und die zurückweichenden Ufer betrachtet hatte, die Ruder nur beiläufig benutzend, da die Strömung den Nachen von alleine ins Unbekannte trug, auf Grund.

Zunächst endeten, fast ebenso gleichzeitig, wie sie begonnen hatten, seine Lieben.

Die Baroness Valentini sagte mit einem parfümierten Billet, das etwas zu ostentative Tränenspuren trug, eines ihrer galanten Rendezvous ab und nahm ihn, das nächste Mal, als sie einander bei Hofe sahen, freundschaftlich am Arm.

Ich kann nicht von dir verlangen, Theodor, daß du mir verzeihst, aber wenn dir unsere große Liebe etwas bedeutet hat, dann fordere ihn nicht zum Duell. Ich würde es nicht überleben und meine Tage im Kloster beschließen, wenn einem von euch etwas zustieße. Ich bin ihm verfallen.

Mit diesen Worten deutete sie auf einen rundlichen Zwerg mit schiefhängender Perücke, dessen linker Schuh im weichen Boden steckengeblieben war, und der jetzt auf einem Bein im Kreis hüpfte.

Was, dieser Homunculus?! rief der abservierte Liebhaber und kämpfte beleidigt einen Lachreiz nieder. Von der Sorte holt Vanzetti dir fünf am Tag aus der Retorte!

Sprich nicht niedrig von ihm, Zorniger. Ich kann so herrlich mit ihm lachen, entgegnete die Baroness und klammerte sich an Theodors Arm, als müsse sie ihn wirklich davon abhalten, auf seinen Rivalen loszugehen.

Mit ihm oder über ihn?

Auch wenn ich über ihn lache, lacht er mit. Und er ist unersättlich ...

Ich will es mir lieber nicht vorstellen, sagte Theodor.

Wirst du dich immer an mich erinnern, Geliebter?

Er sah sie an, und jetzt zum ersten Mal wurde ihm flau im Unterleib, er unterdrückte die Tränen und entsann sich der Momente, als sie ihn gebeten hatte, ihr zu sagen, er liebe sie. Und ebenso brav antwortete er auch jetzt mit Ja.

Peinlicher, viel peinlicher war das Ende mit Gertrud-Laura. Die Liebe hat ihre eigene Dynamik, und nachdem er so lange damit gespielt hatte, von der Seele seiner Angebeteten zu phantasieren, wurde der Drang, dieses Luftgebilde im Fleische an sich zu drücken, so übermächtig, daß Theodor die Gedichte im Schrank ließ und die Festung mit geeigneteren Waffen stürmte: der Vorspiegelung von Reichtum und ernsten Absichten. Und kaum gab er die Subtilität seiner Werbung auf und trachtete, vulgär seinen Willen durchzusetzen, geriet Gertruds Bollwerk, ihre teuer zu Markt getragene Tugend, ins Wanken, und sie stimmte einem heimlichen Treffen zu.

Hätte er es doch nicht darauf ankommen lassen, und vor allem nicht wenige Tage, nachdem die Valentini ihn entlassen hatte! Aber wer weiß, ob nicht ein unterirdischer, Theodor selbst nicht ganz bewußter Zusammenhang bestand, und er jetzt, da die eine Geschichte zuende war, auch die mit ihr verbundene so oder so erledigen mußte.

Es wurde ein traumatisches Erlebnis, denn sein überbordendes zärtliches Gefühl, die Nähe der Unschuld, das Sehnen, das das geliebte Ziel endlich greifbar nahe vor sich sieht, mit entblößter, rosenfarbener Brust, blockierte Theodors Handlungsfähigkeit vollkommen.

Wessen es jetzt bedurft hätte, wäre eine handgreifliche, valentinische Initiative von seiten der Angebeteten gewesen, dann hätte alles noch gut enden können, aber die Kehrseite der Unschuld ist nun einmal die Tumbheit.

Theodor brach in Tränen aus, den Tempel vor Augen, der darauf bestand, geschändet zu werden, aber nicht dabei mithalf, denn er, er konnte nicht beides leisten: nicht die Liebe zu diesem Mädchen und gleichzeitig ihre Umsetzung, Auflösung, Ersetzung in der und durch die Tat. Als Gertrud dies schwer atmend verstand und natürlich nicht verstand, daß hier eine zarte, tiefe, fast heilige Emotion an der Krassheit ihrer Fleischwerdung scheiterte – Theodor sah mit fiebrigem Blick nur Sternharts weißen Körper auf den der Hure klatschen und fühlte sich an die Schweineschlachtung im Dorf erinnert –, fielen derbe Worte, fletschte sie die Zähne wie ein Fleischerhund, riß die Kutschentür auf und sprang, das Mieder über der Brust noch halb offen, zornig hinaus, wandte sich wieder um und spuckte dann gegen die Scheibe, hinter der Theodors blasses Gesicht erschien, aber es war ein Spucken, wie es die Gassenjungen praktizieren: Sie holte mit einem häßlichen Geräusch den Inhalt ihres Rachens und ihrer Nase in den Mund und spie ein kompaktes, nicht ganz farbloses Schleimbällchen aus, das, während sie davoneilte, in Schlieren das Glas hinablief, durch das der Baron ihr nachsah.

Aber all diese schrecklichen Erlebnisse verblaßten wie Träume im Tageslicht eines viel tieferen Schocks.

Theodor, mit der Pfälzerin in Fontainebleau, hatte bei seiner Abreise einen Brief Mortagnes ungeöffnet liegenlassen, da er vermutete, es müsse darin von seinem bevorstehenden Eintritt ins Régiment d'Alsace die Rede sein. Als er von der vor lauter Lustbarkeiten schwerverdaulichen Landpartie mit Kopfschmerzen und einem moralischen Kater zurückkehrte, öffnete er das Schreiben und las, daß seine Mutter an der Cholera gestorben sei.

Ein zweiter Brief, der noch am selben Tag eintraf, berichtete vom Begräbnis, das aufgrund der Temperaturen und der Ansteckungsgefahr in aller Eile habe stattfinden müssen, auch ohne den unauffindbaren Sohn.

Theodor befiel ein Fieber mit Schweißausbrüchen und Schüttelfrost, er legte sich zu Bett, ließ Larbi die Läden schließen und starrte an die Decke. Er wollte weinen und konnte nicht. Es war seine Schuld, daß sie gestorben war. Er wollte wissen, wie sich alles zugetragen hatte, er wollte mit ihr reden, sie ansehen, ihre Stimme hören, ihre Hände um sein Gesicht fühlen. Nichts davon war möglich. In rasendem Tempo zogen die Momente ihres Sterbens an ihm vorüber, immer wieder, jedesmal anders. Immer war er dabei, redete mit ihr, half ihr, rettete sie. Dann fiel mitten in die Erleichterung über eine geglückte Szene die Erinnerung: Sie ist tot.

Er hatte kaum je geschrieben. Er hatte sie nie besucht. Er hatte keine Eile gehabt, denn er hatte geglaubt, er könnte sein ganzes Leben lang zu jedem beliebigen Zeitpunkt zurückkehren und würde alles und jeden so vorfinden wie am Tag seiner Abreise, als sei nur gerade eine Minute vergangen. Und zugleich hatte er den Besuch hinausgeschoben aus Angst, seine Abwesenheit und die Zeit könnten eine

Veränderung bewirkt haben und er würde womöglich nichts mehr wiedererkennen.

Es war seine Schuld. Seine achtlose Liebe hatte nicht ausgereicht, sie vor dem Tod zu bewahren. Er wollte wissen, wie es geschehen war. Es konnte nicht wahr sein. Welche Schuld es ist, fortzugehen, welche Schuld, nicht das ganze Leben bei den Seinen zu bleiben und sie zu beschützen!

Er blieb drei Tage im Bett. Larbi wachte bei ihm und wartete sorgenvoll, daß die Krise vorüberging. Theodor sah das Haus, die Obstbäume, die mit geradem Rücken am Tisch sitzende, schwarzgekleidete, betende Amalia, ihre Augen, die die häßliche Welt davonscheuchten und ihn durchschauten. Er sah den Hund, wie er der Kutsche nachlief, er sah Amélie, die winkend zurückblieb. Er sah den Wind in den grünen Weizenfeldern der Hochebene und die bauchigen, an den Rändern zerfetzten Wolken am blaßblauen Himmel und ihre riesigen Schatten, die durch die Ebene und die Hügel hinaufglitten.

Im gleichen Regen, der hinter den Fenstern auf den grauen Rasen und die Orangerie fiel – vom Nebenzimmer erklangen die Heimwehtiraden der inkontinenten Pfälzerin inmitten ihrer gefüllten Nachttöpfe aus dem Kannebäckerland – läßt er seine Mutter vom Hospiz zum Dorf zurückfahren, über die aufgeweichten Wege, in die die Räder tiefe Spuren prägen, seine Mutter bittet den Kutscher anzuhalten, sie fühlt sich nicht wohl, sie versucht auszusteigen und fällt mit dem Gesicht voraus in den Schlamm. Ihre Kinder sind weit fort. Der Kutscher springt erschrocken vom Bock. Ist die Baronin ohnmächtig? Welch ein Schock, ihre schwarze Mantille, ihr schwarzes – graues? – Haar kotbespritzt zu sehen. Zögernd dreht er sie um. Die Augen stehen offen, sind verdreht, zeigen das Weiße. Ein Brechreiz reißt den Mund auf. Schaumig und nach Fäulnis stinkend quillt milchig-körniger Brei aus dem Rachen. Die schattigen Stellen unter ihren Augen, ihre Wangen, ihre Hände laufen blau an und erkalten. Sie zittert wie eine von einer Riesenhand gebeutelte Gliederpuppe. Die um ihren Arm geschlossene Hand des Kutschers wird mitgeschüttelt. Er läßt los und flüchtet. Sie liegt alleine im Matsch und stirbt. Aber jetzt endlich ist er da, hat es noch rechtzeitig erfahren, blickt sie an, sie öffnet die Augen, sieht ihn, er rettet sie ...

Amélies Brief traf einige Tage später ein und schloß mit der Ankündigung ihrer Verlobung mit dem Grafen von Trévoux, den sie auf Mortagnes Schloß kennengelernt hatte. Der Gönner hatte seine Schuldigkeit getan.

Als Theodor nach einer Woche wieder nach Paris kam, erfuhr er, daß Jakob Sternhart, der frischgebackene Doktor, in die »Kurfürstlich Brandenburgische Societät der Wissenschaften« aufgenommen worden war und nach Greifswald zurückkehrte.

Wie fein war die Flamme des Triumphs in seinen Augen! Seine Beharrlichkeit hatte sich ausgezahlt, sein Lebenskonzept sich als das richtige erwiesen. Auf einmal stellte er, mochte er auch ein Mann des dritten Standes und ohne Geist und Manieren sein, seinen Freund Theodor in den Schatten. Ein Akademiemitglied und Professor verdiente den zehnfachen Lohn eines Leutnants, von der gesellschaftlichen Anerkennung ganz zu schweigen. Die Erniedrigung war vollkommen, und Theodor hatte ihr nichts entgegenzusetzen, kein Wissen, kein Geld, kein Glück, kein Zuhause. Ein freudloses kurzes Soldatenleben, wie sein Vater es geführt hatte, stand ihm bevor.

Sechstes Kapitel

Theodor wußte, was er nicht war, ein Gelehrter und Denker, und auch, was er nicht werden wollte: ein Leutnant der französischen Armee. Aber wie es mit ihm gemeint sei und ob es notwendig wäre, Schale für Schale von seiner Zwiebelseele abzuziehen, um es herauszufinden, das war ihm schleierhaft.

Der Gedanke, das Webmuster seiner Existenz fertig vor sich zu sehen und es nur noch in lebenslangem Hin und Her ausfüllen zu müssen, war unerträglich. Wozu hatte man ihn wie einen jungen Falken erzogen, wenn er jetzt als infanteristisches Rebhuhn durch die staubigen Niederungen des Alltags hüpfen sollte?

Das Leutnantssalär war erbärmlich, wenn auch völlig ausreichend, um auf eine bescheidene und vorsorgende Hausväterart sogar eine Familie zu ernähren. Im übrigen lag die Zukunft eines Leutnants relativ klar vor Augen: In zehn Jahren konnte man Oberleutnant, in zwanzig Hauptmann werden, kam ein Krieg und zeichnete man sich aus – und verlor kein Bein und keinen Arm dabei, verreckte nicht am Wundbrand, erblindete nicht an Pulververbrennungen, ging nicht an Dysenterie oder Umnebelung zugrunde –, sogar noch vor dem Ruhestand Major oder gar Oberst. Dann zog man sich auf sein Gut in die Provinz zurück und starb.

Nur besaß Theodor weder Gut noch heimatliche Provinz. Er hatte den Eindruck, die ganze Welt stehe ihm offen, aber überallhin gehen zu können, bedeutet zugleich, nirgendwohin zu gehören. Und bei näherem Hinsehen bestand die Welt, die er überblicken konnte, aus einer Unzahl palisadenumzäunter Krautgärtchen.

Die Menschen, mit denen er sprach, um sich seiner selbst klarer zu werden und sich vielleicht von einem von ihnen inspirieren zu lassen, waren in der Zitadelle ihrer religiösen, geistigen, materiellen oder sexuellen Identität verschanzt, in der man sie zwar besuchen, aus der man sie aber nicht herauslocken konnte.

Wie ein feiner Handschuh glitten Theodors Sprache und seine Gesten, seine Haltung und Überzeugung über die seines jeweiligen Gegenübers, und für die Dauer eines Gesprächs glich er sich ihm an – wenn auch nie anders, als wie gewisse Insekten pflanzliche Formen und Strukturen nachahmen und sich für das Auge nicht mehr von ihnen abheben; diese Wesen wollen ja keine Blätter werden!

Von einer ältlichen Dame de Ferjol bei Hofe erfuhr er Tieferes über die Gedanken des Jansenismus als bei Pascal selbst, aber wehe, Theodor deutete auf eine Gruppe sich amüsierender Tänzer: Da schlug sie das Kreuz und spuckte beinahe aus. Vom Grafen von Sully lernend, hätte er eine Kapazität in Pferdezucht werden können, kam er aber, um ein wenig Atem zu schöpfen, auf Bücher zu sprechen, verwies der Adlige ihn an seine Frau und rümpfte die Nase. Ein Pariser Richter wiederum, in dessen bewundernswerter Bibliothek er sich von all dem Pferdemist erholte, lud ihn nicht wieder ein, nachdem Theodor seine Verliebtheit in eine Frau erwähnt hatte. Der Richter machte ein Gesicht, als hätte er in einen sauren Apfel gebissen, lehnte sich mit abwehrend verschränkten Armen in seinen Sessel zurück und erklärte, der Gast müsse sich schon entscheiden, was ihm mehr bedeute, der Geist oder die Weiber und das Kindermachen.

Mit Mortemart, den er in Versailles ab und zu wiedersah, konnte Theodor zwar gesprächsweise vom Hölzchen aufs

Stöckchen kommen, aber alles, worüber der *précieux* zu reden wußte, klang wie aus einem seiner Übungshefte auswendig gelernt, was es ja auch war, und seine *déformation professionelle* bestand darin, daß er, ewig auf der Suche nach Schwächen seiner Mitmenschen, die sich in *bonmots* verwandeln ließen, an überhaupt niemandem auf Erden ein gutes Haar lassen konnte.

Theodor kam zu dem Schluß, daß es nur Brunnen und Wattenmeere gab, die einen tief, aber eng und übelriechend, die anderen unüberschaubar, aber seicht.

So weit war er mit seinen Überlegungen gediehen, als der König starb. Wie man hörte, beliefen sich die französischen Staatsschulden auf rund zwei Milliarden Livres, die laufenden Ausgaben auf einhundertvierundachtzig Millionen. Theodor empfand keine moralische Verpflichtung, sparsamer zu leben als das Gemeinwesen. Wenn er sich durch seine Verbindlichkeiten so unmöglich machen sollte, daß er gezwungen war, außer Landes zu gehen, entging er vielleicht seiner Offizierskarriere.

Mit einer gewissen Gemütsruhe und Schicksalsergebenheit hoffte er auf ein Wunder. Ein solches ist aber nichts als das glückhafte Zusammentreffen eines Zufalls mit einer inneren Bereitschaft, und diese Bereitschaft war die einzige Aktivität, zu der er sich gefallen konnte.

Am Vorabend seines Einzugs ins Regiment lag er auf dem Bett, sein Diener Larbi hockte draußen vor der Tür und kaute die Nägel bei dem Gedanken, seinem Herrn in die Armee folgen zu müssen. Theodor hatte keine Pläne, außer zu schlafen, bis entweder Rettung nahte oder der Tag allgemeinen Vergessens anbrach. Er war schon halb eingenickt, als sein Bursche klopfte und Besuch meldete.

Ein hochgewachsener Mann in einem schwarzen bodenlangen Umhang und mit ebenso schwarzem Dreispitz, von dem ein Schleier herabhing, der das Gesicht verschattete, wehte in den Salon; der zukünftige Leutnant bewohnte mittlerweile eine größere Wohnung in der Rue de Grenelle, die noch kaum eingerichtet war, da die Spielgewinne von der Mietanzahlung aufgezehrt worden waren. Theodor empfing den merkwürdigen Gast im Hausmantel und schickte Larbi nach Sherry, aber der Unbekannte wollte sich nicht setzen. Offenbar spielte er ein ernstes Spiel, dessen Glaubwürdigkeit unter jeglichem Sich-in-die-Behaglichkeit-sakken-Lassen gelitten hätte.

Automatisch veränderte Theodor Körperhaltung, Blick, Gestik und ehrte die Theatralik des Gastes mit beeindrucktem Erschrecken.

Monsieur, begann der andere, der die Sache nun fast etwas zu weit trieb, indem er ostentativ die Stimme verstellte, und spätestens jetzt erkannte Theodor, dem Abbé Conconi gegenüberzustehen, einem Berater des Regenten selbst, einem der Männer von Guillaume Dubois.

Monsieur, man dient Ihnen von hoher, aber ungenannt bleibender Stelle einen Auftrag an.

Theodor neigte den Kopf und wies auf einen der Sessel, den der Abbé nun doch, niedergedrückt von der Last seiner Mission, annahm, ebenso wie einen Sherry. Den kaute er ausgiebig und erklärte, es handle sich darum, eine geheime Depesche unerkannt nach Den Haag zu bringen, sie unbemerkt einem bestimmten Menschen zu übergeben, dessen Name in einem zweiten versiegelten Brief genannt werde, und den Anweisungen dieses Herrn sodann Folge zu leisten, zum Besten, wie der Abbé schloß, von König und Vaterland.

Erstaunt bemerkte Theodor, nicht über die Maßen erstaunt zu sein. Er mußte gar nicht recht zuhören, noch weniger nachdenken, es stand gleich im ersten Moment fest, daß er den Auftrag annehmen werde, obwohl er sich hinterher manchmal fragte, ob überhaupt die Möglichkeit bestanden hätte, ihn abzulehnen.

Viel zu groß war seine existentielle Dankbarkeit, ganz

offenbar nicht um irgendwelcher Verdienste und Äußerlichkeiten willen erwählt zu werden, nicht weil er sich darum bemüht und danach angestanden hätte, sondern einfach, weil er er selbst war, weil seine Person als solche für würdig befunden wurde.

Diese Dankbarkeit schloß zugleich die Undenkbarkeit ein, der Auftrag könne irgend etwas Routinehaftes oder Banales, Allerweltsmäßiges besitzen – verhielte es sich aber tatsächlich so, würden sein Selbstverständnis und seine Phantasie schon dafür sorgen, ihn zumindest in der Erinnerung zu beeindruckendem Format zu verhelfen – ein großer Charakter, ein Schicksal beweist sich nicht nur in der Konfrontation mit großen Hindernissen, sondern darin, jede Mücke nicht etwa zum Elefanten zu machen, sondern zutiefst als Elefanten zu erleben.

Nach diesen Erwägungen hörte er wieder hin, was der Abbé erzählte, und bekam mit, man habe ihn aus zwei Gründen ausgesucht, einmal, da er der deutschen Sprache mächtig sei, und zum andern, weil er ein völlig unbekanntes Gesicht habe, ein unbeschriebenes Blatt sei.

Ich will Ihnen nicht verhehlen, Monsieur, daß Sie, sollte Ihre Mission entdeckt werden, auf keinerlei Unterstützung zu zählen haben und ganz auf sich selbst gestellt sein werden. Ein Scheitern müßten Sie zweifelsohne mit dem Leben bezahlen.

Hier ließ sich Theodor dann doch wiederholen, was genau von ihm erwartet wurde und geriet in seinem Hausmantel ein wenig ins Schwitzen. Zum Schluß, das Beste hatte er sich für den Schluß aufgehoben, sprach der Verschleierte vom Lohn.

Der Auftrag wurde, hälftig sofort, hälftig nach erfolgreicher Ausführung, mit einer Summe entgolten, die fünf Jahresgehältern eines Leutnants beim Régiment d'Alsace entsprach, und, wie Theodor rasch nachrechnete, einem Jahresgehalt eines Greifswalder Professors.

Er ließ sich erklären, wo er sich am nächsten Morgen zur Aushändigung der Briefe und des Geldes einzufinden habe, verabschiedete, das Inkognito des Abbés mühevoll bis zur Wohnungstür respektierend, den Boten und sank dann in seinen Sessel, zum Platzen voll von Lust, über dieses Wunder zu reden, allen davon zu erzählen und mit dem Geld und dem Ruhm auf die angenehmste, nämlich beiläufig selbstironische Art zu prahlen. Das aber, und dies fiel als einziger Wermutstropfen in seine Euphorie, war unmöglich.

Wieder ein wenig bei Besinnung, begannen sich dann aber doch Zweifel zu melden. In einer halben Stunde hatte er, ohne abzuwägen, ohne zu zögern, seine gesicherte Zukunft über den Haufen geworfen und seinem Leben eine vollkommen andere, gestern noch nicht für möglich gehaltene Richtung gegeben.

Hatte er womöglich den gleichen Fehler begangen wie sein Vater, der einen Moment gedankenloser Kühnheit mit Erniedrigung und frühem Tod bezahlen mußte? Lag nicht ein bequemes, laues Glück in der Soldatenlaufbahn und das Wohlgefühl, den Plänen des Grafen Mortagne bis zum Schluß brav und wortgetreu gefolgt zu sein?

Erschüttert bemerkte er, ahnungs- und vorbereitungslos den ersten wirklichen Kreuzweg seines Lebens erreicht und gewählt zu haben. Er, der nie in die Lage hatte kommen wollen, wählen zu müssen.

Larbi, morgen reisen wir nach Holland. Sorge für Pferde und kümmere dich ums Gepäck.

Und was machen wir in Holland? fragte der Diener.

Geld anlegen, erwiderte Theodor. Die Antwort kam ohne Zögern.

Theodors Plan hatte sich so schnell und natürlich geformt, daß von einem Plan eigentlich schwerlich die Rede sein konnte. Er würde seinen Agentenlohn als mütterliches Erbe ausgeben, das er, der junge, unternehmungslustige

Freiherr, auf dem Weg ins heimische Westfalen in Den Haag anzulegen gedachte.

Um sein aufgewühltes Inneres zu beruhigen, besuchte er die Vesper in der Klosterkirche von St. Germain und betete für die Seele seiner Mutter, für seine Schwester und für den Grafen von Mortagne, seinen Gönner, dem er nun nicht die Freude und Genugtuung bereiten würde, die Leutnantsuniform überzustreifen, und den er damit vor den Kopf stieß, wie man nur Menschen, denen man etwas schuldet, brüskieren kann.

Er bat um das Gelingen seiner Mission und vor allem um sein Überleben. Er sah sich dabei zu, der heilige Ernst und das inbrünstige Knien paßten vortrefflich zu einer Zukunft im Dienste unbekannter, aber zweifelsohne hoher Ideale.

Auch eine gewisse Großherzigkeit gehörte dazu, fand er, und da die Gedanken an Mortagne ihn auf Monsieur De Broglie brachten, an dem er gesündigt hatte, entschloß er sich, diese Tat zu sühnen, um sein neues Leben reinen Herzens beginnen zu können. Er schrieb seinem alten Lehrer noch am selben Abend einen Brief, in dem er warm von seiner Schulzeit sprach und dem er einen großzügigen Wechsel beilegte, der sich angesichts seines Honorars leicht verschmerzen ließ.

Auf dieses Schreiben erhielt Theodor übrigens Monate später auf Umwegen eine Antwort von De Broglies Witwe, voll überschwenglichen Dankes für die Gabe, die ihr und ihren halbwaisen Kindern in höchster Not zu Hilfe gekommen war. Er hatte von einer Familie seines Lehrers nie etwas geahnt, der Graf jedoch mußte darüber Bescheid gewußt und Theodors Anschuldigungen daher als freche Lügen durchschaut haben. Dennoch hatte er De Broglie entfernt und kein Wort darüber verloren.

Das Haus, in das man Theodor bestellt hatte und das er am nächsten Morgen betrat, war unauffällig, ebenso der Raum, in dem vier Männer ihn empfingen. Sie benahmen sich sehr förmlich und musterten ihn, als seien sie erschreckt über seine Jugend. Der Wortführer wurde von den übrigen »Herzog« genannt.

Auf einem Tisch stand ein kupferschimmerndes Holzgehäuse, auf das der Herzog jetzt deutete. Sie wissen wohl nicht, fragte er gönnerhaft, was das hier ist? Und die übrigen Männer blickten sich fein lächelnd an.

Doch, gewiß, versetzte Theodor blasiert und ohne den Tisch eines weiteren Blicks zu würdigen. Das ist eine Leibniz'sche Staffelwalzen-Rechenmaschine. Das einzige Exemplar in Paris.

Eine was? rief der Herzog. Wie kommen Sie denn auf den Gedanken, daß wir eine Rechenmaschine hier stehen haben, Baron?

Nun ja, sagte Theodor, diese Rechenmaschine ist die Zukunft, und hier geht es doch wohl um die Zukunft.

Die Männer sahen einander an, als hätte er ein Staatsgeheimnis ausgeplaudert, das ihnen vorenthalten worden war.

Obwohl die Staffelwalze demnächst vom Sprossenrad ersetzt werden wird, fuhr Theodor fort, eine Entwicklung, die ich selbst, wie ich in aller Bescheidenheit anmerken darf, mit Rat und Tat begleitet habe. Was wollen Sie, meine Herren, die Zukunft ändert sich eben von Tag zu Tag. Im übrigen ist zuviel Respekt nicht angebracht. Pascals Satz von den Sechseckseiten in einem Kegelschnitt läßt sich damit schwerlich beweisen.

Ja, die Zukunft, Pascal, der Respekt, stotterte der Herzog. Sie sind wohl Mathematiker, Baron?

Oh, nur ganz nebenbei. Es ist sozusagen eine Liebhaberei von mir. Eigentlich halte ich es mehr mit empirischen Studien als mit der Theorie, was wohl auch der Grund ist, daß Sie, meine Herren, mich hergebeten haben.

Ganz recht, ganz recht, aber was nun diese Maschine hier betrifft, so muß ich Sie enttäuschen.

Der Herzog blickte Theodor schuldbewußt an, und der konnte feststellen, daß sein Ton viel respektvoller geworden war.

Was Sie hier vor sich sehen, Baron, ist lediglich ein Chiffrierapparat. Allerdings auch der erste seiner Art. Ein für das Verschlüsselungssystem von Monsieur de Vigenère konstruierter Kryptograph. Wir müssen die Briefe, die Sie transportieren sollen, schließlich sichern.

Natürlich, beeilte Theodor sich zu antworten. Wo habe ich meinen Kopf? Sie müssen gesichert werden. Mit einem Kryptographen. Womit sonst?

Als präsumptiver Wissenschaftler wurde Theodor im Eilverfahren ins System der mithilfe eines Schlüsselworts verknüpften sechsundzwanzig Cäsar-Alphabete eingeführt, und dachte danach betäubt: Das ist einmal nützliche Mathematik. Sofern es überhaupt Mathematik ist.

Das Schlüsselwort kennen nur Sie, Baron, es wird nirgendwo notiert, Sie müssen es im Kopf behalten und dann dem Adressaten mitteilen, damit er mit seiner Hilfe den Brief ins reine schreiben kann. Welches Wort möchten Sie wählen?

Amélie, sagte Theodor, und die Herren lächelten einander wissend zu und entließen ihn.

Es war Theodors erste Fahrt ins Ausland, und die Lust auf die Seereise von Boulogne nach Holland, die Lust, fremde Länder und Städte zu sehen, mischte sich mit einer gewissen Bangigkeit und dem Wunsch, alles bereits hinter sich zu haben und darüber reden zu können.

Am Abend im Gasthof in Amiens setzte er einen Brief an seine Schwester auf. Neben dem weißen Papier lag das geöffnete zweite Schreiben seiner Auftraggeber, in dem der Name des Mannes stand, den er im Haag aufsuchen sollte: des holsteinischen Kammerherrn Georg Heinrich Reichsfreiherr von Görtz, Minister seiner Majestät des Königs von Schweden, zur Zeit in einem Gefängnis in Den Haag einsitzend und auf seine Auslieferung nach England wartend. Es ging also gegen England.

So jung und unerfahren und letztlich desinteressiert Theodor eigentlich an Politik war, hatte er doch in den Gesprächen in Paris und bei Hofe sich ein Bild von den abgrundtiefen Niveauunterschieden zwischen der französischen und der englischen Diplomatie machen können, so daß er von den Intrigen, in denen er selbst nun plötzlich ein kleines Rädchen war, keine hohe Meinung hatte. Für die Engländer müßte man arbeiten, sagte er sich, da geht es ungleich vernünftiger und moderner zu.

Sie hatten einen Agenten in Amiens sitzen und einen weiteren in Boulogne, Theodor erkannte ihn sofort, als er dort eintraf, und hätte er selbst ein bekanntes oder verdächtiges Gesicht gehabt, er wäre ihrer Aufmerksamkeit nicht entgangen. Doch war er mit ganzer Seele der junge plauderhafte Erbe, der sein Geld anlegen wollte, so sehr, daß er sogar den kompromittierenden Brief in seiner Tasche vergaß – vermutlich die bestmögliche Tarnung.

Die Engländer, soviel wußte er, wünschten Görtz' Auslieferung, weil Schweden die kürzlich gescheiterte Stuart'sche Landung begünstigt und mitfinanziert hatte, hinter der noch König Ludwig selbst steckte. Obwohl Theodors Neugierde erfahren wollte, in welchem Spiel er einer der Bauern war, kam es ihm doch sowohl klüger als auch sicherer vor, sein gutes Geld vorerst mit nichts anderem zu verdienen als seinem Auftrag: einer diskreten Botenrolle.

In Boulogne, mit Blick auf den Mastenwald, das Ächzen von Holz auf Holz im Ohr, die Nase erfüllt vom durchdringenden Geruch nach Tang und Teer, schrieb er, ein Dominospiel mit Larbi unterbrechend, an dem Brief für seine Schwester weiter: Alles, was ich mir wünsche, ist vierzig zu sein und genügend Geld angesammelt zu haben, um mich irgendwo auf dem Land zur Ruhe setzen zu können. Ein erster Anfang ist gemacht, und wenn ich weiterhin soviel Glück habe und mir nichts zustößt, kann ich das Abenteurerdasein bald hinter mir lassen. Ich beneide dich um dein so wohlgeordnetes Leben und hoffe nichts inniger, als meinen kleinen Neffen Friedrich endlich einmal in die Arme schließen zu können ...

Er knüllte das Papier zusammen und warf es auf den Haufen, um neu zu beginnen: Geliebte Amélie! Der erste Schritt zum Ruhm ist getan! Nur dies: Ich bin im Begriff, mit den wichtigsten Politikern Europas von gleich zu gleich um die Zukunft des Landes zu verhandeln. Der Glanz der internationalen Bühne blendet ungeheuer, aber du weißt, ich sehe auch da klar, wo andere im Dunkeln tappen. Das einzige, was ich noch erreichen muß, ist selbst gehört zu werden. Sobald du ein wenig Einblick ins Räderwerk der Diplomatie gewinnst, wird dir bewußt, von welchen Zufällen und Eitelkeiten wir regiert werden, wo es doch genügen würde, einem klaren, unbestechlichen Blick ebensolche Taten folgen zu lassen ... Ich habe vor, in Amsterdam, wo ich erwartet werde, ein großes Schaukelpferd für den kleinen Friedrich zu erwerben, einen Schimmel mit echter Mähne und rotledernem Zaumzeug ...

... Meine einzige Schwester! Das verregnete flache Grün hier, die Viehweiden und Brüche und die Salzschwaden in der Luft, das graue, endlose, sich in sich selbst bewegende Meer sind mir so fremd, und ich denke mit Wehmut an unsere Kinderheimat zurück, den umfriedeten Garten, die Gerüche, die Baumblüte, die Wolkenschatten auf den Hügeln, den sicheren dunklen Hort des Hauses, die Gesänge in der Kirche, unsere Spiele. Es will mir nicht in den Kopf, daß das alles vorüber sein soll und man immer nur nach vorn lebt, weg von allem Liebgewonnenen, fort von aller Sicherheit. Geht es dir nicht auch so, daß die Dinge erst geschehen sein müssen, um sie sehen, riechen, besitzen zu können? Empfindest nicht auch du, daß das wahre Leben, das wir überschauen und in seiner ganzen Würze erleben können, tragischerweise das ist, welches unwiderbringlich hinter uns liegt, und daß der Versuch, uns auf die ungewisse Zukunft einzustellen – eine Situation, als müsse man den Fechtangriff eines Unsichtbaren parieren -, uns alle Muße raubt, zu sehen und zu erleben, was heute passiert? Glücksmomente kenne ich nur in der Erinnerung oder der Hoffnung auf später. Hast du es gelernt, den Augenblick und die Freude, die Freude und das Bewußtsein von ihr in eins zu setzen? Aber was frage ich: Du bist Mutter...

Alles gelang so mühelos, daß es Theodor selbst verdächtig vorkam. Er war zwar niemand, der von der Mühsal eines Tuns auf ihren Wert schließt und schließlich das Quälende selbst schon als Qualität empfindet, aber der hohe Lohn, den er empfangen hatte, wollte dennoch von einigen Schwierigkeiten gerechtfertigt werden, damit nicht der Eindruck entstand, eine Tätigkeit ausgeführt zu haben, die unter der eigenen Würde lag, die auch ein Geringerer hätte besorgen können.

Aber jeder Tag und jeder Schritt verlief ungestört und unbeschwert. Er mietete ein Schiff an, stand bei seiner ersten kurzen Seereise über die kabbelige graue Kanalsee, immer in Sichtweite der Küste, am Bug, ließ die Gischtspritzer wie ermunternde Ohrfeigen in sein Gesicht und gegen sein Lederzeug klatschen und hatte dabei das Gefühl, sich zu verjüngen, zu reinigen – der Kontakt mit den Elementen, sofern er nicht titanisch und gefährlich ist, hat für einen Menschen, der hauptsächlich in geschlossenen Räumen lebt, ja fast immer einen derartigen Effekt. Er kam in dem bescheidenen Hafen an, bestieg die Kutsche nach Den Haag, fand Unterkunft in einer sauberen Herberge – jeder Schritt und jeder Tag glückte wie von Zauberhand, kein Hindernis und keine Gefahr waren sichtbar, und in seine Euphorie mischte sich mehr und mehr Angst.

Er kannte die alten Mythen gut genug, um zu wissen, daß die Schicksalserwählten, die Glückskinder und Unsterblichen ihre Flügel mit kurzem Leben und blutigem Tod bezahlen und daß die Götter nur den leben lassen, der sie langweilt.

Vielleicht sollte er einer Krankheit zum Opfer fallen, das ungesunde Klima mit all den brackigen Gewässern machte eine Ansteckung wahrscheinlich. Daher befahl Theodor Larbi noch im Hafen, bei einem fahrenden Apotheker eine Art ellenlanger Klistierspritze zu erstehen, aus der ein Mittel gegen Krankheiten aller Art bei geschlossenen Fenstern im Zimmer versprüht werden mußte.

Nach der ersten Behandlung stank Theodors Gemach derart, daß beiden die Augen tränten und Larbi zugleich die Fenster aufreißen und ein Feuer im Kamin gegen die eindringende Kälte anfachen mußte.

Herr, glauben Sie wirklich an diesen Unfug, für den Sie einen Gulden bezahlt haben?

Keineswegs, mein lieber Larbi, nicht mehr als du. Aber es beruhigt mich, dieses widerwärtige Zeug zu versprühen, es beruhigt meine Nerven. Es ist eine Aktivität, und irgend etwas muß ich tun, um nicht nichts zu tun.

Aber womöglich ist es dieses Zeug, das uns erst krank machen wird!

Nicht von der Hand zu weisen! Aber dann wissen wir wenigstens, woran wir leiden, und eine Krankheit, deren Ursachen man kennt, ist beruhigender als eine Gesundheit, die jeden Augenblick, ohne daß man sich's versieht, in Krankheit umschlagen kann.

Maître, manchmal verblüfft Eure Logik mich.

Mein lieber Larbi, ich würde selbst nicht viel für sie zahlen, aber im Moment haben wir eine derartige Glückssträhne, daß ich sicher bin, die Götter unter dem Kinn kraulen zu können, und sie werden um meinetwillen ein Auge zudrücken.

Kaum hatte er erfahren, daß Görtz recht komfortabel in einem der Gebäude des Binnenhofs in Hausarrest saß, ließ er sich als einen entfernten Verwandten ankündigen und plauderte mit einem Wachhauptmann so sorglos und naiv über das Soldatenleben, wobei er ein preußisches Dragonerregiment den Platz des Régiment d'Alsace einnehmen ließ, daß er sofort die Erlaubnis erhielt, seinen »Vetter« zu besuchen.

Görtz war ein massiger Mann Ende Dreißig. Er saß in einem mehr hohen als weiten Zimmer an einem Schreibtisch und blickte kurz auf, als Theodor hereingeführt wurde. Sein roter, großporiger Hals wuchs aus einem weißen Spitzenkragen über einer mattschimmernden schwarzen Weste. Das Haar war rotblond, der Bart ebenso, der Blick umfaßte die Szenerie sogleich und schien sich doch auf das Wesentliche zu konzentrieren, in diesem Fall den fremden, ihm als Cousin aus Westfalen gemeldeten Gast. Unter seinen Nasenlöchern lagen dunkle Schatten vom Schnupftabak.

Ah, da ist ja der Vetter… (Blick auf den Wachmann) Wir müssen uns nicht mehr gesehen haben, seit Sie ein Knabe waren! Lassen Sie sich umarmen…

Theodor war beeindruckt. Er trat in den Dunstkreis des Mannes ein und atmete den Duft von Macht und Willen ein, der nach Schnupftabak, Schweiß und am Vorabend genossenem Kohl roch. Wie zur Bestätigung ließ der Minister einen krachenden Wind fahren, und Theodor, an die Versailler Sitten gewohnt, wäre beinahe vor Scham in Ohnmacht gesunken. Statt dessen lächelte er mit schmalen Lippen.

Sobald die Wache verschwunden war, erklärte er sich in wohlgesetzten Worten, zog den Brief aus der Innentasche, reichte seinem Gegenüber das De Vigenère'sche Schema und nannte sein Schlüsselwort. Danach sah er stehend zu, wie Görtz mit seinen dicken Fingern den Umschlag aufriß, oder besser: in Stücke riß.

Er hatte eigentlich erwartet, über den Inhalt aufgeklärt zu werden, aber nichts dergleichen geschah. Lächeln, Nikken, Schnupfen, Wegräumen, Aufatmen, Niesen, dann neuerliche Konzentration. Theodor sah dem Mann an, daß er soeben ein Kapitel abgeschlossen hatte und dabei war, ohne sich mit Nachbetrachtungen aufzuhalten, ein neues aufzuschlagen.

Diesen sichtenden, aussortierenden, ordnenden und wertenden Geist neidete der junge Mann dem älteren auf der Stelle, sah sich auch gleich die den Denkprozeß illustrierende Gestik ab, spürte aber mit einer gewissen Reserve, an jemanden geraten zu sein, dessen Machtmagnetismus die anderen an sich zog und benutzte. Theodor mußte sich zurückhalten, nicht mit einer geschönten Version seiner Lebensgeschichte herauszuplatzen, um dem Größeren, bevor der daran gehen konnte, ihn sich zu Diensten zu machen, Achtung vor seiner Persönlichkeit zu verschaffen.

Ist Ihnen eigentlich klar, daß die britische Krone hundert Agenten laufen hat, um Sie abzufangen? fragte Görtz jetzt. Wissen Sie überhaupt, daß eine Hilfe Orléans' wie diese hier erwartet wurde und daran gehindert werden sollte, mich zu erreichen? Hier im Land habe ich Freunde, aber der erwartete Agent sollte gar nicht erst bis ins Land gelangen. Mein Kompliment, junger Mann. Wie haben Sie das gemacht?

Theodor preßte die Kiefer aufeinander, um sie daran zu hindern, zu einem erstaunten »Oh!« auseinanderzuklaffen, faßte sich sogleich und antwortete lächelnd: Nun ja, mit der Zeit lernt man, die Gefahr zu riechen und ihr auszuweichen. Ich hatte eine höchst unterhaltsame und angenehme Reise. (Hier kam ihm aus unerfindlichen Gründen das Bild der riesigen Klistierspritze in den Sinn.)

Sie wirken noch sehr jung, Monsieur. Wie alt sind Sie?

Zweiundzwanzig.

Wieder Kopfnicken, Mustern, Schnupfen. Dann eine

Handbewegung: Setzen Sie sich. Ich habe einen Auftrag für Sie.

Später dachte Theodor lächelnd an diesen Augenblick zurück, der, soweit er sah, der einzige gewesen war, in dem er nach einem Honorar für die Mission hätte fragen können, welche, ginge es nach Wichtigkeit, zehnmal so teuer hätte bezahlt werden müssen wie die erste. In diesem solennen Moment jedoch hielt er es einfach für wenig elegant, den Schwung der Dinge mit einer Geschmacklosigkeit wie dem Schachern um Geld zu bremsen. Im übrigen hatte er Görtzens Ausführungen konzentriert gelauscht, um bei der nächsten sich bietenden Gelegenheit ein möglichst faszinierendes, komisch-dämonisches Charakterbild von ihm zeichnen zu können und Lacher und Bewunderung auf seiner Seite zu wissen. Aber während er sich von den Komplimenten des schlauen Fuchses becircen ließ, nutzte der seine Eitelkeit, um ihn kostenlos für seine Sache arbeiten zu lassen.

Aus gehörigem Abstand sagte Theodor sich aber, hätte er, vor die Wahl zwischen Komplimente und Geld gestellt, in jedem Fall die Komplimente gewählt.

Am nächsten Tag reiste er mit Larbi, noch immer in seiner Rolle als Erbe, nach Amsterdam weiter, wo er dank eines Empfehlungsschreibens Görtzens im herrschaftlichen roten Giebelhaus des Ständerats Van Boon an der Herengracht Logis fand.

Ihm fiel auf, daß es in seinem Zimmer keine Vorhänge gab, und er sprach den Hausherrn darauf an.

Sie werden in keinem ehrlichen Haus der Stadt Vorhänge sehen, sagte der.

Handelt es sich um eine Tradition oder ein Gelübde wie bei den venezianischen Gondeln?

Keineswegs. Wir haben einfach nichts zu verbergen. Wir brauchen uns nicht zu verstecken. Aber wenn Sie es wünschen, lasse ich in Ihrem Zimmer Vorhänge anbringen. In

Versailles, wo Sie herkommen, diesem Ort der Unzucht, ist es nur zu verständlich, sich vor den Blicken anderer zu verstecken. Die dunklen Machenschaften der Papisten verlangen es geradezu.

Der Ton van Boons, dessen nobler Adlerkopf von einer Art Doppelschnabel aus Hakennase und vorspringendem Kinn beherrscht wurde, fiel nicht etwa aus dem Rahmen. Soviel Liberalität und Freiheit wie in Amsterdam war in Paris unvorstellbar. Unzensierte religiöse Pamphlete zirkulierten, man rüffelte offen die Monarchen, es gab nichts, worüber nachzudenken, zu reden und zu mäkeln verboten war.

An einem der ersten Tage spazierte Theodor in Begleitung des Ständerats über den Blumenmarkt zum Dam. Der hohe Herr ging, mit freundlichem Gleichmut seinen Hut ziehend, an Ratsherren ebenso vorüber wie an den mit schwärenden Wunden im Straßenstaub dahinsiechenden Bettlern oder beinlosen Geigern auf ihren Rollwägelchen.

Theodor, dem der Anblick des Elends immer ein schlechtes Gewissen machte, warf ihnen eine Münze zu, der reiche Van Boon gab keinen Heller.

Es ist nicht gottgefällig, so elend zu sein, erklärte er.

Warum schafft man sie dann nicht von der Straße? fragte Theodor.

Oh, wir sind hier toleranter als die Franzosen, meinte der Kaufmann. Sie haben auch ein Recht zu leben.

Während die Tage im gediegenen Amsterdam vergingen und Theodor in Görtz' Auftrag seine Verhandlungen führte, gärte es in ihm immer heftiger, seine Geschichte publik zu machen, sein Spiel aufzudecken, um im bewundernden Abglanz in den Augen der anderen etwas davon zu haben, daß er kein kleiner Leutnant in französischen Diensten geworden war.

Seine zwei Schrankkoffer voll modischer Kleider und Accessoires waren beständig geöffnet, und er verbrachte ganze Vormittage damit auszuwählen, um eine so elegante wie auffällige Verpackung für sein Selbstbewußtsein zu finden. In dieser opulenten Takelage, dieser odaliskenhaft sinnlichen Zurschaustellung von gekämmter Wolle und Damast, Seide, Batist, Brüssler Spitze und feinstem Leder ging er dann auf die Straße und erbitterte sich über das holländische Phlegma allem und jedem und ganz besonders ihm gegenüber. Ohne seine Mission zu gefährden, konnte er nicht mit den guten Gründen für seine Aufmachung herausplatzen. Je länger ihm der Mund verschlossen war, desto mehr provozierte ihn das calvinistisch gemäßigte Schwarz-Weiß, und er wünschte sich, zu erleben, daß auch die Menschen hier sich einmal gehen ließen.

Der Wahrheit die Ehre zu geben, meinte er mit »Menschen« eigentlich hauptsächlich seine Wirtin, Mijfrouw Els van Boon, die kühle und sehr viel jüngere zweite Gattin des bereits einmal verwitweten Ständerats. Ihre stattlichen Formen ähnelten ein wenig denen der Valentini, aber ihr Gesicht war gröber gezeichnet, sozusagen eher mit dem Kohlestift als mit dem Rötel.

Er war sich fast sicher, daß ihm die immer in Schwarz gekleidete Els, die sich, wenn er plauderte, mit dem Gebetbuch gähnend in eine Ecke zurückzog, um es in den Worten eines Versailler Höflings und Jesuiten auszudrücken: »die Instrumente zeigte«.

Ob es sich tatsächlich so verhielt oder nur Theodor so vorkam, sei dahingestellt, aber er hätte schwören können, daß die Dame des Hauses in seiner Gegenwart zwei-, dreimal verborgene Stellen ihrer Haut sehen ließ, was man kaum anders denn als eindeutige Einladungen an seine Beherztheit auffassen konnte: ein sekundenlanges weißes Schimmern der bloßen Fessel zwischen Rocksaum und Schuh, der muttermalsdunkle Ansatz eines Brustwarzenhofes im blitzartig verrutschten Dekolleté. Und einmal kneteten ihre langen Finger in seiner Gegenwart voller Insistenz den Lehnenknauf ihres Sessels ...

In den Gesprächen, die er in einem Kabinett van Boons mit russischen Ratsherren führte, schweiften seine Gedanken immer wieder ab, um sich mit der Frage zu beschäftigen, welche Lösung für seine Not es geben mochte. In den politischen Dingen sah er mittlerweile klar: Der wirkliche Grund für Görtz' Anwesenheit in Holland war, mit dem derzeit in Amsterdam weilenden russischen Zaren über Konditionen eines möglichen Friedens zu verhandeln. Der schwedische Minister, der noch immer komfortabel in Den Haag festsaß, hatte ein Schreiben für den Zaren aufgesetzt, das Theodor persönlich übergeben sollte, wozu er jedoch zunächst eine Bresche in die Reihen der russischen Beamten schlagen mußte, mithilfe von Charme und Genever.

Als er dem zukünftigen Kaiser schließlich gegenüberstand, einem kleinen Mann in Schwarz, kleiner als Els Boon, schoß es ihm durch den Kopf, mit langem dünnem Haar, hängendem Schnurrbart und einem Mittelscheitel, auf dessen weißer Trennlinie Schuppen flockten, schrumpfte im Vergleich mit der Aura dieses Mannes die imposante Figur des schwedischen Ministers ins Zwergenhafte.

Pjotr Alexejewitsch stand in der schrägen, staubdurchwölkten Lichtbrücke, die durchs Fenster einfiel, die Hände im Rücken verschränkt, auf den Ballen wippend, konzentriert, flankiert von zwei Schreibern oder Sekretären, die auf Holzplatten gespanntes Papier vor der Brust hielten.

Er lauschte Theodors Worten, der vergeblich versuchte, durch die straffe Schutzhülle des Mannes zu dringen und eine gemeinsame Basis der Konversation zu schaffen. Einmal sprach Theodor zufällig etwas an, das den Zaren interessierte, es war, als werde ein Licht in dessen Augen entzündet, und er begann zu reden und holte Theodor kurz aus, ließ aber nach wenigen Minuten enttäuscht ab, wie es schien. Er hatte über Fakten sprechen wollen, Theodor um des Redens willen, das war nicht genug.

Das Gespräch mit dem großen Mann war zu konkret,

um mit seinem *à-peu-près*-Stil bestritten werden zu können. Man benötigte Fachwissen, um sich mit ihm zu verständigen. Beleidigt sagte Theodor sich, daß der Zar mit Sternhart lieber geredet hätte als mit ihm, auch wenn ein stures, widderhaftes und für jeden Außenstehenden todlangweiliges Fachgesimpel über Schiffbau und Konstruktionsphysik dabei herausgekommen wäre.

Meine Zeit ist gemessen, sagte der Russe, ich danke für Ihre Ausführungen, und streckte die Hand aus, in die Theodor Görtz' versiegelten Brief legte. Dann wurde er entlassen.

Während er sich noch über sich selbst und den schroffen, ihm überlegenen Mann (immerhin keine Zeugen!) ärgerte, fiel ihm ein, was er tun würde. Er würde ein Fest ausrichten. Im Hause Boon. Ein Fest zu Ehren seiner Gastgeber. Ein gigantisches Fest. Eine Orgie bei den Calvinisten.

Welch eine Idee! Was lag ihr zugrunde? Wollte Theodor, durch die Begegnung mit dem Zaren erniedrigt, die Zwecklosigkeit der eigenen Existenz in hedonistischem Exzeß hochleben lassen? Brauchte er den großen Rahmen, um Els van Boon im Auge des Sturms ungestört zu verführen? Glaubte er, nur so seine Erhöhung und sein Glück demonstrieren zu können, oder trieb ihn vielmehr eine heimliche anarchische Lust, das Erreichte zu zerschlagen, die fünf Leutnants-Jahressaläre auf einen Schlag zu verpulvern und mit leeren Händen dazustehen, um erst im Begreifen, nichts mehr zu haben, verstehen zu können, was er besessen? War es Angst, schon am Ziel zu sein, und der Glaube, nur die Hoffnung treibe das Leben voran, wo aber Ergebnisse und Abschlüsse sich einstellten, könne Hoffnung nicht mehr gedeihen? Oder war es vielleicht ein etwas infantiler Protest gegen die beängstigende calvinistische Philosophie des gottgefälligen Erfolgs. Denn um mit Mortagne zu sprechen: Erfolg war ein Grund, sich zu schämen.

Das Fest fand am Ende der achten Woche von Theodors Amsterdamer Aufenthalt auf drei Etagen des Van Boon'schen Patrizierhauses statt und versammelte über zweihundert Gäste.

Theodor hatte ein Orchester und ein ganzes Theater aus Paris kommen lassen, um ein Schäferspiel mit Ballett aufzuführen. Er hatte faßweise burgundischen Rotwein und tausend Flaschen Champagner bestellt. Zwei Rinder wurden in dem hohen Kamin im Erdgeschoß gebraten, eine ganze Wagenladung Hühner und Täubchen traf flatternd und schreiend in der Herengracht ein.

Larbi war tagelang in der Stadt unterwegs, um Einladungen zu überbringen, und hatte darüber hinaus den Auftrag, fünfzehn der schönsten Prostituierten königlich auszustatten, auf zunächst dezentes Betragen einzuschwören und sie unter die Gäste zu mischen. Meterhohe Tücher und Draperien wurden genäht, um die Wände und Fenster zu verhängen und Atmosphäre zu schaffen, Hunderte von Kerzen gegossen, die den Eindruck erweckten, man treibe durch ein Meer geschmolzenen Goldes.

Die Sehnerven der Gäste wurden bis zur Hysterie strapaziert von schwirrenden Aufwärtern, schwellenden Blumenarrangements, wogenden Orchesterperücken, sichelnden Bögen und walnußfarbenen Geigenkörpern, von gebauschtem Tuch, leuchtenden Damastdecken und schimmerndem Geschirr voll gelbbraun krossen Geflügels. Ein Geruchsgemisch aus Gebratenem und Gebackenem, Punsch und Likör, Parfum und Blumenduft und Kerzenwachs und schwitzender Menschendichte exaltierte ihre Nasenschleimhäute. Die zunächst noch klar auseinanderzuhaltenden Klangwelten verdichteten sich, indem der Abend voranschritt, zu einem Gebrumm, wie ein Schlagflüssiger es im Kopfe hört.

Einige wenige Gäste entkamen beizeiten und retteten sich in die nüchterne Amsterdamer Nachtluft. Die übrigen aber speisten und redeten und gerieten, je länger der Abend dauerte, desto stärker in den Bann dieser katholisch-sinnlichen Walpurgisnacht, über die Theodor herrschte, in Schwarz und Weiß gekleidet, ein heilig-nüchterner Mephistopheles mit leuchtenden Augen, der immer noch ein Gericht auftragen ließ und noch mehr von dem ungewohnt schweren Wein in die Kehlen der Patrizier kommandierte.

Das Schäferspiel mit seinen schwülen Ballettszenen griff auf die Zuschauer über, Hände und Münder verselbständigten sich, die Musik wurde schrill und wieder einschmeichelnd und wieder kreischend, die Würde der Gäste zerfiel in lüstern trunkener Sinnlichkeit, kippte in Hysterie, die erst im alkoholisierten Koma zur Ruhe kam. Halb entblößte neben- und aufeinander eingeschlafene Menschen, denen die Schminke zerlaufen war, deren helle Hemdbrüste rote Weinflecken verunzierten, lagen zusammen mit entbeinten Hühnchen und abgenagten Hammelkeulen auf der Walstatt. Verdauung und Schlaf senkten sich über die endende Nacht, durch die eine Hafenhure mit einem Jahresgewinn zurück an ihre Arbeit trippelte, unwirsch die Atlasschleppe ihres moosgrünen Kleids hinter sich herzerrend wie ein bockendes Hündchen an der Leine. Herr van Boon war am Ehrentisch, den er den Abend über nicht verlassen hatte, den Kopf auf der Eichenplatte von dunkelgrünen leeren Flaschen bewacht, die Arme um zwei schnarchende Damen gelegt, schon vor Stunden eingeschlafen. Aufwärter füllten die liegengebliebenen Speisen in Kartoffelsäcke, ein Geiger und ein Spinettist musizierten noch immer, mit geschlossenen Augen, mechanisch wie Spieldosen, der dünne Klang hallte gespenstisch durchs Haus.

Dies war Theodors Stunde. Durch die sich wellenden Tüllbahnen schien die graue Helligkeit des anbrechenden Tags hindurch.

Er hatte viel getanzt und geplaudert, aber nicht mit Els van Boon, nur so, daß sie es sah. Mehrere Male im Vorübergehen hatten ihre Kleider sich berührt, und er spürte in den Fingerspitzen, daß sie auf ihn wartete. Jetzt trat er zu ihr, die ihn aus geröteten Augen zwischen Trunkenheit und Traum schlaff und sinnlich zugleich anstierte. Er schloß die Augen, die letzte Grenze der Fremdheit, der Weg bis zur äußersten Indiskretion mußte sich von selbst überbrücken. Er fühlte sich wie angesaugt, öffnete die Augen, die Patriziergattin hatte schlafschwere Arme um ihn geschlossen. Sie setzte sich auf den Tisch, öffnete die Beine, hob ihr Kleid mit beiden Händen hoch, hielt es mit dem Mund fest, die nackten Schenkel schmatzten auf der weinfeuchten Tischplatte, ihre Arme legten sich wie Bleigewichte auf seine Schultern, ihre Beine schlossen sich um seinen Rücken, sie zog ihn an sich, öffnete den Mund, und das Kleid fiel über den Moment ihrer Vereinigung.

Als sie sich wortlos voneinander lösten und ihre Toilette in Ordnung brachten, las Theodor zu seiner größten Befriedigung in den Augen Els van Boons eine Art staunendes Grauen, in dessen Zentrum die schmalen Pupillen müde, katzenhafte Genugtuung signalisierten.

Hier zumindest, sagte Theodor sich, würde man ihn nicht so schnell vergessen.

Im frühen Morgen begleitete Theodor den Großkaufmann Jacob Cats, bei dem er die Lieferungen für das Fest in Auftrag gegeben hatte, nach Hause. Cats war wie aufgedreht, seine rechnende Seele und seine von Calvins Ketten befreite Lebenslust, die nicht anders konnten, als die denkwürdige Nacht in einem erregten Wortschwall zu kommentieren, kamen sich dabei ständig ins Gehege.

Theodor bilanzierte launig: Amsterdam war ein gutes Pflaster für Geld und Geschäfte. Und wenn man ein wenig nachhalf, auch fürs Vergnügen. Seine fünf Jahresgehälter steckten in der Tasche des Mannes, der neben ihm ging und der ihn nie mehr vergessen würde. Er war mittellos, schwerelos, voller guter Hoffnungen. Am selben Tag wurde der

Baron Görtz aus seinem Arrest entlassen, fuhr nach Amsterdam und bot Theodor an, sein Privatsekretär zu werden. Der hatte das Gefühl, sich für diesmal aus Amsterdam verabschieden zu sollen, und willigte ein.

Die Reise gehe nach Mecklenburg, erklärte Görtz. Was sein Gehalt sei, fragte Theodor. Der große, bärtige Mann sagte es ihm. Es entsprach einem Leutnantssalär beim Régiment d'Alsace.

Siebtes Kapitel

An der Seite des Barons von Görtz ritt Theodor durch endlose Ebenen nach Norden. Eine taubengraue Wolkendecke war von Horizont zu Horizont gespannt, beulte sich im Osten schwer und dunkel aus und hing bis auf die schwarzen Felder durch. Dort regnete es. Es war ein eisiger Regen, und der Wind, der über die flache Landschaft blies, zauste das graugrüne Gras wie ein Fell.

Manchmal fiel der Regen in dicken Tropfen, die wie Hagelkörner auf der Stirn zerplatzten, manchmal fein gesiebt, durchdrang die Kleidung und maserte das horizontale Gefüge der Natur mit silbriger, diagonaler Schraffur. Sie kamen an schwarzen, abgebrannten Stoppelfeldern vorüber. Aus einem Bruch stieg mit schwerem, nassem Flügelschlag ein Bussard. Bewässerungskanäle kamen quer, verloren sich zu beiden Seiten im Dunst. Ab und zu schälte sich aus der nassen Luft eine hohe graue Silhouette, die im Näherkommen schwarz wurde, ein mittelalterlicher, zum Kampf gerüsteter Ritter, der sich als Windmühle entpuppte, mit schindelgedeckter feuchtglänzender Holzhaube.

Theodor wischte sich die Nässe aus dem Gesicht und erwähnte Cervantes und Don Quichotte. Was sind das denn für Flausen? sagte Görtz kurz angebunden. Er hatte es eilig. Sein König war in Stralsund eingetroffen, dorthin wollte er, nach den untätigen Monaten in Amsterdam war er wieder in seinem Element: Politik und Krieg. Krieg und Politik. Theodor fühlte sich einsam.

Privatsekretär des schwedischen Plenipotentiärs, das hörte sich großartiger an, als es war, viel großartiger, und das tröstete Theodor immerhin, wenn ihm auf der unbequemen und martialisch-genügsamen Reise Zweifel kamen, ob es sonderlich vernünftig gewesen war, die soeben begonnene Agentenkarriere für die ehrvolle, aber miserabel entlohnte Position an der Seite eines Politikers von Rang einzutauschen.

Görtz erklärte, es handle sich darum, Peter entweder zu isolieren und zu besiegen oder aber gemeinsame Sache mit ihm zu machen, und erläuterte, daß die Diplomatie eben gerade darin bestehe, eine Strategie und ihr Gegenteil so lange nebeneinanderher zu führen, bis unwägbare Zufälle einen zwangen, auf eines der beiden gesattelten Rösser aufzuspringen. Theodor dachte an den russischen Geldboten, der ihn zu seiner größten Überraschung einen Tag vor seiner Abreise in Amsterdam aufgesucht und ihm einen prallen Beutel überreicht hatte, als Lohn für seine Vermittlerrolle. Theodor unterhielt sich mit Cats über die geeignete Verwendung der Summe und entschied, sie ihn in Laws neugegründete *Compagnie d'Occident* investieren zu lassen.

Am Rande des Herzogtums Mecklenburg-Schwerin trafen sie auf schwedische Reiterei, die Görtz von einer bevorstehenden Schlacht in Kenntnis setzte. Sie erreichten den Ort, an dem die beiden wartenden Heere lagerten, bei Einbruch der Dunkelheit. Als man Theodor ein Fernrohr reichte und er es über die hochlodernden Brände der feindlichen Lagerfeuer schweifen ließ, zog sein Magen sich vor Angst zusammen.

Larbi flüsterte ihm auf französisch zu: *Maître, on ne peut pas se tirer d'ici?*

Görtz, der daneben stand, antwortete, ohne sich umzublicken, die Augen starr auf die nasse Dunkelheit gerichtet, in der wässrig die Flämmchen schimmerten: *Non, mon petit. Vous allez vous couvrir de gloire ou mourir.*

Der Minister schien Gefallen daran zu finden, in seiner nassen, steifen und stinkenden Ledermontur in sein Biwak zu kriechen. Bärtige Uniformierte brachten ihm eine Flasche Rum. Ihr weckt mich zweieinhalb Stunden vor Tagesanbruch, kommandierte er.

Theodor wurde ins Offizierszelt geführt und bekam zwischen betrunkenen, schnarchenden und tuschelnden Leutnants eine Pritsche angewiesen.

Mon pauvre Larbi, meinte er krächzend, *on est faits comme des rats.*

Das Feldbett war schmal und hart wie ein Sarg, und schweißüberströmt und ohne Schlaf zu finden hörte Theodor den Regen auf das Zeltdach prasseln und war sich sicher, die letzte Nacht seines Lebens zu verbringen. Er stank, er sehnte sich nach einem Bad und frischen Kleidern, er fror. Womöglich hole ich mir hier einen inkurablen Rheumatismus, dachte er entsetzt, bevor er sich erinnerte, daß er morgen einen blutigen Tod sterben würde. Es war ein empörender Gedanke. Larbi murmelte im Halbschlaf erstickte Vorwürfe.

Theodor lauschte dem Regen und versuchte, Bilanz zu ziehen. Konnte angesichts des bisher Erreichten und Erlebten sein Ende hingenommen werden, oder machte er sich lächerlich, wenn er jetzt starb? Wie gut, daß er nie langfristige Pläne geschmiedet hatte, um jetzt halbfertige Ruinen zu hinterlassen.

Jemand rüttelte ihn an der Schulter, und er schrie auf. Es war fünf Uhr. Im Zelt herrschte hektische Bewegung. Flüche, Räuspern, klappernde Waffen. Es war noch dunkel, aber Fackelschein spielte auf der Leinwand. Kommandos wurden gebrüllt. Er mußte über vier Stunden geschlafen haben. Er versuchte vergeblich, in seine von der Nässe hart gewordenen Stiefel zu schlüpfen. Larbi mußte helfen, und als Theodor stand, drohten seine Beine gleich wieder einzuknicken. Er spannte alle Muskeln an und trat aus dem

Zelt. Würdig in den Tod gehen, sagte er sich. Nichts anmerken lassen. Lachend in den Tod gehen.

Nun, Baron, fragte Görtz, wo möchten Sie das Spektakel erleben? An meiner Seite oder bei den Leutnants der Kavallerie?

Ganz wie es Ihnen beliebt, sagte Theodor charmant lächelnd, atmete tief die eisig feuchte Nachtluft ein und stieß sie leicht zitternd wieder aus.

Bleiben Sie besser bei mir, ich brauche Sie noch, scherzte der Holsteiner.

Theodor verneigte sich, stieg steifbeinig auf sein Pferd, und sie ritten im Schritt auf die Anhöhe mit der verlassenen Windmühle, von wo aus das Schlachtfeld zu überblicken sein würde, sobald die Dämmerung anbrach.

Der trübe, regnerische Sterbenstag begann mit dem enervierenden Lärm trockener Trommelwirbel und im Wind knatternder Regimentsfahnen. Theodor hatte einen sauren Geschmack im Mund und Magendrücken, er hatte nichts zu sich nehmen können, der Gedanke, mit vollem Bauch zu sterben, war ekelerregend.

Die Ebene zwischen dem Hügel, auf dem er mit Görtz stand, und den beiden leichten Kuppen, auf denen sich der gegnerische Generalstab postiert hatte, war ein graugrün verwischtes Meer. Linker Hand bildeten einen Bach säumende Pappeln den Horizont. Einen Steinwurf unter ihm plauderten die Kanoniere bei ihren Lafetten. Görtz sprach auf schwedisch mit dem kommandierenden General, beschrieb mit der Hand einen Bogen.

Wir werden die aufgehende Sonne im Gesicht haben, wenn sie denn durch die Wolken kommt, versuchte Theodor einen fachmännischen Kommentar. Er fühlte sich hilflos und verwirrt. Sein Geist sprang unaufhörlich zwischen der Perspektive eines Schlachtenmalers und der eines in seiner Marschsäule rettungslos eingekeilten Infanteristen hin und her.

Wir haben die stärkeren Reiter, antwortete Görtz. Es sind nur Schweriner, die haben kein Geld, eine Kavallerie aufzustellen, die den Namen verdient. Eigentlich ist die Sache schon entschieden. Während sie unter unserem Fußvolk wildern, geht unsere Reiterei längs der Pappeln vor, fällt ihnen von hinten in die Flanke und schaltet die Kanonen dort auf dem linken Hügel aus. Heute nachmittag werden sie die weiße Fahne hissen. Es sei denn, ein Genius kommandiert sie, dem etwas Besonderes einfällt. Das weiß man eben nie, und das ist die Würze einer solchen Konfrontation.

Dies alles im Konversationston, die Tressen seines nassen Dreispitzes flatterten im Wind, links hielt ein Bursche die Zügel seines Pferds, rechts ein anderer das Fernrohr.

Sobald sie in Schußweite der Kanonen sind, eröffnen wir das Feuer auf die von uns aus gesehen rechte Marschsäule, sagte der General, der eine brennende Pfeife im Mund trug.

Theodor blickte vom einen zum andern und mußte an die Knabenspiele im Dorf denken, wenn die Kinder Ameisenhaufen anzündeten und den wirren Fluchtmustern der halbverkohlten Insekten zusahen oder ihnen Hindernisse in den Weg legten. Kalte Götter, und er spürte, daß er nicht zu ihnen gehörte, so wie er schon damals nicht zu ihnen gehört hatte.

Ein Schuß, eine blecherne Fanfare, ansatzloser Galopp den Hügel hinab der verschiedenen Meldereiter und das totenmarschartig einsetzende Bum-Bum der Trommeln, und wie eine Panzerechse, mit züngelnden Bannern, kroch das Heer vorwärts in die regennasse Ebene. Dann blitzte Mündungsfeuer auf, und Donner rollte über die Felder.

Theodor starrte gebannt auf die breite, gewellte Marschformation, die voranschritt, Spieße voraus, jeder Schritt fiel einen Sekundenbruchteil nach einem dumpfen Trommelschlag. Die Soldaten sanken in den feuchten Wiesen ein. Beine und Herzen wurden nur mehr vom Trommeltakt vorwärtsgetrieben. Bum-bum-trrt, bum-bum-trrt. Das feindliche Feuer nahm zu. Viel zu kurz, Erdfontänen spritzten gegen den Seidenvorhang des Regens.

Die Zange der gegnerischen Infanterie öffnete sich, die schwedischen Soldaten gingen ihr entgegen, Schritt für Schritt, ohne Eile, bum-bum-trrt, bum-bum-trrt.

Feuer! kommandierte der General neben ihm ruhig, das Wort wurde dreimal wiederholt wie ein Echo, dann zerriß beinahe Theodors Trommelfell, die Kanone zuckte zurück wie ein auskeilender Esel, er blickte wieder hinab auf das verregnete graugrüne Feld, wo plötzlich hochschießende Geysire die Einschläge markierten und in dessen Mitte ein unsichtbarer Magnet die Heere an sich zog, und lethargisch wie Rinder näherten sie sich einander, bis sie, wie es heißt, das Weiße im Auge des Gegners sehen konnten.

Theodor ist mitten unter ihnen, seine Muskeln und Gelenke schreckensstarr, alles in ihm schreit: Fort hier! Laßt mich raus! Aber es gibt keine Freiheit, nur das fatale Aufeinanderzu. Sehenden Auges, eingekeilt zwischen die vor Angst schwitzenden Nachbarn, im Bewußtsein des Wahnsinns und der Sinnlosigkeit auf Kollisionskurs mit dem Tod, der dir als blankes Eisen in den Bauch fährt, ins Weiche, Innere und in einem Strahl dein Leben raubt, und links und rechts weht das Gras im Wind, und die Vögel zwitschern, und das Wasser fließt zur Mündung, und du könntest ausscheren und fortlaufen und leben, und du kannst nicht. Du kannst nicht.

Da begann das Musketengeknatter, die Marschordnung löste sich auf, die Heere trafen aufeinander, vermischten, verkeilten sich, die Trommel war verstummt oder nicht mehr herauszuhören, ein wirres Gewusel, der brennende Ameisenhaufen.

Der Kanonendonner war schon selbstverständlich geworden, und jedesmal, wenn Theodor den nächsten Schlag im gewohnten Rhythmus erwartete, und er kam nicht, sondern erst im Moment darauf, wenn die angespannten Nerven sich gerade lockerten, zuckte er zusammen wie in einem epileptischen Krampf und fiel beinahe vom Pferd.

Er sah, wie die Lippen der Umstehenden sich bewegten, hörte aber nichts mehr außer den Schlägen, bis direkt unter ihm die Lärmhaut aufriß: Einer der Kanoniere war dem Rückstoß nicht ausgewichen, lag da, die Brust schief und flach eingedrückt, Blut floß aus seinem Mund, aber sein Gekreisch verstummte rasch.

Am Horizont löste sich jetzt die Reiterei aus dem Schatten der Pappeln, fächerte sich in der Vorwärtsbewegung auf, und in der Nachhut der Schweriner entstand Panik.

Offenbar hatte der Wind sich gedreht, die Schreie der sich Mut Machenden und das Gebrüll der Verwundeten drang an ihr Ohr wie ein Chor jaulender Höllenhunde, die schiebenden und geschobenen Bewegungen des Gemetzels parodierten einen Contredanse, zu dem die Kastagnetten der Musketenschüsse knatterten. Rot, als wären sie durch Blut gezogen worden, leuchteten Fahnen auf und verschwanden gleich wieder im Körpergewoge.

Die gegnerische Infanterie hatte mit ihrer Zange den Kopf des schwedischen Heers abgebissen, aber jetzt wurde sie von hinten aufgerieben. Das war der Moment für Görtz und auch für Theodor, hinabzureiten und den Endkampf aus der Nähe zu dirigieren. Blutige Uniformen, grotesk übereinander getürmte Körper wie in der Umarmung gemeuchelte Liebespaare. All die aufgerissenen weißen Augen, das abgebrochene, gesplitterte Holz in Bäuchen, Schenkeln, Hälsen. Die Musketen bellten nur noch vereinzelt auf, Pulverdampf und Regen mischten sich zu dichtem Weihrauch. Ein Botenreiter direkt neben Theodor fiel plötzlich lautlos vom Pferd. Erst als er auf dem Rücken ausgestreckt lag, sah man das schwarze Loch in seiner faltenlosen Stirn, den Ausdruck von Überraschung auf seinem Gesicht.

Überall um sie herum noch immer rennende, schreiende, stechende Soldaten, die Schweriner kämpften um ihr Überleben, die schwedischen, jetzt in der Überzahl, befreiten sich in Haß und Blutdurst aus den Klammern ihrer Todesangst.

Botenreiter kamen heran und sprengten wieder fort, Kavallerieoffiziere machten Meldung, dann deutete jemand auf den gegenüberliegenden Hügel: Die weiße Fahne wurde geschwenkt. Es regnete noch immer und war den ganzen Tag nicht hell geworden.

Dann begann die Plünderung der Leichen. Sie wurden umgedreht, entwaffnet, entkleidet, auf Haufen geworfen, man leerte die Taschen, und am Abend, als Brände loderten und der unterlegene Heerführer schon zwei Stunden zum Palaver in Görtz' Zelt saß, kam der Mond zwischen den Wolken hervor und beleuchtete matt die Hunderte von nackten, bleichen Körpern, die in sich selbst verdreht dalagen mit in der Todesstarre steif abstehenden Armen, die das nächtliche Gestirn anzuflehen oder zu preisen schienen. Insekten nahmen Besitz von allem Weichen, und Krähenschwärme flatterten und hüpften zwischen den Toten umher. Ein Nachhall von Pulvergeruch und süßlicher Wundgestank hingen in der Luft.

Theodor fand Larbi beim Küchenwagen und ließ sich Fleisch und Rum servieren. Er war hungrig wie ein Wolf.

In Stralsund bekam er den schwedischen König zu Gesicht, ein junger Mann noch, nur zehn Jahre älter als er selbst. Das schwedische Heer hatte auf seinen ausdrücklichen Befehl nicht in der Stadt Quartier genommen, sondern kampierte vor ihren Toren in Regen und Kälte.

Der König wollte keinen Komfort, er wollte unter seinen Männern sein. Er roch nach Pferd und altem Schweiß. Theodor mußte an eine Szene im Palast von Versailles denken, als der zukünftige Regent, der Sohn der Pfälzerin, für ein Reitergemälde porträtiert wurde und er im Gefolge der

Mutter bei den untätig-bewundernden Zuschauern gestanden hatte. Philippe saß auf dem Bock wie ein großes, fettes Kind auf dem Schaukelpferd, hielt die Zügel und mußte auf Kommando des Künstlers Hottehüh machen, das heißt, auf und nieder hopsen, wobei er seinen Hut verlor; es war ein entwürdigendes Schauspiel. Der rastlos zwischen seinen Generalstabsoffizieren umherirrende Schwede, der zwei Pistolen im Gürtel trug, war auch so ein großes Kind. Und er spielte Krieg. Und je blutiger das Spiel wurde, je mehr Figuren umfielen, desto lauter jauchzte er und klatschte in die Hände.

Theodor erkundigte sich bei Görtz über seine weitere Verwendung und erhielt die bittere Antwort, er werde wohl, mangels besonderer diplomatischer Missionen, zeitweilig zum Kriegsdienst abkommandiert werden.

Nach einer schlaflosen Nacht versuchte er mit dem Minister zu reden, zu handeln, schließlich bot er ihm sogar seine Aktien an, um sich freizukaufen, und fiel am Ende vor seinem Gebieter auf die Knie.

(Larbi, sagte er auf dem Weg nach Glückstadt, wo sie eine Woche später in See stachen, tonlos und kalt: Ein Wort jemals zu irgendwem über diesen Auftritt, und du bist ein toter Mann.

Entendu Monsieur, begnügte der Diener sich zu antworten.)

Der halb belustigte, halb angewiderte Görtz vertraute ihm schließlich eine Mission nach Spanien an, erklärte ihm aber sogleich, er müsse selbst sehen, wie er an den Premierminister, den Abbé Alberoni, herankomme, um ihm die Vorschläge seiner Majestät zu unterbreiten und schmackhaft zu machen.

Theodor war es gleich, daß er kein Spanisch konnte, daß seine Reisekasse für einen derartigen Auftrag lächerlich, ja empörend schmal war, die Seereise nicht gefahrlos, die Zukunft ungewiß. Er mietete sich auf einem Kauffahrer seines

Freundes Cats ein und reiste mit Larbi nach Bordeaux und von dort auf dem Landweg in die spanische Hauptstadt.

In Madrid angekommen, war Theodors Kraft allerdings erschöpft, und er verkroch sich in einem Mietshaus mit Patio. Er kannte niemanden, er beherrschte die Sprache nicht, er war verloren wie ein Kind und beschloß, krank zu werden.

Er litt, wenn überhaupt an etwas, an einer Art frenetischer Langeweile, worunter eine Kombination verschiedener Ängste zu verstehen ist, die eine hoffnungslose Trägheit und Lähmung erzeugten, welche ihn wiederum mit jedem untätig dahingebrachten Tag nervöser und zappeliger machte, derart, daß er sogleich, um sich zu beruhigen, ins Bett zurückkehren mußte, aus dem er noch kaum wie ein Getriebener und mit den Worten »Jetzt muß endlich etwas geschehen« aufgesprungen war.

Ängste, dachte Theodor, an die weiß verputzte, im Dämmerlicht grau schimmernde Decke starrend, Ängste plagen mich, anstatt daß ich dem Himmel danke, dem Schlachtgetümmel dieser Kriegswilden entronnen zu sein.

Aber die Freude darüber und die Erleichterung waren aufgebraucht gewesen, sobald er in Bordeaux wieder festen Boden unter den Füßen gespürt hatte. Und dann die fremde Stadt, in der er sich nicht auskannte. Die kalten Mauern, zwischen denen man sich verlief, der Spießrutenlauf zwischen den gehässigen oder drohenden Blicken, bis man vor lauter Konzentration auf seine Schritte ins Stolpern geriet, die Gespräche in hellen Türöffnungen oder hohen offenen Fenstern, die man hörte, aber nicht verstand, soviel Unbegreifbares, in dem die Integrität des eigenen Wesens zu zerfallen drohte. Angst vor der agressiv hervorzuckenden, lauten flagellantischen Religiosität in den Augenzisternen dieser Menschen.

Kopfschüttelnd setzte er sich auf und sagte halblaut und mit jener wohlwollenden Nachsicht, jener noch in der Befremdung bewundernden und anerkennenden Neugier, die er immer für sich aufbrachte, auch für die seltsamsten und am wenigsten beispielhaften seiner Eigenschaften: Ich habe eine wirkliche Begabung zur Angst!

Das unedle Wort bezeichnete bei genauerer Überlegung in seinem Fall aber keine Feigheit, sondern vielmehr die höchst respektable Verbindung eines kenntnisreichen Interesses für die eigene Person – das wiederum nichts anderes war als ein Ausdruck der Achtung vor dem Wunder seines Lebens – mit einem illusionslosen Bewußtsein von den Gefahren, die auf ein exponiertes Dasein lauerten, ja, die ein solches womöglich sogar anzog.

Ein Talent für die Angst hieß aber auch, genügend Phantasie aufbringen zu können, um alle drohenden Eventualitäten zu benennen und somit schon halb zu bannen, die sich auf seinem Weg befinden mochten. Es hieß, der Zukunft, seinem größten Gläubiger, nicht ganz über den Weg zu trauen. Denn ihr stand es immerhin frei, ihn an der Mission zu hindern, die sein Auf-dieser-Welt-Sein rechtfertigte. Seine Angst war daher eine Respektsbezeugung vor der Autonomie der Zukunft, ein taktischer Kotau.

Mit dem Rechtfertigen-Müssen seiner Existenz meinte er aber keineswegs sich selbst. Andersherum wurde ein Schuh daraus: Das Schicksal selbst, fand Theodor, war in der Schuld, den ihm entgegengebrachten Respekt mit einer gewissen geistigen Anstrengung, einem wohlwollenden Begutachten seines Falls und der Zuverfügungstellung einer schönen Lebensaufgabe zu danken.

Was das für eine Aufgabe sein sollte, darüber allerdings wußte er nichts, der derzeitige Auftrag Schwedens konnte schwerlich damit gemeint sein, und mit einer gewissen Geringschätzung hatte Theodor den Geleitbrief Görtzens, der hierzulande das Papier nicht wert sein mochte, auf das er geschrieben war, auch einfach per Boten in den Palast schicken lassen.

Nein, die Mission kannte er nicht, und ging er in sich, wollte er sie auch gar nicht kennen, bevor sie sich offenbarte. Genug zu wissen, es müsse sich um etwas Außergewöhnliches handeln, wozu er das Seine tat dadurch, daß er gar nicht erst anfing, mit einer die hohen Pläne, die das Schicksal für ihn ausheckte, beleidigenden banalen Aktivität seine Bereitschaft zu blockieren und seine Erwartung abzulenken.

Was er benötigte, war lediglich Zeit, und seine Angst daher letztlich die, vom Tod um diese Zeit betrogen zu werden.

Gegen den Tod aber, das wußte auch Theodor, ist kein Kraut gewachsen, und man braucht Glück, um nicht vor der Zeit von ihm aufgespürt zu werden.

Der hinzugezogene Madrider Arzt tappte angesichts seiner Leiden im Dunkel und beschloß daher, ihn zur Ader zu lassen.

Die Säfte, die ihm das Blut vergiften, sagte er, müssen herausgewaschen werden, zog die Lanzette und postierte die Schröpfköpfe auf dem Tisch.

Noch zwei Wochen danach grübelte Theodor, mittlerweile an Bord eines holländischen Kauffahrers auf dem Weg durchs sonnenglitzernde Mittelmeer nach Genua, über sein Verhältnis zum Glück nach. Denn als der Arzt eben zur Tat schreiten wollte, wurde er vom unerwarteten, rettenden Eintreffen einer ledernen Börse mit zweihundert Pistolen unterbrochen.

Ungläubig hielt Larbi die Goldmünzen in den Händen und näherte sich seinem im Fieber delirierenden Herrn. Der öffnete die Augen zu Schlitzen, ließ sich den Brief vorlesen, der von Kardinal – Kardinal also mittlerweile! – Alberoni persönlich unterzeichnet war und den schwedischen Gesandten zu einer Unterhaltung in die *Descalzas Reales* bat. Theodor ließ sich das Geld reichen, blickte kurz in die Börse, schob sie dann gleichmütig in die Schublade des Nachttisches und setzte sich im Bett auf.

Meine Natur hat immer Ressourcen gehabt, erklärte er dem verblüfften Arzt. Ich brauche Sie nicht mehr.

Am nächsten Tag suchte er einen Schneider auf und ließ sich auf Kosten des Kardinals eine neue Garderobe anfertigen. Am Abend tafelte er mit Larbi in einer Bodega. Zwei Tage darauf war die Ausstattung fertig, und er machte dem Premierminister seine Aufwartung, um sofort und ohne Umschweife in ein politisches Gespräch gezogen zu werden, in welchem Alberoni Theodor anhand mehrerer auf dem Ebenholztisch aufgerollter Land- und Seekarten mit verschiedenen Wenns seine Strategie erläuterte.

Auf dem Papier sah alles machbar aus. Große Veränderungen stünden bevor. Das sage er, das sage die Farnese, ihr Astrologe habe es berechnet, und der neurasthenische König nicke immerhin dazu. Dann fiel der beringte Zeigefinger des Kardinals auf einen Punkt der Karte. Hier, genau an dieser Stelle, brauche er eine Festlandbasis in Italien. Wenn er einer Allianz mit den doch wohl den Ast ihrer ehemaligen Glorie hinabsteigenden Schweden offen gegenüberstehen solle, sei dies der Preis: ein Neutralitätsversprechen der Republik Venedig zum mindesten, noch besser eine Hilfestellung für die spanische Eroberungsflotte.

Theodor brauchte nicht mehr zu hören, um so weniger, als Alberoni ein großzügigerer Auftraggeber war als Görtz. Und Italienisch sprach er ja. Also auf nach Venedig!

Er war offenbar jemand, der Glück zu haben als seinem Wesen und Schicksal zugehörig ansah und ihm den Platz zumaß, den andere Menschen einem persönlichen Verdienst einräumen. Wieviel erregender war es, nonchalant sagen zu können: Ich habe eben Glück gehabt, als knirschen zu müssen: Ich habe alles dafür getan.

Wer nun aber das Glück als Charaktereigenschaft betrachtet, wer sich zutraulich in Fortunas Schoß schmiegt und sich als ihr Hätschelkind geriert, der wird sich, bleibt dieses Glück einmal aus, denn auch gleich als Verfluchten sehen müssen, als den letzten der Menschen oder auch als einen, den die Götter dafür strafen, daß er so ist, wie er ist.

Theodor sollte in der Folgezeit alle Gelegenheit erhalten, die Wechselfälle des Glücks am eigenen Leib zu spüren, wie eine Folge kalter und warmer Güsse, und in langen müßigen Stunden sich auszumalen, was passiert wäre, hätte er anders entschieden, als die Gelegenheit sich bot – nur: Bot sie sich denn jemals wirklich?

Er war noch nicht in Venedig angekommen, als er von einer Seeschlacht zwischen Spaniern und Engländern am südlichen Zipfel Siziliens hörte, einige Tage später verdichtete sich dieses Gerücht zur Nachricht von der Niederlage bei Kap Passaro. Er befand sich mitten im venezianischen Karneval, als er erfuhr, der schwedische König sei in der Schlacht gefallen und sein bereits halb vergessener Immer-noch-Herr, der Graf Görtz, verhaftet und kurz darauf enthauptet worden. Er war im Sommer zurück in Madrid, da unterzeichnete Alberoni unter dem Druck der allgegenwärtigen Engländer seine Abdankungsurkunde, zwischenzeitlich hatte er erfahren, daß Cats' Spekulationen mit Laws Aktien ihn zu einem reichen Mann gemacht hatten, als er jedoch in Paris sein Kapital abheben wollte, geriet er in die Bankrottswirren der Notenbank und fand sich einige Tage später so arm, wie er seit seiner Jugend nicht mehr gewesen war.

Was also war der Grund, sich auf Gedeih und Verderb dem Glück, das heißt dem Zufall, zu verschreiben?

Nur das Glück sprengte die Ketten der Kausalität. Nur mit Hilfe des Glücks konnten Sprünge vollführt, Grenzen überwunden und Ziele erreicht werden, zu denen keine Anstrengung und keine disziplinierte Arbeit einen je brachte, bevor man alt und tot war.

Auch befand sich der das Leben durch Planung und Fundierung Meisternde in eine einzige Spur gezwängt. Kam er durch, erreichte er nur das, was er immer vor

Augen gehabt hatte. An eine Erfüllung in solch engem Hohlweg wollte Theodor nicht glauben und kam für sich als der Weisheit vorläufig letztem Schluß zu der Erkenntnis, daß der Mensch soviel nicht war und vermochte, als seines Glückes einziger Schmied zu sein, daß es immer mehr als die eigene Mühe brauchte, um etwas Schönes aus seinem Leben zu machen, nämlich die Einwirkung höherer Mächte.

Genau besehen war dies eine demütige Haltung, von vornherein bei allem, was man tat, die unabdingbare Hilfe des Schicksals zu erflehen oder ins Kalkül zu ziehen, und es machte Theodor Freude, sich selbst als einen im tiefsten Sinne demütigen Menschen, einen Bruder der Einsiedler und Heiligen sozusagen, zu begreifen.

Dieses Bestreben nach glückhafter Rahmung seiner Lebenswege und Schönheit des Bildes, das er vor einem Parkett zuschauender Götter abgäbe, bewog ihn auch, kaum hatte er erfahren, daß Venedig auf dem Landweg erreicht werden sollte, also quasi von hinten durch die Sümpfe, den Kutscher und die übrigen Reisegäste mittels einer großzügigen Zahlung zu einer Routenänderung zu veranlassen, so daß man, die Brenta abwärts stakend, sich schließlich in Chioggia einfand, wo Theodor ein Boot mietete, um die langerträumte Stadt auf dem einzig angemessenen, dem Wasserwege über die Lagune hin zu erreichen.

Während er im Bug auf einem schwarzpolierten Holzstuhl saß und dem pitschenden Peitschen der sechs Ruderblätter lauschte, die beinahe synchron ins Wasser tauchten und das Boot mit sanften Schüben vorwärtstrieben, während er abwechselnd auf den wolkenlosen Himmel und seine verwellten Spiegelungen im braun-grün-goldenen Wasser der Lagune sah, die Holzpfähle und Pfahlhütten der Muschelfischer als dunkle vertikale Maserung des ansonsten ausschließlich horizontal strukturierten Bildes wahrnahm, durch Schwärme winziger Mücken glitt, die ein

Windstoß zu Nichts zerwirbelte, und mit zusammengekniffenen Augen den Horizont absuchte, wo in pastellenen Farbschlieren und Dunst Himmel und Lagune ineinander übergingen, um als erster die Silhouette der Stadt zu erblicken, zerriß das Bild vor seinen Augen auf einmal mit einem zugleich stechenden und bohrenden Schmerz in einem seiner linken unteren Backenzähne.

Tränen stiegen in Theodors Augen, er preßte den Unterkiefer mit beiden Händen zusammen und drehte sich zu Larbi um, der hinter ihm auf dem Gepäck hockte.

Der Diener führte eine Art Reiseapotheke mit sich, aus der er seinem Herrn zwei getrocknete Nelken reichte, und wies ihn an, sie auf den faulen Zahn zu legen und zuzubeißen.

Für Minuten wurde der Himmel farblos und das Wasser schwarz, jede Schaukelbewegung drohte seinen Schädel zu sprengen, und Theodor hatte das Gefühl, über die Lethe gestakt zu werden.

In einer durch den Schmerz geschärften und zugefeilten Zuspitzung aller Sinne, mit einer Mischung aus Enttäuschung über die verdorbene Freude und zugleich gesteigerter Wahrnehmungsfähigkeit und Aufnahmebereitschaft sah er dann, wie die Campaniles von San Giorgio Maggiore und San Marco zunächst als himmelblau und türkisfarben lodernde Rauchsäulen aus dem Dunst stiegen und langsam schärfere Konturen gewannen.

Der Eindruck der in der Sonne geschmolzenen und im Erkalten langsam Form annehmenden Stadt, die zunehmende Zahl der Schiffe, die bald, je näher man kam, zu einem Wald hochgestellter Ruder und Masten wurden, und der bohrende Zahnschmerz steigerten sich gegenseitig und gruben sich, einander intensivierend, so tief in sein Bewußtsein, daß er lautlos, sich die Wange haltend, flüsterte: Ich bin vierundzwanzig. Ich treffe in Venedig ein. Ich werde mir, wenn diese Schmerzen nicht aufhören, den

Zahn ausreißen lassen müssen. Ich weiß, daß ich diesen Augenblick nie vergessen werde.

Sehen Sie, Baron, sagte Respighi drei Monate später in einer Gondel, die die beiden Männer den Canale Grande hinunterstakte, vorbei an der *Ca'd'Oro* und der *Pescheria* zum Palazzo Vendramin, Venedig hat seine Aufgabe als Aktivposten in der Welt erfüllt und überlebt. Jetzt hat es keine andere mehr, als sich selbst darzustellen.

Theodor ließ die Hand durch das schiefergraue Wasser gleiten und wartete auf den bernsteinfarbenen Glanz, wenn momentelang die Sonne durch die Wolken brach. Er sah den Kaufmann und Freund von Jacob Cats aufmerksam an, um ihn zum Weitersprechen zu bewegen.

Was Respighi über die Stadt erzählte, die Theodor vom ersten Tag an, mit schmerzendem Kiefer und einer ganz wie seine Zahnnerven bloßliegenden Empfindsamkeit als ihm gemäß adoptiert hatte, tröstete ihn über seine eigene derzeitige Lage hinweg.

Empfänge und Kleider, Bälle und Opernaufführungen und das tägliche Leben hatten seine Reisekasse bedenklich geleert. Görtz und der schwedische König tot, Alberoni durch seine militärische Niederlage handlungs- und zahlungsunfähig, hatte er keinen Auftraggeber mehr, der den Namen verdiente, und keine diplomatische Mission in Venedig.

Wofür ist die Heimat San Marcos also noch gut? fragte Respighi und lieferte den aufnahmewilligen Augen seines Nachbarn die Antwort gleich mit: Um die Schönheit und Dauer und Fragwürdigkeit der menschlichen Existenz zu bezeugen. Es ist ja eine alte Stadt, setzte er hinzu, mit der gleichen genüßlichen Betonung, wie er gesagt haben würde: Es ist ja eine junge Frau.

Und mit dem Alter, fuhr er fort, ist es so eine Sache. Vernünftige Menschen behaupten immer, der Lebensweg gleiche einer Bahn, die auf Reduktion und Klarheit hinauslaufe, aber ist es nicht gerade andersherum in Wirklichkeit?

Er sah Theodor mit hochgezogenen Brauen an und setzte dann entschieden hinzu: Hier in Venedig *ist* es anders. Und nach einer Pause: Ist es nicht vielmehr so, daß je älter man wird, je älter die Menschheit wird, desto weniger Klarheit herrscht und desto mehr *ambiguité*. Desto mehr, wie soll ich sagen: *chiaroscuro* ...

Theodor blickte auf die dunklen Gestalten, die an den Ufern des Kanals unter den Arkaden standen oder vorüberhuschten und Respighis Worte rauschten leise wie das Wasser bei jedem Stoß des Gondoliere: Gewißheiten ... Unterschiede ... zwischen Wasser und Licht ... Wahrheit oder Traum ... Klare Identitäten ... Schemen ... Das Symbol, das heißt die Maske, tritt zunächst vor das Gesicht und ersetzt es schließlich ...

Masken – das Fest, eines der vielen Feste, die Musik, wie schwere Düfte aus jedem der hohen Räume wehend, die gebauschten Vorhänge, das Dämmerlicht, die Unwirklichkeit der wallenden Gestalten in teuerstem Brokat, dem nur ein unbarmherzig klarer Blick all die Stopfnähte und Stockflecken ansah, ein nächtlich zum Leben erwachter Theaterfundus. Sein nach letzter Pariser Mode gefertigtes Festkleid mit Rüschen und Jabots war zu eindeutig in diesem prachtvoll-schäbigen Maskenreigen, zu wenig ironisch. Alles war verwischt und in der Tiefenschärfe verschoben wie in einem Traum, als trete man auf der Stelle und der Saal bewege sich auf einen zu und von einem fort.

Der Eindruck von Blindheit oder unscharfem Sehen angesichts all der Masken, der fehlenden Gesichter, diese Anonymität erregte ihn, die Nähe des Fremden, Ungewissen stimmte Theodor erotisch. Die Vermummung half, sich nicht vom allenfalls unter ihr verborgenen Persönlichen eines Menschen ablenken zu lassen, von der Sehnsucht in seinen Fingerkuppen und Lippen, der es nicht ums Begreifen zu tun war, sondern ums Betasten, die nicht in Erkenntnis und Verständnis aufgehoben, sondern zugleich erfüllt und gestillt werden und doch weitersehnen wollte.

Die Maske, die ihn beim Tanz für sich erwählt hatte, war eine hochgewachsene Frau, in deren moorgrünes Kleid silberschimmernde Fischschuppen gewirkt waren. Als sie ihn aufforderte, den Ballsaal zu verlassen, fiel ihm ihre tiefe, fast männliche Stimme auf. Er reichte ihr den Arm, sie legte ihre Hand darauf, eine feingliedrige, lange Hand unter durchbrochenen Spitzenhandschuhen. Wie unter einer hauchdünnen Eisschicht sah er die weiße Haut mit dem blauen Adergeflecht, ein Perlmuttgeschimmer wie die Innenschale einer Auster. Sie erreichten einen leeren Raum, dessen zwei Rundbogenfenster offenstanden. Der Geruch des eisigen nächtlichen Wassers wuchs herauf. Es machte Theodor halb verrückt, sie nicht küssen zu können, als sei schon die erste Tür vor einer ganzen Zimmerflucht verriegelt. Seine Hände glitten in mühsam gezügelter Begierde über ihr Kostüm. Durch raschelnde Drehungen, Geräusche wie Regen oder der Wind in Pappeln, wurde für die Dauer eines Lidschlags helle Haut unter dem grünen Stoff sichtbar, ganz unvermittelt in einem Beugen oder Dehnen, suchenden Tasten oder Zupfen seiner Finger tat sich ein Spalt in den moirierenden Verwerfungen auf, ein Beiseiteschieben, ein Raffen des schweren, knisternden Stoffs offenbarte einen Schlitz, an dessen Saum seine Finger sich entlanghangelten, bis erschreckend warme Haut die Fingerkuppen zunächst zurückzucken ließ. All das geschah unter umeinander kreisenden, schlängelnden Bewegungen, einem Sich-ineinander-Schrauben zweier Spiralen, und Theodor, dessen suchender Blick von keinem Paar Augen aufgefangen wurde, sondern sich an den dunklen Löchern der Maske brach, sah unter halbgeschlossenen Lidern der Hand unter dem durchbrochenen Handschuh zu, den rasch und geläufig wie eine Spinne operierenden Fingern, dann sank er kraftlos zurück in die Armbeuge der Maske, bemerkte in seinem sich verschleiernden Bewußtsein noch, daß sie beide in dieser Stellung eine Art Pietà mimten, sein über den weichen Oberarm nach hinten gesunkener Kopf wurde sanft zu Boden gesenkt, die Maske löste sich von ihm, stand auf, ging zum Fenster, streifte den Handschuh von ihrer rechten Hand, hielt ihn mit Daumen und Zeigefinger fest und ließ ihn in den Kanal fallen. Er sah ihr zu, und als sie sich wieder setzte, sagte sie mit ihrer schönen, etwas heiseren Altstimme: Ich habe genug von diesen Handschuhen dabei ...

Später fragte sie ihn: Es ist Karneval. Warum trägst du keine Maske?

Seine Lippen berührten ihre Ohrmuscheln, er flüsterte wie zuvor: »Mein Pferdchen«. Dies war der zärtliche Kinderneckname, den ihre Mutter seiner Schwester Amélie gegeben hatte, und Theodor hatte in den Umarmungen mit der Unsichtbaren zugleich in der Vergangenheit und an anderem Ort gelebt, war hier und dort, jetzt und damals zugleich gewesen, und jedes seiner Worte hallte durch eine Art Zeit und Entfernung überwindenden Echoraum. So vervielfachte und bereicherte er sein Glück in einer von Worten geschaffenen Spiegelflucht, ohne daß seine nächtliche Gefährtin etwas dabei verlor.

Aber ich *trage* eine Maske! sagte er schließlich.

Auf dem Nachhauseweg im Morgengrauen standen auf einem an drei Seiten umbauten Platz, der sich in zwei Stufen zu einem schmalen Brackwasserkanal öffnete, plötzlich zwei vermummte Männer vor ihm, die einen Dolch unter der Pelerine hervorzogen und sein Geld forderten.

In Paris hätte Theodor die Hände gehoben und den Männern seine Börse hingeworfen, aber hier im venezianischen Morgendämmer, zwischen Tag und Nacht, Maskenspiel und Realität, Theater und Straße, träumerisch gestimmt von der Liebe mit der Unbekannten und gequält von seinen Zahnschmerzen, noch immer im Dunst zwischen den Zeiten und Welten wandelnd, zog er wortlos den Degen, sprang, wie er es gelernt hatte, gestreckt in den Ausfall, und seine Klinge fuhr in den Körper des nächststehenden Räubers.

Der Degen glitt und glitt durch das Fleisch, ohne auf Widerstand zu stoßen, als würde Theodors Arm gezogen, so perfekt und mühelos, daß er eine Befriedigung empfand, die der seines alten Freunds Sternhart ähneln mußte, wenn eine seiner Gleichungen glatt aufging. Aber das war wohl doch ein unpassender Vergleich, denn als seine Vorwärtsbewegung im Anschlag des Korbs vor der Brust des Mannes zur Ruhe kam, so daß Theodors Gesicht beinahe die Maske berührte, war der Räuber tot.

Helles Blut sickerte unter der Gesichtsverhüllung auf die schwarze Pelerine. Er mußte die Lunge durchbohrt haben. Das Blut roch süßlich wie Pferdefleisch, und der Geruch mischte sich mit dem morgendlichen Kotgestank des Kanals. Der zweite Räuber flüchtete entsetzt.

Theodor zog den Degen aus der auf die Knie gesunkenen Leiche, beförderte sie mit dem Fuß ins Wasser und sah zu, wie sie versank. Ein stimmungsvollerer Rahmen als Venedig, sinnierte er halbwach, war schwerlich vorstellbar, um einen Menschen zu durchbohren.

An der nächsten Kreuzung hatte er den Zwischenfall bereits fast vergessen, so daß er innehielt und sich fragte, ob er nicht etwa träumte. Dies war der erste Mensch, den er getötet hatte, und er mußte an seinen faulenden Zahn denken. Dieser erste Beginn körperlichen Verfaulens und der erste Tote von seiner Hand: Wie ein kalter Wind wehte ihn ein Gefühl von vergehender Zeit und Älterwerden an.

Zurück in seinem Zimmer im Palazzo Respighi, streichelte er die gelbe Katze der Hausherrn, die für die Dauer seines Aufenthalts bei ihm Wohnung genommen hatte, auf dem Fensterbrett saß und sehnsüchtig, wie Theodor es empfand, den vorüberfliegenden Tauben nachblickte. Die aufgehende Sonne überzog die pockige graue Fassade des Palazzos am gegenüberliegenden Ufer mit gedengeltem Silber und tauchte sie in blendendes Licht. Er kraulte die kleine, so zerbrechliche Hirnschale des wohlgenährten, schnurrenden Tiers, die sich wie eine fellumhüllte Walnuß anfühlte und nannte sie sanft *»Poverina. Poverina«*.

Ja, es ist eine Stadt der Maskerade, wiederholte Respighi. Zuerst tritt die Larve vor das Gesicht, dann ersetzt sie es.

Theodor nickte gedankenverloren, die Hand im Wasser.

Die Gondel legte am Steg des Palazzo Vendramin an. Die Familie bot aus finanziellen Gründen ihre Gemäldesammlung zum Kauf, und Respighi interessierte sich dafür. Ein Gemälde, Baron, ist, von seinem ästhetischen Wert einmal gar nicht zu reden, eine ausgezeichnete Geldanlage, erklärte er und rieb sich die Hände. Theodor, seine Nelke zwischen die Zahnreihen pressend und mit von dem leichten Schmerz geschärftem Blick, kehrte immer wieder zu einem mittelgroßen Gemälde zurück, das in einem breiten Korridor zwischen zwei von hohen samtenen Vorhängen gerahmten Türen hing.

Das ist ein Giorgione, sagte Respighi im Vorbeigehen. *›La famiglia del pintore‹*. Er deutete auf das Gemälde: *Quest'uomo è il pastore dell'essere ...*

Theodor nickte geistesabwesend.

Unfug, dachte er, vom plötzlich wieder bohrenden Zahnschmerz unwirsch und empfindlich-aggressiv gegen alles und jeden, einschließlich seiner selbst, gestimmt, und in unerklärlicher Eifersucht: Das ist überhaupt keine Familie, und wenn, dann nicht die des Malers.

Er stand vor dem Gemälde wie ein Kapitän auf der schwankenden Brücke eines in Seenot geratenen Schiffs und klammerte sich mit den Augen daran fest.

Die Szenerie badete im türkisgrünen Licht eines Gewitterhimmels. Im Hintergrund zog sich am rechten Ufer eines von einer Holzbrücke überquerten Flusses eine Stadt hin, im Vordergrund links stand ein junger Mann in Festtagstracht, der den Ort, durch einen Hain und an antiken Ruinen vorübergehend, soeben verließ, rechts saß eine junge nackte Frau auf einer Wiese, ein leichtes weißes Tuch über den Schultern, und säugte das Kind, das sie in den Armen hielt. Der junge Mann blickte zu der Frau hinüber, die ihrerseits mit abwesendem Blick den Betrachter ansah.

Durch die getürmten grünen Gewitterwolken zuckte der erste Blitz eines unmittelbar bevorstehenden Gewitters. Die Häuserfront am Flußufer lag noch in der Sonne und spiegelte sich im Wasser diesseits der Brücke.

Der unentschieden ins leere Zentrum fallende Blick des Betrachters wollte das Paar aufeinander zuziehen, zueinander kommen lassen. Aber keine der beiden Figuren machte in diesem Moment, bevor das Gewitter losbrach, alles erzitterte, erbebte, alles stillstand, Anstalten, den unerträglichen Abstand mit zwei, drei Schritten zu überbrücken. Vielmehr schien die junge Frau den hübschen jungen Mann gar nicht zu beachten und er Genüge daran zu finden, sie genüßlich zu betrachten, ohne darüber seinen Weg, wohin auch immer, zu vergessen oder auch nur für längere Zeit unterbrechen zu wollen.

Das junge Mädchen war schön. Seine rosige Haut schimmerte samtig und verschattete im Keil der Leisten. Es hielt sein Kind mit jener beiläufig schützenden Gelassenheit, die junge Mütter zu solch fremdartigen, bewundernswert starken und in sich ruhenden Wesen macht. Zu einer Einheit, die auch der junge Mann offenbar nicht antasten wollte. Am hinteren Ende der Stadt lag eine streng geformte Kirche mit einer Kuppel.

Der Ausdruck inniger Liebe auf dem Gesicht der Mutter steckte Theodor an. Wütend vor Zahnweh rief er: Warum gehst du denn nicht zu ihr hinüber? Was zögerst du denn? So zum Greifen nah ist das Glück nie wieder!

Er hielt sich die schmerzende Wange. Respighi stand wieder hinter ihm. Möchten Sie es kaufen? Es ist über zweihundert Jahre alt.

Nein, nein, sagte Theodor fast ärgerlich. Wie kommen Sie auf *Pastore dell'essere*?

Er ist doch offensichtlich ein Hirte, sagte Respighi achselzuckend und auf den Stab des jungen Mannes deutend. Diese gebauschten weißen Hemden und reich bestickten Pumphosen können Sie bei Festen auf dem Land entdecken.

Ein seltsames Bild, sagte Theodor mit schmerzendem Mund. Er kramte nach dem Döschen mit den Nelken.

Ja, es wird viel darüber gerätselt, statt es einfach zu genießen. Es ist übrigens teuer. Eben hörte ich jemand sagen, es handle sich um Hermes bei dem jungen Mann, den Gott der Hirten, und um Io oder gar Isis bei dem Mädchen. Der Mythos jedenfalls, welcher es auch sei, ist mit der Al-Fresco-Farbe der Modernität übermalt, und unsere Fragen bleiben unbeantwortet. Sehen Sie die antiken Ruinen hier, Baron, an denen unser Hermes gerade vorübergekommen ist, unwiderruflich zerstört. Vielleicht ja sogar von dem Gewitter, das eben erst anbricht.

Theodor lächelte, was bei seiner schmerzenden Gesichtshälfte eine schiefe Grimasse ergab. Der Gedanke, daß es hier in Venedig nicht verrückt war, die Vergangenheit als das Bevorstehende, noch nicht Geschehene zu betrachten, gefiel ihm. Und der, daß er ein Gemälde für wichtiger hielt in seinem Leben als alles, was er in zwanzig Jahren gesehen und erfahren hatte, entzückte ihn. Er dachte an seine Mutter: Verwechsle niemals die Realität mit der Wahrheit.

Was haben Sie jetzt vor, Baron? fragte Respighi auf dem Rückweg.

Ich muß mir einen Zahn ziehen lassen und dann nach Spanien zurückkehren, antwortete Theodor.

Kommen Sie wieder, sagte der Kaufmann.

Achtes Kapitel

Es war über fünf Jahre her, daß Theodor seine Schwester, mittlerweile Gräfin von Trévoux, zuletzt gesehen hatte. Sie waren beide noch Kinder gewesen, schien ihm, und jetzt wiegte Amélie einen zweijährigen Sohn, und er war so viel gereist, hatte so vielen Herren gedient, daß er kaum mehr wußte, woher er kam und wohin er ging.

Vorfreude auf das Wiedersehen und eine unbestimmte Angst drängten und bremsten seinen Weg das Rhônetal hinauf. Er machte sich Vorwürfe, diesen Besuch, an dem ihm soviel lag, auch wieder nur einem Auftrag zu verdanken, an dessen Wegesrand er stattfand, wovon er Amélie in seinem Schreiben natürlich nichts mitgeteilt hatte. Der Baron Ripperda, ein holländischer Glücksritter und als Nachfolger Alberonis in der Gunst der hitzigen Farnese sein neuer Kommanditär in Madrid, schickte ihn mit Depeschen, deren Inhalt ihm verborgen war, nach Paris. Es war das erste Mal seit seinem Debüt in Diensten des Regenten, daß er nicht wußte, was die versiegelten Schreiben, die er beförderte, enthielten – übrigens war es ihm herzlich egal, nur sein Stolz war gekränkt. Paris – auch solch ein Wiedersehen, das ihm bevorstand.

In Lyon würde er Geschenke kaufen, Geschenke für seine Schwester, den Gemahl, von dem er nichts wissen wollte, und vor allem Geschenke für seinen Neffen, eine kleine Uniform nebst einem befransten Dreispitz, einen Degen, kleine Stulpenstiefel und ein Spitzenjabot, das an dem Mannling, den er sich unwillkürlich so vorstellte, wie er selbst als Knabe ausgesehen hatte, gewiß allerliebst wirken würde. Allerliebst, das war so ein Wort, auf das er unter normalen Umständen nie verfallen wäre und das ihm jetzt in Erwartung des Wiedersehens zuflog – so ist mein Geisteszustand, dachte er kopfschüttelnd, sentimental in Worten, Gedanken und Gefühlen.

Bleisoldaten würde er ihm schenken, ein ganzes Regiment, eine Trommel und ein Schaukelpferd, nein, ein Schaukelpferd hatte er ihm bereits geschickt, also ein Puppentheater, so eines, wie er sie in Venedig gesehen hatte, mit den typischen Figuren, und die Spieldose mit den arkadischen Motiven und der sich langsam auf der kleinen Kuppel drehenden, flötenspielenden Schäferin; die hatte er bereits in Madrid erstanden.

Wenn nur alles genauso würde, wie er es unzählige Male im Geist vorauserlebt hatte, wenn nur alles so würde, wie es immer gewesen war, und keine Fremdheit zwischen ihnen existierte und der Mann sie nicht verändert hätte und möglichst unsichtbar bliebe. Je näher er seinem Ziel kam, desto stärker wurde die Spannung, bis sogar olfaktorische Halluzinationen ihn heimsuchten, die Gerüche ihres Kindheitsgartens, der Duft der verschwitzt umhertollenden Amélie bei den Rosen und Reseden, in der Geißblatthecke im feuchten Mauerschatten.

Wird sie mich wiedererkennen, dachte er, mit dem schmal gewordenen Unterkiefer, in dem vier Backenzähne fehlen? Ein Schauer lief ihm über die Haut, doch die Schmerzen waren vergessen, dafür trat jedesmal, wenn er sich des Zahnwehs und der blutigen Extraktion erinnerte, das Gemälde mit der Gewitterszene vor sein inneres Auge. Dann mußte er an seine Mutter denken und bemerkte mit leisem Erschrecken, daß er in manchen Augenblicken verwechselte, zu wem er da zurückkehrte.

Vom ersten Augenblick an war alles so, wie er es sich erwünscht hatte. Bereits der Anblick des auf einer Anhöhe hinter einem Eichenhain gelegenen Schlosses behagte ihm. Es war eigentlich kein Schloß, sondern eine kleine Burg aus der Zeit, da es noch notwendig gewesen war, sich in seinem Haus verteidigen und verschanzen zu können.

Der Weg führte recht steil hinauf, unter den hohen Eichen hindurch, bog auf der Kuppe nach rechts und wandelte sich hinter dem hohen schmiedeeisernen Tor zu einer Platanenallee, die geradewegs auf das gedrungene Geviert zuführte. In den ehemaligen Schießscharten des Torhauses waren Blumenkübel aufgehängt, und dies war so eindeutig das Werk Amélies, daß Theodor das Herz aufging.

Links und rechts der Allee lagen umfriedet Obst- und Gemüsegarten. Ein Bursche stand mit einem Korb auf einer Leiter und pflückte Kirschen, eine Frau kniete auf der Erde und zupfte Unkraut.

Als er abstieg und, gefolgt von Larbi, der die Pferde führte, durch den Torbogen schritt, öffnete sich auf der anderen Seite des gleichmäßig gerechten und mit kleinen Buchsbaumparterres geschmückten Innenhofs die Haustür, und Amélie trat heraus, gefolgt von der Amme, die den Knaben trug.

Theodor schloß seine Schwester in die Arme, atmete mit geschlossenen Augen den altvertrauten Geruch ihres Nackens ein und fühlte sich, als hätte er Abbitte zu leisten, wie früher bei seiner Mutter, deren strenger Liebe man nie würdig war, was man auch tat.

Dann jedoch löste er sich von ihr und kniete vor dem Jungen nieder, der mittlerweile auf eigenen Füßen stand und sich mit einer kleinen feisten Hand an den Kattunrock der Amme klammerte. Die feinen angedeuteten Augenbrauen runzelnd und die Backen aufblasend, musterte das Kind das Gesicht des fremden Mannes.

Allez, dis ce que je t'ai appris, sagte Amélie.

Bonjour, Monsieur mon Oncle, lispelte der Knabe, und Theodor setzte sich vor ihm auf die Erde, zog galant den

Hut und erwiderte die Begrüßung. Dann streckte er die Hände aus, und als der Neffe sie zögernd in die seinen nahm, begann Theodor zum Erstaunen der Umstehenden zu singen.

Mit leisem, aber vollem und wie immer ein wenig näselndem Bariton sang er ein italienisches Lied und schwenkte die Kinderhände dazu im Takt. Die Gesichtszüge Frédérics entspannten sich, dann jauchzte er auf. Aus den Augenwinkeln – nicht, weil er sich nicht ganz auf seinen Neffen konzentriert hätte, sondern im Bedürfnis, alles, was geschah, zugleich aufzunehmen – sah Theodor den Blick, mit dem seine Schwester ihn musterte, und las eine Art erstauntes und billigendes Aufhorchen in ihm, dem er in Gedanken antwortete: Ja, wir sind beide ein Stück Wegs gegangen.

Zugleich nahm er sich vor, sich diesem anerkennenden Blick während seines Aufenthalts würdig zu erweisen und die Mischung aus Wärme und Freiheit, die ihm in diesen ersten Augenblicken ganz natürlich gekommen war, zum Leitmotiv seines Auftretens auszudehnen.

Er saß noch am Boden, als der Graf selbst, nach einer dem Wiedersehen der Geschwister geschuldeten Höflichkeitsfrist, in der Bogentür des rechten Flügels erschien und mit ausgestreckten Armen auf ihn zukam. Ein grauhaariger, sehr schlanker kleiner Mann, nicht größer als Amélie, mit einem noblen grauen Cäsarenhaupt und eingedrückter Nase. Der leichte Schritt verriet den der Jagd frönenden Reiter. Theodor sprang auf, nahm Friedrich in den Arm, klopfte seine Hose ab und ließ sich ein wenig steif von seinem Schwager an die Brust drücken.

Mein lieber Baron, es ist mir eine Freude und Ehre, Sie kennenzulernen, sagte Trévoux. Ich warte schon lange auf diesen Moment, der die Familie erst vollzählig macht.

Theodor verneigte sich und erwiderte das Kompliment.

Im übrigen, fuhr der Graf fort, vermißt man Sie auch bei Hofe, wo ich viel nach Ihnen gefragt werde.

Theodor horchte auf. Kaum glaublich, aber sehr schmeichelhaft, sollte er tatsächlich unter der Hand, in dieser Zeit der Abwesenheit, so etwas wie einen Ruf und ein Renommee gewonnen haben.

Angesichts der respektvollen Höflichkeit seines Schwagers warf Theodor seine Vorbehalte beiseite und überlegte, womit er seinerseits dem Gastgeber eine Freude bereiten könne. Am ehesten und ehrlichsten, indem er seiner Bewunderung für den kleinen Frédéric Ausdruck verlieh, der soeben dabei war, die Geschenke seines Onkels in Augenschein zu nehmen.

Aber während er dem Vater Komplimente zu seinem Sohn machte, kam es Theodor vor, als beglückwünsche er ihn zu etwas, das eigentlich er selbst geleistet hatte, so wie ein zufriedener General, dessen Pläne sämtlich aufgegangen sind, im Überschwang des Siegs einem kleinen Husarenleutnant dafür gratulieren mag, er habe die Schlacht quasi ganz alleine gewonnen.

Er hatte das Bedürfnis, jedermann mit einem freundlichen Wort ein wenig glücklicher zu machen, sogar der Dienerin, die ihm für die beiden Etagen des ehemaligen Wehrturms, den er mit Larbi bewohnte, zugeteilt war, begegnete er mit Herzlichkeit und steckte ihr, nachdem sie sein Gepäck eingeräumt, die Betten bereitet und ein Feuer im Kamin gemacht hatte, eine Münze zu, die in keinem rechten Verhältnis zu seinen derzeitigen Mitteln stand.

Am Abend waren zu seinen Ehren Gäste geladen, einige Herrschaften aus der Umgegend, Provinzler, deren Reden und Vorstellungen so eng und borniert waren wie ihre Kleidung, Pariser Mode von vor fünf Jahren, lächerlich und der Gelegenheit wenig angemessen. Theodor, der noch keine Muße gehabt hatte, sich seiner Schwester und seinem Neffen zu widmen, mußte an sich halten und seine Ungeduld zügeln, um die Gesellschaft nicht zu vertreiben. Immerhin konnte er mit phantastischen Übertreibungen gespickte geheime Missionen und blutdampfende Schlachten schildern – den Seekampf bei Kap Passaro hatte er fast schon zu seinen Gunsten entschieden, als eine Flotte türkischer Galeeren voller Menschenfresser angriff… – und antwortete sanft lächelnd den Kommentaren und Fragen der Eingeladenen: Man hört, dort oben im Norden waschen die Menschen sich den Leib mit kaltem Wasser? Es muß wohl eine seltsame Rasse sein, deren Haut solch eine Behandlung verträgt? Sind sie sehr behaart? Oder: Der Venezianer an sich soll ja ein rüder und haltloser Mensch sein, haben Sie das auch erlebt? Gehört Venedig eigentlich zu Frankreich, oder welcher König herrscht dort?

Wenn Theodor jedoch vom Niveau der Nachbarn auf das seines Gastgebers schloß, hatte er sich getäuscht. Als alle gegangen waren, wurde der Abend in der fast ausschließlich mit theologischen und religionsphilosophischen Büchern gefüllten Bibliothek Trévoux' fortgesetzt, wo der Graf Theodor in eine Diskussion über die Gottesgelehrsamkeit zog, der alle seine Mußestunden gewidmet waren.

Es zeigte sich, daß Trévoux in diesen Dingen von einem unstillbaren Mitteilungsdrang war und nach kurzem in ein sonores Dozieren geriet, das Theodors ohnehin geschwächte Aufmerksamkeit gänzlich ermüdete. In altbewährter Manier begnügte er sich damit, von Zeit zu Zeit das Scheit eines Namens oder einer irgendwo aufgeschnappten These in die Glut zu werfen, um dem Feuer der Konversation Nahrung zu geben.

Amélie zeigte den ganzen Abend dieselbe gleichtemperierte, in sich ruhende Freundlichkeit, ihrem Mann gegenüber ebenso wie Theodor und den Gästen.

Trévoux sprach gerade von Bernard de Clairvaux, den Kreuzzügen und der Architektur der Zisterzienser, da entdeckte Theodor, daß seine Schwester, eine Handarbeit auf den Knien, still und glatt im Kerzenschein sitzend wie ein

Gemälde Vermeers, stumm die Lippen bewegte, und nach kurzer Zeit war er beinahe sicher, daß sie die Rede des Grafen lautlos auswendig mitsprach.

Aber er wollte der ersten Erschütterung – war die Ehe seiner Schwester eine derartige Hölle der Langeweile? – nicht zu sehr vertrauen. Seine Beobachtung mußte nicht unbedingt viel bedeuten, und schließlich war es ja auch von Vorteil, einen Gatten zu haben, der sich in religiösen Dingen auskannte – um so mehr, als Amélie immer fromm gewesen war, wenn auch eher im Tun als im Schwadronieren.

Zudem wußte er, daß sie wußte, daß er sie beobachtete, also wandte er sein Gesicht wieder ostentativ Trévoux zu und ertappte sie aus den Augenwinkeln bei einem raschen, verhohlenen Gähnen. Auch er selbst war hundemüde. Aber der Graf öffnete noch eine weitere Flasche und prostete seinem Schwager zu. Erst jetzt kam Theodor der Gedanke, daß Trévoux hier in der Provinz wahrscheinlich nicht viele Gesprächspartner von einer gewissen Bildung und Weltgewandtheit fand und womöglich aus lauter Dankbarkeit die Höflichkeit ein wenig vernachlässigte.

Amélie verabschiedete sich, die Herren standen auf, aber dann ließ Trévoux sich so zufrieden seufzend zurück in den Sessel fallen, daß Theodor es nicht wagte, sich ebenfalls zurückzuziehen.

Dafür schützte er am nächsten Morgen ein leichtes Reisefieber vor, um der Jagd zu entgehen, zu der der Graf ihn eingeladen hatte. Wie erstaunt war Amélie, die noch von den Zeiten Mortagnes her wußte, wie sehr Theodor die Jagd verabscheute, am Vorabend gewesen: Jetzt verstand sie die Art seines Fiebers sofort. Kaum war die Jagdpartie außer Sicht, sprang Theodor aus dem Bett, erklärte, er fühle sich schon viel besser, und bestellte ein reichhaltiges Frühstück, das er in Gesellschaft seiner Schwester und des kleinen Friedrich oder Frédéric in seinem Turmzimmer einnahm.

So entstanden Tableaus eines harmonischen Familienlebens, wert, von einem Glattmaler festgehalten zu werden, obwohl es dessen für Theodor nicht bedurft hätte, denn er durchlebte den Tag ohnehin, als betrachte er ein Bild aus ferner zukünftiger oder vergangener Zeit: Der junge Mann, die junge Frau, dazwischen der Knabe, Hand in Hand durch die Platanenallee schlendernd, an der sonnenbeschienenen Mauer des Obstgartens entlang, auf den sanft geschwungenen Wiesen von Linde zu Kastanie spazierend, im Wildgehege, die zahmen Rehe fütternd.

Dieselben drei auf einem weißen Tuch, bedient von Larbi, der aus Weidenkörben gebratenes Huhn, Wein und Brot serviert, der Knabe spielt selbstvergessen mit dem hohen Gras, ein Entdecker im Urwald der Tropen.

Im Haus mit starker Licht- und Schattenkontrastierung: Der junge Mann am Spinett, die junge Frau mit der Viola, geschlossenen Augen, konzentriert gespitztem Mund, kurze Blicke der musikalischen Verständigung zwischen ihnen, im Türrahmen die versunken lauschende Amme im hellblauen Kleid mit weißer Schürze und Haube, das Kind im Arm, dessen Kopf im Schlaf auf ihrer Schulter ruht, ein Ärmchen baumelt herunter.

Was kein Maler festhält, nur die sich von Moment zu Moment schaffende Erinnerung: Das von den Hühnchenschlegeln tropfende Fett und der intensive Duft des frischgebackenen Brots, dazu die Schatten der über den Himmel segelnden Wolken und das melancholisch stimmende, weil an den Herbst gemahnende Windessäuseln im wie Meeresdünung gewellten hohen Gras, oder die rasch zwischen ihm und Friedrich pendelnden Augäpfel der Schwester.

Es drängte ihn, die Frage zu stellen, die ihm schon seit dem Vorabend auf der Zunge brannte wie eine Aphthe; dutzendfach hatte er sie im Geist bereits formuliert, damit sie so unmißverständlich, aber auch so beiläufig wie möglich klänge, wenn er sie schließlich ausspräche.

Nach der Musik, ein wenig außer Atem, die Haut gerötet, die Konzentration in herzlichem Gelächter ausatmend, war der Moment gekommen: Bist du glücklich, Amélie? Nicht einmal im Ton einer Frage, sondern so, als stelle er etwas Augenscheinliches fest.

Sie wandte sich mit ernster Miene zu ihm. Ja, sagte sie erstaunt. (Warmer Schwall der Erleichterung.) Ja (und drehte sich dabei suchend nach ihrem Sohn um, als hätte er nach ihm gefragt, statt nach ihrem Glück). Ja, ich blicke nicht zurück, ich lebe vorwärts.

Theodor schüttelte den Kopf, verärgert über diesen Zusatz.

Aber vorwärts, da ist nichts. Deine Erinnerungen müssen dich glücklich machen, sie sind alles, was man besitzt.

Amélie sah ihn an, als wisse sie ganz genau, wovon er redete, genauer, als er selbst es in diesem Moment wußte. Sein Blick fiel auf die weiße, gedrechselte Wiege, in der schlafend, eine weiße Mütze über dem rötlichbraunen Feenhaar, der Knabe lag, mit beneidenswert glatter Stirn.

Erinnerungen sind Schimären, sagte Amélie.

Aber nein! widersprach ihr Bruder vehement. Es sind Bilder und Empfindungen und Laute und selige Zustände ... Der Stein der Weisen, der mir fehlt, ist das Mittel, sie berührbar zu machen, so wie ich dich jetzt berühren kann.

Denkst du viel an die Zeit, die vergeht?

An nichts anderes, hätte Theodor beinahe gesagt, aber die Antwort wäre zu glatt gewesen. Die Zeit, die verging, das war eines der Themen, die er nicht zu umfassen und zu verstehen vermochte, an denen das ausgeworfene Netz seines Verstandes sich aufdröselte oder abglitt. Statt dessen sagte er: Wenn alte Männer sterben, geht ein ungeheurer Reichtum verloren. Bei Kindern ist das nicht so schlimm ...

Amélie fauchte ihn an: Und Friedrich, den du liebgewonnen zu haben behauptest? Würdest du nicht dein Leben opfern, wäre er in Gefahr?

Theodor blickte unwillkürlich auf die sorglose Stirn des kleinen Kindes und fragte sich, ob die Liebe, die er zu ihm empfand, im Zweifelsfalle tiefer ginge als sein Selbsterhaltungstrieb. Meine gemalten Bilder eintauschen für leere Leinwände? dachte er, an den mysteriösen Giorgione erinnert.

Für wen sonst als für ihn oder für dich sollte ich das wohl tun? antwortete er nach einer Weile, und sie begannen, über anderes zu sprechen.

Er erzählte von Venedig und den Festen und der Mode, der Oper, den Tänzen, von dem, wovon er meinte, es interessiere eine Frau mehr als Politik und Kriege, und beobachtete zunächst befremdet, dann aber mit wachsender Bewunderung das gleichmütige, wache, nicht leicht zu beeindruckende Interesse seiner Schwester. Sie zu entflammen, sie dazu zu bringen, mir nichts, dir nichts ihre Meinungen und Überzeugungen gegen andere eintauschen zu wollen, ihr das Gefühl zu vermitteln, anderswo sei alles schöner oder wichtiger und dorthin müsse man nun auf der Stelle reisen, war unmöglich.

Wie schon als Kind besaß sie eine gewisse Indolenz, etwas ruhig Duldendes, und wenn er vor dem anbrandenden, Farbe und Form verändernden Meer des Lebens eine Möwe war, darüber hinweggleitend, vom Wind getragen und gezaust, von Zeit zu Zeit wie ein Pfeil in die Fluten tauchend und sogleich, mit oder ohne Beute, wieder emporflatternd, dann war sie – ein ungalanter Vergleich, den er nicht laut aussprach – die Kaimauer. An ihr zerschellte die Brandung, unbeeindruckt bot sie der Wut wie der Verführung des Elements die Stirn, und hinter ihr war Ruhe und Schutz. Im Lee Amélies zu leben, wie der kleine Friedrich, das mußte Friede und Glück bedeuten.

Dennoch, als die Truhen geöffnet wurden und Amélie das mit Gold- und Silberfäden durchwirkte, mit wie Pfauenaugen changierenden Rhomben bestickte Atlaskleid aus Venedig hervorzog und es an ausgestreckten Armen hochhielt, wobei ihr Blick von unten nach oben wanderte und sie das Kinn hob, ging eine Veränderung mit ihr vor, eine Verjüngung. Die sanften Nebel über den Augen zerrissen, Sonnenstrahlen reflektierten sich in der Iris, ihre Zungenspitze schnalzte rosig im Mundwinkel, die Finger, an die Handhabung von Stickrahmen und Gebetbuch gewöhnt, zupften und flatterten, spielten mit der Luft wie Amselschwänze, eine mädchenhaft ruckende und zuckende Beweglichkeit lockerte das starre Hals-Schulter-Trapez, die mageren Schultern gingen auf und ab, und in der schattigen Vertiefung direkt über dem linken Schlüsselbein pochte unter der Haut eine Ader.

Amélie zog das Kleinod mit beiden Händen an die Brust und drehte sich einmal um die eigene Achse, selbstvergessen betört und beschwingt vom Gefühl des seidenweichen Stoffs auf ihrer Haut, und das Kleid schwang wie eine Tänzerin um sie herum.

Theodor sah zufrieden zu: Mehr noch als zu hören, sie sei glücklich, benötigte er den augenfälligen Beweis, daß sie es nach wie vor tatsächlich zu sein vermochte.

Als sie durch den Park gingen, Hand in Hand, spielten sie wieder – aber nur er wußte das, oder ging die innere Übereinstimmung so weit, daß auch sie wortlos mitspielte und sich verdoppelte? – Königskinder, und er zügelte seine Lust, die gleichen Worte und Zärtlichkeiten mit ihr zu tauschen wie früher. Trévoux war dabei eine blasse Trompe-l'Oeuil-Figur auf der Schwelle zwischen Sein und Schein, seine Monologe über Glauben und Gott tönten wie entfernte Kirchenglocken durch die durchlässige Zeit.

Der kleine Friedrich fügte sich ganz natürlich in Theodors Inszenierung, denn er lebte vollständig und innig in einer Welt des Spiels, deren Realität beliebig viele Ein- und Ausfallswinkel besaß. Er legte den drolligen, beinahe religiösen Ernst wohlerzogener, körperlich ihrer Mutter zwangsentwöhnter Kinder an den Tag, bei denen die abgeschaute

Etikette der Höflichkeit den eingeborenen Spieltrieb mit einer gewissen gravitätischen Konzentration adelt. Auch während sie miteinander um die Bäume schlichen oder durchs hohe Gras krochen, blieb die feine Membran einer rührenden Förmlichkeit zwischen ihnen bestehen, denn selbst mit erhitztem Kopf, roten Backen und zerzaustem Feenhaar nannte der Wicht Theodor stets »*Monsieur mon Oncle*«, und der siezte ihn ebenfalls und sprach ihn mit »*Mon petit bonhomme*« an.

Theodor verwandelte sich sitzend in den Hafen von Rhodos, seine gespreizten Beine die Kaimauern, sein aufrechter Oberkörper der Koloß, und das windgewellte Gras glättete sich zum Ozean, durch den Friedrich, Galeere und Kapitän Demetrios zugleich, pflügte, um triumphale Einfahrt zu halten. Auf allen vieren formte Theodor sich zu einem Pferd, nein, zu Cheiron, einem Zentauren, verbesserte er. *Qu'est-ce que c'est, Monsieur mon Oncle?* fragte der kleine Friedrich mißtrauisch und ritt dann auf ihm, führte ihn, und als er begann, mit ihm zu ringen, spürte Theodor, ohne daß es vieler Worte bedurft hätte, daß unterderhand eine neue Wandlung mit ihm vorgegangen war, zum Bär, zum Berg, zur Burg.

Amélie auf der Decke, die ihnen nachsichtig zusah, als müsse sie gleich auf zwei Kinder achtgeben, und Larbi, ein flötender Pan, der von einem Fuß auf den andern im Kreis herumhüpfte, wurden zu Riesen, zu Bäumen, zu Felsen, zu Gebirgen; zu schlafenden Löwen, zu Sphinx und Pyramide oder einfach unsichtbar. Auch die Größenverhältnisse änderten sich ständig, und waren sie eben noch in der Immensität der Natur verlorene Menschenkinder, so ragten sie nun als titanische, nur aus Himmelsaugen bestehende Götter über einen Kontinent, der nicht größer war als Theodors Hand, ein winziges Stückchen sandiger Erde mit Grashalmen, eine Welt vor der Geburt des Menschen, und erschreckende Fabeltiere, Ameisen, Käfer und Schnecken, durchquerten auf der Suche nach Futtergründen die von Theodors Unterarm verschattete sonnenlose Steppe.

Nach Einbruch der Dunkelheit wurde das venezianische Puppentheater aufgebaut, und Amélie musizierte mit Theodors Diener, während er selbst für die großen, dunkelglänzenden Augen seines Neffen spielte, dessen Vater still, die Bibel in der Hand, am Kamin saß und zu ihnen herüberblickte.

Am folgenden Abend führte Amélie ihr neues Kleid in einer Lyoner Gesellschaft aus, und als Theodor auf der nächtlichen Heimfahrt von seinem Gastgeber erfuhr, dieser müsse am nächsten Tag nach Paris und an den Hof abreisen, erklärte er kurzerhand, er werde ihn begleiten.

Wenn sie wenigstens etwas gesagt hätte! Sie hätte ihn ja nur zu bitten oder ihm Vorwürfe zu machen brauchen, statt dessen das mißmutige Schweigen, dieser wie Säure sich in ihre Züge fressende Ausdruck stummer Enttäuschung, die einen Schleier über das Glück des letzten Abends legten, auch wenn er am Morgen schon wieder verweht schien, so daß der Abschied in offenbarer Liebe und Zärtlichkeit vonstatten ging. Hätte er ein erlösendes Wort der Erklärung aussprechen müssen? Aber es war zu kompliziert, diese Entscheidung zur Abreise erklären zu wollen, die wie alle seine Entscheidungen schon ausgesprochen war, bevor er sich noch bewußt zu ihr entschlossen, ja, von der er gleichsam nichts geahnt hatte, bevor er sie sich nicht aussprechen hörte. Kopfschüttelnd, dem lesenden Grafen gegenüber in der Kutsche, dachte Theodor: Ich habe nie Gründe, etwas zu tun, immer nur hinterher Rechtfertigungen.

Da war die Notwendigkeit, endlich nach Paris zu kommen, um Ripperdas Auftrag auszuführen, da war die günstige Gelegenheit, durch Trévoux wieder gnädig bei Hofe aufgenommen zu werden, wo er sich durch seinen Treuebruch, erst für die Schweden, dann für die Spanier zu arbeiten, vermutlich einige Gunst verscherzt hatte. Aber der

Hauptgrund war ein anderer: Die Stunden und Tage mit Schwester und Neffe, ja sogar mit dem Grafen selbst, waren so harmonisch verlaufen, daß jede Verlängerung des Aufenthalts nur unweigerlich ein Abfallen bedeuten konnte. Ein Erschlaffen der Glücksspannung, die Theodor, so kam es ihm jetzt vor, drei Tage lang für alle Anwesenden wie ein gestrafftes Seil in perfekter Linie hochgehalten hatte. Aber nun wurde ihm der Arm lahm, und er mußte ein Ende setzen.

So wie du alles beendest und es in Erinnerung verwandelst, bevor du wirklich etwas über die Menschen und Dinge in ihrem Wandel erfährst, dachte er, in Paris angekommen. Es war seltsam und traurig, wie die Menschen Episoden blieben in seinem Leben und verschwanden, bevor sie wirklich Realität gewannen. Schmerzhaft, zu denken, dachte er vage lächelnd, daß es andersherum vermutlich ebenso funktioniert. Wobei es ihm, war er ehrlich zu sich selbst, wichtiger schien, ein unauslöschliches Mal im Gedächtnis der anderen zu sein, als selbst zu genau und eindringlich an deren Leben teilzuhaben. Nebst Verblüffung war es denn auch eine seltsame Art von Freude gewesen, die er angesichts von Amélies Schmollerei empfunden hatte.

Aber wer war sie, und was dachte sie, wenn sie nicht an ihn dachte? Amélies zusammengepreßte, wie verschnürte Lippen an jenem Abend vor dem Schlafengehen, Amélies helle, das Sonnenlicht fangende Augen, als sie, die Hände auf dem Rücken gefaltet, versucht hatte, eine im blauschwarzen Himmel stehende Lerche zu entdecken. Ihr schräg geneigter Kopf, wenn sie auf den mit dem Kinderfräulein spielenden Friedrich hinabblickte. Ihre sehr gerade Gestalt wenn sie in die Kutsche stieg und die rechte Hand ausstreckte, ein wenig aufwärts, am Handgelenk eingeknickt, um sie Trévoux zu reichen, der ihr in den Wagen half. Ihre ihn ruhig musternden Augen. Ihr seltenes perlendes Lachen. Was erwartete sie vom Leben? Im Gegensatz zu ihm, Theodor, war sie nie krank gewesen, er hatte sie nie krank daliegen sehen, nichts tun, träumen.

Trévoux führte ihn wieder bei Hofe ein, wo sich seit dem Umzug nach Paris alles verändert hatte. Einmal fuhr Theodor hinaus nach Versailles, keiner der Springbrunnen funktionierte mehr, über dem Park lag bleierne Stille, in der das Gesirr der Stechmücken so laut war, daß ihm die Ohren davon schmerzten.

Diskret und zuverlässig wie immer, erledigte Theodor Ripperdas Mission, erstattete schriftlich und nach dem Vigenère'schen System verschlüsselt Bericht, sandte das Schlüsselwort separat per Boten nach Madrid, notierte Beobachtungen über die französische Politik, wurde vom Regenten für den Erfolg seiner ersten Reise belobigt – daß Görtz daraufhin exekutiert worden war, konnte man schwerlich ihm anlasten –, erhielt neue, kleinere Aufträge, das Aushorchen eines ausländischen Diplomaten hier, eine ins Reich zu verbringende vertrauliche Depesche da, man trug die Bitte an ihn heran, bei seiner nächsten Rückkehr nach Spanien Erkundigungen über die dortigen Pläne anzustellen, und so kam nach und nach ein neuer und äußerst praktischer Rhythmus in seine schattenhafte Arbeit, die ihn in den nächsten Jahren kreuz und quer über den Kontinent treiben sollte. Es war wenig Weltfähiges darunter, obgleich man das oft nicht auf der Stelle merkte, manches banal Anmutende stellte sich erst im Rückblick als der Keim von etwas Bedeutsamem heraus, im allgemeinen aber ging es weniger um Krieg und Frieden als um den alltäglichen diplomatischen Geheimnis- und Intrigenhandel, bei dem es galt, gut zu reden, ohne zuviel zu sagen, Vertrauen zu erwecken, Diskretion zu üben oder gezielte Indiskretionen zu streuen, und der, wie Theodor einmal scherzhaft einem Engländer anvertraute, ihn mit der Zeit die Physiognomie eines Windhunds annehmen ließ: ein stromlinienförmiger Kopf, um zwischen allen Hindernissen hindurchzuschlüpfen, und ein leichter Höcker oder Buckel, denn man war gezwungen, ständig den Kopf tief zu halten, sei es, um nicht aufzufallen durch seinen wachen Blick, eine Spur nicht zu verlieren oder immerzu a priori zu dienern, vor Herren und Gegnern, Auftraggebern und Auszuhorchenden, Hoheiten und Nichtswürdigen.

Theodors Aufenthalt in Paris fiel mit dem Skandal der zusammenbrechenden Law'schen Bank zusammen, und als er in der Rue Quincampoix seine Papiere in Geld umtauschen wollte, um ein Haus in St. Mandé zu kaufen, kam er nicht durch die schreiende, fuchtelnde Menge hindurch. Auch wenn vorderhand Ripperda sein Herr war, traute er dem undelikaten Glücksritter, der mit seinem Verhältnis zur Königin prahlte (wo die Farnese doch wenig wählerisch war, was die Herkunft ihrer Liebhaber-Berater anging; erst der zum Kardinal erhöhte Bauernlümmel und Krämer aus Italien, jetzt der pfeifeschmauchende Faun in Holzpantinen) doch nicht so weit über den Weg, seine Zukunft in Madrid fixieren zu wollen.

Das Haus war noch nicht bezogen, da verloren Theodors Aktien ihren gesamten Wert, und er stürzte sich, links und rechts mit größtenteils erlogenen Sicherheiten Kredite beschaffend, in den Spekulationstrubel, um die bereits erlittenen Verluste entweder zu verzehnfachen oder in hundertfachen Gewinn umzuwandeln.

Sein holländischer Freund und Geschäftspartner Cats, der mittlerweile ein Kontor sowie ein Kredit- und Wechselhaus in Paris unterhielt, ging ihm mit gutem Rat zur Hand, verlor jedoch rasch die Übersicht über Theodors frenetische Transaktionen, die weniger einem legitimen Willen zur Bereicherung geschuldet schienen als einer kindlichen Lust, im wilden Spielgeraufe sich als der Wildeste hervorzutun.

Mit einer Kombination aus sturer Wut und naivster Sorglosigkeit lieh Theodor sich Geld, machte Schulden über Schulden, gewann über Nacht zehntausend Livres und verlor sie am nächsten Tag wieder. Die Bilanz dieser Berg- und Talfahrt zwang ihn schließlich, im Frühjahr 1721, Paris bei Nacht und Nebel zu verlassen, um nicht von einer Horde von Gläubigern vor Gericht gezerrt und in die Bastille geworfen zu werden.

Die Frage ist, und sein Verhalten läßt beide Rückschlüsse zu, ob er die Gesetze der Geldwirtschaft nicht verstand oder nicht verstehen wollte und sie, sobald es ihm paßte, verächtlich ignorierte wie ein adliger Grundherr das Gemurr seiner unter der Steuerlast zusammenbrechenden Bauern.

Das Geld, welches er für den ihm gemäßen Lebensstil benötigte, hatte dazusein, ob es gedeckt war oder nicht, ob es ihm gehörte oder nicht, darüber wollte er weder reden hören noch nachdenken müssen.

Dabei kam es vor, daß er, gekleidet wie ein Dandy aus der Oper oder der *Comédie Italienne* kommend, sich mit Menschen gemein machen, reden und diskutieren mußte, oder sogar von ihnen angepöbelt wurde, im Gewoge schreiender, wahnsinniger Käufer und Verkäufer stand, ein Taschentuch vor die Nase hielt, sein Hut fiel, er wurde gepufft und gestoßen und warf sich später schluchzend vor Erniedrigung auf sein Bett, lag drei Tage krank, während die Gläubiger an der Tür kratzten. Larbi mußte ihm Lindenblütentee servieren, ein Abbé wurde gerufen, und Theodor hielt tränenreiche Beichte.

Sein Diener verstand instinktiv, daß zwischen dem idyllischen Aufenthalt im Hause Trévoux, dem überstürzten Hauskauf und den irrsinnigen, Theodors Ruf untergrabenden Spekulationen ein Zusammenhang bestand und daß diese Selbstzerfleischung erst ein Ende haben würde, wenn man wieder einmal auf Reisen ging oder fliehen mußte, und um eine Flucht vor ganz unterschiedlichen Furien würde es sich diesmal handeln.

Theodor, angeekelt von sich selbst in die Kissen vergraben, wußte im ruhigen Grunde seiner Seele recht genau, was ihn umtrieb, ohne doch etwas daran ändern zu können oder zu wollen: Er führte eine Art Kampf gegen sich selbst, wollte seinem Reiseleben mit Gewalt eine Imitation von Amélies gesetzterem Dasein aufpfropfen und bemühte sich zugleich, jeden Erfolg eines solchen Unterfangens schon im Keim zu ersticken. Aber das war ein heikles Thema, und er wollte nicht zu genau darüber nachdenken und womöglich die Hintergründe seines Handelns verstehen.

Jenseits dieser selbstgesteckten Grenzen des Nachdenkens waren es die tatsächlichen Beschränkungen seiner analytischen Fähigkeiten, die ihn wütend machten. Er verstand nicht, was genau da vorging. Er verstand nicht, wie es möglich war, daß über Nacht greifbare Werte vernichtet, arme Leute reich wurden, Schulden getilgt waren oder ins Unermeßliche stiegen.

Cats erklärte ihm, daß in Paris auf anarchische Weise geschah, was in Amsterdam oder London auf sanfte längst passiert war. Wenn Theodor es sich aber so sehr zu Herzen nahm – was ansonsten kaum vorkam –, Dinge nicht zu verstehen, den Law'schen Bankrott, die Rolle von Papiergeld und die moderne Entwicklung des Handels, die sich vor seinen Augen abspielten und zum Tag, zur Zeit, zum Leben gehörten, dann lag das auch daran, daß in diesem Pariser Herbst und Winter sein ganzes Selbst- und Weltverständnis noch von anderer Seite her erschüttert wurde, und zwar derart, daß er sich aus seiner eigenen Zeit verstoßen fühlte, und das ging gegen seine Würde.

Alles hatte mit einem anonymen Manuskript begonnen, das in diesem Herbst vor seiner Drucklegung in den Pariser Cafés und Clubs zirkulierte und das Theodor zitternd, mit aufgerissenen Augen und aufgeblasenen Backen in seinem

Schlafzimmer in St. Mandé las. Die abgelegten Blätter übrigens studierte, nicht zum besten einer seinem Rang anstehenden seelischen und materiellen Genügsamkeit, auch Larbi, der bereits bei seiner Ankunft in Frankreich hatte lesen und schreiben können. Von Zeit zu Zeit hörte Theodor ihn durch die geschlossenen Türen prusten und sich auf die Schenkel schlagen.

Eine Abschrift dieses Manuskripts war Theodor in einem der Cafés und Clubs überreicht worden, wo er seine freie Zeit zwischen finanziellen Eskapaden und politisch-gesellschaftlichen Kontakten verbrachte. Die Männer, die sich dafür begeisterten und darüber diskutierten, gehörten seiner eigenen Generation an, dachte er bestürzt, und waren doch von völlig anderer Art als die galanten, blasierten, spitzzüngigen, vergnügungssüchtigen Herrschaften, die er in Versailles gekannt hatte, deren Liebe nur sich selbst und dem alternden, dann uralten Monarchen galt und die er ganz automatisch für die Jugend an sich gehalten hatte.

O wie Theodor jetzt spürte, daß man an einem Ort, an diesem hier, geblieben sein und die Triebe des Zeitalters selbst gepflegt haben muß, um seine ersten Blüten verstehen und schätzen zu können! Es herrschte ein Ton unter den jungen Leuten, es wurde ein Wort geführt, wie er es in dieser Impertinenz, in solch ätzendem Kritizismus nicht nur noch nie gehört, sondern gar nicht für möglich gehalten hätte.

In gewisser Hinsicht waren die Männer, die er traf, Verwandte Sternharts, sie erklärten die Welt und die Verhältnisse aus einem erschreckend materialistischen Geist und zerrissen wie die Berserker die Spinnweben der Mysterien, die Theodor so teuer waren, da von niemandem erwartet werden konnte, durch ihren Schleier hindurch zu sehen, was genau dahinter lag.

Ein wenig reserviert wie gegenüber allen Menschen, die so eindeutig eine Gruppe bilden, eine *équipe*, Menschen, die gemeinsam gelernt haben und auf den starken Wurzeln ihres Wissens austreiben wie die Bäume im Frühjahr, lauschte er, wie ihre Worte einander ergänzten, und wurde auch dabei wieder an Sternhart erinnert, den Studiosus von damals mit den vor Erkenntnisdrang rotglühenden Ohren. Was mochte aus ihm geworden sein?

Er erinnerte sich, wie Sternhart mit großen Augen und dem Quantum an Charme, das ihm möglich war, in einem Salon auf ihn zugekommen war, weil er ihn mißverständlicherweise für einen jungen adligen Mäzen hielt, einen Tölpel mit Geld, dem man für ein paar Brosamen Geist eine monatliche Unterstützung aus der Tasche leiern konnte. So nämlich hatte ihre Freundschaft begonnen, und geendet hatte sie mit einer diskreten Prüfung, die die *Académie des Sciences* anläßlich Sternharts Aufnahmegesuch anstellte, und bei der er, Theodor, als Bürge genannt von seinem Freund, in den Elogen über dessen Fähigkeiten ganz beiläufig auf sein Ketzertum zu sprechen kam – Sternhart war ja Protestant – und ihn damit jeglicher Chance beraubte, Mitglied der illustren Gesellschaft zu werden. Was nichts genutzt hatte gewissermaßen, wäre es ihm damals tatsächlich darum gegangen, den Freund klein zu halten, weil beinahe zur gleichen Zeit der Ruf der preußischen Akademie ertönte.

Ja, diese Verwandten Sternharts verblüfften, beeindruckten, befremdeten Theodor. Woran lag es, daß diese Menschen so redeten, wie sie redeten, und jeglichen Respekt und alle Angst verloren zu haben schienen?

War es die Rückkehr des Hofes nach Paris, die liberale Herrschaft des Regenten, der nach dem Tod des Sonnenkönigs von den Leibern und Seelen gehobene Sarkophagdeckel, waren es ganz einfach die Zeitläufte? Während Theodor vor den Drohungen seiner Gläubiger mit der Bastille wie vor einer Todesstrafe zitterte – mein Gott, alles, aber nicht die Hölle der Bastille! –, sah er mit an, wie diese jungen Männer, Adelige und dritter Stand bunt gemischt, ohne gepuderte Zöpfe und in unifarbener billiger Kleidung, sich darüber lustig machten, wenn einer der ihren wieder einmal von einer Eskorte abgeholt und arretiert wurde.

Arouet, der ehemalige Notariatsgehilfe, der unter seinem *nom de plume* vor zwei Jahren mit einem »Ödipus« einen Theatertriumph davongetragen hatte, ein kleiner Mann, häßlich, mit einer das Gesicht fressenden langen Hakennase und funkensprühenden, braunen, tiefliegenden Augen, eine schwarze Strähne fiel ihm beständig in die Stirn, der saß da im weißen offenen Hemd, als die Uniformierten ihn wieder einmal abholten, und hob die Arme zur Begrüßung.

Ah, Messieurs, ich habe Sie schon erwartet! Klein und mager, wie er war, sprang er auf, seine Freunde standen Spalier und applaudierten. Sie standen auch zwei Wochen später wieder applaudierend Spalier, als der sehnige, sperberköpfige Mann mit einem Stoß, der ihn stolpern ließ – er übertrieb das Stolpern komisch, aber der Stoß hatte ihn wirklich aus dem Gleichgewicht gebracht –, aus dem Tor des Gefängnisses entlassen wurde. Theodor sah hin und sah nur die zwei tiefen Falten, die von der gewaltigen Nase herabliefen, bevor der Mund mit den schlechten Zähnen sich zu einem Grinsen verzog.

Der Kerl hat die Zähne zusammengebissen, dachte Theodor inmitten der jubelnden Zuschauer, und er kann sie zusammenbeißen. Es hatte etwas von einem Seiltänzer, wie er sich bewegte. Rein in die Bastille, raus aus der Bastille. Verbannt nach Sully-sur-Loire, und wieder zurück nach Paris. Und sie lachten darüber.

Jenes Manuskript, die Geschichte der zwei Perser Usbek und Rika mit dem unverschämten Porträt Ludwigs als »Großem Zauberer« stammte angeblich von einem Adeligen aus der Provinz, einem Baron de Secondat aus Bordeaux. Und nicht nur der kritische Stachel der Schrift war es, die Kritik am Monarchen und den Zuständen, an der Akademie oder der Spott über die Religion, der Theodor schockierte, sondern vor allem die Handhabung der Liebe und die Rolle der Frauen – in dem Manuskript übrigens so gut wie im Leben dieser Herrschaften, soviel er davon mitbekam.

Theodor hatte nämlich ein Auge auf eine blonde junge Frau aus Arouets Clique geworfen und beschlossen, sie zu erobern. Er nahm sie mit ins Theater, er dinierte mit ihr, über den Tisch blickten sie einander in wortloser erotischer Herausforderung an, und als Theodor sie nach Hause brachte und sich auf einige Wochen prickelnder Spannung freute, voller Sehnsucht, Träume und um den heißen Brei streichender Konversation, sagte sie: Komm rein, ich habe ja auch Lust!

Willenlos vor Verblüffung ließ Theodor sich ins Schlafzimmer ziehen, wo das Mädchen sich erwartungsvoll vor ihm aufbaute.

Du hast Lust ...? begann er tastend.

Ja, antwortete die Blonde lächelnd. Ich will, daß du es mir jetzt machst.

Theodor schluckte und entgegnete: Nun, das hat den Charme des Unmißverständlichen, was du da sagst.

Während sie seine Hose öffnete, mit der Hand darin umhertastete und sie dann herauszog, um in schelmischem, nicht wie Theodor befürchtet hatte, sarkastischem Ton »na, na« zu sagen, seine Hand ergriff und sie unter ihren Rock führte, wie um ihm zu beweisen, daß sie bereits ein ganzes Stück Wegs zurückgelegt hatte und er nicht zu sehr trödeln dürfe, sondern sich ein wenig sputen müsse, dachte Theodor an all das Betäubte und Betäubende, das mit träumerisch-verschämtem Blick die Realität Glättende, Verschönernde, Erhöhende, das geschlossener Augen Sehnende, das in süßen Zähren den Abstand Dehnende, das Religiös-Epiphanische, das in Warten und Bangen sich Erfüllende, die aus Unsicherheit und Sinnlichkeit gemischte Religion der Verführung – mit einem Wort: an seine eigene Liebesphilosophie, die hier ad absurdum geführt wurde.

Der bange Verdacht beschlich ihn, daß Sternhart damals recht gehabt und auch die jungen Frauen es auf nichts als das rhythmische Gepfähltwerden abgesehen hatten. Mit herausfordernd ironischer Neugier warteten sie darauf, ob der Hund, der Männchen zu machen verstand, auch sein kleines Geschäftchen verrichten könne, um dann, war alles erledigt, herzlich und schamlos über das Vorgefallene zu lachen.

Warum möchtest du mir angehören? fragte Theodor. Erkläre es, fasse deine Lust in Worte, die sie mir verständlich machen und sie auf mich übertragen.

Ihr seid doch der Baron Neuhoff?

In der Tat.

Ich habe soviel von dir gehört: »Den verrückten Baron« nennen sie dich.

Du hast von mir reden hören?

Ja, überall in den Cafés.

Das ist etwas anderes, sagte Theodor. Dann will ich deine Neugier nicht länger auf die Folter spannen.

So wenig sie die Bastille ernst nahmen oder den König oder die Traditionen, dachte Theodor danach, so wenig achteten sie das Mysterium, das zwischen allem Lebenden wabert und sein Innerstes, seine Identität schützt – auch und gerade vor den eigenen Fragen.

Die eigenen Fragen! In den Gesprächen, die er im *Club de l'Entresol* führte, mußte er feststellen, daß er eigentlich kaum je Fragen gestellt hatte, jedenfalls nicht solche von höherem Interesse.

Die eine entscheidende, die zu stellen ihm nie in den Sinn gekommen war und die in der einen oder anderen Form jetzt alles durchdrang und zersetzte und in sämtlichen Gewißheiten wütete wie der Schwamm in den Mauern, bestand aus einem einzigen einfachen Wort: Warum?

Es stimmte schon, er nahm die Dinge wie unverrückbare Tatsachen, Gottes Werk, ob richtig oder falsch, angenehm oder unangenehm, es war eben so, und anstatt die Tatsachen auf ihre Festigkeit abzuklopfen, versuchte er, sich zwischen ihnen hindurchzulavieren. Sie zu analysieren, zu kritisieren, in Frage zu stellen, nach ihrem Ursprung, ihrer Rechtfertigung, ihrer Realität zu fragen und sie womöglich zu verändern – dieser Gedanke wäre ihm im Leben nicht gekommen. Es ist schon wahr, gestand er sich ein, mit Menschen allein von meinem Schlag säßen wir noch immer in Höhlen und heulten den Mond an – allerdings wäre es ohne Zweifel ein höchst melodisches Geheule.

Einmal wurde er spitzfindig in diesen Tagen und sagte: Wenn man die Vollendung der Welt anzweifelt, das heißt Gottes Werk in Frage stellt, geschieht das nicht eher, um von dem Abgrund abzulenken, der uns selbst von unserer persönlichen Vollendung trennt?

Um ihn herum wurde gelächelt – lautlos, aber doch spürbar für Theodor, und so entwürdigend, daß er beschloß, diese Menschen zu meiden. Es war das Lächeln derer, die ihre gemeinsame Vergangenheit stark macht, und jemand fragte ihn, was von einer persönlichen Vollendung zu halten sei, an der eine kritikable Welt und Gesellschaft neun Zehntel der Menschheit hindere, siehe die Steuerlasten auf dem dritten Stand, das Elend der Landbevölkerung, siehe die moralische Verkommenheit derer, deren Beruf es ist, zwischen Gott und uns zu vermitteln.

Theodor war froh, als neue Aufträge und der Druck der Gläubiger ihn schließlich aus Paris vertrieben. Und doch vergaß er diese Erfahrung nicht, versuchte sich ihrer zu erwehren und seinen eigenen mäandernden Weg zu behaupten. Wie kommt es denn nur, fragte er sich, daß ich, der mehr von der Welt gesehen hat als sie alle zusammen, mich von ihren Theoremen einschüchtern lasse? Dennoch nahm er sich in den folgenden zwei Jahren der Reise, der geheimen Geschäfte und Spionagedienste vor, den Ernst der Zersetzer, ihre bohrende Fragekultur zu beherzigen.

Was bleibt zu sagen? Er beneidete sie. Er beneidete sie, wie er Mortagne, Sternhart oder Görtz beneidet hatte. Überwand sich auch zu lesen, viel zu lesen, aber dann erschlafften seine großen Vorsätze wieder, und er begnügte sich mit seinen Erinnerungen, Bildern und Anekdoten, denn im Jahr 1724 heiratete und verliebte er sich in Madrid, alles in kürzester Zeit, und was immer er in den Cafés von Paris gehört hatte, verschwand, als hätte er endgültig darüber gesiegt.

Neuntes Kapitel

Theodor begann mit leidenschaftslosem Pflichtbewußtsein seine *cour* Jane Ormonds, einer irischen Hofdame der spanischen Königin.

Er fühlte sich wie ein in die Provinz versetzter Beamter, dem ein Haus zur Verfügung gestellt wird, das er selbst weder ausgewählt noch gebaut hat und für dessen Reize – aber solche Häuser haben selten welche – er blind ist. Es ist zu groß und zugleich zu klein, mit fremden Möbeln vollgestellt, und die Aussicht wirkt abgestanden, weil schon zu viele Augen sie erblickt haben.

Dabei konnte man nicht behaupten, Jane Ormond sei häßlich, ihr kleines herzförmiges Gesicht hätte durchaus verdient gehabt, attraktiv genannt zu werden, es war nur so, daß nie die Sonne darauf zu fallen schien, vor allem nicht die Sonne eines verliebten Blicks ihres Freiers. Und dann war sie kein junges Mädchen mehr. Sie war, und das schockierte Theodor doch erheblich, sogar ein Jahr älter als er.

Sie blickte ihn, wenn er mit ihr durch die Madrider Parkanlagen spazierte und zerstreut Konversation machte, aus zugegeben großen, meeresgrünen Augen an, deren Reinheit allerdings durch einige winzige geplatzte Äderchen verunziert war, wie auch die Haut ihres Gesichts und Halses nicht so glatt und marmorn aussah, wie man sich das gewünscht hätte. Zusammen mit einem von Zeit zu Zeit, wenn er ihr zufällig näherkam, zu erahnenden Alkoholfähnlein summierte der Anblick des rötlichen Augenweißes, der nicht vollkommen reinen, dick überschminkten Haut und der Handvoll Hühnerporen am allerdings elegant geformten und graziösen Hals sich zu einem Eindruck von – Theodor überwand sich, das Wort zu denken –, von Verlebtheit, wobei man sich wieder fragen durfte, wo wohl an diesem tristen Hof die Exzesse hätten stattfinden sollen, die eine derartige Zeichnung begründen konnten.

Gewiß, man entdeckte ein gemeinsames Interesse an Musik und schöner Literatur, aber die Unterhaltungen darüber versandeten im Zitieren.

Why are you so sullen? rief ein enervierter Theodor eines Tages beim Spazierengehen aus.

It's a sullen life, antwortete Jane lakonisch.

Aber trübe und mißmutig waren nicht in erster Linie das Leben und die irische Gräfin, sondern vor allem die Stimmung des Freiers, der im Männergespräch mit Ripperda noch so stolz gewesen war, eine Vernunftentscheidung getroffen zu haben, und sich jetzt unwillig und unfähig fühlte, sie in die Tat umzusetzen.

Vernunftgründe, das setzte er unwillkürlich mit Mangel an Phantasie gleich und beschränkte seine Bemühungen daher eingedenk der alten Bankiersweisheit *On ne prête qu'aux riches* darauf, seine finanziellen Muskeln spielen zu lassen und Jane Ormond zu Kutschfahrten, für die sie Interesse – Leidenschaft wäre zu viel gesagt – gezeigt hatte, und ins Theater einzuladen.

Es war noch kein Wort von Heirat gefallen, und wenn er gehofft hatte, die Hofdame werde ihm einen Anlaß für einen Antrag geben oder womöglich selbst auf das Thema zu sprechen kommen, das doch ganz offensichtlich, wenn auch unausgesprochen, der einzige Grund war, sich miteinander zu langweilen, fand er sich getäuscht. Lady Ormond saß in ihren gemeinsamen Nachmittagen wie in einer schlechten Oper, und es war unklar, ob sie die Vorstellung nur aus Höflichkeit gegen ihren Gastgeber nicht vor der

Zeit verließ oder weil sie sich doch noch ein funkensprühendes Finale erhoffte.

Es waren die diplomatischen Erfolge des holländischen Premierministers mit dem weißblonden Haarschopf, die Theodor auf den Gedanken gebracht hatten, seinem Leben durch einen Eheschluß Gewicht und Statur zu verleihen.

Was Alberoni mit Gewalt und militärischen Mitteln mißlungen war – wobei es zugegebenermaßen ein Kunststück genannt werden mußte, die leidenschaftlichen Ausbrüche der Farnese *in politicis* richtig zu interpretieren, sodann in Strategien zu kanalisieren und schließlich ihr selbst die Resultate und Fortschritte so zu »verkaufen«, daß sie sie guthieß -, schien Ripperda mit diskreten Verhandlungen zu glücken, in denen wiederum Theodor eine wichtige Rolle spielte.

Das Boot, in dem sie alle saßen, das spanische Königreich, schwankte währenddessen bedenklich, und zwar weniger in politischen Stürmen als aufgrund des depressiven Königs, der von innen die Axt ans Holz setzte.

Zur selben Zeit, als Ripperda begann, in Wien für eine zukünftige bourbonische Herrschaft über Parma und Piacenza zu werben und zu intrigieren, erklärte Philippe, die Bürden der Herrschaft zugunsten seines minderjährigen Sohnes ablegen und sich einem Leben der Buße und Meditation verschreiben zu wollen.

Mein lieber Neuhoff, was sagen Sie dazu? fragte Ripperda eines Morgens, direkt aus dem Kabinett der Farnese kommend. Die Bartstoppeln auf seinem Gesicht sahen aus wie leichter Schimmelbefall auf zu lange liegengebliebenem Schweinefleisch. Ist es ernst gemeint, will er diesmal wirklich nicht mehr und hält sich für Karl V.? Ein Mann mit einem Willen ist er ja, wenn ich Elisabeth glauben darf, seit Jahren nicht gewesen. Oder ist er raffinierter, als wir denken, und legt die Krone hier ab, um sie jenseits der Pyrenäen um so leichter aufgesetzt zu bekommen?

Haben Sie den Brief Daubentons abgefangen? fragte der Baron.

Abgefangen nicht, aber gelesen. Der verdammte Jesuit! Schreibt Orléans haarklein auf, was sein Beichtkind ihm verraten hat, in der Hoffnung, der Onkel bringe den Neffen zur Vernunft und der Beichtvater behalte seine Macht.

Um so besser, meinte Theodor. Denn jener wird das nicht tun und damit letzteren zu Fall bringen. Zwei Fliegen mit einer Klappe...

Tatsächlich löste das Problem sich noch im Laufe des Jahres durch den Tod des Infanten, aber die gesamte Situation – die wacklige Herrschaft und das gefährliche Spiel diplomatischer Provokationen einerseits (Theodor reiste in diesen Jahren ein Dutzend mal zwischen Madrid, Wien und Parma hin und her), das Beispiel seines Herrn andererseits, der, vor wenigen Jahren noch ein namenloser Söldner mit Blut an den großen, knochigen Händen, mittlerweile vom Baron zum Herzog und Granden des Reiches und vor allem zum Multimillionär aufgestiegen war – brachte Theodor zu dem Entschluß, auch selbst einige Pfähle von Wohlstand und Sicherheit in die Erde zu rammen.

Reüssierte Ripperda mit seiner Politik, war Theodors Zukunft in Spanien ohnehin gesichert, und wer weiß, vielleicht konnte er sogar eines Tages dessen Nachfolge antreten, scheiterte der Holländer und brach alles zusammen, war es besser, Armeegeneral und Grundbesitzer zu sein als die Kreatur oder Marionette eines geächteten Politikers.

Den vorerst erbetenen Titel eines Obersten verlieh der Holländer ihm nach einem fünfminütigen Gespräch, aber Theodor brauchte, wie er es ausdrückte, eine »noch breitere Brust«, und die war, wollte er nicht warten müssen, nur und am einfachsten durch eine vorteilhafte Heirat zu gewinnen.

Wüßten Sie jemand, der in Frage kommt? erkundigte er sich bei dem Premierminister.

Der zog an seiner Pfeife: Hm, außer Geld braucht sie natürlich auch einen gewissen Namen und müßte greifbar sein. Das liefe eigentlich am ehesten auf eine von Elisabeths unverheirateten Ehrendamen hinaus.

Diese Gänseschar in Halbtrauer? sagte Theodor wenig begeistert.

Von den Spanierinnen rate ich auch ab, erklärte Ripperda, da würden Sie nicht viel zu lachen haben, obwohl das eine ja nichts mit dem andern zu tun hat... Was für Ansprüche stellen Sie denn?

Theodor hob die Arme in einer fatalistischen Geste. Sie darf nicht viele Umstände machen, das Ganze soll schließlich nicht in Arbeit ausarten.

Nun, da gäbe es eine Engländerin, eine Irin genauer gesagt... Lady Ormond, nicht mehr ganz jung. Ja, bei der würde ich es versuchen.

Die Tochter des Stuartisten?

Genau die. Sie mußten seinerzeit emigrieren. Aber wer muß das nicht von Zeit zu Zeit im Leben. Der Mann ist vor einigen Jahren gestorben. Der Name ist erstklassig.

Könnten Sie eine diskrete Untersuchung über ihre finanziellen Verhältnisse anstellen lassen, Herzog? Bevor ich mich über die Maßen engagiere, sollte doch sichergestellt sein, daß es auch Sinn hat.

Ich kümmere mich darum. Wenn Sie mir versprechen, ein schönes Hochzeitsfest auszurichten, damit man hier mal wieder etwas zu lachen hat. Die Unterhaltung aus katholischen Chorälen und dem Kastratengeheule Farinellis, zu dem Philippe seine Tränen vergießt, verursacht mir Magengeschwüre.

Ripperdas musikalischer Geschmack war nicht eben erlesen.

Um seine morose Laune zu heben, entschloß Theodor sich nach einigen Wochen halbherziger Werbung kurzfristig, einen Empfang des englischen Gesandten zu besuchen, einen der wenigen Orte in Madrid, wo man sicher sein konnte, sich zu amüsieren.

Er kam spät und schob sich auf der Suche nach Anschluß zwischen den stehend Trinkenden und Plaudernden hindurch. Da hörte er aus einem Nebenzimmer, dessen Tür angelehnt war, Gelächter, ein Gewoge von sonor-heiserem, prustend-schenkelschlagendem, brüllend-sprühenden Männergelächter, über dem wie Schaumkrönchen das helle, girrende und sich dann in einem Hustenanfall überschlagende Lachen einer Frau tanzte. Als Theodor den Kopf in die Tür streckte, wollte er seinen Augen nicht trauen.

Umgeben von sechs Männern, die sehr dicht um sie standen, hockte Jane Ormond auf einem Tisch, mit krummem Rücken und die Beine unter dem Kleid gespreizt wie ein Mann, der kurz davor ist, sich zu kratzen. Sie hielt ein Glas Sherry in der einen Hand und wischte sich mit dem Handrücken der anderen die Lachtränen aus den Augen. Die halbleere Flasche stand neben ihr.

Noch einen! rief jemand. Ja, einen noch, bitte! stimmten die übrigen ein und drängelten näher.

Also gut, Gentlemen, einen noch, aber dann reicht es für heute.

Lady Ormond trank ihr Glas leer, stellte es resolut auf den Tisch und begann:

There was a young wrestler in Greece
from whom every foreigner flees.
He's awfully unkind
gets on top from behind,
that's why he fights covered in grease.

Dabei begleitete sie sich mit beschreibenden Gesten und zuckte in der letzten Zeile sogar hoch, als hätte sie sich auf ein Nadelkissen gesetzt. In das gleich wieder losbrechende Gelächter stimmte Jane selbst mit ein, und obwohl Theodor zu weit entfernt stand, kam es ihm vor, als blicke er direkt in ihren offenen Mund, in die rosigen Tiefen des Rachens bis zum hüpfenden Zäpfchen.

Dann rutschte sie vom Tisch und tauchte im Pulk der Männer unter, was nicht ohne Berührungen der Schultern und Oberkörper abging, so dicht standen sie um sie herum. Ein Kranz von Lachfältchen war um ihre grünen Augen. Sie entdeckte ihn, musterte ihn mit etwas verschwiemeltem Blick und rief: Ah, der Herr Baron, jetzt haben Sie mich ertappt, aber Theodor war zu absorbiert von den Blicken der durcheinanderplappernden Männer, um zu reagieren. Er sah ihre Augen, ihre Gesten, ihre Körperhaltung, und in all dem war nicht schwer zu lesen.

Man mußte das wohl, gestand Theodor sich später, eine Kuckucksliebe nennen, die ihr Ei erst legen konnte, wenn irgendwo ein Nest gebettet war, das heißt, auch wenn man es nicht unbedingt ihm persönlich zugedacht hatte. Seine Gefühle entstanden im Wahrnehmen und Sich-Aneignen der Gefühle anderer, und erst die Blicke dieser Männer auf Jane befähigten ihn, sie selbst zu erkennen.

Das heißt, er ehrte das Gefühl, wo immer er es antraf, nicht jedoch die, die es empfanden: Ihnen gegenüber konnte Theodors Rücksichtslosigkeit in einem solchen Fall enorme Proportionen annehmen.

Er verfiel in eine jener Trancen, die ihm von früher bekannt waren, jene kurzfristigen Blind- und Taubheiten, in denen er Entfernungen überbrückte, ohne es zu bemerken. Er drängte sich zwischen den Männerkörpern hindurch ins Zentrum des Gelächters, ergriff Lady Ormond am Arm, zog sie unter den protestierenden, aber von ihm abprallenden Rufen der anderen fort, aus dem Zimmer hinaus, in einen Korridor und machte ihr einen Heiratsantrag.

Sie musterte ihn eine Weile, räusperte sich dann und willigte ein.

Nach diesem Auftritt war es nicht gut möglich, sich zu

trennen und auf einen späteren Tag zu verabreden, und während Theodor noch dastand und ungläubig das soeben Geschehene im Geist rekapitulierte, sagte Jane mit einem angelsächsischen Sinn für das Praktische und Naheliegende: Gehen wir zu mir, Baron.

Sie wohnte im Palast, denn sie mußte, wie er einst als Page der Pfälzerin, in Reich- und Rufweite ihrer Herrin leben. Zunächst stellte sie ihm ihre drei Katzen vor: *This is Harriet* (eine adelige Kartäuserkatze, die ihn musterte und zu billigen schien), *this is Gordon* (ein großer getigerter Straßenkater mit einem Knick am Ende des Schwanzes, der in einer Tür eingeklemmt worden war; Gordon sprang sofort auf Theodors Schoß und schnurrte), *and this is Friday* (eine junge schwarzweiße Katze, sie hatte Defoe gelesen – Jane natürlich). Dann drehte sie sich um und präsentierte ihn den Tieren: *And this is Big Cat.*

Sie war der erste Mensch seit seiner Mutter, der ihm einen Kosenamen verlieh. Aber nicht nur ihm: Auch die Katzen, mit denen er so förmlich bekanntgemacht worden war, trugen Zweitnamen. Harriet wurde so nur gerufen, wenn es Futter gab oder wenn sie ihre Krallen am weichen Kirschbaumholz des Sekretärs schärfte. Ansonsten hieß sie Titi. Gordons Name hatte sich im täglichen Gebrauch auf seine Initiale verkürzt: Gee, was angesichts seiner schnurrenden Sinnlichkeit immer wie eine Entzückensbekundung klang. Den schwarzweißen Friday, so lebhaft, daß er, kaum aufgetaucht, schon wieder verschwunden war, bevor man die zwei Silben seines Namens heraus hatte, nannte Jane meist Fry.

Aber sie waren ja, dachte Theodor etwas bedrückt, nicht hier, um über Katzen zu sprechen. Obwohl über irgend etwas gesprochen werden mußte, um nicht auf das Eigentliche zu sprechen zu kommen.

Theodors bisherige erotische Begegnungen hatten nie mit Frauen stattgefunden, mit denen er zuvor schon gesellschaftlich verkehrt und über dies und das geredet hatte, und wie ein Schauspieler, den plötzlich eine unüberwindliche Gedächtnislücke mitten auf der Bühne in erstarrtes Schweigen fallen läßt, sah er sich außerstande, irgendeine dezente Überleitung von ihren Unterhaltungen über Musik, Bücher und Katzen zu den wenigen, kruden Worten zu ersinnen, mit denen Menschen den unmittelbar bevorstehenden Beginn sexuellen Austauschs ankündigen.

Jane Ormond sah eine Weile zu, wie Theodor sich wand, dann rückte sie näher, ihre Augen wurden schmal, und sie erklärte, es sei ihr noch ein weiterer Limerick eingefallen, ob er ihn hören wolle.

Verblüfft, aber erleichtert, daß auch sie offenbar vor einem peinlichen Wechsel der Tonart zurückschreckte und freundliches Geplauder vorzog, nickte er.

Madrid's big fat cat had a pole, begann Jane und kam noch näher:

Madrid's big fat cat had a pole
for which he'd not yet found a role.
When into her house
he followed a mouse
who said, might it not fit this hole?

Im Reden raffte sie *la modeste*, den obersten ihrer drei Röcke, ein langes, knisterndes, den Handflächen schmeichelndes Kunstwerk aus Samt und Satin mit Seidenstickereien, das, an der linken Seite geschürzt, den Blick auf die beiden unteren freigab, die jeweils etwas enger waren, die *friponne* und die *secrète*, aus Tabis gewirkt, einem Moiréstoff, leicht und duftig, der jetzt von ihren Händen gehoben wurde, immer höher, bis er ihren Kopf verdeckte, so daß bei der letzten Silbe des Limericks Wort und Bild, Bezeichnung und Bezeichnetes auf eine derart suggestive Weise zusammenfielen, daß die Beantwortung der Frage keinem Zweifel mehr unterliegen konnte und jegliche Haarspalterei sich erübrigte.

Die Hochzeit fand am achten Juni 1724 statt und kostete Theodor den größten Teil seines für das Aufstellen eines Regimentes vorgesehen Geldes. Auch Ripperdas Auskünfte, wenige Tage nach jener Nacht, hatten sie nicht mehr verhindern können.

Man sollte ja meinen, diese Schotten wären nur geizig und versteckten ihr Geld, aber da ist wirklich nicht viel. Dürftig, sehr dürftig, mein lieber Neuhoff.

Ich dachte, sie sei Irin, keine Schottin, entgegnete Theodor.

Ob Irin oder Schottin, jedenfalls wird sie Sie nicht zu einem reichen Mann machen.

Trotzig und erleichtert zugleich erklärte der Baron: Auf dem Fest werden Sie nichts davon merken, Herzog.

Einige Wochen nach der Heirat bekam Theodors Kukkucksverliebtheit das Fundament eines eigenen Gefühls. Er wollte Jane Sonntag morgens zur Messe mitnehmen, aber sie sagte: Geh alleine, ich habe keine Lust, und wirkte sehr klein und verloren auf der großen Chaiselongue.

Warum? fragte Theodor erstaunt.

Der verdammte Katholizismus hat mir alles genommen, *Big Cat*: meine Heimat, mein Geld und meinen Vater, der hier nie heimisch geworden ist. Der Katholizismus hat mir alles genommen, um selbst allen Platz einnehmen zu können. Ich will ihm nicht noch jeden Tag dafür danken müssen.

In diesem Moment erschien, mit dem feinen Sensorium des Tiers für von der Norm abweichende Stimmungen, Gordon, sprang auf ihren Schoß, legte sich in mehreren Drehungen umständlich zurecht und begann zu schnurren. Jane streichelte mit leerem Blick seinen Kopf.

Theodor wurde von einer Welle der Mitleids mit der exilierten und verarmten Frau überrollt, des Mitleids und der Empörung gegen die Ungerechtigkeit des Schicksals. Er schwor sich, alles zu tun, was in seinen Kräften stand, damit sie glücklich werde.

Man braucht konkrete Gefühle für den anderen, die man dann Liebe nennen kann, denn der Name Liebe ist ja nur ein Sammelbegriff für eine Kombination exakterer Empfindungen, deren vorherrschende in diesem Fall das mitfühlende Erbarmen mit einem tapferen, vom Schicksal gebeutelten Wesen war.

Es erschreckte ihn übrigens keineswegs, daß ihm zum ersten Mal in seinem Leben das Glück eines anderen Menschen mehr am Herzen lag als sein eigenes. Im Gegenteil, er erlebte diese unerwartete Vergrößerung und Erweiterung seines Herzens als Glücksmoment, eine jener das Leben bereichernden, das Epiphanische streifenden Erfahrungen, die nur demjenigen zuteil werden, der es nicht auf sie angelegt hat.

Seine Aufträge jedoch führte er von nun an nicht mehr mit der gleichen Seelenruhe aus wie zuvor, denn das Reisen ist beschwerlicher, wenn man beständig das Bild eines anderen Menschen mit sich führt. Genauer gesagt war es das Bild der von lachenden, glutäugigen Männern umstandenen Jane, das er mit sich führte, wenn er wochenlang fern von Madrid war, und er fragte sich, was geschehen wäre an jenem Abend, hätte er ihr keinen Heiratsantrag gemacht.

Als Ripperda ihn zu Geheimverhandlungen nach London schickte, deren Ziel es war, daß England die Patenschaft übernehme für die geplante Überführung des Herzogtums Parma und Piacenza in spanische Hände, faßte Theodor den Plan zur Desertion und teilte ihn seiner Frau mit, die, ganz wie er erhofft und erwartet hatte, überglücklich war, Spanien den Rücken zu kehren.

Er hatte mit einem Mal kein Vertrauen mehr in die Zukunft von Ripperdas Politik, an dessen Erfolgen er doch hing wie eine Marionette an den Fingern ihres Spielers, und er glaubte nicht, darin von Jane bestätigt, an ein Einlenken Englands.

Er beabsichtigte, mithilfe des Verkaufs aller Informationen über die spanische Politik, die er besaß, eine neue Existenz zu begründen und einen neuen Arbeitgeber zu finden – endlich den, vor dessen vernunftgeleiteter Diplomatie er schon seit Jahren den größten Respekt besaß.

Aber das langersehnte Mekka wurde zum Schauplatz einer empfindlichen Niederlage. Wie üblich bei Theodor hatte der Entschluß für eine akribische Vorbereitung aufzukommen, und seine großen Geheimnisse wurden, als er sie in London aufdeckte, mit einem Achselzucken quittiert. Er mußte erkennen, daß die Art von Geheimdiplomatie, die er in Versailles beobachtet und seither erlernt und perfektioniert hatte, hierzulande nicht gefragt war. In diesem hochorganisierten Zuträgernetz der Außenpolitik voll gut bezahlter und daher kaum bestechlicher Agenten, mit klaren Vorgaben, war für flamboyantes, maskenbehängtes Intrigenspiel kein Platz. Ihre Landsleute waren, wie Jane ihren Mann tröstete, *terribly down to earth*. Alles, was Theodor über Ripperdas Kabale zu berichten hatte, wußten sie bereits, und was sie nicht wußten, interessierte sie nicht. Er mußte sich eingestehen, im Land mit der modernsten Diplomatie Europas die von einem geheimen Agenten erwartete Fähigkeit akribischen statistischen Arbeitens nicht zu besitzen.

Das heißt, eingestehen mußte er es sich vielleicht, zugegeben hätte er es niemals.

Noch keinen Monat in der englischen Hauptstadt, erklärte Theodor seiner Frau, es sei nun genug mit der Tätigkeit, die er die letzten Jahre verfolgt habe, er sei ihrer zehnmal überdrüssig und wolle ein ganz anderes Leben führen, in dem es nicht mehr nötig sei, sich mit verborgener, unbedankter Arbeit zum höheren Ruhme anderer zu erniedrigen. Jane hatte nichts dagegen einzuwenden, obwohl sie soeben ihren Familienschmuck versetzt hatte, um die Miete der kleinen Wohnung beizubringen, die sie in einem zweifelhaften Londoner Viertel bewohnten.

Zu ihrem und seinem Glück besaß Theodor die Gabe, den letzten Fluchtweg einer in die Ecke gedrängten Ratte als Königsweg freier Entscheidung zu empfinden, und entwickelte jetzt, wo er vor dem Nichts stand und sein Leben verdienen mußte, ohne einen Posten oder eine erlernte Fähigkeit zu besitzen, zehnmal mehr Phantasie und Aktivität, als vermutlich notwendig gewesen wäre, seine alte Tätigkeit auch in England mit befriedigendem Erfolg weiterführen zu können.

Wurde das charmante, scharfzüngige Paar in Londoner Salons eingeladen, und das geschah öfter als es möglich war, solchen Einladungen nachzukommen, denn oft fehlte das Geld für ein angemessenes Auftreten – die Gesellschaft schnitt Theodor keineswegs, sie wußte nur allzu deutlich zu unterscheiden zwischen dem Unterhaltungswert und dem praktischen Nutzen des Barons –, wurden die beiden also irgendwo empfangen, nutzte Theodor solche Gelegenheiten, von Jane unterstützt, dafür, Gelderwerbsquellen aufzutun.

Er arbeitete auf dem Parkett der Stadtvillen als eine Art reisender Vertreter in eigener Sache. Es war nicht ganz leicht, den interesselosen, um nicht zu sagen desinteressierten Zynismus, die weltgewandte Blasiertheit und den nonchalanten Witz, der von Gästen wie ihm erwartet wurde, zu verbinden mit dem hungrigen und wachen Blick eines fußlahmen Raubtiers auf der Suche nach einem anspringbaren Opfer.

Der Druck, der an solchen Abenden auf ihnen lastete und von dem niemand etwas ahnte, noch ahnen wollte, fand sein Ventil in der erhitzten Erotik aller einsamen Paare, die sich in der romantisch-schäbigen Klause halblegaler Gegenwart und ungewisser Zukunft eingemietet haben.

Einmal erzählte Theodor vom jungen Händel und seinen venezianischen Orgel- und Cembalo-Duellen mit Scarlatti. Ein kaum volljähriger flachsblonder Edelmann, von zuviel Madeira kühn gestimmt, forderte ihn daraufhin zu einem solchen Wettkampf heraus. Ein Klavier wurde herbeigeschafft, und Theodor, die Brauen, Schultern, Flammenaugen und den klaffenden Mund ebenso theatralisch einsetzend wie die Hände, erzielte einen einstimmigen Punktsieg gegen einen zugegeben nicht ebenbürtigen Gegner, dessen Familie ihn daraufhin einlud, die Sommerwochen auf ihrem Landsitz nahe Reading zu verbringen.

Bevor er annahm, vergewisserte er sich allerdings, daß alle Mitglieder der Familie gleich unmusikalisch waren, um bei nachmittäglichen Tafelmusiken und abendlichen Konzerten am Cembalo, mit wilden Gesten und von Jane dramatisch schwarz umrandeten Lidern, die simpelsten Stücke durch Triller und Arabesken phantastisch ausschmückend und sein gesamtes Repertoire in immer neuen Modulationen Tag für Tag wiederholend, drei Wochen lang die Illusion aufrechterhalten zu können, es mit einem zweiten Händel zu tun zu haben.

Die Anspannung – würde er sich verspielen, würden sie merken, daß er ihnen allabendlich dieselben Kompositionen vorsetzte – und die Erleichterung – wie Kinder warfen sie auf ihrem Zimmer die Goldmünzen in die Luft und krochen dann kichernd unter dem Bett herum, um sie wieder zu finden – entluden sich, zurück in London, in ausgelassenen Tanzabenden in billigen Schwofs am Hafen, wo sie nicht riskierten, einem ihrer potentiellen Mäzene über den Weg zu laufen.

War der Lohn solcher Anstellungen wieder aufgebraucht für Miete, Kleidung, Equipagen, standen sie draußen im Nieselregen vor der Oper und den Konzertsälen und hörten der fernen, gedämpften Musik schweigend und einander umarmend zu, um später in der Überzeugung nach Hause zu gehen, kein in einer Loge gehörtes Singspiel habe sie jemals so bewegt wie diese vom Regengeplätscher und Hufeklappern zerrissenen Musikfetzen.

Eine andere lukrative Beschäftigung, zu der Theodor auf gleichem Wege kam, war die eines Kenners der Malerei und Bilderkäufers im Dienste eines unermeßlich reichen Lords, der eine Liebe zur Kunst besaß wie andere seines Schlages eine Schwäche auf der Brust.

Die Arbeit war so gut bezahlt wie entspannend, denn der Lord, vielleicht kein großes Licht, aber ein Verfechter der Arbeitsteilung mit einem ausgeprägten Sinn für Realismus, der jede seiner Unternehmungen ausgewiesenen Fachleuten übertrug, deren Urteil er blind vertraute, ließ Theodor im Rahmen seines Auftrags, Bilder zu erwerben, die »schön« sein und deren Wert mit der Zeit steigen sollte, alle Freiheiten.

Der reiste herum, kaufte Jagdszenen für den Jagdsaal, Stilleben für den Speisesaal, zwei gigantische mythologische Arbeiten aus Rubens' Atelier für die große Halle und gab bei einem in London weilenden Venezianer eine Porträtgalerie der Ahnen seines Kunden in mythologischer Ver- und Entkleidung in Auftrag. Dann allerdings brach er den ungeschriebenen Kontrakt des schlechten Geschmacks und präsentierte einen Watteau, dem weder Jane noch er hatten widerstehen können.

Sir! rief der Lord.

Sir? antwortete Theodor mit den hochgezogenen Brauen des an den Brüsten der Kunst gesäugten Kontinentaleuropäers.

Das Gemälde landete schließlich im Boudoir der Mätresse des Lords in Kensington, und Theodors Anstellung endete mit dem Ankauf seines ersten wirklichen Meisterwerks.

Der fraglos seltsamste Auftrag dieser Zeit ging von dem Parlamentarier Redgrave aus, der Mitglied einer der jungen Freimaurerlogen war.

Theodor hatte interessiert einem Gespräch des Politikers über die *Alten Pflichten* des Reverends James Anderson und die nützlichen Seilschaften der Londoner Großloge gelauscht und dabei einige Begriffe aufgeschnappt, die ihm seltsam bekannt vorkamen und auf denen er improvisieren konnte.

Als er dann eine mit *conjunctio*, *maza*, *nigredo* und *citrinitas* gespickte Kurzabhandlung über die Alchimie hielt, horchte Redgrave sofort auf und näherte sich ihm mit einem seltsamen Zeichen, auf das Theodor nicht reagierte.

Sie sind, wie ich sehe, noch nicht Mitglied der *lodge*, aber dennoch fraglos ein Initiierter, Sir. Möchten Sie unserer Bruderschaft nicht beitreten?

Es stellte sich rasch heraus, daß Redgrave bereit war, für ihn zu bürgen, aber selbst auch ein Anliegen hatte, nämlich zu erfahren, ob die Kenntnisse des Barons in der Kunst der Alchimie wohl ausreichend seien, ihn in dieselbe einzuweihen und womöglich eine Transmutation niederer, das heißt wertsteigernder Art zu vollbringen.

Ein erschrockener Theodor, der sich aus Vanzettis Zeiten an gerade soviel Alchimie erinnern konnte, wie er im Gespräch zum Besten gegeben hatte, besaß immerhin die Geistesgegenwart, mit immensen Investitionen und beträchtlichen Spesen zu kontern, aber Redgrave winkte nur ab: *No problem.*

So fand der Baron sich mitsamt seiner Frau und wenigen trüben Erinnerungen an die in des Marcheses Hexenküche verbrachten Stunden auf unbestimmte Zeit in einem leerstehenden Schloß in Gloucestershire untergebracht, wälzte Bücher, um seine Wissenslücken notdürftig zu stopfen, schrieb, umgeben von zwanzig diskreten Hausangestellten, die sich unter der Woche ausschließlich um das Wohl der zwei Gäste zu kümmern hatten – Larbi war seit dem Beginn des Londoner Abenteuers sozusagen ausgeliehen, Theodor hatte ihn fortgeschickt, sich irgendwo zu verdingen, bis wieder bessere Zeiten anbrächen – Einkaufslisten, und fragte sich dann, was er am Wochenende zum Besuch des Hausherrn an Fortschritten oder Ergebnissen präsentieren sollte.

Zunächst war es noch mit einem erklärenden Rundgang zwischen Kolben und Gefäßen, säuberlich angeordneten Steinen und Metallen getan, Tabellen mit Tierkreiszeichen und die zugehörigen chemischen Wandlungsprozesse wurden erläutert, oder besser gesagt, im Weihrauch mysteriös klingender Worte zu wichtigen Stufen auf dem Weg zum Werk transmutiert. Montags nach der Abreise des zufriedenen Gönners verfielen sie dann in nervöse Lachkrämpfe.

Ich sehe den letzten Tag unseres Aufenthalts hier genau vor mir, japste Theodor. Ans Ende der letzten Glasröhre, des letzten Kupferrohrs legen wir ein rotes Samtkissen und plazieren einige von Redgraves eigenen Goldmünzen darauf. Und wenn er sie dann in die Hand nimmt: Nicht nur, Sir, verstehen wir aus englischem Kalkstein Gold zu schaffen, nein, unsere Kunstfertigkeit läßt es auch gleich mit dem Porträt seiner Majestät Georgs I. geprägt erscheinen ...

Irgendwann jedoch fing Theodor Feuer. Die intensive Beschäftigung mit den alten Texten überzeugte ihn, daß womöglich doch mehr hinter der Sache stecken könne. Zum besseren Verständnis zeichnete er einen *arbor philosophica* und begann, so unvorsichtig mit Schwefelsäure zu experimentieren, daß er sich die Hände verätzte.

Es war aber nicht die Extraktion des Goldsamens aus Redgraves Barren und seine Verpflanzung in unedleres Metall oder Gestein, die ihn interessierte, sondern tatsächlich das *Magisterium*, die eigene Transmutation, der Läuterungsprozess, die Vervollkommnung, der Gedanke, Gott in sich gebären zu können. Plötzlich schien alles, Elemente, Astrologie, Mystik auf eine logische Art und Weise zusammenzuhängen, so daß Theodor die Gestalt des Geheimnisses schon zu sehen glaubte wie die Umrisse eines Denkmals vor der Enthüllung und nur noch den letzten Schleier, der ihn vom Begreifen trennte, fortreißen mußte.

Die praktische Konsequenz all dessen war, daß er es unterließ, weiterhin Staub zur Täuschung seines Brotherrn aufzuwirbeln, und dessen Geld – und dann auch noch einen Teil des eigenen, abgezweigten – tatsächlich im Dienste des Werkes ausgab, so daß Jane sich nicht anders zu helfen wußte, als eine Kutsche und vier Pferde zu kaufen, um wenigstens etwas davon zu retten.

Dafür jedoch konnte Theodor Redgrave auf seinen Wochenendbesuchen jetzt mit inspirierten Vorträgen über Hermes und Osiris so sehr in Bann schlagen, daß der Politiker über der Aussicht auf Heiligung seiner Seele die Vergrößerung seines Reichtums mit alchimistischen Mitteln vergaß.

Trotz, oder vielleicht gerade wegen der Angst, der beständigen Unsicherheit und der zweisamen Einsamkeit, war dieser lange Londoner Sommer, ohne daß sie es wußten, wie ein in diesem Jahr populäres Lied es ausdrückte, zu dem sie in den Spelunken Whitechapels oft getanzt hatten, »vielleicht die schönste Zeit ihrer Liebe«.

Als ahnte Theodor dergleichen, stürzte er sich nach einem Jahr in England auf die erstbeste Gelegenheit, ein wirklich neues Leben zu beginnen und überließ es Redgrave, sich alleine zu vervollkommnen.

Ein kursächsischer Gesandter sprach ihm mit verklärtem Blick von der pietistischen Bewegung, von Francke in Halle, bei dem er studiert hatte, und von seinem Freund, dem Justizrat Graf Zinzendorf, der auf seinem Gut Berthelsdorf eine ökumenische Gemeinde ins Leben gerufen habe, und forderte ihn auf, sich den überall aus dem Boden schießenden Kreisen der Förderer und Freunde von Herrnhut anzuschließen, denn Theodor sah gerade wieder aus wie jemand, der über die dazu notwendigen Mittel verfügte. Der gewesene Alchimist entgegnete – und er wußte ja, vor allem einem sächsischen Protestanten gegenüber, überzeugend zu wirken –, daß es doch viel größere Strahl- und Anziehungskraft haben müsse, wenn ein Mann wie er, mit all den Kontakten und dem Renommee, sich selbst dort niederlasse, sozusagen als praktische Demonstration mit Vor- und Leitbildfunktion.

Der Sachse, höchst angetan von dieser Idee, vermittelte eine Korrespondenz zwischen Theodor und Zinzendorf, die dank der schwärmerischen und zugleich weltläufig gebildeten Persönlichkeit des Grafen bald freundschaftlichen Charakter annahm und in dem Vorschlag gipfelte, Theodor und seiner Familie ein Gut aus eigenem Besitz zu verkaufen und ihn als Bruder unter Brüdern zu einem Leben sympathischer Gemeinschaft willkommen zu heißen.

Theodor warb in Briefen und Worten für Zinzendorfs Gemeinde, erhielt dafür vom Grafen eine großzügige Summe geschickt, die die Begleichung Londoner Schulden, die Heimholung Larbis und ein standesgemäßes Übersiedeln samt Katzen ermöglichte.

Im Frühjahr 1726 ging die Reise nach Kursachsen vonstatten.

Zehntes Kapitel

Zunächst war nur das schrille Schreien zu hören, von nirgendwoher, als sei die Luft selbst in schwingende Aufregung versetzt. Die Bauern blickten von ihren Pflügen auf, die Katze flüchtete mit an den Boden gedrängtem Leib ins Haus, der Hund bellte, Jane kam auf die Terrasse gelaufen, und Theodor legte sein Buch beiseite und trat an das Dachgaubenfenster seiner Bibliothek, um zu sehen, was geschehen war.

Sehr hoch droben am Himmel verlief, wie mit feiner Feder ins Blau gezeichnet, eine spitz zulaufende Welle. Sie bewegte sich voran, dehnte sich aus, zog sich wieder zusammen und zitterte im Licht. Das Schreien klang so nah, daß es kaum mit diesem vagen Anblick zu tun zu haben schien. Dann kristallisierte die flimmernde Welle sich zu einem Keil aus vielleicht vierzig Kranichen, der aus Norden kommend und nach Süden zielend, weit, weit über ihren Köpfen vorüberflog.

Schon waren sie über die schauenden Menschen hinweg, übers Haus hin verschwunden, zogen schon über den nächsten Hügel, auf dessen Kuppe, von Ulmen und Linden umstanden, das Zinzendorf'sche Haus gebaut war, lösten sich in Lichtstaub auf.

Kaum war die erste Formation außer Sicht, rauschte wieder das helle Schreien auf, und mit dem Zugfernrohr jetzt unten bei Jane auf der Terrasse stehend, blickte Theodor Richtung Norden und sah den nächsten Schwarm wie ein im Wind flatterndes gegabeltes Banner. Die schönen gestreckten, langhalsigen Körper, der majestätisch ruhige, rhythmische Flügelschlag. Die Spitze des Keils hielt in vollkommener Ruhe Kurs, folgte zuversichtlich und blind ergeben ihrem Instinkt in den Süden.

Insgesamt zogen an diesem Tag vier Gruppen vorüber, einmal verformte der Keil sich zur Spirale, die führenden Vögel verließen ihre Linie, und wie eine luftige Schleppe folgten alle anderen dem Gekreisel. Der Schwarm wartete auf Nachzügler, drehte einige Schleifen hoch über den zwei, drei Gutshäusern an den Hügelflanken, dem kleinen Weiler mit der Kirche in der Senke, dann stieg der Leitvogel steil nach oben, und aufgeregt schreiend reihten die übrigen Kraniche sich in die Formation zurück, hintereinander und leicht zueinander versetzt, und nahmen ihre Route wieder auf.

Sie flogen schnell. Von dem Moment an, da man sie im Norden erkennen konnte, bis zu ihrem Verblassen im verwaschenen Blau des mittäglichen Himmels vergingen kaum zwei Minuten.

Jane blickte ihnen nach und sagte: Reisende über dem Wind ...

Dies war im Oktober ihres ersten Jahres in Berthelsdorf. Ende Februar des folgenden hörten und sahen sie die Kraniche wieder auf ihrem Rückflug in den Norden, und Theodor fühlte sich wie ein Vater, der seine Kinder empfängt, die von großer Reise heimkehren.

Die Jahre darauf war der freudige Schock natürlich geringer, eine Epiphanie war die Musik der Kraniche nur jenes erste Mal gewesen, aber in den späten Oktobertagen wirkte das Schreien und das im kalten Wind über sie hinwegflatternde Banner wie das Menetekel des bevorstehenden Winters, und der erste Schwarm unter der tiefen Februar-Wolkendecke brachte Hoffnung auf das Wiedererstehen des Lebens. Und jedesmal kam Theodor das Wort seiner Frau in den Sinn: Reisende über dem Wind.

Schon der Tag ihrer Ankunft in Berthelsdorf war denkwürdig verlaufen. Als der Kutscher sich durchgefragt hatte und Theodor und Jane staubig, verschwitzt und mit zerschlagenen Gliedern ausstiegen, wurden sie vor der Tür ihres zukünftigen Heims von Zinzendorf und seiner Frau empfangen, die im Nieselregen Hand in Hand unter dem Vordach standen und gewartet hatten. Sie kamen zum Wagen und begrüßten das fremde Paar mit dem Bruderkuß; das war verwirrend, brach aber zugleich das Eis. Daraufhin allerdings umarmten sie auch den verblüfften Larbi und nannten ihn Bruder, so daß Theodor ihn am späten Abend anzischte: Bilde dir keine Schwachheiten ein. Du bist und bleibst mein Diener. Und der in den Jahren der Intimität unverschämt und beredt gewordene Kabyle verneigte sich und erwiderte: Für eine unbeträchtliche Erhöhung meiner Bezüge verzichte ich auf jede mir von fremden Herrn ohne Kenntnis der Realitäten angetragene Gotteskindschaft.

Der erste Tag, der mit der Besichtigung des Hauses, des Hofs und einem Ritt durch die zugehörigen Wiesen und Wälder ausgefüllt war, wurde im eine Meile entfernten Heim des Grafen beendet, wo die Neuankömmlinge in den Kreis, der sich um Zinzendorf geschart hatte, eingeführt wurden.

Die Freundschaft zu dem Gemeindegründer und seiner Frau Erdmuthe Dorothea kam schnell und natürlich. Jane nannte die Gräfin Zinzendorf, ihr auf ihre übliche Weise zunächst einen Kosenamen und dann eine abgekürzte Version desselben verleihend, rasch Dorothy – *Erdmuthe, I can't pronounce*, entschuldigte sie sich – und dann Dolly, und der Name hakte sich an seiner Trägerin fest, bis sogar ihr Gatte, der Graf, ihn benutzte, zumindest wenn man unter sich war.

Im ersten Jahr ihres Lebens in Berthelsdorf kam Theodor seinem ursprünglichen Auftrag regelmäßig nach: dem Zinzendorfer Projekt einer Gemeinschaft im Glauben und Leben Gönner, Freunde, Adepten und Mäzene zuzuführen. Er reiste nach Hamburg, Dresden und Wien, korrespondierte mit Pietisten in Schwaben, Jansenisten in Paris, Kaufleuten, Adeligen, Hamburger »Patrioten« und mit Universitätsprofessoren und tat, was er am besten konnte – mit seinem Charme die Menschen für etwas zu interessieren, was sie normalerweise keineswegs interessiert hätte, sie für etwas zu erwärmen, dem die kalte Schulter zu zeigen nur zu natürlich gewesen wäre. Doch je mehr Theodor selbst hineinwuchs in Zinzendorfs seltsame kleine Welt aus Bruderküssen, Bibellektüre, öffentlichen Bußbekenntnissen, manchmal am Rande der Lüsternheit balancierender Gotteskinder-Ekstase und protestantisch genauer Buchführung über die niederen Lebensbereiche, je mehr er und Jane Bestandteil wurden dieser traut-internationalen Enklave, desto mehr schlief seine Werbetätigkeit, seine Diplomatenrolle ein. Die Arbeit eines inoffiziellen Außenministers der Gemeinde, die er ausgeübt hatte, wurde überflüssiger, je geschmierter die Mechanik, die der Gründer und Übervater in Gang gebracht hatte, abschnurrte.

Auch Zinzendorf fragte ihn schon nach kürzester Zeit nicht mehr nach seinen Unternehmungen. Sie gehörten eben einfach dazu, wie die übrige Handvoll adeliger Familien, die sich rund um den hybriden kleinen Sprengel Herrnhut niedergelassen hatten; alles Brüder im Geiste Jesu, Lutheraner, Pietisten, liberale oder enttäuschte Katholiken wie er selbst und Jane, wenn auch etwas privilegiertere Brüder als das Gros der mährischen Siedler und Kleinsassen, die das eigentliche Dorf bildeten.

Theodors großes und stummes Werk in den Berthelsdorfer Jahren war die Verwandlung der Zeit.

Ob man diese nun als das Rad einer Mühle sah, durch das sich die Jahreszeiten drehten und in der die Tage zu feinem Mehl zermahlen wurden, als eine Spirale, die in ihren Kreisbewegungen sich langsam höher schraubte, hypothetischer Vollendung und gewissem Tod entgegen, als eine

Parabel, einen Pfeilschuß, der in kühnem Bogen direkt auf das Herz Jesu zielte, wie Zinzendorf es forderte, oder als eine Gerade, eine Art Ameisenstraße, die man, eingeklemmt zwischen anderen, immer weiter fort von den Anfängen, blind auf ein unvermeidliches Verenden am Wegesrand zu entlangkrabbelte – welcher Glaube, welche Sichtweise auch immer die richtige sein mochte, Theodor versuchte, sich selbst und seiner Umgebung etwas anderes zu suggerieren.

Das Phänomen, daß die Augen aller dem Blick eines einzelnen folgen, der einen unsichtbaren Punkt so eindringlich fixiert, daß jedermann sein Licht dem Strahl dieses Schauens beifügt und dieselben Bilder sieht, die der hypnotische Blick ins Nichts gebrannt hat, war ihm seit langem bekannt, und manchmal war es Theodor, als müsse er allein mit den Muskeln seiner Augen das Rad, die Spirale oder den fliegenden Pfeil anhalten und in die Bewegung zwingen, die er sich wünschte: die Bewegung eines Pendels.

Die Zeit zu einem leichten, beiderseitigen Ausschlagen über eine nur gedachte, lotrechte Achse machen, die ihr geheimes statisches Herz und Heim ist.

Er war, anders als Vater und Mutter, dem Tod entronnen, hatte es sich nicht in kalten Festungen auf der Brust geholt, keine Cholera hatte ihn austrocknen und verfaulen lassen, keine Pestbeulen waren ihm gewachsen, den Kanonenkugeln, Bajonettstichen, dem Wundbrand und der Knochensäge des Regimentsmedikus war er entgangen, die scharfen Krummesser der Diebe und Mörder in nächtlichen Städten hatten andere durchbohrt, die Ratten in der Bastille nicht ihn zu fressen bekommen, die Folterbänke der Inquisition tränkte nicht sein Blut und sein Schweiß. Er hatte die Vergangenheit überstanden und hier in Berthelsdorf auch die Zukunft ihrer Gefahren beraubt, indem er sie, das wilde Tier seiner ewigen Hoffnungen kastrierend, zu beständiger Gegenwart zähmte.

Jetzt pendelte die Zeit ruhig hin und her, ihre Ausschläge waren überschaubar, und in ihrem ruhigen Zentrum stand er, Theodor Neuhoff, und führte ein kontemplatives Leben.

Es war eine Existenz, die an gewisse, zur Zeit seiner Jugend im Park von Versailles veranstaltete Aufführungen erinnerte, die lebenden Bilder, zu denen sich zur Verblüffung und ästhetischen Freude der Betrachter die umhergehenden oder -tanzenden Körper plötzlich, wie magnetisch zueinander gezogen, zusammenfanden, um eine von Gemälden oder Skulpturen bekannte mythologische Gruppe darzustellen.

Einige Sekunden lang verharrte ein solches Tableau in vollkommener Bewegungslosigkeit und Stille, kaum daß man sah, wie sich eine leise atmende Brust hob oder senkte; ein in der Grimasse eines Lächelns oder Schreies erstarrtes Gesicht verlor nach wenigen Augenblicken sein groteskes Aussehen, wenn einem, was unweigerlich geschah, die Verbindung zu der Person, die man kennen mochte, abhanden kam zugunsten der dargestellten Allegorie, und die Illusion, noch vergrößert durch das kaum merkliche Beben der Lebendigkeit, wurde zu einer Epiphanie, die man, eingebrannt in die Netzhaut, weiter mit sich trug, wenn der Zauberbann sich löste.

Theodor entwickelte sich zu einem Sammler solcher lebender Bilder seines eigenen Lebens.

Dazu gehörten natürlich die »Reisenden über dem Wind«, der erste Anblick der Kraniche samt dem Geruch nach Papier in seiner Studierstube, als er Janes Ausruf hörte, ihre gegen die Himmelshelligkeit zusammengekniffenen Augen, die Krähenfüße in ihren Augenwinkeln, die panisch huschende Katze, der Geruch nach Metall und Schmierfett seines Zugfernrohrs, die graubraune aufgepflügte Oktobererde, die mit in die Hüften gestemmten hornigen Händen in die Höhe blickenden Bauern in ihren Holzpantinen und braunen Joppen, der gleichgültige Ochse im Joch, der Blick auf das Zinzendorf'sche Anwesen, über das die Vögel hinwegzogen.

Ein anderes dieser lebenden Bilder war eine Opernaufführung in Dresden, zu der sie allein gereist waren (Zinzendorf war kein Liebhaber der italienischen Oper), bei der Hasse selbst dirigierte und seine Frau Faustina Bordoni, von Theodor, der sie seinerzeit im Hause Respighi kennengelernt hatte, nach der Vorstellung herzlich begrüßt, die umjubelte Hauptrolle sang. Es war keine königliche Aufführung, und im von Hunderten von Kerzen erleuchteten Saal ging es wild zu. Damen wurden von ihren Lakaien auf Sofas in den Saal getragen, Männer ließen ihre Kartentische im hinteren Teil aufstellen, Tabakspfeifen und Getränke wurden gereicht, in der Loge nebenan raschelten hinter geschlossenen Vorhängen Kleider, und das Gestöhne erstarb erst, als die Bordoni eine Dacapo-Arie gab, die Vorhänge rissen auf wie im Marionettentheater, zwei rote Gesichter erschienen, und die dazugehörigen Hände klatschten wie wild Beifall. Auf der Bühne herrschte ein Prunk sondergleichen: Als sei der Weltuntergang nahe, rasten Sonne und Mond über den Himmel, Pallas Athene schwebte in ihrer Eulenkutsche durch die Lüfte, Jupiter und Apoll thronten in den Wolken, die Unterwelt spie Geister und Ungeheuer aus ihrem Rachen. Als im zweiten Akt einer der Vorhänge Feuer fing, entstand Panik, aber einige beherzte Männer rissen das Tuch herunter, trampelten darauf herum, und die Vorstellung konnte fortgesetzt werden.

Die ganze Zeit über hielten Theodor und Jane sich an den Händen, von ihrer Konzentration auf die Kunst in einer Umgebung, wo jedermann sich nur unterhalten wollte, in eine nobel-vergreiste Starre versetzt, blickten aufs Gewoge der Musiker, das Spiel der Lichter auf den Geigenhälsen und Perücken und lauschten der Stimme der Bordoni, ebenso gebannt jede ihrer Koloraturen verfolgend wie ihr Gatte, der die Aufführung vom Cembalo aus mit behandschuhten Gesten steuerte.

Vor allem jedoch waren es stillere Bilder, bukolische, pastorale Augenblicke des Friedens – Glücksprismen: Jane in der großen Küche in einem taubenblauen Schürzenkleid, durch das Kreuzfenster fiel Licht herein, in dem die Kalksteinmauern safrangelb leuchteten, die von der Decke hängenden Körbe in ihren abgestuften Tönen von Aschegrau über Kastanienbraun bis zur Farbe reifen Weizens bildeten eine Art bauchiges Fischernetz, auf den Regalbrettern reihten sich Steingutvasen und Käsesiebe aneinander, neben dem Kamin hingen rötlich schimmernd die kupfernen *braseros*, und Jane goß aus einem graublauen, zu ihrem Kleid passenden Krug Milch in einen Becher. Einige Tropfen gingen daneben und glänzten wie Perlen auf der gescheuerten Tischplatte, Janes Kopf war leicht schräg gehalten, parallel zur Neigung des Krugs, ihr Haar fiel links und rechts von ihrem Ohr hinab, das an eine Kamee erinnerte.

Oder einer der ruhigen Abende am Kamin, wenn draußen vielleicht noch, je nach Jahreszeit – die Stunde der Fledermäuse war gerade vorüber – letztes Grillengezirp oder die Triller einer Nachtigall ertönten. Jane saß, den Stickrahmen auf den geschlossenen Knien, da, das Profil ihres Rükkens bildete, hinauf zu den Schultern, dem Nacken, dem Hals, dem Hinterkopf, eine feine, mit Kohlestift gezeichnete Linie, die Theodor selbstvergessen mit einer Hand in der Luft nachzog. Er hatte einen Packen Zeitschriften neben sich liegen und las ihr vor, zum Beispiel aus dem »Hamburger Relations-Courir«, und sie blickte von ihrer Arbeit auf und sah ihn aufmerksam an, mit leicht gehobenen Brauen, die Lippen einen Spalt geöffnet.

In solchen Momenten mußte er an ihr lautes Gelächter im engen Kreis der Männer in Madrid denken. Heute hatte jenes Lachen einem zarten, verstehenden Lächeln Platz gemacht. War sie auch glücklich? Sie sagte öfter: Aber ewig bleiben wir nicht hier in dem Loch, dabei war sie es, die in der Herrnhuter Schule unterrichtete, zweimal wöchentlich das Waisenhaus besuchte, Rosenspaliere pflegte, die ein Menschenalter überdauerten, und im Gegensatz zu ihm alle Bauern, alles Gesinde, all die Herrnhuter Siedler und ihre Familien, all die Prediger mit Namen kannte und auseinanderhielt, während er immer weniger unternahm und ihr bei ihren schön und säuberlich ausgeführten Tagesaktivitäten behaglich und beglückt zusah.

Sein Blick auf Jane ging in die Tiefe der Zeit, und mit leisem Traumschrecken sah er sie, im schwarzen Kleid, das Haar im Nacken verknotet, zwei leere Körbe in der Hand, mit gefaßt-gelöstem Gesichtsausdruck aus dem Herrnhuter Waisenhaus treten wie jede Woche – beinahe wäre er auf sie zugelaufen wie damals, wie vor langer, langer Zeit, und hätte ihre Beine umfaßt und den Kopf im raschelnden Stoff vergraben, beinahe spürte er die kühle, ihn zur Beherrschung mahnende Hand auf seinem Schopf.

Woran denkst du? fragte Jane, wenn er zu lange ins Leere starrte.

Daran, daß ich dich schon immer geliebt habe, antwortete er.

Das ist schön, und woran noch?

An Nikolaus, sagte Theodor. Er übt sich so sehr in Güte, daß er Schwielen an der Seele haben muß, wie andere, die zu viel reiten, am Hintern.

Er stellte oft Vergleiche an zwischen der Religiosität Zinzendorfs und der seines Schwagers Trévoux und setzte die beiden dabei unwillkürlich wie ältere, ernsthafte Menschen von sich selbst ab, mußte sich dann aber immer wieder ein wenig schockiert ins Gedächtnis rufen, daß Nikolaus sechs Jahre jünger war als er selbst. Er war es derart gewohnt, überall der Jüngste oder doch zumindest der Jüngere zu sein, ein Knabe fast, der räderschlagend an den Erwachsenen vorübertollte, die ihre Arbeit zum Stillhalten an einem Ort zwang, daß es ihm, der immer in der Erwartung gelebt hatte, die Zukunft werde sein Schicksal einst in die ihm gemäße Form gießen, kaum glaublich und erschreckend erschien, daß nun schon Jüngere etwas Sichtbares, Funktionierendes, Geplantes erbaut und geleistet hatten, während er seinem Götterparkett den Landedelmann vorspielte und sich fragte, ob man ihm in seinem Kostüm in England abgeschauter und aus England importierter Woll- und Tweedstoffe, Filzhüte, Samtcordbreeches auch diesmal wieder zur glücklichen Fügung seines Lebens gratulieren werde.

Trévoux las Augustinus und ging hinterher auf die Jagd oder schlemmte. Er liebte die Begegnung mit großen Gedanken wie andere Leute die mit großen Männern, als bliebe nach der Umarmung etwas vom Glitzerstaub des Erhabenen auch auf seinen Schultern zurück, er ergötzte sich an der Sprache der theologischen Dichter und zitierte sie ausgiebig – und das genügte ihm. Wohingegen Zinzendorf Lektüre als Aufforderung zu Tat und Veränderung begriff. Sein Freund Nikolaus hatte die Bibel gelesen, und diese Erfahrung erheischte, um es mit seinem Lieblingswort auszudrücken, eine Reaktion. Und zwar eine, die übers Privatleben hinausging. Nein, nicht nur eine Reaktion, eine Revolution. Etwas die Welt und Gesellschaft Veränderndes und Voranbringendes, wobei es sich erstaunlicherweise wie von selbst verstand, daß das eigene erfüllte Leben beispielgebend sei für alle anderen.

Das machte es an gemeinsamer Tafel ein klein wenig schwierig, den von Theodor bevorzugten Konversationsstil durchzuhalten, ein geläufiges Parlando, bei dem man zwischen den Bissen und Schlucken Aktuelles ansprach, um sich informiert zu zeigen, dessen Wichtigkeit mit einem Bonmot sogleich relativierte, über Lektüre plauderte, wobei nicht die Lektüre, sondern ihre Schilderung geistreich zu sein hatte, über abwesende Bekannte mit freundlichspitzzüngigem Spott herzog, dem genossenen Mahl durch schön gewählte Worte Ehre erwies und ansonsten nicht pedantisch bei einem Thema und einer Meinung – vor allem nicht der eigenen – kleben blieb.

Gewiß, es mangelte Nikolaus und Dolly weder an Bildung, an Geist noch an Freundlichkeit – im Gegenteil, von Letzterer war vielleicht sogar zuviel da, die Freundlichkeit des Grafen war überbordend, allen zugewandt und enthusiastisch vereinnahmend, und oft genug äußerte sie sich in Tränen, was Theodor bei Tische besonders widerwärtig war. Dabei waren diese Tränen nur das Überlaufen einer gotterfüllten Seele, aber für den Baron lag genau hier das Problem: Solange Gott diese Seele füllte, war auch im Körper für nichts anderes Platz, und geriet Zinzendorf ins Lobpreisen, ins spirituelle Extemporieren, wurden die Kartoffeln kalt und der Zander matschig.

Du bist zu kritisch, meinte Jane. Es ist eben ein Elan zu Gott hin, der ihn und sie alle beflügelt. Es ist die Frische und der Überschwang der Anfänge. Der Drang nach einem Durchbruch zu noch größerer Reinheit. Denk daran, daß seine Glaubensbrüder ringsumher noch immer verfolgt werden. Erinnere dich an die katholische Bleikammer Spaniens. Und findest du nicht, daß es etwas Beneidenswertes hat, dieses Sich-völlig-auf-eine-Spur-Werfen, diese jugendliche Liebe zu Gott?

Gewiß, gewiß, sagte Theodor. Und ich schätze ihn ja auch, aber es ist dennoch wahr, daß einer sehr selbstgewiß in seinem Leben, in seinen Überzeugungen, ja, letztlich wie in einer alten Rüstung in seinem Körper stehen muß, um mit so wenig Selbstironie zu sprechen und zu handeln. Und zu richten! Weißt du, es gibt Bruderküsse, die scheiden die Hierarchien strenger als Stockhiebe.

Du bist überfeinert, *Big Cat*.

Mag sein, aber wer nicht an sich zweifelt, weiß nichts von den Nuancen des menschlichen Herzens.

Warum sollte er übrigens nicht selbstgewiß in seinem Körper stehen? sagte Jane. Dieser Körper ist nicht häßlich ...

Theodor verzog seinen Mund zu einem Lächeln.

Wollte sie doch nicht über Körper reden! Wie bei Orpheus und Eurydike hing alles davon ab, sich nicht umzudrehen. Ganz so wie seine Mutter in früherer Zeit den Hunger hatte fortschweigen wollen, schien es Theodor heute der Preis ihres Glücks, jede Thematisierung der Erotik zu vermeiden, es sei denn, Zinzendorf streifte das Gebiet in einem seiner Sermone, da war es so absurd, daß man darüber lachen konnte.

Dabei liebte und achtete er Janes Leib jedes Jahr mehr, genoß den Anblick seiner schlanken Elastizität, freute sich am Neigen ihres Kopfs, an der Haltung ihrer Arme, betrachtete voller Rührung das langsame, gelassen ertragene Werk der Zeit auf ihrer Haut, und je tiefer seine Kenntnis dieser Form und Hülle wurde, ihres Geruchs, ihrer kleinen Leiden, ihrer Empfindlichkeiten, desto mehr wuchsen sein Zartgefühl und seine Achtung und desto mehr versiegte das Begehren.

Ihn selbst störte das so wenig, wie der Schiffer, der endlich in ruhigem Wasser treibt, sich nach den Stromschnellen zurücksehnt.

Denn es war ein seltsames Ding, über das er oft grübeln mußte: Daß das Schamgefühl gegenüber dem anderen zugleich mit der Liebe wuchs, anstatt abzunehmen.

Das laute, vulgäre Lachen auf dem Tisch war nur noch ein fernes Echo im Nebel der Vergangenheit, ebenso wie die Hemmungslosigkeit der ersten Tage, das chiliastische Sich-Gehen-Lassen, das an keine Zukunft glauben darf.

Erinnerte er sich mancher Dinge, die sie noch in London miteinander getan hatten, so stieg ihm die Röte ins Gesicht, als hätte er ein fremdes Paar überrascht, und er sagte sich, daß er zu dergleichen heute nicht mehr fähig wäre. Wie sollten Menschen, die einander vertrauten, derartige Indiskretionen mit ihrem eigenen und dem fremden Körper begehen und sich zugleich in Liebe und Achtung in die Augen sehen ein Leben lang? Denn Selbstachtung und Lust, Dauer und Lust, Liebe und Lust, dies war Theodors seltsam traurig stimmende Erkenntnis, gehen im Letzten und Tiefsten nicht zusammen.

Jane blickte erwartungsvoll auf seinen lächelnden Mund, da schürzte er die Lippen und sagte: Ich fürchte nur, dieser Körper ist schon vergeben ...

Wie ...? Aber natürlich. Um Himmels willen! Ich wollte ja auch nicht sagen, daß ...

Du irrst. Ich rede nicht von Dolly. Ich meine, er ist unserem Herrn Jesu Christo geweiht.

Jane schüttelte lachend den Kopf: Du bist und bleibst ein Närrchen, *Big Cat*.

Dieses Lachen war von der Art, in die er einstimmen konnte.

Was übrigens die Körper betrifft, so war nicht zu verhehlen, daß Theodor seinen eigenen in den Berthelsdorfer Jahren etwas vernachlässigte: Zunächst einmal hatte er sich abgewöhnt, das lästige Korsett zu tragen. Zu träge, sich täglich von Larbi rasieren zu lassen, der unter der Hand mehr und mehr zu Janes Diener wurde – da gab es einfach mehr zu tun –, ließ er sich einen Bart stehen, der nicht zu jeder Tages- und Nachtzeit gekämmt und von Speiseresten gereinigt wurde. Auch der Kleidungsstil englischer *gentry* fiel mittlerweile an manchen Tagen ins eher Bäuerliche ab, sowohl was die Gewänder selbst betraf, die er anlegte, als auch ihre Sauberkeit.

Waren seine nicht sonderlich zeitraubenden Tagespflichten als Gutsherr und Gemeindemitglied beendet, die Besuche bei den Bauern zur Schafschur, das Abstecken zu fällender Bäume, ein Ritt zur Sägemühle, die gemeinsamen Bibelstunden und Bußrunden, saß Theodor gerne – wenn das

Wetter es zuließ, bei offenem Fenster – in seiner Bibliothek und widmete sich der Lektüre und Korrespondenz. Durch seine anfängliche diplomatische Tätigkeit hatte der Briefwechsel überhand genommen und ersetzte Theodor mittlerweile die Reisen quer durch Europa. In einem einzigen Berthelsdorfer Jahr schrieb er mehr als in seinem ganzen vorangegangenen Leben und wartete auf eintreffende Briefe, Bücher- und Zeitschriftensendungen wie ein Verdurstender.

Er hatte den »Spectator« subskribiert, den »Patrioten«, er las Pamphlete, die ihm aus Paris zugeschickt wurden, ließ sich Popes *Essay on Man* kommen, studierte die alljährlich erscheinenden neuen Lieferungen von Brockes »Irdischem Vergnügen in Gott«, las fasziniert Reimarus' »Thriebe der Tiere« und besaß ein schön gebundenes und vom Verfasser Mattheson persönlich signiertes Exemplar seines Romans »Des Ritter Ramsay Reisender Cyrus«.

Mit Zinzendorf, der selbst literarische Ambitionen hegte und an lyrischen Gebetstexten und Liedern feilte, die er bei Tisch verzückt vortrug, war, da der frischgebackene Autor keine anderen Autoren neben sich gelten ließ, kein Austausch über diese Lesefrüchte möglich. So blieb nur der Dialog mit den Verfassern selbst, sofern sie noch lebten und korrespondieren wollten, und natürlich mit Jane, die auch die einzige war, mit der er über das Gelesene herziehen konnte. Welch ein Genuß, ab und zu die Zügel der geistigen Reinheit, der christlichen Moral und der Wortwahl, die in Herrnhut sehr kurz gehalten wurden, schießen zu lassen und sich in Sarkasmus, Frechheit, Ungerechtigkeit, Spott und überspitzter Nachahmung zu ergehen, um sich in befreiendem Gelächter den Staub der humorlosen Gesittung aus den Kleidern zu klopfen.

Einen Mann fand Theodor einen Abend lang, mit dem ebendies auch möglich war, so wie es früher unter anderen, leichtlebigeren Himmeln jeden Tag möglich gewesen war, und zwar in Hamburg.

Wenn Theodor und Jane Reisen unternahmen in diesen Jahren, dann hauptsächlich um der Musik willen. So wie sie in der Dresdner Oper die Bordoni gehört, in London, wann immer Geld da war, in der Royal Academy of Music Händels neuen Werken gelauscht hatten, »Radamisto«, »Ottone« oder »Alessandro«, fuhren sie auch nach Hamburg und begegneten dort, anläßlich der Aufführung von »Pimpinone«, einer sahnigen, wie ein Hochzeitstörtchen mit Guß und Baiserhütchen verzierten Opera Buffa, dem Meister selbst, der nicht nur die Oper leitete, sondern auch Musikdirektor der fünf Hauptkirchen, Kantor am Johanneum und wer weiß was noch alles war.

Beim Souper danach scherzte Telemann selbst darüber: Ich habe drei Hüte zu Hause, ein Barett als Kirchenmusiker, eine Narrenkappe als Hofkomponist und als Operndirektor eine riesige Wollmütze, mit der ich nach den Vorstellungen durchs Theater gehe und milde Gaben sammle, damit uns nicht eines Tages der morsche Schnürlboden auf den Schädel fällt. Die Hamburger sind ein raffiniertes Volk, sie haben sich gesagt, ein Mann kann nur ein Gehalt verlangen, auch wenn er fünf Berufe ausübt, da dürfen sie sich denn auch nicht beklagen, wenn sich meine Orgelkonzerte anhören wie Tafelmusiken und die wiederum wie neapolitanische Opern ... Aber das ist das Schöne an unserer mathematischen Kabbalistik, keiner traut sich, einem hineinzureden, weil niemand die Sprache der Musik beherrscht, jedenfalls keiner von denen, die unsereinen bezahlen. Was bin ich froh, kein Dichter zu sein. Jeder, der einmal das Alphabet gelernt hat, hält sich für berufen, ihm zu sagen, er beherrsche seine eigene Sprache nicht ... Ich hoffe doch, Ihnen als Ehepaar ist die Geschichte nicht zu nahe getreten, aber ich versichere Sie: Der fette alte Pimpinone, das ist Hamburg, und die unschuldige Vespetta, das bin natürlich ich selbst ... Im übrigen, haben Sie gesehen, womit das Hamburger Publikum sich in meinen Opern unterhält? Mit Kartenspielen!

Nicht alle, entgegnete Theodor. Drei der Herren an jenem Kartentisch blickten so fasziniert auf die Bühne, daß der Vierte in aller Ruhe seine Trümpfe aus dem Ärmel ziehen konnte!

Wie haben Sie das sehen können? fragte Telemann mit gespieltem Schmollen. Ich dachte, wenigstens Sie wären ein wahrer Melomane.

Das bin ich zu meinem Unglück auch. Ich war einer von den Dreien!

Der Musiker lachte. Leider bin ich nicht am Gewinn beteiligt.

Verglichen mit Venedig ist's hier sehr zivilisiert, sagte Theodor. Dort wurden andere Geschäfte verrichtet während der Aufführung.

Nun ja, bei mir essen sie, und so lange, bis die Verdauung einsetzt, reichen meine Noten nicht.

Vielleicht mißverstehen sie ja den Ruf Telemanns als Gottes Leibmusikant ...

Der Gastgeber verneigte sich lächelnd. Sein väterlich wohlwollender Blick auf das Stück Fleisch auf seiner Gabel machte auch den anderen Appetit. Er speiste gerne mit einer Handvoll ausgewählter Gäste, nicht zu vielen, so daß er die Übersicht behielt und mit jedem reden konnte. Er gehörte zu den Menschen, und das nahm Theodor sogleich für ihn ein, bei denen mit dem Erfolg auch die Bescheidenheit wächst.

Natürlich, erklärte er, sonst würden die Menschen einen mit Recht hassen. Glück haben und außerdem auch noch recht behalten wollen, das ist mehr als ein guter Christenmensch ertragen kann ...

Beim Abschied sagte Telemann: Und lassen Sie sich auf keinen Fall entgehen, einmal den Kantor Bach in Leipzig zu hören. Ich halte große Stücke auf ihn und habe auch selbst das meine dazu getan, damit die Stadt ihn mit diesem Posten ehrt, für den sie eigentlich mich holen wollte.

Aber was soll ich denn noch alles tun? Um so mehr, als er es besser kann als ich. Vergessen Sie's aber nicht. Er ist wirklich ein konkurrenzloser Orgelvirtuose!

Es war ein Abend im Februar 1732, zu Beginn ihres sechsten Jahres in der Lausitz. Am Morgen war das hallende metallische Schreien in der Luft gewesen, und man war aus dem Haus getreten und blickte den fliegenden Pilgerzügen nach.

Da es in der Nacht geregnet hatte, lag ein intensiver Duft nach Humus und Gärung in der Luft. Der Sargdeckel der Erdkruste wurde porös, und erstes Grün brach durch. Die Zinzendorfs waren zum *high tea* zu Besuch gewesen, und trotz Nikolaus' Sorgen mit der Regierung war die Unterhaltung angeregt und heiter verlaufen. Nun war das Paar abgefahren, und die Stunde der Fledermäuse schon vorüber. Im Kamin brannte ein Feuer. Der große, in blaßblauen und warmgelben Tönen gehaltene Salon lag im Flackerdämmer der spielenden Flammen. Der Hund trocknete im Halbschlaf vor dem Feuer, Schnauze und Körper flach am Boden, zusammengerollt, wie um sich möglichst dicht um sein eigenes Zentrum zu sammeln. Ab und zu, wenn es im Kamin knisterte oder leise knallte, schlug er ein Auge auf. Das Gesinde hatte sich zurückgezogen.

Jane saß in einem schwarzen Kleid auf der Chaiselongue und summte eine Melodie. Sie trug ihr Haar in einem Knoten, an den leicht ergrauenden Schläfen war es straff zurückgekämmt. Überwältigt von Zärtlichkeit, blickte Theodor auf diese in den warmen Kastanienton gewirkten Silberfäden. Auf ihrer Schläfe verlief unter der dünnen Haut eine bläuliche Ader. Seine schwarze Madonna. Er stand noch einmal seufzend auf und ging hinaus.

Der bestirnte Himmel zog ihn an wie ein tiefer Brunnen, über dessen Rand er blickte. Auf dem unteren Ende des Geländers saß, graziös und hochaufgerichtet wie ein Wappentier, Fry, und blickte aufmerksam in die Dunkelheit. Ohne ihn nach seiner Meinung zu fragen, griff Theodor ihn unter dem Bauch und trug den strampelnden und kratzenden Kater zurück ins Haus, schloß die Tür mit der Schulter, ließ mit dem Ellenbogen den Riegel ins Schloß fallen und setzte Fry ab. Der fauchte ärgerlich, trippelte dann aber mit aufgerichtetem, flammenzüngelndem Schwanz Theodor voraus, sprang auf einen Sessel im Salon, putzte sich, drehte sich zweimal um sich selbst und rollte sich zum Schlafen zusammen.

Einen Moment lang in der Tür stehend, bevor er sich wieder neben seiner Frau niederließ, nahm Theodor den friedlichen Anblick, der sich ihm bot, in sich auf.

Glück ist eine Perfektion von Bildern, die einen Moment lang harmonisch zusammenschwingen. Ein schmerzhaftes Aufblitzen des »Nu« und damit zugleich der Wunsch nach Stillstand und in der Flamme der Fülle der blaue Kern der Trauer über das Dahinschwinden des Augenblicks. Die Zukunft ist der Feind des Glücksmoments, obwohl sie seine Schöpferin ist.

Fühlt man sich dagegen unglücklich, dachte Theodor, schrumpft die Perspektive auf das Jetzt zusammen, man rollt sich gegen die Zeit wie ein verteidigungsbereiter Igel zusammen, um weniger Angriffsfläche zu bieten und kämpft sich vorwärts. Man hat seine stärksten vitalen Antriebe im Unglück.

Weißt du, woran ich denke? fragte Jane. An die Musik des Kantors Bach. Erinnerst du dich an jene Kantate »Vergnügte Ruh, beliebte Seelenlust«? Ich sage mir manchmal, das ist es, was Zinzendorf immer sucht und nie findet, nie finden kann ...

Was, die vergnügte Ruh'?

Nein, ich meine das, was diese Musik mit dir tut und keine noch so guten Worte erreichen können.

Theodor erinnerte sich des Eindrucks, den die Töne des

Leipzigers auf ihn gemacht hatten, und beim Versuch, diesen Eindruck in Worte zu fassen, mußte er plötzlich an die weit zurückliegenden ersten Tage in Madrid denken, als er fiebernd im Bett gelegen hatte: Larbi hockte bei ihm auf einem Stuhl und vertrieb sich die Zeit mit einem Geduldsspiel. Es ging darum, durch Drehen und Kippen der Oberfläche eines Holzkästchens Jademurmeln in dafür bestimmte Löcher zu bugsieren, und Theodor erinnerte sich daran, wie er im Fieber das endlose Klicken und Klacken der übers Holz rollenden Murmeln gehört hatte und Larbis Atem und geglaubt, er müsse sterben, gelänge es seinem Diener nicht, endlich Ruhe und Stille zu schaffen.

Und ganz so, als wären sein Hirn und seine Seele dieses Brett voll umherrollender Murmeln, die die Musik in ruhigen, klaren Bewegungen an den ihnen gemäßen Ort lenkte, hatte er damals St. Thomas verlassen.

Gehen wir schlafen, sagte er zu seiner Frau.

Zweiter Teil

»La speranza è quella sola che consola
ogni meschino già vicino a disperar.«

Casti, Il Re Teodoro in Venezia

Elftes Kapitel

Der kaiserliche Gesandte überquerte den Ponte Vecchio und schlenderte auf die Signoria zu. Die kleinen Wölkchen hoch oben am blauen Himmel wirkten wie vom Grund eines klaren Meeres aus betrachtete Nachen und Gondeln an der Wasseroberfläche.

Die besonnten Fassaden glänzten elfenbeinmatt, auf den Plätzen flimmerte es wie über Wüstensand, und sie reflektierten die blendende Helligkeit, so daß das Auge beim Blick in Arkaden und Toreingänge erblindete und nur körnige, blaustichige Anthrazitflecke wahrnahm und die Stadt wie ein bizarres Schachbrett aus Lichtquadraten und schwarzen Löchern empfand.

Theodors Blick, den ein leerer Magen hungrig machte, schnappte nach den Menschen am Wege, den Wasserträgern, Obstverkäufern, Boten, Händlern, flanierenden Damen und Herren und Handwerkern in ihren offenen Höhlen. Es roch nach Kaffee und Jauche, und aus den Arkadenbögen leckten graue Wasserzungen auf das Pflaster, und man hörte das Geschrubbe von Besen. Das Plätschern ausgeleerter Eimer mischte sich mit dem feinen Säuseln der Springbrunnen.

Quer über die Signoria fiel der Schatten des Campanile wie ein ausgestreckter Zeigefinger, der auf Theodor deutete. Der durchquerte ihn, stand wieder in der Sonne und atmete auf. Er hatte das Gefühl, über den weiten Platz zu schweben und wenn nötig mit einem Sprung über die Köpfe der Passanten hinwegsetzen zu können. Schon vorhin wäre er fähig gewesen, mit einem Satz den schlammgelb in seine tiefsten, grün bewachsenen Furchen zurückgezogenen Arno zu überqueren. Er fühlte sich so frei und leicht, als hätte man ihm das Herz und die Seele herausoperiert.

Nur ein-, zweimal am Tag, an einem dieser sonnigen italienischen Tage mit der Aussicht auf einen Tee mit Ironie in der englischen Handelsmission, ein Abendessen voll frivoler Geschwätzigkeit, nächtliche Mysterien tastender Lust und die Flucht vor der postkoitalen Traurigkeit in den anbrechenden Morgen, an solchen florentinischen Tagen mit ein wenig Papierkram und offiziellen Gesprächen in einer Opernloge, oder wenn er in der Messe die ganze katholische Seelenliederlichkeit genoß und komplizenhaft der zwischen all dem Gold und Weihrauch verblassenden Heiligkeit zuzwinkerte, einmal pro Tag mit Sicherheit geschah es, daß er plötzlich aus dem aquamarinblauen Süden in die erbarmungslose Kargheit eines sächsischen Februarmorgens katapultiert wurde und die Stimme des Herrn, müde und angeekelt, zu ihm sprach: Was hast du getan? Und Larbi starrte ihn wieder an wie ein unschuldig zum Tode Verurteilter. Wie alt er plötzlich aussah, grauhaarig, gebeugt, und dann begann er zu weinen, das war das Erschütterndste gewesen. Sein Diener seit fünfzehn Jahren, nie hatte Theodor sich sonderlich um Larbis Gefühlsleben geschert, und der tat, Schatten seines Herrn, genau das, was diesem verwehrt war: Er weinte. Er starrte ihn an, draußen vor dem Pferdestall war das gewesen, die Gerüche dampften intensiv aus dem warmen Stall heraus, Pferdehufe scharrten auf der harten Erde, eine Schwalbe im Mönchskleid zickzackte dicht über dem Boden, Regentropfen trommelten auf die Schindeln, Wasser gluckerte in die Regentonne, und Larbi starrte ihn an, und Tränen schossen in seine Augen, er verstand nicht, warum sein Herr sich davonmachen wollte.

Theodor hatte sich abwenden müssen, und da wurde ihm klar, daß er einen Diener, dessen Präsenz ihn den Rest seines Lebens daran erinnern würde, was er getan hatte, nicht mitnehmen konnte. Vor allem aber hatten Larbis Tränen ihm jeden Mut zu Erklärungen geraubt, die es ohnehin nicht gab. Vielleicht floh er einfach vor der Perfektion der Bilder.

Theodor war nicht mehr hinauf zu Jane gegangen, er hatte sie nicht mehr gesprochen, er hatte sich einfach aufs Pferd gesetzt und war nach Süden geritten.

Sah er jetzt beim Spazierengehen oder Ausreiten zufällig die blutiggepeitschten Nüstern eines Ochsen im Joch oder beobachtete, wie man einem Esel die Vorderbeine brach, dann spürte er Larbis Tränen wie eigene Schmerzen und sah die graue Haut und die unendlich müden Augen Janes auf dem weißen Laken, wenn sie wieder mühsam eine Fehlgeburt überstanden hatte und drüben über dem Hügel gebar die verwünschte Erdmuthe ihrem Zinzendorf das achte oder neunte gottgewünschte Balg.

Stand am Wegesrand ein schwer von Früchten überhängender Pfirsichbaum, der ihm seine Äste beinahe wie Arme entgegenstreckte, in der Art eines naiven Burschen vom Lande, der vor lauter Dankbarkeit, so viele Gottesgaben erhalten zu haben, seine Köstlichkeiten links und rechts an vorübergehende Fremde verschenkt, so senkte er beschämt die Augen und gab seinem Pferd die Sporen, daß der weiße Wegstaub den Blick zurück vernebelte.

Ein-, zweimal am Tag geschah das, und er gewöhnte sich daran, wie er sich in seiner Jugend an seine fetten Hüften gewöhnt hatte, an seine mangelnde logische Auffassungsgabe, später an die faulenden Zähne, die ergrauenden Schläfen. Man gewöhnt sich an alle seine Mängel, schließlich muß man ein Leben lang mit sich aushalten und kann Knochen, Fleisch und Haut nicht einfach irgendwo in den Stiefeln stehen lassen und in den nächstbesten Körper fahren wie ein Inkubus. Um so weniger, als das Risiko bestand, im Leib eines anständigen, grundlangweiligen Kerls zu enden, dessen Wege zu keinem Schicksal führten.

Also akzeptierte Theodor, wenn er eine Frau in einem Fenster ihre gelbe, auf dem Sims ruhende Katze streicheln sah oder eine dicke Amme mit vier Kindern durch die Gasse watscheln oder in der Kirche von hinten eine kniende Frau mit langem, schlankem Hals und Haarknoten erblickte oder wenn die Gattin eines englischen Großhändlers den Tee eingoß und in ihrer Muttersprache zu plaudern begann oder wenn er in einem Konzert zwischen all den abgelenkten und uninteressierten Schwätzern plötzlich ein junges Pärchen entdeckte, das sich aneinanderschmiegte, dann akzeptierte er, gepackt und gebeutelt zu werden wie in einem Anfall tropischen Wechselfiebers. Solche Attacken waren rasch überstanden, die Sonne wärmte ihn von neuem, das Leben hatte ihn wieder.

Und in diesem Leben erregte ihn auch von neuem das Gefühl, der Kreuzungs- und Knotenpunkt der durch eine Metropole zirkulierenden Informations- und Nachrichtenströme zu sein. Nun gut, Florenz hatte seine große Zeit hinter sich und lag als Markt für politische Handelsobjekte an der europäischen Peripherie, dennoch sah er sich gerne als eine Art Wehr, das die Richtung und Schüttung des Wissens, das über seinen Schreibtisch lief, kontrollieren und regulieren konnte.

Die Liste seiner Verabredungen für den heutigen Tag war lang, die Gespräche würden bis in den Abend hineinreichen. Die Gesandtschaft Wiens war die inoffizielle Schaltzentrale der Stadt und des Großherzogtums, denn der Großherzog selbst, Gian-Gastone, wie er mit vielsagender Respektlosigkeit von jedermann genannt wurde, war eine Katastrophe.

Theodor empfand eine Schwäche für den dicken, pathetischen und weibischen Schwächling, bei dem man nie wußte, ob es von der Oper oder einem Epheben ausgelöste Tränen der Rührung waren oder eher Weißwein, was ihm aus den Augen lief und von einem grazilen Jüngling mit einem Spitzentaschentuch abgetupft wurde.

Theodor hatte sich einen halbernsten Spaß erlaubt und ihm als Antrittsgeschenk ein kleines Golddöschen überreicht, das einen winzigen Schnabel besaß, mit dem die Tränen aufgefangen und gesammelt werden konnten, und stellte bei späteren Besuchen mit einer den Lachreiz streifenden Rührung fest, daß die Dose neben der weichgepolsterten Liege stand, von der der Großherzog sich immer seltener erhob.

Gian-Gastone zelebrierte die Dekadenz des Letzten, des Vollenders, dessen Tod die Dynastie, die Herrschaft, die Geschichte, die ganze Welt beenden würde, mit einem zwischen Komik und Ernst changierenden Pathos, was Theodor als schauspielerische Leistung eines Naturtalents bewunderte. Er glaubte hinter all dem, was anderen Leuten widerlich war, der bewußten Hemmungslosigkeit, dem Suhlen in Schmutz, Sünde, Sodomie und Kastratengesang, dem wollüstigen geistigen und körperlichen Verwesen bei Lebzeiten, eine Spielart der Ehrlichkeit und des Protestes gegen die menschliche Kondition zu erkennen, zu der ein Mut gehörte, den man erst findet, wenn man alle Sorge um das *qu'en dira-t-on* überwunden, wenn man die Schutzschilde und Rüstungen abgelegt hat, die für das Leben unter Menschen notwendig sind.

Ecce homo, dachte Theodor jedesmal beim Abschied zwischen Schaudern und Respekt, aber natürlich war es dennoch anstrengend, eine Stunde mit dem Großherzog zu verbringen, und Theodor ließ sich nicht sehr oft in Versuchung führen.

Nach all den Jahren protestantisch karger, nüchterner Kommunikation, all den Begegnungen mit Menschen, die immer nur sagten, was sie meinten, und – o heilige Einfalt und Langeweile! – immer meinten, was sie sagten, war es eine hochwillkommene Abwechslung des geistigen Küchenzettels, wieder Halbwahrheiten und Gemunkel, Klatsch und Verleumdungen, heimlichen Ehrabschneidereien und gezielten Indiskretionen zu lauschen und sie je nach Lust und Laune und ihrem Nutzen für die Belange des Reiches, in extenso oder in kleinen Teilen, verzerrt oder wortgetreu weiterzugeben oder sie als politischen Kreditbrief in der Hinterhand zu behalten und auf Hausse zu spekulieren.

Erstaunt über sich selbst, bemerkte Theodor, über wieviel Metier er verfügte. Ganz wie ein Schauspieler, der sich von der Bühne zurückgezogen hatte und nach Jahren wieder im Theater steht, den Leim der Kulissen riecht und die Mottenkugeln in den Kostümen, die lächerlichen Eitelkeiten des jugendlichen Liebhaberpaars durchschaut und schon im vorhinein weiß, was daraus werden wird, der eine gewisse Angst nicht unterdrücken kann, vielleicht kein Gedächtnis mehr zu besitzen und eingerostete Kiefer und Gelenke, und dann, sobald der Vorhang sich hebt, feststellt, daß er seine Rollen noch auswendig weiß, daß die Worte ihm aus dem Mund perlen wie klares Wasser aus einer Quelle, daß seine sparsamen, symbolisch-abwinkenden Gesten viel ausdrucksstärker sind, viel tiefer dringen als all seine jugendliche Emphase von früher, der mit melancholischer Genugtuung spürt, daß dort, wo Liebe, Glaube und Begeisterung verkümmert sind, Erfahrung ausgeschlagen hat und zu Meisterschaft gewachsen ist – ganz so fühlte er sich und erging es ihm, seit er an jenem Februarmorgen Berthelsdorf den Rücken gekehrt hatte.

Nicht nur hatte er keineswegs die Fähigkeit verloren, einen Raum zu betreten und sofort die Hierarchien der Anwesenden genau einzuschätzen, den richtigen Leuten das Richtige zu sagen und Vertrauen zu erwerben, viel wichtiger war, daß er selbst nicht in Vergessenheit geraten war. Man erinnerte sich seiner, und dank der Redgrave abgeschauten Zeichensprache, auf die mehrmals reagiert wurde – auch wenn Theodor, mangels eines zweiten Bürgen, gar nicht offiziell in die Londoner Großloge aufgenommen worden war –, hatte er nach weniger als einem Monat in Wien eine Einladung in die Hofburg erhalten, wo man ihm anbot, als einer der Gesandten die Interessen Habsburgs und des Reiches im Großherzogtum Toskana zu vertreten.

Mit einer gewissen Romantik sah er sich als einen jener Männer, die in den Feuern der Lebensleiden gehärtet worden waren. Männer der Tat, unsentimental, leidenschaftslos, wie er ihnen früher manches Mal begegnet war und keinen Zugang zu ihnen gefunden hatte. Männer, die ihren Idealismus auf den Altären ihrer Jugend abgelegt haben. Männer, die von ihren Freunden, ihren Geliebten getäuscht worden sind und gelobt haben, niemandem mehr zu trauen, die freundlich sind, aber verschlossen, die befehlen, nicht bitten. Männer, die das Leben verbittert hat, aber nur in ihrem Kern, der ist hart und unbiegsam geworden. Die Notwendigkeit zu überleben hält sie außen elastisch wie Weidengerten, und es gibt nur eines, wonach sie sich richten: Kenntnisse, nicht Gefühle.

Ja, so einer war er auch, selbst wenn es, wie er sich eingestehen mußte, keinesfalls die Enttäuschungen des Lebens waren, die ihn gestählt und vereinsamt hatten, das Leben hatte es eigentlich immer gut und behutsam mit ihm gemeint und er sich immer weich gebettet in ihm und sich keine Askesen und Disziplinen zugemutet. Wenn er also verbittert und ein wissender, zielstrebiger Mann geworden war, dann konnte es nur an der eigenen Treulosigkeit liegen. Er hatte sein Herz nicht zugemauert wie jene, er hatte es am Spieltisch des Lebens versetzt, um zu sehen, wie es sich ohne lebt. Und es lebte sich entschieden leichter.

Wenn das Auge die Welt dreidimensional wahrnimmt, so sieht das Herz noch allem eine vierte Dimension hinzu: Betrachtet man einen Baum, so erkennt man ihn nicht nur in aller Tiefenschärfe vor seinem Hintergrund, man erinnert sich zugleich des Frühlings, als er eine duftende

Schmetterlingswolke hauchzarter weißrosa Blüten war, man sieht ihn dürr und tot mit nassen schwarzen Ästen im Winter oder nach dem Blitzschlag, man erinnert sich der Küsse in seinem Schatten und fühlt ihn wachsen wie sich selbst unter den vergehenden und wiederkehrenden Himmeln von Angst und Hoffnung. Jetzt war alles, was er betrachtete, flacher, manchmal hatte er den Eindruck, die ganze Welt sei platt wie ein Theaterhorizont. Jene eine Dimension, in der die Freude herrscht, aber auch die Furcht, war unsichtbar geworden. Was nicht hieß, daß er die Tage nicht genoß.

Wenn er ein Fest gab oder ein Essen, drängte sich ganz Florenz vor der Tür seines Palazzo. Die alten Patrizier, die englischen Großhändler, die latifundienbesitzenden Jesuiten, der purpurne und violette Haufen der Kirchenfürsten, die adeligen Winzer aus den Hügeln der Umgebung, Reeder aus Livorno, Diplomaten aus Savoyen, Sardinien, Genua, Frankreich und Neapel.

Feste und Diners, Landpartien und Segeltörns und Gesandtschaftsempfänge waren amüsant und zerstreuend, solange sie dauerten, aber danach lag Theodor regelmäßig wach und kaute an dem schalen Gefühl, seine schönen Sprünge über zu niedrige Hindernisse zu vollführen, was noch grotesker aussieht, als an zu hohen zu scheitern.

Es war wie am Spieltisch. An kleinmütigen Tagen setzte man nicht viel und gewann wenig, aber wie erbärmlich war die Genugtuung über einen mäßigen Gewinn, verglichen mit der alle Nervenfasern anspannenden, den heißen Kopf bis zur Hellsichtigkeit ausglühenden Erwartung, wenn man hoch gesetzt, alles gesetzt, mehr gesetzt hatte, als man besaß – und dann verlor!

Denn Theodor hatte in Florenz wieder zu spielen begonnen, machte Schulden und erinnerte sich wie ein verstockter, stolzer Sünder der Pariser Zeiten, als er ebenso agiert hatte, im Wissen, die Stadt irgendwann, wenn er sich bei allen Gläubigern unmöglich gemacht hatte, verlassen zu müssen.

Er war auf dem besten Wege, von neuem in einen gemütlichen Trott zu verfallen, wenn man denn die Einstellung, das Leben wie einen Kettenhund so lange zu reizen, bis es sich losriß und man Hals über Kopf flüchten mußte, einen Trott nennen will. Dabei konnte nur das Außerordentliche den begangenen Treuebruch rechtfertigen. Wenn er schon die Liebe geopfert hatte, dann doch, um seine Arme für das Große und Ungewöhnliche frei zu haben.

Aber was soll ich tun, um von dir zu hören, all der Schmerz habe sich letztendlich gelohnt, fragte er sich im Geiste und floh in die Arme irgendeiner Frau, in deren Gliedmaßen, Worte oder Gesten er sich verliebt hatte, sorgfältig vermeidend, den ganzen Menschen anzusehen. War der Zimmerbrand seiner Lust gelöscht, blieb auch von der Verliebtheit nur noch ein Aschehäufchen, das in alle Richtungen zerstäubte, sobald er morgens die Tür öffnete und ging. So wollte es Theodor und wagte nicht, zu entscheiden, ob dies die ihm gemäße Form der Liebe sei.

Wann genau die Zeit begann, sich zu beschleunigen, die einzelnen Ereignisse sich zusammenballten wie Gewitterwolken, er hätte es später nicht mehr zu sagen vermocht. Auch nicht, ob und inwieweit er selbst etwa diese Klimaveränderungen mitbewirkte und der Geschichte, aus seiner Lethargie erwachend, einen Schub versetzte, sozusagen indem er der Geschwindigkeit der Zeit seine eigene hinzuaddierte, das heißt, ob ohne ihn, sein zu Beginn völlig willenloses, unauffälliges und belangloses Mitwirken, die Dinge denselben Lauf genommen hätten.

Eines jedenfalls war klar: Entgegen allen später geschriebenen Legenden und Kommentaren, die er zu Gesicht bekam, hatte Theodor in diesem Sommer 1732, als er während und direkt im Anschluß an den Kongreß von Corti nach

Genua geschickt wurde, keinen Plan, keine Meinung, keine Absicht und vorderhand auch noch so gut wie keine Kenntnis von den Problemen der Republik mit dem von ihr besetzten und zu ihr gehörenden Eiland Korsika.

Er stellte nur mit gemischten Gefühlen fest, daß die freie Zeit, in der er träumen konnte, im Irrgarten der Erinnerung hinter Wegbiegungen auf schöne und erschreckende Bilder traf und sich Zukünfte ausmalte, daß diese Momente seltener wurden. An manchen Tagen war er stolz darauf. Er war bald vierzig Jahre alt, es war Zeit, einen gönnerhaften Ausflug in die Art von Existenz zu unternehmen, unter der die meisten litten, nämlich schon ab ihrem fünfzehnten, zwanzigsten Lebensjahr von Geschäften aufgefressen zu werden, die ihnen jede Muße nahmen, ihr eigenes Leben abschweifend und kommentierend zu begleiten.

Der General Wachtendonk, den Theodor in Livorno traf, war ein Militär durch und durch, so daß der Gesandte sogleich, um ein Gespräch zu ermöglichen, sich in einen Veteranen verwandelte und mit einer gewissen Freiheit von den Feldzügen seines Vaters nach Worms, Speyer und Heidelberg berichtete und schilderte, wie er selbst unter dem Befehl des glorreichen Soldatenkönigs Karl von Schweden Arm in Arm mit Mazeppa bei Mohilew und Poltava gefochten hatte.

Dem General, der, wie Theodor richtig vermutet hatte, niemandem mehr mißtraute als Salonpolitikern, lösten diese Erzählungen, glaubhaft und fesselnd, wie sie auch deshalb waren, weil Theodor, während er sie erfand, auf die Bibel geschworen hätte, tatsächlich aus seiner eigenen Erinnerung zu schöpfen, die Zunge, und er hob zu Erklärungen an, mühsam, wie ein schwerer Heuwagen, den nur ein einziger Ochse zieht, ins Rollen kommt.

Sehen Sie, Baron, dieses Korsika ist letztlich ein simples Problem. Die Topografie der Insel, nur Berge und Schluchten und Wald und Macchia, macht es völlig unmöglich, sie zur Gänze zu erobern und restlos zu säubern. Ich habe viertausend Mann da drüben stehen, kräftige Hessen, die vor nichts zurückschrecken, aber selbst mit vierzigtausend bekäme ich die Insel nicht frei von allen Aufrührern und Banditen. Das ist das eine. Das andere ist, daß sie dort nichts haben. Geld schon gar nicht, aber auch keine Landwirtschaft, keinen Bergbau, keinen Handel, nichts. Im Inland leben die Leute von Kastanien. Das heißt, Korsika braucht seine Häfen als Lebensadern. Die wiederum hat Genua zu Festungen ausgebaut, und wir haben sie, sofern die Rebellen dort saßen, wieder zurückerobert. Das ist alles sehr einfach. Wir haben die Häfen, die Aufständischen gehen in die Berge, wo wir sie nicht kriegen. Verlassen wir die Häfen, kommen die Korsen von den Bergen herunter und versuchen von neuem, die Häfen einzunehmen. Kommen wir wieder zurück, gehen die Korsen hinauf in –

Ich glaube, ich habe verstanden, sagte Theodor.

Schon, aber es kommt noch eines hinzu. Wenn ich sage: die Korsen, wen meine ich da wohl?

Ihre Rätselfragen brächten Gebildetere als mich ins Grübeln, General, aber ich nehme doch an: die Korsen –

Falsch, Baron, völlig falsch! Ich meine ganz bestimmte Korsen, aber auch wiederum nicht immer dieselben.

Ich fürchte, ich kann nicht ganz folgen.

Was ich sagen will, ist, wenn es Genua seit hundert Jahren immer wieder gelingt, die verschiedenen Aufstände und das Rumoren niederzuhalten, dann liegt das daran, daß die Korsen eines noch mehr hassen als die Republik, und das ist der Gedanke, daß andere Korsen womöglich mehr Macht und mehr Wohlstand erringen könnten als sie selbst. Die Clanstreitigkeiten, die ewigen Machtkämpfe zwischen Patrizierfamilien, zwischen *pieves*, das sind die Ortschaften dort, sind der größte Alliierte Genuas. Wann immer irgendein Familienoberhaupt zum Befreiungskampf bläst, können Sie sicher sein, daß der Kapo einer anderen Familie die

Behörden davon in Kenntnis setzen und gegen ein anständiges Entgelt und das Versprechen, das Land des Verratenen überschrieben zu bekommen, ein Bündnis – auf Zeit, versteht sich – gegen die eigenen Landsleute eingehen wird.

Aber dann ist doch alles in Ordnung, oder? fragte Theodor.

Nicht so ganz, meinte der General und wischte sich mit einer groben Geste über den Mund. Wer soll das bezahlen? Weder der Senat noch die Banken können es sich leisten, eine Armee wie die meine zu unterhalten. Soll vielleicht Wien die Unkosten übernehmen? Die werden sich hüten! Wir rüsten gegen Fleury!

Wenn ich es recht verstehe, ergänzte Theodor, befinden sich die Korsen auch noch im Steuerstreik. Also fehlt Genua sozusagen das Holz, um die Prügel zuzuschneiden, mit denen sie die Korsen dann züchtigen.

Sozusagen, antwortete der General. Die meisten, die Geld haben, sitzen ohnehin auf dem Festland und verdingen sich dort. Zum Teil übrigens auch in Diensten der Republik, die sie wiederum bekämpfen, sobald sie nach Hause auf ihre Insel kommen ... Um ein für allemal Ruhe zu schaffen dort, müßte ein stehendes Heer von zwanzigtausend Mann auf die Hafenstädte verteilt werden und dort Garnison nehmen bis zum St. Nimmerleinstag. Aber dafür fehlen die Mittel und, offengestanden, auch das Interesse.

Und was ist, wenn ich fragen darf, General, Ihr persönlicher Eindruck von diesen Querelen?

Persönlicher Eindruck? Ich bin Soldat! polterte Wachtendonk. Ich kämpfe für den, der mich beauftragt. Ich kämpfe heute gegen die Aufständischen, und wenn Wien mich morgen nach Genua schickt, dann kartätsche ich die Republik. Aber wenn Sie mich schon so fragen, Herr Baron: Es wäre mir lieber, gegen Genua Krieg zu führen. Das sind vernünftige Leute, da weiß man, woran man ist. Das sind Menschen wie wir!

Derart informiert, machte sich Theodor auf die Reise –

zunächst nach Genua, sodann nach Livorno, wo die Vertreter der Indepen-dentisten saßen –, um der Reichsabordnung beim Kongreß von Corti, dem Prinzen von Württemberg und dem Prinzen von Kulmbach, seine Eindrücke und Vorschläge mitteilen zu können.

Zum ersten Mal in seinem Leben hatte er eine offizielle und öffentliche Funktion inne, mußte nicht inkognito reisen und agieren, sondern konnte sich überall unter seinem wahren Namen als Geschäftsträger Habsburgs empfangen lassen. Seine Absicht war, moderne Diplomatie zu treiben, so wie er es, voller Bewunderung für ihren klaren Kopf und ihre eindeutigen Interessen, die Engländer hatte tun sehen. Das Problem dabei war, erst einmal in Erfahrung zu bringen, welche Linie die eigene Seite eigentlich verfolgte. Und Theodor ahnte nur zu gut, daß er bei dieser Suche leicht würde enttäuscht werden können.

Wien war dem genuesischen Hilferuf gefolgt und spielte jetzt in Corti auch den Schiedsrichter, um den Sturm zu besänftigen, den die eigene Windmacherei gesät hatte, regelte aber alles auf eine hektische Weise mit »ja, ja« und »gut, gut«, als wolle man diese Bürde schleunigst wieder loswerden. Es war nicht zu erkennen, daß hinter der Unterstützung irgendeine strategische Absicht lag, etwa das Ruder in Genua selbst in die Hand zu bekommen oder Korsika dem Reich zu gewinnen und die Insel zu einem strategischen Stützpunkt im Mittelmeer auszubauen, was immerhin, stand ein neuerlicher Krieg gegen Frankreich bevor, seine Logik gehabt hätte.

Wie sollte man einem Herrn dienen, der nicht wußte, was er wollte? Abgesehen davon, daß es Theodor nicht in den Sinn gekommen wäre, sich tatsächlich als Staatsdiener zu fühlen, der seinem Auftraggeber Loyalität auf Gedeih und Verderb schuldet. Aber die Tatsache, daß diese Insel alle möglichen Kräfte beschäftigte, ohne einen Willen zu binden, gab zu denken.

Genuas Polizeiaktionen haftete, schien es Theodor vor allem nach den Gesprächen mit Herrn Galeazzi Maria, etwas Prinzipienreiterisches an, etwas von einem lästigen Pensum, das man erfüllte, um den Buchstaben des Gesetzes, der Ehre und Tradition Genüge zu tun. Die Situation Genuas hatte etwas Verranntes, aber das sind ja bekanntermaßen die am schwersten zu lösenden.

Schon vor den Unterhaltungen mit Maria und den Korsen hatte Theodor sich gefragt, ganz gegen seinen Ehrgeiz, angelsächsische Diplomatie zu treiben, wer ihm wohl sympathischer sein werde. Die Vorstellung, unparteiisch zu handeln und sich wie eine marmorne Justitia die Standpunkte der Feinde anzuhören, um dann einen faulen Kompromißvorschlag nach Wien zu depeschieren, langweilte ihn zu Tode.

Irgendeinen Effekt mußte seine Intervention ja haben. Nur ein Stein im Bach zu sein, an dem die Fluten vorüberspülten, beleidigte sein Selbstgefühl. Wenn ein Theodor von Neuhoff sich schon in diese lästigen Streitigkeiten einmischte, dann doch wohl, um mitzuerleben, wie sie sich, so oder so, entschieden.

Insgeheim ahnte er bereits, daß er derjenigen Partei zuneigen würde, die sich seiner Präsenz und Person gegenüber am freundlichsten und dankbarsten erwiese. Hier ein guter Rat, dort ein guter Rat, und wer sich darum nicht scherte, der hatte sein Wohlwollen verscherzt. Eine wirkliche Meinung zu dem Problem Korsika besaß er nicht, sondern machte wie üblich alles von den emotionellen Eindrücken abhängig. Theoretische Rechte und Forderungen, Paragraphen und Gesetze waren eines, angenehme oder unangenehme Menschen aber verliehen diesem Gerippe erst Fleisch und ein Gesicht, und nur dafür interessierte Theodor sich.

An Galeazzi Maria, der ihn herrschaftlich empfing und sogleich auf französisch und englisch mit ihm zu reden begann, mißfiel ihm, ein Spiegelbild vorgehalten zu bekommen, das er naturgemäß als verzerrt und stockfleckig empfand, als eine Grimasse, eine Verhöhnung seines eigenen Wesens. Der genuesische Beamte bediente sich nämlich der gleichen einfühlenden Taktiken wie sein Gesprächspartner, versuchte einen Gleichklang des Tons zu erreichen, ein Unisono der Worte und Gesten, auf welcher Basis dann eine übereinstimmende Meinung um so leichter herbeizuführen wäre. Theodor schauderte bei dem Gedanken, auch er selbst könne sein Leben lang so durchsichtig gewirkt haben und so schmierig erschienen sein.

Gegen die Überzeugungen Marias jedoch, eines hochgewachsenen, soignierten Patriziers, war nicht das Geringste einzuwenden, das Argumentieren mit Rechtstiteln ließ keinen Einspruch zu. Theodor, in dessen Innern es seit jeher viel zu sehr gebrodelt hatte, als daß er in der äußeren Welt nicht strikten Konservatismus und die Treue zu überkommenen unveränderlichen Verhältnissen vorzog, war im Prinzip ganz einverstanden mit der Meinung, die ewigen Revolten der Korsen seien staatsrechtlich unannehmbar, politisch unerträglich und müßten ein für allemal niedergewalzt werden.

Der freche Zynismus, mit dem Maria, der im übrigen nie einen Fuß auf die rebellische Insel gesetzt hatte, die Zwistigkeiten und die Inkonsequenz der sich ewig selbst aufs Haupt schlagenden Korsen kommentierte, nahm Theodor wieder für den Mann ein: Über ein Problem spotten und lachen zu können stand ihm viel näher als alles trockene Beharren auf welcher Position auch immer.

Das Zusammentreffen mit den korsischen Unterhändlern hätte sich nicht unterschiedlicher gestalten können. Ceccaldi und Raffalli empfingen ihn in ihrem Kontor im Hafen von Livorno, einem rechtlich betrachtet illegalen Ort, an dem sie im Schutz der beiden geschlossenen Augen des Großherzogs Gian-Gastone und der ewig januskopfigen Habsburger an den genuesischen Behörden vorbei von der Insel geschmuggelte Produkte verkauften.

In den kühlen Gewölben, in denen man nach dem hellen Sonnenlicht im Hafen zunächst blind umhertappte, roch es essigsauer nach vergorenem Wein, den Steinboden vor den Fässern verunzierten eingetrocknete dunkle Flecke, als hätte ein Massaker hier stattgefunden, dessen Spuren nur ganz oberflächlich getilgt worden waren. Auf den Holzregalen lagerten Hunderte von Käsen in verschiedenen Reife- und Überreifestufen, und aus den hinteren Räumen drang der Bocksgestank aufgepannter Felle herein.

So riecht also Korsika, dachte Theodor, ein Taschentuch vor die Nase haltend, bis er sie an die Ausdünstungen gewöhnt hatte.

Ceccaldi und Raffalli, die ihn mit mißtrauischer Höflichkeit begrüßten und wie in einem mechanischen Ballett immer einen Schritt zurück machten, wenn er einen nach vorn tat, um eine Art Luftaura, einen kultischen Abstand aufrechtzuerhalten, waren keine geborenen Kaufleute.

Der eine war Jurist, der andere eigentlich Gutsherr, hatte aber auch bereits in verschiedenen Armeen gedient, nicht zuletzt in der genuesischen. Es war schwer zu sagen, in welchem Geiste sie dieses halblegale korsische Exportkontor führten, das zugleich eine Art inoffizielle Botschaft der Separatisten war, ein konspirativer Ort und nicht zuletzt ein Symbol. Jedenfalls, soviel hatte Theodor sich sagen lassen, florierten die Geschäfte nicht sonderlich, da es gegen die Würde der Geschäftsführer zu gehen schien, ihre Waren anzupreisen oder schön darzubieten, als komme dies schon einer Erniedrigung gleich und sei eine Herabsetzung der ihnen innewohnenden Würde. Wer andererseits sich nicht für die Produkte interessierte, die sie vertrieben, beleidigte ebenfalls ihren Ehrenpuschel, denn nur über die leidige Politik zu reden, ohne die Früchte ihrer Erde zu bewundern, quittierten die Kontorherren mit zusammengepreßten Lippen, als steckten sie wortlos Schläge ein.

Ihre kalte Höflichkeit war extrem förmlich, sie standen da wie alte Frauen in einem Fenster, die mit beiden Händen die Läden ergriffen haben und bereit sind, sie jeden Moment zuzuschlagen, sollte der Blick des Fremden zu eindringlich werden. Sie wirkten, als seien Offenheit und Herzlichkeit ihre letzten vor den Genuesern in Sicherheit gebrachten Besitztümer, die sie eingemauert hatten, um ihrer nicht auch noch beraubt zu werden.

Jedes Kopfnicken, jede Handbewegung, jedes Wort – und sie machten nicht viele – wurde mit verstohlenen Seitenblicken abgestimmt und in einer todernsten Parodie kultischer Würde zelebriert, die in diesem stinkenden Gewölbe mit den Weinfässern von Minute zu Minute theaterhafter wirkte.

Unwillkürlich ging Theodor auf dieses seltsame Spiel ein, wurde ernster und ernster und immer steifer und mußte innerlich doch mit sich kämpfen, nicht entweder laut loszulachen oder ärgerlich dazwischenzufahren.

Das marionettenhafte Zeremoniell der Korsen steuerte tatsächlich auf einen unerwarteten Höhepunkt zu. An einem bestimmten Moment des zähen Gesprächs nämlich stolzierten beide in geheimer Verabredung zu einer Tür, postierten sich zu beiden Seiten, so daß es Theodor ein wenig unheimlich wurde, öffneten die Flügel, und in dem Moment, da ein kleiner runder Mann hereinrollte, sagten sie beide wie aus einem Mund und als kündigten sie einen Heiligen an: Don Luigi Giafferi!

Der Mann, der einen graumeliertem Vollbart trug und kurzes krauses Haar hatte, bewegte sich in gerader Linie auf Theodor zu, wie ein winziger Stier auf den Torero, streckte die Hand aus, ohne das Gesicht mit den vollen Lippen, buschigen Brauen und listigen schwarzen Knopfaugen zu verziehen, und sagte in einem Ton, bei dem man sich nicht sofort entscheiden konnte, ihn salbungsvoll oder sarkastisch zu nennen: Don Teodoro! Willkommen!

Theodor erwiderte den Händedruck, und nun legte der andere auch noch die Linke auf die beiden umeinander geschlossenen Hände, wartete stirnrunzelnd, bis der Reichsgesandte begriff, daß er das gleiche tun sollte, und dann standen sie da wie zwei auf dem Marktplatz einer fremden Stadt aneinander gefesselte Männer und blickten sich ein wenig ratlos an.

Spottlust, Mitgefühl, Neugierde – Theodor konnte nur feststellen, welch widerstreitende Gefühle diese Inszenierung in ihm hervorrief, und mehr denn je fühlte er sich in einem Theaterstück, halb Zuschauer, halb Mitspieler. Wie die beiden falschen Kaufleute die Spannung gesteigert hatten. Wie der wichtige Mann unvermittelt, einem reitenden Boten gleich, auftauchte. Wie der priesterliche Ernst der Statisten auf den Auftritt Giafferis zugleich vorbereitet und angesichts des an ein Stierkalb erinnernden Mannes in die Irre geführt hatte, der jetzt im Gehrock, mit Bundhosen und weißen Strümpfen und Schnallenschuhen an den erstaunlich kleinen, femininen Füßen vor ihm stand; auch seine Hände waren kinderklein. Die solenne Begrüßung mit den übereinandergelegten Händen und dazu das Aussehen eines ein wenig abgerissenen Gentlemans.

Es brauchte eine Weile, bis Theodor klar wurde, daß Giafferi gar nicht daran dachte, ihn als Schiedsinstanz anzurufen. Der kleine Mann warb um ihn! Er behandelte ihn ganz ohne Umschweife so, als sei er ein unabhängiger Reisender, ein Abenteurer, der sich der Sache der Korsen zur Verfügung gestellt hatte, ohne darüber übrigens erstaunt zu sein oder in hündische Dankbarkeit zu verfallen, sondern im Gegenteil seine eigene Fiktion mit beiläufiger Selbstverständlichkeit behandelnd, als sei es gar keine Frage, daß ein jeder, der sich in nebelhaften Vorepochen auf die Suche nach dem Gral begeben hätte, der zur Zeit der Kreuzzüge in die Reihen der Eroberer Jerusalems getreten wäre, sich heutzutage der Befreiung Korsikas verschreiben mußte.

Auf den ersten Blick wirkte Don Luigi offener und zuvorkommender als seine beiden Mitstreiter. Aber auch er trug den Faltenbalken quer über die Stirn, der Sorge und sture Willenskraft ausdrückte, und auch er scherzte nicht. Wenn seine Augen einmal ironisch zwinkerten, dann nur, um bescheiden die Diskrepanz zwischen der heilig-ernsten Sache und der eigenen unvollkommen-hilflosen Persönlichkeit aufschimmern zu lassen. Dennoch wurde Theodor das Gespräch mit ihm nicht leid. Manchmal hatte er sogar den Eindruck, der Korse drücke sich in Jamben aus.

Für eine Shakespeare'sche Königstragödie wurde allerdings zuviel Molière'scher Dialog gesprochen und zuviel Pantomime nach Art der Commedia dell'Arte getrieben. Aber unterschätze diesen kleinen Mann nicht, dachte Theodor. Er ist auf dem Festland wohlhabend geworden als Anwalt, er hat gekämpft, geschossen, gemordet, er hat in mehreren Verliesen gesessen, sie werden ihn umbringen müssen, wollen sie ihn loswerden. Und so wie man im Theater zu einer der Personen auf der Bühne Sympathie faßt und beschließt, ihr zu vertrauen, so wie ein Kartenspieler auf ein durchschnittliches Blatt setzt, von dem zwei rote Damen ihm entgegenlächeln, in deren Hände er sich gibt, entschied sich Theodor irgendwann im Laufe des Gesprächs, Giafferi zu vertrauen.

Hinterher gestand er sich kopfschüttelnd ein, daß der runde Wollkopf ihn mit seiner ostentativen Offenheit und seiner Art, so zu tun, als lege er die Geschicke der Nation vertrauensvoll in Theodors Hände, eingewickelt hatte. Aber als der Kongreß von Corti mit faulen, oder doch nur in der Theorie wohlklingenden Kompromissen endete – der Anerkennung der genuesischen Herrschaft einerseits, einer Generalamnestie, dem Versprechen der geschäftlichen Gleichberechtigung der Korsen und der Einrichtung eines korsischen Gerichtshofes in Bastia andererseits – und keine drei Monate danach die in ihre Heimat zurückgekehrten Giafferi, Ceccaldi und Raffalli verhaftet und in Verliesen angekettet wurden, gab Theodor seine Schlichterrolle auf und eilte ihnen zu Hilfe.

Warum um Himmels willen ergreife ich Partei? fragte er im Geiste Jane, deren nüchtern abwägender Blick ihm fehlte. Und zu welcher Seite würdest du mir raten? Die Korsen, auch wenn ich jetzt das Unrecht bekämpfe, das ihnen geschieht, sind mir doch gar zu fremd und lästig.

Er erinnerte sich seiner Knabenspiele, wenn er, ein das Firmament ausfüllender Gott, im Gras kniete und zusah, wie Ameisen eine pollenschwere Biene attackierten. Er rettete die Biene nicht etwa, seine kindliche Grausamkeit war viel zu begierig darauf, der Zerstörung zuzusehen, aber seine Sympathie gehörte ihr, und so legte er den Ameisen Hindernisse in den Weg und tötete, Richter und Henker in Personalunion wie jeder Gott, einige der Unbelehrbaren, um dann, wenn sie ihr Mordwerk doch vollführten, den Ort angewidert und seltsam traurig, hoffnungslos und schuldbewußt zu verlassen und später tagelang einen großen Bogen um ihn zu machen.

Alles, was er tat, lag nach wie vor, frei interpretiert, im Rahmen seiner Aufgabe. Als aufgrund seines Rapports Wien die Republik zwang, die drei Freiheitskämpfer zu entlassen, war auch ihre Abholung aus der Feste Savona und ihre Begleitung zurück nach Livorno noch immer ein neutraler Akt, auch wenn die Freundlichkeit Galeazzi Marias eisig geworden war.

Nur Giafferi selbst und seine Kumpane reagierten anders: Don Teodoro, wir stellen uns unter Ihren Schutz, sagte der runde kleine Stier, als er blinzelnd ans Licht trat, so laut, daß jedermann es hören konnte, und dann stellte er sich auf die Zehenspitzen und gab Theodor einen schmatzenden Bruderkuß auf beide Wangen, ebenso wie nach ihm die steifen, förmlichen Ceccaldi und Raffalli, die im Gefängnis offenbar nur Knoblauch zu essen bekommen hatten.

Die Rückreise gestaltete sich, ohne daß Theodor etwas dagegen hätte tun können, zu einem Triumphzug, dem immer mehr exilierte Korsen sich anschlossen, denen Giafferi durch die Kutschenfenster die Hände schüttelte und die sich komödiantisch tief, aber todernst und mit gezogenem Hut vor Theodor verneigten.

Die beinahe täglichen Besuche Giafferis und seiner Leute in der Residenz fielen ihm auf die Nerven und schmeichelten zugleich seiner Eitelkeit. Man fragte ihn um Rat, man wollte seine Meinung, man profitierte vom Schatz seiner Erfahrungen. Bei aller Abwehrhaltung viel zu entzückt, sich zu verweigern, stellte Theodor mit nicht unbeträchtlichem Stolz fest, was er alles an vernünftigen Dingen zu sagen wußte, litt dabei aber zugleich unter dem Stachel des Zweifels, seine Weisheit womöglich an Unwürdige zu verschwenden.

Wäre es nicht angemessener und ratsamer gewesen, die Genueser zu unterstützen? Aber weder Maria noch Doria, noch Veneroso, noch Gripello oder Rivarola hatten ihn je darum gebeten. Was für ein Bild gab er ab als Berater der korsischen Rebellen, die überall eher als lästig und lächerlich denn als ernstzunehmende Größe galten?

Und hätte ich nur, dachte er, wenn er sich schlaflos und schwitzend in seinem Bett herumwälzte, irgendeine wirkliche Meinung und Überzeugung zu alledem. Der Versuch, den eigenen Grund auszuloten, ergab eine beängstigende Bodenlosigkeit, und da sein Senkblei auf nichts Festes stieß in diesen drückenden Nächten und er sich diesmal nicht einer Krankheit überlassen wollte, sprang er aus dem Bett und flüchtete in ein verschwiegenes Haus in Florenz.

Dort versteckte er sich im Schutz des süßlich schwül duftenden Halbdämmers, der schweren dunklen Samtvorhänge und der weichen Ottomane, wo das einzige Geräusch das Blubbern der Wasserpfeife war, an der er sog, vor dem peinigenden Zwang, Entscheidungen fällen zu müssen.

Mehr als alles andere brauchen Sie Geld, hatte er Giafferi gepredigt. Sie müssen die Früchte Ihrer Insel exportieren, Sie müssen Waffen kaufen, Munition, Uniformen, Lebensmittel. Sie müssen sich organisieren, Mann, sonst bleibt alles bei lächerlichen Scharmützeln. Sie müssen ernsthaft auftreten, nicht nur der Republik gegenüber. Und hören Sie auf, nach Madrid oder Wien zu schielen. Von da kommt keine Hilfe. Die Großen unterstützen nur Bestrebungen, die sich auch ohne sie durchsetzen können, und das auch erst dann, wenn die Entscheidung zu ihren Gunsten bereits gefallen ist. Was wir zu allererst brauchen, Don Teodoro, kam darauf die Antwort, ist jemand, der uns eint. Ein Führer, ein erfahrener Mann, dem alle vertrauen können, weil er nicht in unsere Streitigkeiten verwickelt ist, und von dem niemand glauben kann, er wolle sich auf Kosten einer der Familien bereichern. So jemanden brauchen wir.

Stille. Sie sahen einander an. Theodor brach das Schweigen als erster. Wo wollen Sie so jemanden finden? Giafferi wandte sich ab. Ich weiß es nicht ...

Hatte er sich in seinem Leben denn nicht bereits mehr als genug entschieden? Er mußte an eine Geschichte denken, die Larbi ihm auf der Flucht von Stralsund erzählt hatte: Der Großwesir kommt in heller Verwirrung zum Kalifen gelaufen und bittet um Urlaub nach Basra, er sei auf dem Markt dem Tode begegnet, der ihn bedrohlich angeblickt habe, gewiß um ihn zu holen, er wolle um sein Leben laufen. Das wird ihm stattgegeben. Kurze Zeit darauf trifft der Kalif selbst den Tod und stellt ihn zur Rede. Nichts habe ihm ferner gelegen, entgegnet der, als Angst einzujagen. Nur Erstaunen habe in seinem Blick gelegen, den Knecht heute hier in Bagdad zu sehen, wo er doch morgen in Basra mit ihm verabredet sei.

Theodor saugte an der Opiumpfeife, als könnte ein einziger Zug alle Erinnerungsbilder auslöschen.

Zu schwach, die Hand zur Faust zu ballen, lag er auf der Ottomane. Schmale, kindliche Gestalten näherten sich, halfen ihm, sich seiner Überkleider zu entledigen, hüllten ihn in einen seidenen Umhang, kurze, runde Kinderfinger streichelten seinen Nacken, seinen Rücken, seine Halsbeuge, seine Arme und Handteller.

Es war nicht so, wie wenn eine Frau einen liebkost, die Berührungen erkundeten seinen Leib wie Tiere. Wie Würmer einen Kadaver, dachte er. Man mußte kein Mann mehr sein wollen, um hier seine Befriedigung zu suchen.

Wo ist mein Wagemut, dachte Theodor und spürte, wie seine Muskeln sich abwehrend spannten, wo sind meine Neugierde, Lebenslust, Jugend? Bin ich wirklich ein solcher Eunuch geworden, eine träge Qualle, ein ausgebluteter Greis, der mit dem Leben abgeschlossen hat?

Er sprang auf – die Gestalten wichen in den Schatten zurück -, kleidete sich an, zahlte, schüttelte den Opiumrauch aus seinem Kopf, verließ das Haus, atmete die milde Nachtluft in tiefen Zügen ein und befahl dem Kutscher, zum Palazzo der Bankierswitwe Malerba zu fahren. Es war zwei Uhr nachts? Egal. Das Bedürfnis, sich zu versichern, daß er ein Mann war, duldete keinen Aufschub.

Zwölftes Kapitel

Irgendwann im Laufe der zahlreichen Ratssitzungen, wie man die Zusammenkünfte der hilfesuchenden korsischen Unabhängigkeitskämpfer bei Theodor mittlerweile nennen mußte, war das Wort gefallen, es stellte sich sogar heraus, daß die Freischärler bereits bis zu den von Dr. Costa redigierten Skizzen zu einer Verfassung gediehen waren: Unabhängigkeit.

Es war eines der Worte, deren weithallender, anspielungsreicher Klang Theodor inspirierte, und ohne noch weiter zuzuhören, umspann er es mit einem dichten Kokon eigener Gedanken. Unabhängiges, freies, selbstbestimmtes Korsika.

Wie ein Sternschnuppenregen in einer mondlosen Augustnacht leuchteten die Assoziationen vor seinen Augen auf. Die kritischen Salongespräche der Philosophen. Ihr lächerliches Bemühen, Dienst und Brot von den Verachteten zu erbetteln. Die hohen Traditionen der Loge. Theorie und Praxis, Montesquieu, Jacob Cats. Die politische Großwetterlage. Genua, Spanien. Savoyen, Wien. Nicht zu vergessen die Engländer. Und Fleurys Interessen. Wir brauchen jemanden, der uns eint.

Woran denkt Ihr, Don Teodoro?

An das Selbstbestimmungsrecht der Völker. Eine noble, eine große Idee ...

Giafferi blickte ihn an, als erwarte er ein erlösendes Wort.

Theodor versank wieder in Gedanken. Es war ein Schachspiel. Vierundsechzig Felder und zweiunddreißig Figuren und ein mathematisch logisches Planen. Übersicht bis zu den Flanken und in die Tiefe des Schlachtfeldes. Erschlaffend gestand er sich ein, daß er dazu nicht fähig war. Nur dort, wohin sein Blick, seine Phantasie leuchtete, war alles scharf, die Ränder verschleierten, verdunkelten sich.

Es war ein Schachspiel, und er war ein Kartenspieler. Seine Vernunft, die mangels Übersicht nichts anderes war als Angst und Scheu, riet ihm zum Passen, sein Temperament zum Bluffen, aber wie bluffte man beim Schach?.

Andererseits war da das Wort, noch immer: Unabhängigkeit, Freiheit. Ein großer Gedanke. Eine große Aufgabe, an der er wachsen würde und die zu seiner eigenen Familiendevise paßte: *Ubi libertas, ibi patria.* Oder ergriff sein Ehrgeiz den erstbesten Gegenstand und redete ihn so lange schön, bis er ihm würdig schien?

Wachtendonk und seine Truppen hatten Korsika verlassen. Auf der Insel tobte von neuem ein Rebellenkrieg, und das unwirtliche Bergland war zu weiten Teilen in der Hand der Aufrührer.

Dieser Verfassungsentwurf, das sind schöne und große Worte, sagte Theodor, aber sie bleiben Papier und graue Theorie, solange keiner Tatsachen schafft. Wissen Sie überhaupt, welch strategische Bedeutung Korsika im Mittelmeerraum haben könnte? Glauben Sie nicht, daß zum Beispiel eine Elisabeth Farnese das Angebot, Bastia zum spanischen Flottenstützpunkt zu machen, mit Gold aufwiegen würde?

Don Teodoro, klagte Giafferi, wir sind wie fähige Glieder, denen der Kopf fehlt, der entscheidet, wann die Hand zum Griffel greift, um große Worte niederzuschreiben, und wann sie sich zur Faust ballt. Sie mit Ihrem Wissen und Ihrer Erfahrung müssen uns helfen und beraten und uns diesen Kopf ersetzen.

Ihr benötigt keinen Helfer und Berater, dem ihr zuhört,

solange er euch nach dem Mund redet, und dem ihr davonlauft, wenn er euch fordert. Ihr braucht auch mehr als einen Handelsminister oder Söldnerchef. Was euch Not tut, ist ein Führer. Ein Mann, der euch draußen in der Welt die Unterstützung zu verschaffen in der Lage ist, die ihr benötigt, um euch von den Genuesern zu befreien, und zu dem ihr selbst aufblicken könnt.

Die Frage ist, meldete sich Paoli zu Wort, was können wir einem solchen Mann bieten, gesetzt, es gäbe ihn.

Die Krone, antwortete Theodor leichthin. Korsika braucht einen König.

Und Sie meinen, Don Teodoro, fragte Giafferi ebenso beiläufig, ein solcher Mann, gesetzt, er existierte, gäbe sich nicht mit weniger zufrieden als der Königswürde?

Ich meine, ein Mann, der die Fähigkeiten mitbrächte, die den Korsen Achtung vor ihm einflößten, und die Beziehungen, die sie benötigen, ein solcher Mann wüßte auch, daß er nur mit dem Titel und der Autorität eines Monarchen seine Gaben in Taten umsetzen kann.

Gibt es diesen Mann, Don Teodoro? fragte Giafferi flehend.

Wenn es ihn gibt, wird er sich euch nicht andienen. Ihr werdet ihn bitten müssen.

Da hatte Theodor sich gefährlich weit vorgewagt – noch ein wenig weiter, das wußte er, und die Rollen hätten sich vertauscht. Vergiß um Himmels willen nicht, daß sie etwas von dir wollen, nicht umgekehrt. Es war aber beinahe zu schwer, so sehr dröhnte ihm der Kopf vom Klang des Wortes »König«.

Bei ihrem folgenden Zusammentreffen konnte Theodor sich noch bezähmen, auch als Giafferi selbst die Frage an ihn richtete: Don Teodoro, könnten Sie nicht der Mann sein, der uns eint und hilft, uns von den Usurpatoren zu befreien? Er mußte sich wortwörtlich die Hand vor den Mund halten, um nicht loszuplappern und Dinge zu versprechen, die ihn hinterher zum Gespött der ganzen Welt machen würden.

Aber eine Antwort war er ihnen schuldig, also legte er ihnen aus dem Stegreif dar, wie die wirtschaftliche Einschnürung Genuas zu durchbrechen sei. Das nächste Mal hatte er vorgearbeitet und breitete seine Pläne aus, ohne die betretenen Gesichter zu bemerken. Als der Sherry kam und Theodor in seinen Ausführungen unterbrach, gestanden sie es ihm. Ohne ihr Wissen, ohne das Wissen der *Noblen Zwölf* – oder zumindest der Hälfte von ihnen – war der Kanonikus Orticoni, derselbe Orticoni, der für Theodor ein Memorandum über die Geschichte und Situation des Landes verfaßt hatte, als offizieller Emissär einer Patrizierfraktion nach Spanien unterwegs, um den Bourbonen die Insel anzubieten, sofern die sie von der genuesischen Herrschaft befreiten.

Giafferi und seine Männer saßen da wie geprügelte Schuljungen, entehrt, zu Tode beschämt, getäuscht und übergangen von ihren eigenen Landsleuten, und gezwungen einzugestehen, wie es um die Einigkeit der Korsen tatsächlich bestellt war.

Theodor sah sie an, verächtlich, mitleidig auch, aber seine Gedanken gingen völlig andere Wege, als seine selbsternannten Schutzbefohlenen glaubten, und in seinem Innern brodelte es.

Er sah den Zwischenfall keineswegs als rettendes Warnsignal, sich aus den korsischen Zwistigkeiten herauszuhalten, er sah allein Orticoni am Bug seines Schiffes auf dem Weg nach Spanien mit einem Empfehlungsschreiben Alberonis, das ihm alle Türen öffnen würde, und mit seinen, Theodors, augenöffnenden strategischen Visionen im Gepäck und rechnete seine Chancen hoch. Und die standen gut. Was war da zu tun? Ruhe bewahren, aber das ging über seine Kraft.

Sie starrten ihn an, und Theodor lächelte ihnen zuversichtlich zu und sagte: Reüssiert der Kanonikus, dann sind ja all eure Probleme gelöst. Mißlingt seine Mission, dann will ich euch von der Herrschaft der Republik befreien und eurer Insel die Unabhängigkeit und das Glück erkämpfen als euer König, als König von Korsika.

Da war es heraus, und Theodor, der wie üblich zuerst die Worte äußerte, derer, sein Mund voll war, und erst in ihrem Nachklingen, bei ihrem Erblühen daran ging, sie in den Humus von Gedanken zu pflanzen, zuckte kurz vor sich selbst zusammen, redete aber weiter, ohne daß die Pause auffiel, um zu überspielen, daß nun doch er es gewesen war, der sich anbot, anstatt eine offizielle und womöglich schriftliche Wiederholung von Giafferis Bitte abzuwarten.

Aber war dieses Wort denn nicht die logische Konsequenz all ihrer Diskussionen des vergangenen Jahres? In seinem Banne wiederholte Theodor alles noch einmal, was er ihnen schon immer gesagt hatte, nur waren jetzt die Nebel von der Spitze des logischen Dreiecks gewichen, und oben als Gipfelkreuz strahlte das Wort und verlieh seiner Rhetorik Flügel, auf denen er Giafferi, Paoli und die übrigen mit hinauftrug.

Zugleich jedoch wiegelte Theodor, erschreckt von seinen Ansprüchen, oder eigentlich davon, sein Geheimnis ausgeplaudert zu haben und nun abhängig zu sein von ihrer Antwort, in jedem zweiten Satz seinen Vorschlag ab, indem er den verwünschten Orticoni und seine spanische Mission vorschob und ihr alles Gelingen wünschte, in einem Ton dabei von so abfälliger Gönnerhaftigkeit, daß seine Zuhörer, denen der Vorstoß des Kanonikus ohnehin wie ein Dolch im Herzen stak, sich genötigt sahen, dem möglichen König Theodor in seiner Suada gegen die eigenen Ansprüche immer entschiedener beizustehen.

Aber nein, Don Teodoro, es ist eben keineswegs das Wünschenswerte, daß Orticoni Erfolg hat. Glauben Sie uns das doch!

Ich wüßte niemanden, der würdiger wäre als Don Teodoro, unser Wohltäter und Beschützer, auch unser König zu sein, rief Giafferi. Das war sehr emphatisch gesprochen, aber mehr eine herausfordernde Frage als eine abschließende Feststellung. Und wer die Korsen kannte, wußte, daß sie in Fragen ohnehin keine Diskussionsangebote sahen, sondern sie entweder schweigend billigten oder sich von der Frage als solcher bereits in ihrer Würde beleidigt fühlten und stumm nach Hause gingen, um im Kreise der Ihren nachzusinnen, wie dieser Affront abzuwaschen sei.

Theodor war sich daher bewußt, daß der ausbleibende Widerspruch nicht automatisch ein Placet bedeutete. Dafür fand er sich auf Gedeih und Verderb an Giafferi und Paoli gekettet, mußte ihnen nun, ob er wollte oder nicht, vertrauen und auf sie bauen – umgekehrt, fiel ihm zu seiner Erleichterung ein, gingen sie allerdings ein ebensogroßes Risiko ein.

Vor allem war er zum Handeln gezwungen, es sei denn, die spanische Krone, das hieß die Farnese und ihr neuer Berater Patino – die Politik seines alten Freundes Ripperda war zwar erfolgreich gewesen, nicht aber er selbst, der abgesetzt und irgendwo in Afrika verschollen war -, erbarmte sich der Korsen. Wieder einmal war ihm, ohne daß er es in aller Bewußtheit darauf abgesehen hatte, eine folgenschwere Entscheidung unterlaufen.

Zunächst schickte er, seine Kompetenzen überschreitend, einen mit dem Siegel der kaiserlichen Gesandtschaft unterzeichneten Brief an den Kardinal Alberoni in Rom, in dem er den eigenmächtigen Hinweis, Wien betrachte die Reise und die Bestrebungen des Kanonikus Orticoni mit dem größten Mißfallen, in einen Strauß blumiger Komplimente einflocht.

Keine drei Monate später eilte dem auf Halbmast segelnden Emissär die Nachricht seines Scheiterns voraus. Er war noch nicht wieder in heimischen Gewässern, als

Theodor sich im Hafen von Livorno einschiffte, nunmehr offiziell beauftragt, die Mittel zur erfolgreichen Erhebung des korsischen Volkes beizubringen.

Bei meiner Rückkehr wählt ihr mich zum König, und ich werde euch von der Herrschaft Genuas befreien, sagte er, ihre Übereinkunft in einem Satz zusammenfassend, beim Abschied.

Ja, Don Teodoro, antwortete Giafferi strahlend, Sie befreien uns von der Republik, und wir machen Sie zum König von Korsika.

Zu sehr schon ins Große und Vag-Weite gewandt, zu sehr schon in Eile, seinen Visionen und Plänen hinterherzusegeln, ging Theodor auf diesen fein-kleinen Unterschied in der Reihen- und Rangfolge der Abschiedsworte nicht ein. Beim Gedanken daran, welches Gesicht seine zukünftigen Gesprächspartner ziehen würden, wenn er sich ihnen als Repräsentant korsischer Freiheitskämpfer vorstellte, erinnerte er sich an eine Geschichte, die der Graf von Mortagne einst dem Knaben erzählt hatte, von jenem Edelmann, der in Begleitung schöner Damen und spitzzüngiger Herren an einem regnerischen Tag ausgerutscht und in all seinen Samt- und Seidenkleidern und Spitzenmanschetten in den Schlamm gefallen war und der nun in der seltsamsten Form von Geistesgegenwart, die man sich denken kann, dem Spott über seine Ungeschicklichkeit und seinen verschmutzten, stinkenden Anblick zuvorkam, indem er einen Anfall mimte, sich aufrichtete, zurück in den Kot fiel, sich, das Gesicht zuunterst, darin wälzte, gurgelte und die Augen verdrehte, bis niemand mehr wagte, das schmutztriefende Bündel auszulachen, sondern sich genötigt sah, selbst in den Morast zu tauchen, um den Besessenen zu retten, der, kaum waren die Freunde ebenso besudelt wie er und damit alle Peinlichkeit aus dem Weg geräumt, rasch wieder zur Besinnung kam.

Es gibt einen Zauber des Fortgehens mit seinen das Sonnengeflecht weitenden und krampfartig zusammenziehenden Rhythmen der Angstlust, mit dem leisen Schwanken des noch im Hafen vertäuten Schiffs, dem Molengeruch nach Tang, mit dem ohrenbetäubend kreischenden weißen Möwenzickzack in Höhe der Rahen, einem entfesselten Mobile unter dem porzellanblauen Mittelmeerhimmel, und dann beim Auslaufen, wenn die Reede und die kleinen Menschen auf ihr zurückbleiben, die Wellen auf der Sonnenseite opalgrün leuchten und mit Paspeln feinster Brüssler Spitze versetzt sind. Je angenehmer das zurückbleibende Leben, je unvermittelter der Aufbruch, je ungewisser die Zukunft, desto tiefer und beängstigend-beglückender der Zauber.

Theodors Mission sollte fast ein Jahr in Anspruch nehmen, er segelte hinauf nach Holland, blieb in Den Haag und Amsterdam, reiste über Land nach Hannover und Hamburg und von dort nach London und Liverpool, kam auf dem Rückweg erneut durch Amsterdam und kehrte über Lissabon ins Mittelmeer zurück.

In Andeutungen und Anekdoten erzählte er auf allen Stationen seiner Reise, was er im Begriff war zu tun und zu werden. Diese Ausbrüche selbstironisch gezügelter Eitelkeit, die Freude an auf halbem Weg sich betreten den Mund zuhaltender Geschwätzigkeit, waren zu köstlich, ihnen zu widerstehen. Und dann geschahen all diese Indiskretionen ja nicht allein um ihrer selbst willen: Es war für seine Aufgabe notwendig, zu werben und Interesse zu wecken. Die korsischen Realitäten und die ihm anvertrauten korsischen Ersparnisse allein würden niemanden in Europa zu Risiken und Investitionen verleiten. Und daher konnte Theodor auch nicht mit Bescheidenheit und Zurückhaltung vorgehen. Er wollte keine Herzen erweichen, sondern den Sinn für Geschäfte kitzeln und Appetit auf spätere Renditen wecken.

Es war keine Zeit und gab keine Möglichkeit, die Dinge wachsen zu lassen, so daß zuerst die Tatsachen, mit ihnen die Sicherheiten, daraufhin die Investitionen, in ihrem Gefolge die Resultate und dank der Resultate die Schuldenbegleichung kämen. Statt dessen mußte er Luftschlösser in den Äther zeichnen, beginnend mit den Prachtzimmern, und sie bewohnbar machen, ohne daß jemandem die fehlenden Fundamente auffielen, die erst gebaut werden konnten, wenn der Mietzins regelmäßig einging.

Das korsische Problem reduzierte er, um es angreifen zu können, auf zwei Facetten. Von den einhundertfünfzigtausend Korsen, die es allenfalls gab, mußte der Herrscher vielleicht hundert auf seine Seite bringen. Die Hälfte davon war ihm, dank Giafferi, Paoli und den anderen, bereits treu ergeben. Aber den Gedanken, auch die übrigen fünfzig von seinen Plänen zu überzeugen, die Korsen zunächst hinter sich zu einen und dann gemeinsam wirtschaftlich und militärisch die Unabhängigkeit zu erringen, hatte er auf der Stelle verworfen. Erst einmal mußte er im Alleingang die Mittel bereitstellen, die der zukünftige Staat benötigte, und erst dann die immer noch Zweifelnden aussortieren. Mit Tatsachen beginnen – die im übrigen die Korsen abhängiger von ihm machen würden, als sie es derzeit noch waren – und dann die Vertrauens- und Einigkeitsfrage lösen.

Trotz Orticonis Memorandum wußte Theodor wenig genug über die Insel und wollte vorerst auch gar nicht mehr wissen. Korsika war weiße Leinwand, die sich nach seinen Träumen und Vorstellungen füllen würde. Sich zu tief mit der Mentalität der Bevölkerung zu beschäftigen war ganz fehl am Platze: Zuviel wissen heißt zuviel verstehen, und dann existieren irgendwann nur mehr Ausnahmen von den a priori aufgestellten Regeln.

Theodor verzehnfachte die ihm anvertrauten Wertpapiere der korsischen Freiheitskämpfer, indem er Abschriften von ihnen anfertigen ließ, die er unter diversen italienischen Bankiersnamen signierte und bei Banken und Wechselhändlern Nordeuropas anlegte. Er verzwanzigfachte die tatsächlichen korsischen Exportgüter und verkaufte sie, exklusiv und per Vorkasse, an englische und holländische Handelshäuser. Er unterschrieb mehr Garantien für Warenkontore, als es korsische Hafenstädte gab. Er ließ Bergbaukonzessionen für die Silbergewinnung zeichnen und trug Ortsnamen ein, von denen er nicht einmal wußte, ob sie nicht am Meer lagen. Von Giafferi hatte er gehört, daß es irgendwo auf der Insel einen Stollen gab, den die Genueser, korsische Arbeiter beschäftigend, ohne nennenswerte Resultate ausbeuteten. Er multiplizierte ihn einfach, rechnete ihn sozusagen statistisch hoch.

Und dennoch war es nicht Lüge und Hochstapelei, was er trieb, wenigstens nicht in einem höheren Sinne. All das, was er versprach und verkaufte, konnte Wirklichkeit werden und sich tatsächlich binnen weniger Jahre amortisieren, gelang es ihm nur, die finanziellen und militärischen Voraussetzungen zu schaffen und ein wenig auf Zeit zu spielen.

Mit niemandem, das wußte er, gehen Banken und Gläubiger zärter um als mit ihrem größten Schuldner, der sie, ertrinkt er, mit ins Verderben reißt, und Theodor zögerte keinen Augenblick, mit seinem eigenen Namen zu zeichnen, nur nicht bei seinem Freund Cats, den er zwar um Rat bat, aber nicht um Geld. Ansonsten meinte er bereits Korsika, sobald er *ich* sagte, und umgekehrt.

Was auch ein Grund dafür sein mochte, daß er keine Sekunde zögerte, die gesamten Barersparnisse seiner Schützlinge und zukünftigen Untertanen für sich persönlich zu verwenden. Zum einen aus Kalkül: einem Bittsteller, der nicht herrschaftlicher auftritt als seine Finanziers, schenkt man kein Vertrauen; und dann war es lange her, fand Theodor, daß er in einem ihm gemäßen Rahmen gelebt hatte.

Er quartierte sich unterwegs mit einer jeweils vor Ort engagierten Schar von Domestiken und Sekretären in herrschaftlichen Stadthäusern ein, gab Empfänge, Diners, mietete die Hamburger Oper zu einer Privatvorführung an, beschenkte Kutscher, Zuckerbäcker und Sängerinnen, ließ geschäftliche Verabredungen fahren, um sich sechs Schimmel für eine Equipage anzusehen, die er, sollten sie ihm gefallen, seiner Schwester oder seiner Frau zudachte – kurz, er gab die in fünfzig Jahren gesammelten Ersparnisse dreißig korsischer Patrizier in sieben Monaten bis auf den letzten Heller aus, verfügte jedoch auch am Ende dieser Zeit über mehr als eine Million Louis, was ausreichte, Korsika ein Jahr lang mit genügend Lebensmitteln, Waffen und Munition zu versorgen, um die Genueser aus dem Land zu werfen.

Später dachte Theodor oft, daß er nie wieder so königlich gelebt hatte und aufgetreten war wie in jenen Monaten, da noch keine Kompromisse und Realitätsscharten seine Vision verunstalteten. Es war die Euphorie der Antizipation, die Euphorie beim Anblick der dunstverhangenen Sehnsuchtsküste.

Es begann, spürte er, der Erntemonat eines ganzen Lebens. Ja, sagte er sich, es ist die große Gelegenheit, die große Männer macht, allerdings muß man auch die Fähigkeit haben, ihr im rechten Moment über den Weg zu laufen. So erwiesen die Mäander seines Lebens sich mit einem Mal als der einzig mögliche Weg, den Treffpunkt mit dem Schicksal weder zu früh noch zu spät zu erreichen. Halb Verstandenes, nonchalant Gelerntes, frech Nachgeäfftes aus den unterschiedlichsten Fakultäten formte sich plötzlich zu genau dem Schatz von Welt- und Menschheitswissen, aus dem der Herrscher eines gefährdeten kleinen Königreichs im Mittelmeer mußte schöpfen können.

Von seinen Visionen und Plänen zum zukünftigen Idealstaat Korsika berichtete er zu Land und zu Wasser, halb materialistischer Philosoph, halb orientalischer Märchenerzähler, der wachsenden Schar professioneller Zuhörer und

Begleiter, die sich um ihn sammelten und ihren Lesern in wöchentlichen oder monatlichen Lieferungen von seiner Odyssee auf dem Weg zur Macht berichteten.

Seit dem August 1735, seit er in London Musketen und Kanonen in auffälligen Quantitäten gekauft hatte, wichen vor allem zwei englische Reiseschriftsteller oder Journalisten nicht mehr von seiner Seite, denen sich später, aber nur interimär, denn er war ein rechter Angsthase und scheute vor Hafenkneipen und nächtlichen Gassen ebenso zurück wie vor längeren Seereisen, ein deutscher Dichter zugesellte. Es handelte sich um einen entlaufenen Privatlehrer, der auf seiner Bildungsreise in Genf hängengeblieben war und, blind fasziniert von Theodors Lebensziel und den Brosamen, die bei Tisch für ihn abfielen, Oden und Gedichte auf ihn komponierte. Die Engländer mit ihrer faktenreichen Prosa verachtete er als minderwertige Konkurrenten um den Platz in der Sonne des Bewunderten, lehnte sich aber nie offen gegen sie auf, nur nörgelnder Weise und in Versen an Theodor, für dessen privilegierten Vertrauten er sich allen Ernstes hielt und dem er als Landsmann näher am Herzen zu sein glaubte als die zynischen Angelsachsen.

Dieser Ludwig Overbeck scheute sich, die Rückreise nach Korsika auf dem Seeweg mitzumachen, auf dem sie im November die Meerenge von Gibraltar passierten und vier Tage später von Korsaren aufgebracht wurden, die das vollbeladene, unter holländischer Flagge kreuzende Schiff Theodors in den Hafen von Tunis eskortierten.

Unterdessen hatte ein Brief Giafferis den zukünftigen Monarchen davon in Kenntnis gesetzt, daß Korsika seine Unabhängigkeit deklariert und sich als freien Staat unter der Protektion der unbefleckten heiligen Jungfrau ausgerufen hatte. Die Insurrektion sei in vollem Gange, der korsische Rat über Theodors bevorstehende Ankunft und Hilfe in Kenntnis gesetzt und bereit, ihn zum König auszurufen. Zur Untermauerung ihrer ernsten Absichten hatte die Generalversammlung sogleich dreizehn Verräter verurteilt und pfählen lassen. Die Pfähle stehen an der Reede von Aleria Spalier für den Einzug des Königs von Korsika, schloß Giafferi lyrisch.

Im engen Korsarenhafen thronte das hochbordige holländische Schiff über all den Felukken mit ihren verblaßten roten Segeln und über dem dürren Wald aufgestellter Galeerenruder, und seine Brücke ragte über die weißen Mauern, Dächer und Baldachine des Hafenvierels hinaus, so daß man den sandig-golden in der Sonne leuchtenden Palast des Bey über dem Gassengewirr wie eine zweite, stolze Kommandobrücke zurückblicken sah.

Hier zeigte sich der ganze Nutzen, mit den Korrespondenten des »Gentleman's Magazine« gereist zu sein, Mr. Charles Sweeney und Mr. Jeremiah Upworth. Denn natürlich waren die beiden bereits in Tunis gewesen, genauso wie sie den Vierwaldstätter See, das Tal von Meran oder Heidelberg, Istanbul und St. Petersburg kannten.

Tunis hier ist übrigens wunderbar, um Urlaub zu machen, Sir.

Urlaub? Was meinen Sie damit?

Ja, nun, wenn Sie Ihrer Arbeit überdrüssig sind und Erholung suchen, Ihr eigener Garten Sie jedoch langweilt, dann reisen Sie irgendwohin, wo es schön ist, und mieten sich dort einen Sommer lang ein, erklärte Sweeney.

Wenn Sie im Winter verreisen wollen, empfehle ich die französische Riviera, schloß Upworth an.

Ich finde es vernünftiger, im Winter zu arbeiten und im Sommer zu verreisen, und zwar nach Weggis, sagte Sweeney. Kennen Sie Weggis, Herr Baron?

Ebensowenig wie Tunis, sagte Theodor mit einem Blick zu den auf der Kaimauer stehenden Soldaten.

Sweeney nickte verständnisvoll. Und was nun, Sir? sagte er wie jedesmal, wenn eine Entscheidung bevorstand.

Ja, fügte Upworth hinzu, was wird der Baron jetzt tun,

fragen sich unsere Leser. Und wie zwei winzige Degen zückten beide ihre Bleistifte.

Mir scheint, ich habe Ihnen schon genug erzählt, um ein ganzes Buch über mich zu füllen, Gentlemen.

Die Frage ist nur, Sir, sagte Upworth und deutete auf die bewaffneten Wachen, ob es posthum erscheinen wird oder ob Ihnen noch etwas einfällt, um Leben, Freiheit und Ladung zu retten.

Während Sie darüber nachdenken, Sir, schlug Sweeney vor, werden wir uns hier im Hafen irgendeinen Pub suchen und danach dem englischen Konsul einen Besuch abstatten.

Die beiden Journalisten wechselten, wann immer es ihnen notwendig erschien, mit britischer Unbefangenheit von Theodors Seite auf neutrales Terrain und wieder zurück, wie körperlose Wesen, die von Heer zu Heer übers Schlachtfeld schweben und von dort in den Himmel, um den Göttern Bericht zu erstatten.

Mit den Worten: Wir sind Untertanen seiner Majestät Georgs II., König von England, enterten sie, Theodor zuwinkend, an Land hinunter und gingen an den Wachen des Bey vorüber. Upworth drehte sich um und rief: *See you this afternoon.*

Hopefully! fügte Sweeney an, und die beiden verschwanden im Gewimmel des Hafenbasars.

Theodor blickte ihnen nach. Er benutzte die beiden gerne als Trainingspartner zum allmählichen Verfertigen und Ausprobieren seiner Gedanken während des Sprechens, und auch jetzt hatten sie ihm mit ihrem Hinweis auf den englischen Konsul eine Möglichkeit aufgezeigt, die Festsetzung und Beschlagnahme in ein allseitig zufriedenstellendes Geschäft umzuwandeln.

Als ihn um Mittag eine Janitschareneskorte abholte, um ihn zum Palast des Beys Husain Ibn-Ali zu geleiten, trug er, zum Teil zu Ehren seines Entführers und zum Teil aus Putzsucht, ein marineblaues, straff sitzendes und uniformähnliches Kleid, das mit mehreren Orden geschmückt war, schwedischen und spanischen, die man ihm seinerzeit verliehen, und englischen, die er sich kürzlich in London für gutes korsisches Geld hatte anfertigen lassen.

Um seinen Hals hingen dezent die Insignien der Londoner Großloge, deren Mitglied er beinahe war, und aus dem gewaltigen Bauch seines Kauffahrers ließ er eine Kiste mit vierzig unbenutzten, ölglänzenden Musketen holen, die er dem Bey als Gastgeschenk zugedacht hatte.

Im Licht- und Schattengeflirr unter den windgewellten Baldachinen verlor sich der Geruch nach Salz und Tang in den Düften von Minze, Koriander und Safran. Überall hatten Händler kleine leuchtende Häufchen von Gewürzen auf die Erde geschüttet, in denen silberne Schäufelchen zum Abwiegen steckten. Von einem unsichtbaren Minarett ertönte der weithin hallende gutturale Ruf des Muezzin, ein zunächst erschreckendes, dann verstörendes, schließlich wie der Gesang eines märchenhaften Riesenvogels klingendes Geräusch, und an die heimischen Kirchenglocken denkend, verstand Theodor, daß er zum ersten Mal in seinem Leben aus der christlichen Welt hinausgetreten war.

Der Bey, dessen Mund mit den bläulichen Lippen von einem schwarzen, unter dem Kinn spitz zulaufenden Bart umrahmt wurde, musterte ihn aus wach-müden Herrscheraugen, als Theodor, gefolgt von seinen Sekretären und kistenschleppenden Dienern, eingerahmt von der Janitschareneskorte, den hohen, mosaikgefliesten Saal betrat. Durch die fein ziselierten Gitter fiel das Sonnenlicht in Goldtropfen auf den Boden, draußen im Patio plätscherte ein Springbrunnen.

Obwohl er Kopf und Rumpf nicht bewegte, sondern nur die Augen, die zwischen zwei an einem über den Schultern getragenen Gestell befestigten Rückspiegeln hin und hergingen, so daß er in alle Richtungen zugleich sehen konnte, um gegen eventuelle Attentate auf seine Herrschaft gewappnet zu sein, machte der Bey auf Theodor nicht den Eindruck von Schwerfälligkeit. Die lebenslange Betätigung der Augenmuskeln hatte ihn ausgehöhlt wie schwere körperliche Arbeit, aber zugleich auch straff und geschmeidig erhalten.

Husain Ibn-Ali verneigte sich leicht, ohne den Blick zu senken, Theodor verneigte sich tiefer und ließ sich nicht die geringste Überraschung darüber anmerken – tatsächlich war er nicht sonderlich überrascht –, im Hintergrund auf dicken Teppichen und Puffs Mr. Sweeney und Mr. Upworth in Begleitung eines dritten Mannes sitzen zu sehen, bei dem es sich nur um den englischen Konsul handeln konnte.

Mr. Upworth roch nach Bier, wie sich später im Hammam herausstellte, es gab also tatsächlich, einen englischen Pub in Tunis, »The Arms of Monastir«. Eine kurze Geste Mr. Hamiltons, des Konsuls, versicherte Theodor maurerischer Unterstützung gegenüber dem Mauren.

Danach war alles eine Sache byzantinischer Höflichkeitsbezeugungen und lustvoller Verhandlungsrunden im kühlen Schatten des Patio, später im dampfenden Hammam, noch später rund um eine Folge von *tajines*, die in kreiselförmigen, rostroten Tontöpfen serviert wurden und von Pfefferminzsorbets unterbrochen, um im Magen Platz für die nächsten Gänge zu schaffen.

Husains Ouvertüre lautete folgendermaßen: Eile haben Sie, Baron? Eilig sind Sie über unser Meer gefahren und haben uns erschreckt und geängstigt, daß Krieg gegen uns geführt werde, und jetzt haben Sie Eile weiterzukommen? Allah hat die Welt langsam geschaffen, Baron. Sie ist noch immer im Werden. Was ist Zeit? Was ist ein Jahr in der Geschichte unserer Welt? Was ist ein Menschenleben? Ein Sandkorn in der Wüste. Was ist Ihr Korsika mit seinen Sorgen? Nicht mehr als ein Wimpernschlag des Ewigen …

Das ging so einen halben Tag, und der Bey dachte gar nicht daran, auf die eigentlichen Fragen zu kommen, ob er etwa Schadenersatz oder Zoll verlange, ob er die Ladung von

Theodors Schiff requirieren oder kaufen, ob er lieber etwas verkaufen wolle oder den Baron selbst womöglich als Geisel festzuhalten und Lösegeld für ihn zu erpressen gedachte.

Aber die Art des Gesprächs nahm Theodor, der es ohnehin nicht eilig hatte, sein derzeitiges erwartungsgeheiligt-bequemes Leben zu rasch zu beenden, sofort für den sorgenvollen, nervös-hageren Mann ein. Ellipsen um den ganzen Erdkreis ziehen konnte er auch und begann also am entgegengesetzten Punkt: Ehrwürdiger Herr, unser Gott hat die Welt in sechs Tagen erschaffen und sich dabei keine Ruhe gegönnt. Unsere englischen Freunde hier haben ein Sprichwort, das heißt: *Time is money*. Im fernen London wird tagtäglich die halbe Stadt, so groß wie Ihr Reich, abgerissen und wieder neu aufgebaut. Und wozu? Für nichts. Um in Bewegung zu bleiben. Wir Europäer haben einen schnelleren Herzschlag, wir leben nicht lang. Um etwas reifen zu sehen, müssen wir es immer schon vorgestern gesät haben. Sie, weiser Bey, und wir Kinder der Unrast, wir sind so weit voneinander entfernt, daß ich um die Hilfe Ihres geduldigen Gottes flehen muß, damit die Eile und die Weile zum gemeinsamen Besten nebeneinander existieren können, so wie die würdig stehende Sonne die hektisch sich um sie drehende Erde bestrahlt.

Was die Sonne für die Erde tut, weiß ich wohl, aber wie steht es andersherum? Hat denn diese einen Nutzen für jene? fragte der Bey in herrscherlichem Ton.

Nun, wer wüßte von der Sonne und ihren Wohltaten, gäbe es die ihr huldigende Erde nicht? Die eilig Kreiselnde erst verleiht der Ruhe, die ein Unwissenderer womöglich Trägheit nennen würde, ihre Würde.

Doch wehe, sie kommt ihr zu nahe, dann verbrennt sie!

Es ist alles eine Frage des rechten Abstandes, Hoheit, ganz wie bei einem Geschäft. Steht der Händler zu dicht vor dem Käufer, beschattet er die eigene Ware. Hält der Käufer zuviel Abstand, kann er sie nicht genau erkennen, und ein anderer, weniger etepetete, schnappt sie ihm weg. Aber bleibt der Händler fern, um den Käufer nicht zu belästigen, kommt kein Geschäft zustande ...

Husain Ibn-Ali leckte sich die bläulichen Lippen und nahm Theodor mit zur Falkenjagd, um die Verhandlungen fortzusetzen.

Und was nun, Sir? fragte Mr. Sweeney.

Ja, die Korsen warten, fügte Mr. Upworth hinzu.

Ich werde zunächst einmal eine Wohnung beziehen, meine Herren, und Sie täten gut daran, mich heute abend im »Arms of Monastir« zu empfangen, damit ich Ihnen von meinen Abenteuern im großen Krieg zwischen dem schwedischen König und meinem alten Bekannten, dem russischen Zaren, berichten kann.

Theodor blieb zwei Monate in Tunis. In dieser Zeit verschenkte er das holländische Schiff (ohne Ladung) an den Bey, der es wiederum, nach voriger Absprache, an den englischen Konsul verkaufte, der es mit einer englischen Flagge versah und, ohne daß Waffen und Munition den Laderaum verlassen hätten, seinem Logenbruder mitsamt einer englischen Mannschaft für die Reise nach Korsika zur Verfügung stellte.

Übrigens auch gern für die Rückreise, sollten Ihre Erwartungen enttäuscht werden, sagte er.

Noch immer ohne genaue Kenntnis der korsischen Topographie und des Straßennetzes erwarb Theodor aus dem Gestüt Ibn-Alis von seinem letzten Geld eine weiße Stute und ließ sich, da er bemerkte, daß seine Sehschärfe nachließ, vom Optiker des Beys eine Lesebrille schleifen, für die sein Gastgeber ihm ein silbernes Etui schenkte.

Ich wüßte einem Freund, der mit den Ungläubigen verhandeln muß, kein größeres Geschenk zu machen als ihn zu befähigen, das Kleingedruckte zu lesen, erklärte Husain süffisant und prophetisch, als Theodor sich die Augengläser anpassen ließ.

Der gab schließlich noch, in der Gewißheit, daß die Korsen an dergleichen bestimmt nicht dächten, bei einem Schneider eine Krönungsuniform in Auftrag, deren Schnitt er selbst entwarf, deren Stoffe und Farben er persönlich auswählte und deren Posamentierung er überwachte und die sowohl den Beifall des Beys als auch der Engländer fand.

In den ersten Märztagen des Jahres 1736 stach der in *Searover* umgetaufte holländische Kauffahrer in See und erreichte unbehelligt am fünfzehnten März Aleria, ein Dorf, wie Theodor durchs Fernrohr enttäuscht feststellte, kaum größer als der Hafen von Livorno, zwischen dessen niedrigen Dächern nur der Kirchturm aufragte und an dessen Rändern wie gebleichte Knochen eines Urwelttieres die Ruinen einer römischen Siedlung aus dem Gras ragten.

In Sichtweite des Hafens ließ Theodor den blauweiß gestreiften Wimpel hissen, das verabredete Erkennungszeichen, und als er, auf der ersten Schaluppe stehend, an Land gerudert wurde, war der ganze Ort zusammengelaufen. Giafferi stand mit ausgebreiteten Armen auf einem Faß und winkte ihm mit beiden Armen zu.

Für diesen ersten, psychologisch wichtigen Auftritt wollte Theodor sich nicht lumpen lassen und trug ein in Tunis zusammen mit der Königsuniform angefertigtes Kostüm, einen langen Kaftan von scharlachroter Seide mit maurischen Pantalons und gelben Schuhen. Ein spanischer Hut mit einer Feder bedeckte sein Haupt, sein braunes Haar, perückenlos, reichte bis auf die Schultern, er hatte sich auf der *Searover* Locken brennen lassen, im gelbseidenen Gürtel steckte ein Paar reich ausgelegte Pistolen, ein Schleppsäbel hing an seiner Seite, und in der rechten Hand hielt er einen langen Szepterstab.

Links und rechts der engen Gasse, die sich unter Aahs, Oohs und Vivats vor ihm öffnete, ließ Theodor Geldstücke, Datteln und vor allem Gewehre verteilen, und sofort knatterte der ganze Hafen von Musketenfeuer, und bläulicher Pulverdampf hing wie Weihrauch über der Menge. Theodor mußte an die Berichte über die Wilden in Amerika denken, die auch sofort in die Luft zu schießen begannen, reichte man ihnen eine Flinte.

Der erste Auftritt war standesgemäß verlaufen, Theodor zog sich in ein bereitgestelltes Haus zurück, aber der Verdruß sollte bereits am kommenden Tag beginnen – als Giafferi ihm nämlich mitteilte, daß im vom flüchtigen De Mari verlassenen Bischofspalast von Cervioni eine *consulta* abgehalten werde, um die Konstitution zu erarbeiten, unter der die freien Korsen ihn zum König wählen wollten – und sich danach kontinuierlich steigern.

Theodor stutzte, von einer Konstitution war bisher nicht die Rede gewesen, er spürte sich ihm in den Weg stellende Widerstände. Und die empfand er wie üblich als gegen seine Person, sein Wesen selbst gerichtet. Sie waren ihm widerlich, so daß er sich ihnen am liebsten durch Flucht in den freien Raum entzogen hätte.

Das war aber diesmal nicht möglich, es sei denn, er wollte sich zum Gespött der Welt machen, die in Gestalt von Upworth und Sweeney sowie eines über Livorno angereisten Korrespondenten des »Journal des Scavants« jede seiner Gesten kontrollierte und verfolgte.

Ceccaldi, Gaffori, Paoli, Aitelli, Luca Ornano und der Dr. Costa schlossen sich ihnen in Aleria an, der Kanonikus Orticoni, Casacolli, Raffalli, Fabiani, Arrighi und andere reisten direkt nach Cervioni. Auch Ludwig Overbeck, der Dichter, hatte ihn am Hafen empfangen, sich vorgedrängt und ein Huldigungsgedicht verlesen:

Das Glücke kann uns nicht die wahre Hoheit geben.
Denn dieses goldne Vlies erfordert eigne Müh
Die Kron' erhöht uns nicht; nein! wir erhöhen sie,
Indem wir ihre Last auf unser Haupt erheben.

Es hatte zwölf Strophen, die im Gehen vorgetragen wurden und bis in die Eingangshalle des Palazzos dauerten und die niemand verstand, da sie natürlich auf deutsch verfaßt waren. Sweeney und Upworth machten sich lautmalend über die Sprachmusik des Hofpoeten lustig und glucksten und kollerten wie ein ganzer Bauernhof, so daß auch Overbeck gezwungen war, immer brüllender zu deklamieren und sich im Gehen in die Brust warf, was eine Art schiefen Hochhüpfens ergab.

Da es nicht übers Meer ging und der Weg bis Cervioni sich in der Hand der *mécontents* befand, wie der französische Journalist die Freiheitskämpfer abwiegelnd nannte, wollte auch der Lyriker die Reise mitmachen.

Die Küste entlang ritt Theodor verstockt und schweigsam auf seiner arabischen Schimmelstute, ab und zu schloß Giafferi zu ihm auf und ließ sich nach ein paar Worten über die Landschaft und die Reise wieder zurückfallen.

Erst auf dem gewundenen Maultierpfad der Castagniccia, der sich, dichte Kastanienwälder durchquerend, um die Berge schraubte, fand Theodor seine innere Ruhe wieder, die Landschaft drängte sich in seine Augen und zwang seinen Blick aus der Vagheit und Blindheit der Gedanken ins Konkrete, Naheliegende.

Über der Nordseite der Täler hing bläulicher Nebel, der die fetten Frühlingsfarne türkis und violett schimmern ließ. Sobald die Sonne durchkam, glitzerten die Tautropfen auf den Blättern wie gläserne Rosenkranzperlen. Schlehen, Weißdorn und Stechpalmendickichte säumten den Weg. Die Kastanien besaßen lanzettspitze, stachlige Blätter, und der aufgerückte Dr. Costa erklärte ihm, getrocknet seien sie ein ideales Heilmittel gegen Husten.

Die bewohnten Täler glänzten silbrig vom im Wind flakkernden Laub der Olivenhaine. Schwarzgekleidete Frauen verneigten sich tief vor der langsam vorüberziehenden Reisegruppe mit ihren Wimpeln, Standarten, klappernden

Säbeln und der hinterdrein zockelnden Kolonne der Packesel.

Auf einer Anhöhe blieb Theodor stehen und blickte die grünen Hügelkaskaden hinunter, über die Waldrücken hinweg, auf den schmalen Streifen tintenblauen Meers tief in der Ferne. Dies ist mein Land, sagte er sich. Er mußte lächeln, er konnte es selbst nicht glauben.

Upworth und Sweeney gingen neben ihm.

Beautiful landscape, isn't it? bemerkte der kleinere der beiden, der korpulente, schwer atmende Upworth.

Cervioni lag in einem engen Tal, die gelben, eng verschachtelten Häuser schmiegten sich an die Bergflanken. Über dem Ort hingen wie geraffte Seidenvolants die Nebelschwaden, in denen es anfing zu funkeln und zu glitzern, sobald die Sonne über den Kamm stieg. Dann, als der Dunst sich auflöste und Licht das Tal überschwemmte, explodierten die Farben in den taufeuchten Olivenbäumen, Kastanien und Stechpalmen und auf den Fassaden der Häuser.

Die Bevölkerung drängte sich – denn bereits seit zwei Tagen trafen die noblen Korsen ein – auf dem kleinen Platz vor der dicht umbauten Kathedrale San Erasmo und dem sich anschließenden Bischofspalast und schrie, rief und schoß, auch aus den Fenstern, genau wie im Hafen von Aleria.

Die Männer bekreuzigten sich einer nach dem andern, bevor sie die Kirche betraten. Theodor, umgeben von seiner Garde, stand noch und grüßte. Der beißende Pulvergeruch verzog sich nur langsam, das rhythmische Vivatgeschrei hallte in seinen Ohren, irgendwo quiekte ein Schwein. Charles Sweeney hielt ihm die Tür auf und sagte ironisch: Das Konklave beginnt.

Overbeck, der als Protestant keinen Fuß in die Kultstätten der Papisten setzte, blieb draußen und versuchte sich mit Gesten und Worten als der hungrige Hofpoet Seiner

Majestät kenntlich zu machen, den es nach einem kostenlosen Mahl in einem Gasthaus verlangte.

Theodor blieb einen Moment in der düsteren Vorhalle unter dem Lettner stehen, tauchte die Hand ins Weihwasserbecken und dachte an seine Schwester, der er – zum ersten Mal seit Jahren – aus Aleria geschrieben hatte, um sie von seiner Erhöhung in Kenntnis zu setzen.

Aber von Erhöhung konnte keine Rede sein in den folgenden zwei Wochen, die das »Konklave«, wie Sweeney es genannt hatte, dauerte.

Jeder Tag – die korsischen Patrizier schliefen lange – begann mit einer Messe. Aus dem Weihrauch wechselte man in die Küchendünste und den Tabaksqualm, selten einmal saßen alle um den Refektoriumstisch, man sprang erregt auf, beriet sich in Nebenräumen, schloß sich mit seiner Familie ein, kehrte zurück, wedelte mit Papieren, verlas Resolutionen, zerriß wütend das Geschriebene, ganze Fässer sauren korsischen Rotweins leerten sich, die Fenster wurden aufgerissen, um die von Rauch und Erregung tränenden Augen zu trocknen. Abordnungen der Bevölkerung von Cervioni klopften mit Bittgesuchen an die Tür, der Schweinebraten war fertig und wurde gereicht, dann Käse, dann Kaffee, dann Kräuterschnäpse, schließlich zog man sich zur Siesta und kleinen Diskussionszirkeln zurück. Ab fünf Uhr tröpfelten die Herren wieder herein, der Pfarrer und der Bürgermeister beschwerten sich über den Andrang von Freudenmädchen, die der Rat hergelockt hatte, ein offizieller Text, der ihre Präsenz verdammte, wurde verfaßt und ein Haus requiriert, um sie unterzubringen, und eifrig besucht. Gegen Abend nahm der Pfeifen- und Zigarrenrauch zu, man konnte kein Ende finden, wetzte auf seinen Stühlen, lamentierte, feilschte, grollte, rieb sich die Hände, rang, knetete, faltete sie, hob sie in die Höhe, beschrieb Bahnen und Kurven, Männer standen auf und deklamierten flammende Aufrufe, setzten sich wieder und sahen sich verlegen um. Zirkel und Seilschaften und Koalitionen fanden sich und schaukelten eine Weile über die Hängebrücke einer gemeinsamen Strategie, bis die morschen Seile rissen.

Theodor, der Huldigungen und Dank erwartet hatte, wurde mit Fragen bestürmt, mit Forderungen konfrontiert, mit Bitten überschüttet, man sah ihn flehend an, mißtrauisch, ungläubig, grimmig, hochmütig. Er setzte seine tunesische Lesebrille auf, um die Papiere, die ihm gereicht wurden, zu überfliegen, und versuchte, Ruhe zu schaffen im kakophonischen Chor der von ihren Aussichten und Ansprüchen trunkenen Patrizier.

Don Teodoro, Sie haben uns garantiert ... Don Teodoro, Sie haben uns versprochen ... Don Teodoro, wir sind davon ausgegangen ... Don Teodoro, auf keinen Fall akzeptieren ich und meine Familie ... Don Teodoro, ein Anfang mag ja gemacht sein, aber ...

Oder fordernd und drohend: Wo bleiben die Söldner, Don Teodoro? ... Nur über meine Leiche! ... Nie und nimmer, Don Teodoro ... Was erwarten Sie denn noch alles von uns? ...

Oder, sobald er gesprochen hatte: Das können Sie nicht von uns verlangen, Don Teodoro ... Ich habe Familie, Don Teodoro ... Ich bin nur ein einfacher Bauer, Don Teodoro ... Das müssen Sie verstehen, Don Teodoro ... Versetzen Sie sich einmal in unsere Lage, Don Teodoro ...

Und standen die Meinungen gegeneinander, lief es immer wieder auf das eine hinaus: Don Teodoro, Sie kennen Korsika, unsere Heimat, unsere Traditionen, unsere Mentalität noch nicht richtig, daher erlaube ich mir, Sie darauf hinzuweisen ... Don Teodoro, Sie sind kein Korse, Sie können das nicht begreifen, nachvollziehen, fühlen ... Don Teodoro, Sie dürfen Ihre Erfahrungen vom Kontinent nicht auf Korsika übertragen ... Don Teodoro, Sie machen sich ein falsches Bild ...

Können Sie sich jetzt vorstellen, Sir, fragte Upworth eines Abends anzüglich, was Ihr Cousin Georg tagtäglich mit dem Parlament zu ertragen hat?

Theodor verlor die Beherrschung und fuhr den Journalisten an: Zum Teufel, Jeremiah, wollen Sie nicht lieber einen Pub suchen gehen?

Oft auch vergaßen sie Theodor und die Verfassung und wurden untereinander laut: Ich spreche nicht mit Verrätern ... Wessen Familie hat denn mit den Besatzern paktiert? ... Mit Korsen von jenseits der Berge, aus dem Süden, aus dem Norden, aus der Balagna ist keine Verständigung möglich ... Du willst nur die Privilegien nicht verlieren, die dir die Genueser verschafft haben ... Ein Korse, der zu lange auf dem Festland war, ist kein richtiger Korse mehr ...

Abends schloß sich Theodor in der Zelle des Priors ein, blickte durch das vergitterte offene Fenster auf den schmalen Streifen Himmel zwischen den Bergen, hörte den Nebel im Laub tröpfeln und dachte: Ich will fort von hier, ich will das nicht mitmachen, warum habe ich mich auf diesen Irrsinn eingelassen ... Aber sobald es Morgen wurde und der Lärm auf der Straße anhob, mußte er wieder handeln und verhandeln, damit etwas übrigblieb von seiner Königswürde.

Er setzte durch, sich und seine eventuellen Nachkommen, sofern sie im Lande residierten, dynastisch auf dem Thron zu installieren, er behauptete seinen Plan, die korsische Bevölkerung durch den Zuzug Fremder zu bereichern, gegen die sich an den Griechen festmachenden Widerstände, mußte aber akzeptieren, daß kein Ausländer ein Amt oder eine offizielle Position bekleiden dürfe.

Die Korsen verlangten eine Diät aus vierundzwanzig Patriziern, ohne deren Zustimmung der König weder Entscheidungen über Steuern noch über Kriege fällen konnte. Wenn es Theodor gelang, die Aufstellung einer Leibgarde seiner Wahl zu erwirken und fremdländische Truppen und

Milizen engagieren zu dürfen, dann erkaufte er sich dieses Vorrecht durch die Einschränkung, jeder fremde Soldat habe nach dem Sieg über die Republik das Land zu verlassen, und dem Versprechen, alle Genueser auszuweisen, vor allem jedoch mit ökonomischen Privilegien und Steuervergünstigungen für die einheimischen Besitzenden, die in ihrem Absolutheitsanspruch schon kindisch waren.

Als sei Theodor ein Händler, mit dem man über den Preis seiner Ware, derer man nicht unbedingt bedurfte, über alle Grenzen des Schicklichen hinweg feilschen könne, steigerten einige der Verordneten ihre Anliegen ins Absurde, Unverschämte, ja Phantastische.

Der König darf keine Transportsteuern erheben! Die Kopfsteuern dürfen nicht höher als drei, nein, zwei Livres pro Familie sein! Der Halbpart der Witwen und Waisen muß abgeschafft werden! Das Salz, das der König dem Volk zur Verfügung zu stellen hat, bleibt unter zwei Seini pro Scheffel! Es ist Pflicht des Königs, dafür zu sorgen, daß die korsische Universität dieselben Privilegien genießt wie alle anderen europäischen Universitäten und einen ebenso hohen Ruf! Aber keinem Ausländer darf gestattet werden, hier in unserem Land zu lehren und eine staatliche Pension dafür zu kassieren!

Sie begannen sich in Dinge zu mischen, von denen sie nichts verstanden: Militärstrategie, Im- und Export, Geldwirtschaft, Moral und Landreform: Nie werde ich zulassen, einen Fußbreit des Bodens, der seit zwanzig Generationen meiner Familie gehört, einem Fremden abzutreten oder zu verkaufen, der ihn schändet, unseren heiligen korsischen Boden ...

Es war der zehnte April. Mit den Worten: Meine Herren, ich glaube, ich habe mich getäuscht, stand Theodor auf. Ich wollte Korsika zur Freiheit verhelfen, ich habe versprochen, eure Waren zu exportieren und euch Waffen und Munition zu bringen. Ich habe mein Versprechen gehalten.

Aber ich habe nicht den Eindruck, ihr wollt das eure erfüllen. Ihr kennt die Devise der Neuhoffs: *Ubi libertas, ibi patria.* Soll ich ein gefesselter Prometheus sein, ist mein Platz nicht hier. Sprach's und verließ den Saal.

Niemand rührte sich, aber schon auf der Treppe, wo er einen Moment innehielt, hörte Theodor, wie es losbrach. Er war sehr ruhig, gelassener als je, seit er den Fuß auf diese Insel gesetzt hatte, denn er begriff, daß er innerlich mit der Idee, der König dieser Menschen werden zu wollen, abgeschlossen hatte. In zwei Tagen konnte er auf einem Schiff nach Livorno sein, oder nach Lissabon, Marseille, Tunis. Er war frei.

Zwei Stunden später klopfte es an seine Tür. Es waren Giafferi und Paoli, die während der *consulta* zwischen allen Stühlen gesessen hatten, hin- und hergerissen zwischen ihren zwei Loyalitäten, der Freundschaft zu Theodor und ihrem Patriotismus, der sie zwang, mit zusammengebissenen Zähnen und schamrotem Gesicht ihrem Souverän erniedrigende Zugeständnisse abzupressen – nun aber vorgeschickt von den schockierten Delegierten, die plötzlich wie aus einem rauschhaften Traum in einen Katermorgen erwacht waren, zerknirscht zur Besinnung kamen und Theodor, als er sich wieder einfand, die Hand küßten, aber seinen Blick mieden.

Es ist, dachte der, wie nach einer Liebesnacht mit einer Fremden, wenn man den Fehler begeht, bis zum Morgen zu bleiben. Man hat sich in der erotischen Raserei in einer Schamlosigkeit entblößt, die man vergessen will, an die einen aber Gesicht und Blick des anderen erinnern. Man kann nichts als Abneigung und Verlegenheit empfinden gegenüber jemand, der einem in den Mahlstrom der Seele geblickt hat.

Die Krönung fand am fünfzehnten April im Kloster von Alisgiani statt.

Das rhythmische Vivatgeschrei Tausender von Menschen, in das in manchen Augenblicken der Messe wie eine Luftblase in einer Glaskugel die tiefe Waldesstille mit dem Basso continuo der Grillen und den Arpeggi der Singvögel eingesiegelt war, die psalmodierenden Rezitative Orticonis, die Huldigungslieder der korsischen Männerchöre, die in breiter Front vor ihm standen, als wollten sie ihm ans Leder, ihr kehliger polyphoner Gesang, der Theodor an den Ruf des Muezzins in Tunis erinnerte, versetzten ihn in eine Art von Trance, in der er die Feier durchlebte, als befände er sich unter Wasser, wohin nur verwellte Bilder und verzerrte Geräusche drangen.

Die Prozession der Vierundzwanzig, die vor ihm niederknieten und ihm den Ring küßten, das Gefühl (Dornenkrone, Vogelnest?) des Lorbeerkranzes, den Giafferi und Paoli im anschwellenden Jubel auf sein Haar drückten. Es lebe der König von Korsika! Aufstehen jetzt, grüßen, lächeln. Die Würde der Erhöhung. Er mußte sich zwingen, sie nicht zu spielen, sondern zu empfinden. Oder war Empfindung immer eine bewußte Willensanstrengung? Der höchste Moment eines Lebens. Wenn man ihn nur ernst nehmen könnte! Wären sie jetzt doch alle hier und sähen mich, Jane, Amélie, Mortagne, die Pfälzerin, Görtz, Sternhart, der schwedische Karl, der Zar, die Geliebten... Aber war es denn seriös: König von Korsika? War ein König dieser Bandeninsel zu vergleichen etwa mit dem König von Frankreich? Giafferis Stimme am Vortag: Don Teodoro, ich entschuldige mich auf den Knien, aber Sie müssen sie verstehen. Es sind Männer, denen die Würde geraubt wurde. Seit Generationen werden sie erniedrigt, abgespeist, betrogen, von oben herab behandelt, dumm gehalten. Ihr ganzes Leben besteht aus Kompromissen und Selbstbetrug. Nichts höhlt den Menschen so aus wie der mitverschuldete Verlust seiner Würde. Ein Mann kann Sie ein Schwein nennen, das macht nichts, aber wenn er Sie dazu zwingt, sich selbst ein Schwein zu heißen, dann zerbricht etwas in Ihnen. Don Teodoro, Majestät, haben Sie Verständnis. Es sind jetzt Ihre Kinder, Ihr Volk.

Er hörte die Chöre: Theodor, Baron Neuhoff, einstimmig zum König von Korsika proklamiert. Eine Woge trug ihn höher und höher zur Sonne, dann stürzte er nach unten in den Schatten eines Wellentals. Dieser lächerliche Fels im Mittelmeer, nach wie vor von Genua beherrscht, und er, Paradiesvogel, Abenteurer, Gespött der gebildeten Stände, die »The Gentleman's Magazine« lasen, und er empfand Scham angesichts dieser Farce hier, halb Bauernhochzeit, halb Händeloper. Das Szepter jetzt, dann die Urkunde, wo sollte er unterschreiben? Die Brille bitte.

Ich habe völlig vergessen, an die Liebe zu denken, seit Monaten. Ist das ein Zeichen von Reife und Würde? Oder von Alter und Verwesung? Seine Handfläche spürte die Wärme glatter Haut, glitt über die weiche, schwach pulsierende, ein wenig feuchte Kuhle einer Ellenbeuge, sein Zeigefinger strich über den zarten Flaum eines Arms, weit, weit fort von allem hier.

Dreizehntes Kapitel

Es war nicht Theodors private Lust, die sich da ergoß, während sein interessierter Blick das gerötete, von einem schwarzen Haarkranz umrahmte Gesicht unter ihm abtastete, über die vergitterten Fenster glitt und den fadenscheinigen, verblaßten Perser wahrnahm, es war der Samen des Königs, der in diesem Augenblick in der geräumigen Schlafzelle des Bischofs den Höhe- und Schlußpunkt einer Art sexueller Amtshandlung setzte, der heiße Siegellack des *Theodorus Rex* im Schoß des unbekannten Mädchens.

Das war seit der Krönung nicht aus Cervioni verschwunden, stand in jeder Menschenmenge, besuchte jede Audienz, lehnte an der nächsten Mauer, sobald Theodor auf die Straße trat, ja, hatte es so sehr darauf angelegt, dem König beizuwohnen, daß Theodor sich viel zu geschmeichelt fühlte, um abzulehnen, trotz des finsteren Blicks Paolis, trotz der alleruntertänigsten Bedenken Giafferis – wir kennen die Frau doch überhaupt nicht, Don Teodoro, bitte, das ist womöglich eine Hure aus Bastia, jedenfalls ist sie nicht von hier – trotz des schmallippigen Orticoni, der, wie Theodor genau spürte, hinter ihm das Kreuz schlug.

Aber wenn er schon nicht nach Florenz reisen konnte, um darüber zu sprechen, daß er König sei, wenn es gänzlich undenkbar war, dem Ereignis durch seine Präsenz in Europas Hauptstädten Wirklichkeit zu verleihen, dann wollte er zumindest nicht darauf verzichten, seine Erhöhung in der Intimität ekstatischer Augenaufschläge beglaubigen zu lassen.

Denn die kleine Angelina, die vor Aufregung schwitzte, als die Tür des Schlafgemachs sich hinter ihnen schloß, war neben einer schwarzgekleideten triefäugigen Alten, die nach der Krönung vor ihm auf die Knie gesunken war, seine staubigen Stiefel geküßt und gekrächzt hatte, sie habe ihre zwei Söhne im Befreiungskampf verloren und jetzt habe die Heilige Jungfrau ihn geschickt, den König, den Erlöser, das Land zu befreien – eine peinliche Szene, fand er im nachhinein – der einzige Mensch, der ihn und den König so sehr als ein und dasselbe Wesen sah, daß Theodor selbst erschüttert und lachend, kopfschüttelnd und triumphierend sagen konnte: Ja, ich bin es. Ich muß es wohl sein.

Dieser kopfschüttelnde Triumph, dieses erschütterte Gelächter über das Königspalimpsest auf seiner Haut veränderte Theodors Liebespraxis grundlegend. Wo blieb der Moment des Taumels, die Schwäche in den Gliedern, die Erblindung? Wohin hatte sich sein Gefallen an den Umwegen und Tangenten, den Ellipsen und Umlaufbahnen der Erotik verflüchtigt? Was war aus seiner Vorliebe für die ins Grüne führenden Saumpfade gegenüber den Königswegen der offiziellen Pilgerstraßen geworden, die immer in direkter Linie zu den Grotten, Kathedralen und Tempeln führten, wo der Obolus in den Opferstock gesteckt werden mußte?

Es herrschte Tageslicht, von der doppelten Unterwerfung der bewundernden Augen und des trophäengierigen Schoßes provozierte Lust, mit der Majestätsverliebten zu verfahren wie mit einem Untertanen. Beiläufig ehrte Theodor das Mädchen mit seinem Szepter, indem er es beglückte, oder beglückte es, indem er es ehrte, und Angelina wog, wie der König fern von Erblindung und Taumel konstatierte, die Reichsäpfel in kennersicheren Kaufmannshänden.

Es war eine männliche Lust, wie er sie vor Jahren kopfschüttelnd und befremdet an Jakob Sternhart beobachtet hatte, eine Erotik bar jeglicher Selbstironie, welche ihren Ursprung in einem religiösen Staunen, einer vertraulich-bangen Ehrfurcht vor dem Mysterium hat, dem man entgegentreten sollte wie der Kapitän eines kleinen Schiffes dem Sturm: seine Seele Gott empfehlend und ein wenig, aber nicht zu sehr darauf vertrauend, ein guter Schwimmer zu sein.

Weniger wie ein König, mehr wie ein Zauberlehrling, der zum ersten Mal den Stab des Meisters schwingt, hatte er dekretiert: Ich möchte nicht, daß du in diesem Raum Kleider trägst, und seither zog Angelina sich wortlos aus, sobald sie einen Fuß über die Schwelle gesetzt hatte, und floh in gespieltem Entsetzen vor ihm rund um das Bett, hielt sich an den vier gedrechselten Pfosten fest und quietschte atemlos, den Blick starr auf seinen nackten Leib gerichtet: Du Satyr!

Selbstverständlich duzte sie ihn sonst nicht, aber in solchen Momenten war er nicht kleinlich, dachte vielmehr an antike Vasen- und Wandbilder der Nymphenjagd, und der Gedanke, sich in diese Tradition viriler Lebendigkeit einzureihen, verschaffte ihm ebensoviel Genugtuung wie das tatsächliche Geschehen.

Mit einer Willfährigkeit, zu der ohne Einbußen am Gefühl, sein eigener Herr zu sein, nur ein Herrscher fähig ist, brachte er dem blinden, ewig hungrigen Gott mehrmals am Tag ein lebendiges Opfer, das angenommen, verspeist und dann schließlich doch wieder mürrisch ausgespien wurde.

Die Liebe mit dem kleinen, stämmigen Mädchen, der Anblick ihres ausladenden, an eine römische Bogenbrücke erinnernden Beckens, ihr dickes schwarzes Haar und der dunkel schimmernde Flaum auf ihrer Oberlippe und auf dem Rücken, dort wo die beiden weißen Vollmonde der Hinterbacken aufgingen – all das ermüdete und langweilte ihn auch nach mehreren Wochen noch nicht, vielleicht weil er nichts von dem Menschen Angelina zu wissen begehrte, der ihn seinerseits weder mit Fragen, noch mit Lebensgeschichte oder anderen Versuchen behelligte, Konversation zu machen.

Er saß auf dem Bischofsbett in Monsignor De Maris requiriertem und zur Residenz umfunktionierten Palast, ließ den Blick über die Landschaft von Angelinas nacktem Körper flanieren und konzentrierte sich dabei, mit der Muße des Spaziergängers, der ein angenehmes, wohlbekanntes Stadtviertel durchquert, auf anderes, nämlich auf die ideale Form, die er seiner Existenz geben wollte.

Es war, Theodor konnte es nicht verhehlen, Angelinas Schoß, von dem seine Überlegungen ausgingen. Natürlich war die Korsin niemand, der ihm Jane ersetzt hätte. Wenn er nun aber, da er seine Schuld durch seine Königswürde zwar nicht getilgt, aber doch gerechtfertigt wußte, an die Intelligenz und Großmut seiner Frau appellierte und sie bat, hierherzukommen und als seine Königin mit ihm zu leben? Selbstverständlich unter Würdigung ihrer Intimität, indem sie sozusagen als seine königliche Schwester neben ihm existierte? Es mußte doch einzurichten sein, mit Angelina in angemessener Diskretion seine niederen Triebe auszuleben und zugleich zum Reden und Denken, Repräsentieren und Regieren, Musik hören und Reisen die Königin seines Geistes an seiner Seite zu haben. Und dazu noch einen Sohn, auch wenn dieses dritte Glied seiner Idealfamilie nicht auf dem klassischen Wege zu ihm käme, sondern vielmehr aus sehr traurigen Gründen, über die nachzusinnen Theodor sich strengstens untersagte.

Er hatte einen Brief erhalten, ein in formschöner Schrift mit der Feder verfaßtes, ihn dreifach als hochgeehrten Herrn, Majestät und geliebten Onkel und Vater ansprechendes Schreiben, in dem der Vicomte de Trévoux, sein Neffe Friedrich, ihm den Tod seiner Mutter Amélie mitteilte, sowie seinen Wunsch, seine Zukunft mit und bei ihm, seinem Onkel, verbringen zu dürfen.

Hätte Theodor auch nur eine ruhige Minute gehabt, sich dieser Neuigkeit zu öffnen, er wäre zusammengebrochen und schwermütig oder blöde geworden. Das einzige, was er an sich heranließ, war die Ankündigung von Friedrichs baldigem Kommen. Wie alt war der Knabe eigentlich? Sechzehn, siebzehn, achtzehn? So alt wie er selbst, als er seine gesicherte, langweilige Zukunft als Leutnant im Régiment d'Alsace drangegeben hatte.

Jane, Friedrich und Angelina, stellte Theodor sich vor, der König, seine Ober- und Unterfrau und sein Sohn, aus verschiedenen Zeiten und Leben herangezogen, die ihr Land glücklich regierten.

Das waren die Bilder in seinem Kopf, während seine Lippen an geeigneten Verstecken in Angelinas Leib deponierte, süße getrocknete Feigen und Loukoums ergriffen und gegen einen leichten Körperwiderstand in den Mund zogen. Wie schmecken sie, Majestät? fragte das Mädchen neugierig, und Theodor antwortete: Wie Backpflaumen im Speckmantel, mein Kind.

Ja, dieses Haben-Wollen und Haben-Müssen hygienisch-königlicher Orgasmen war eine Verarmung der Phantasie und eine Verdummung, aber zugleich auch das Zeichen, daß die Erhebung und Erhöhung Theodor verwandelt hatte.

Und nicht nur seine Liebespraxis, die rasch, männlich, zielstrebig geworden war; der König in ihm, oder besser: um ihn, den Angelinas faszinierte Hingabe ihm bewußt gemacht hatte, eignete sich auch die übrigen Provinzen seiner Seele an.

Staunend nahm Theodor wahr, daß seine Fähigkeiten ihm zwar erlaubt haben mochten, die Königswürde zu gewinnen, daß es aber in noch viel größerem Maße die Königswürde war, die ihn befähigte, wie ein König zu denken und zu handeln. Er hatte erst König von Korsika werden, erst daran glauben müssen, es tatsächlich zu sein, um königliche Kraft und Tatendrang in sich wachsen zu spüren.

Es klopfte dringlich an der Tür, und Theodor erinnerte sich, daß es der Morgen des siebenundzwanzigsten April war und sein Gardeoffizier ihn zu einer von ihm selbst angeordneten Exekution rief.

Er ließ sich gerade ankleiden, als Giafferi und Orticoni ihre Anwesenheit im Vorzimmer ausrichten ließen, was bedeutete, daß Angelina entfernt werden mußte, denn sie war den beiden korsischen Patriziern ein Dorn im Auge. Auch die Exekution war ihnen ungemütlich, alle hatten sie betreten geschwiegen oder gedruckst, Einspruch erhoben hatte jedoch keiner.

Was den zum Tode Verurteilten zur Last gelegt wurde, war nichts weiter als eine Familienvendetta, wie sie zu beiden Seiten der Berge tagtäglich vorkam. Mit bösartiger Freude las Theodor in den Blicken seiner Diätsräte den Widerstreit zwischen seinen höheren Argumenten – die Blutrache, die das Land entvölkerte als das ursprüngliche Problem der korsischen Uneinigkeit – und ihrem unheimlichen Gefühl, daß es, stünden die Dinge so oder so, jeden von ihnen hätte treffen können.

Theodor hatte es sich nicht nehmen lassen, diese erste wirkliche Amtshandlung als einen Schlag mitten ins Wespennest ihres schlechten Gewissens und ihrer Widersprüche zu führen, es war auch eine Art Revanche für die Behandlung, die sie ihrem König während der *consulta* hatten angedeihen lassen.

Natürlich, Don Teodoro, werden die Dörfer der Verurteilten sich auf die Seite Genuas schlagen, gab Paoli zu bedenken.

Und wenn schon, antwortete Theodor, es könne schwerlich einen Unterschied machen, ob die Bewohner windschiefer Ziegenställe im Gebirge von der einen oder der anderen Seite Tribut verlangten, um durchziehenden Truppen den richtigen Weg durch die Macchia zu weisen.

Das Gesetz, das Theodor erlassen hatte, die Todesstrafe für Clanmorde, deren erstes Exempel hier statuiert wurde, bewies ihnen, daß er es ernst meinte, und dieser Morgen und der Gang durch das Spalier Schaulustiger, immer leiser, je näher er den Galgen kam, deren Querbalken an die tiefhängenden Wolken zu stoßen schienen, machte Theodor die Realität seiner Macht und die tatsächlichen Konsequenzen seiner Gedanken bewußt.

Er sah, wie die beiden stoppelbärtigen Männer mit den zerrissenen schmutzigweißen Hemden, die Hände auf den Rücken gefesselt, die Füße eng aneinandergebunden, auf den Galgen zugestoßen wurden und widerstrebend vorwärtsstolperten. Er roch, daß der eine, der vor dem Podest auf die Knie sank, die Kontrolle über sich verlor und atmete zugleich die frische Waldfeuchtigkeit ein. Er hörte, wie das Urteil verlesen wurde, hörte den Trommelwirbel, sah das Weiße in den Augen heimlich auf ihn gerichteter Blicke, hörte das Klagegeschrei einer Frau.

Die auf das Getrommel folgende Stille hallte nach, der zweite Mann war von stoischer Ruhe, die beiden wurden aufs Podest geführt, die Schlingen schlossen sich um die Hälse, die Hosen des Nervenschwachen schlotterten, so sehr zitterten seine Beine, dann bewegte der Henker seinen Hebel, die Falltüre klappte knallend nach unten, der Aufschrei aus der Menge übertönte nicht das scharfe Knacken eines morschen Astes, mit dem das Genick des Ängstlichen brach. Er verdrehte die Augen, er war sofort erlöst. Der andere zappelte und krächzte und wand sich um die eigene Achse und kämpfte gegen das Sterben. Sein Gesicht lief rot an, die Halsmuskeln schwollen, die Augen traten aus den Höhlen, die gefesselten Beine wuchteten sich haltsuchend durch die Luft. Theodor sah hin und wartete auf den Tod des Mannes. Die Patrizier hinter ihm blickten zu Boden, die Soldaten vor ihm stießen die Knäufe ihrer Speere in die murrende Menge aus dem Dorf der Verurteilten. Theodor versuchte sich der geraden Linie bewußt zu werden, die von seinen Überlegungen, wie die Selbstverstümmelung des korsischen Volks zu unterbinden sei, über das Gesetz zu diesem tapferen Sterbenden hier führte.

Es war eines, in Wut oder im Affekt, wie es ihm vor Jahren in einer träumerischen Nacht in Venedig geschehen war, einen Menschen zu töten, es war etwas ganz anderes, an der Spitze einer Befehlskette zu stehen, an deren Ende ein Mann exekutiert wurde. Nicht, daß er irgend etwas bereut hätte.

Jetzt wurde der Gehängte schwächer und sperrte den Mund auf wie ein junger Vogel im Nest, der auf Futter wartet. Theodor ertappte sich dabei, auf irgendeine unvorhergesehene Unterbrechung des Schauspiels zu warten, aber dann schien der Mann etwas Großes, Schwarzes hervorzuwürgen, und Theodor kniff die Augen zusammen, um schärfer zu sehen. Es war seine Zunge, die der Tod ihnen allen in einer obszönen Grimasse herausstreckte. Dann zuckte der Rumpf, die Glieder baumelten und hingen schlaff.

Die Leichen wurden eingeholt, auf einen Karren geworfen und den Angehörigen zum Heimtransport überlassen. Die königliche Delegation kehrte in den Bischofspalast zurück.

Es fiel Theodor ebenso schwer, der Exekution volle Wirklichkeit abzugewinnen und sich ausschließlich auf sie zu konzentrieren, wie es ihm zuvor mit seinen Familienplänen gegangen war. Schoben sich vor jene die Forderungen des Tages, so spielte in die Amtshandlung ständig die Erinnerung an die Liebe mit Angelina und in diese wiederum Gedanken an Jakob Sternhart. Denn wenn Theodor angesichts der Schwertschluckerei, die er mit dem korsischen Mädchen betrieb, an seinen alten Freund erinnert wurde, dann deswegen, weil dieser sich nach zwanzig Jahren plötzlich wieder in Erinnerung gebracht hatte.

Ganz oben auf dem Stapel der täglich eintreffenden Bittbriefe hatte sich ein Schreiben des vormaligen preußischen Professors gefunden, dessen verschnörkelte Schrift und kongenial verschrobene, sozusagen auf dem Bauch daherrobbende und sich zugleich verneigende Anrede einer Flut von Selbstmitleid und unverschuldetem Unglück das Wehr öffneten.

Wie Theodor gerunzelter Stirn und zuckender Mundwinkel erfuhr, hatte Sternhart aufgrund von Kollegenintrigen zunächst seine Professur verloren, dann aufgrund von Intrigen der Familie seiner Frau sein Haus und schließlich auch noch seine Gesundheit. Was vermutlich, ergänzte Theodor das an diesem Punkt einsilbige Lamento, auf Intrigen von Freudenmädchen und Geißeltierchen zurückzuführen war.

Um alter Zeiten willen erbat der Unglückliche ein wenig finanzielle Hilfe, eine Empfehlung für eines der Fürstentümer des Reiches oder womöglich einen Posten auf der Mittelmeerinsel, von deren heroischem Befreiungskampf man jetzt überall höre und lese.

Theodor ließ sich Papier und Feder kommen und schrieb an seinem Stehpult höchstpersönlich, man habe die Erinnerung an die aufrichtige, von Jugend an erwiesene Freundschaft in seinem Herzen bewahrt, der verehrte Herr Professor sei keinesfalls vergessen und es stehe ihm frei, auf seinen, des Königs Namen soviel Rechnung als auf sich selbst zu machen. Dieser Name werde den meisten einschlägigen Etablissements nicht unbekannt sein.

Während der Streusand die Tinte trocknete, blickte Theodor auf seinen Brief, seine Lippen waren zu einem schmalen Strich eingesogen, und in seinen Augenwinkeln bildeten die Lachfältchen einen Strahlenkranz.

Aber mit dem Lesen und Beantworten von Briefen war es nicht getan. In den ersten Wochen seiner Amtszeit erließ Theodor eine Generalamnestie, von der nur die Verräter an der korsischen Sache und die Mörder aus Blutrache ausgenommen waren. Er stellte aus den Vierundzwanzig seiner Diät eine Regierung zusammen, er ordnete die Ernennung von Richtern und Anwälten an, versuchte, die ersten Ansätze zu einer Steuer- und Finanzverwaltung auf den Weg zu bringen und befahl die Aushebung einer regulären korsischen Miliz, an deren Spitze er die noch in Genuas Hand befindlichen Häfen und Festungen befreien wollte.

Damit nicht genug, lange nicht genug, denn bereits jetzt begannen einige der korsischen Patrizier nach neuen Lieferungen an Waffen und Munition, an Saatgut und Geräten zu verlangen. Was um Himmels willen war in wenigen Wochen aus der ersten Schiffsladung geworden? Achselzucken, Lamentationen, in Ellipsen endende Erklärungsversuche. Theodor verdächtigte sie zu horten, um weiterverkaufen zu können, womöglich sogar an die schlecht ausgerüsteten und ewig hungrigen Genueser Truppen in den Forts, die zum Teil aus korsischen Freiwilligen bestanden, ganz bestimmt jedoch, um massiv Vorräte für ihre Clanstreitigkeiten zurückzulegen.

Der König mußte mit seinen Geschäftspartnern korrespondieren, deren weitere Unterstützung von der Vertreibung der derzeitigen Herrscher abhing, die doch nur mittels zusätzlicher Waffen und Munition möglich sein würde, setzte der Schwund sich im selben Maße fort, in dem er begonnen hatte. Auch den Gedanken an die Patronage eines mächtigen Staates hatte Theodor noch nicht verworfen, wobei Spaniens Unterstützung das Reich aufbrächte und Frankreichs Hilfe oder Gegnerschaft am Geschick der genuesischen Diplomatie hing, so daß Theodor am ehesten auf England hoffte, da er nicht das Risiko eingehen wollte, etwa mit der Pforte zu paktieren. Es war jedoch völlig ausgeschlossen, in London etwas zu erreichen, ohne selbst dort vorzusprechen, und an ein Verlassen der Insel-Zitadelle war momentan nicht zu denken.

Was ihm darüber hinaus fehlte, war Unterstützung von Spezialisten, denn in die Fähigkeiten seiner korsischen Räte setzte er kein übermäßiges Vertrauen, was er den empfindlichen Männern allerdings keineswegs zeigen durfte, die auf Nebenkriegsschauplätzen beschäftigt werden mußten, um ihnen das Gefühl zu vermitteln, der König zähle auf sie.

Er verfaßte ratsuchende Briefe an den Baron de Secondat in Bordeaux, der sich bereits für Costas Verfassungsentwurf interessiert hatte, um zu erfahren, wie Gewaltenteilung und Rechtssicherheit ins Werk gesetzt werden könnten. Vor allem entwarf er den kühnen Plan, für die Finanzverwaltung des Königreichs das einstige Genie der Rue Quincampoix, den schottischen Herrn Law persönlich, als Minister zu gewinnen. Alle seine Schreiben aber kehrten mit dem Vermerk, der Adressat sei unbekannt oder lebe nicht mehr am angegebenen Ort, nach Korsika zurück, und nach einer mehrmonatigen postalischen Odyssee erfuhr Theodor aus Venedig von seinem alten Freund Respighi, der langvergessene Finanzjongleur sei bereits vor sieben Jahren elendiglich und mittellos in der Lagunenstadt gestorben.

Als er diese Nachricht erhielt, Anfang September in Sartè, wäre wieder ein Moment dagewesen, wie Theodor sie liebte. Ein Brief war es hier, es hätte auch der Duft einer Blume, der Glockenklang einer Kirche oder eine Melodie sein können, die ein Seil über den Abgrund der Zeit spannten: Law gestorben in Venedig, das reichte von den Pariser Erinnerungen seiner Jugend bis hin zu seinen eigenen, traumartigen venezianischen Tagen, aus deren Hintergrund sich in besonderer Beleuchtung jenes Gemälde schälte, das seine Sehnsucht vor so große Rätsel gestellt hatte. Theodor sah es genau vor sich, das sein Kind säugende Mädchen, der innehaltende Hirte oder Wandersmann, das dräuende Gewitter... – ja, es hätte ein Moment sein können, zu sinnen über die Zeit und die merkwürdigen Wege des Lebens, aber es war keine Zeit dafür, denn mitten aus dem traumatischen Feldzug auf Bastia hatte Theodor die Diät nach Sartè berufen, um den Erlösungsorden zu stiften, und er hatte ebensowenig Muße für Erinnerungen und Träume wie jetzt in den letzten Apriltagen in Cervioni.

Seine paradoxe Erfahrung war, daß aus der Überfülle der Tage kein Leben erwuchs, sondern Leere. In Berthelsdorf zum Beispiel hatte er gelebt, es bereitete ihm nicht die geringste Mühe, lange in der Kontemplation der Gestirne verbrachte Abende, Gespräche, Mußestunden, die seltenen Reisen in lebendigsten Farben, Tönen, Gerüchen heraufzubeschwören. Dagegen konnte er sich an keinen einzigen Tag erinnern, seit er auf Korsika war, und hätte nicht zu sagen gewußt, was mit den gestohlenen Stunden eigentlich entwendet worden war. Auch wenn er später an diese Monate zurückdachte, blieben viele weiße Flecke, er wußte nur gerade zu sagen, er sei König gewesen, und mußte fast jede zusätzliche Einzelheit erfinden.

Im Feldlager bei Isula Rossa im Juni erwachte Theodor eines Morgens vor Tagesanbruch verkühlt und mit schmerzenden Knochen und rief aus: Welche Anstrengungen!

Bevor er noch an den bevorstehenden Tag denken konnte, blieb er an seinen eigenen Worten hängen: Tatsächlich, er strengte sich an, seit er König war, er mußte sich jeden Tag anstrengen.

Banal, wie sie sich anzuhören schien, war diese Feststellung doch eine wahre Offenbarung. Wann hatte er sich je im Leben angestrengt? Ich bin fähig dazu! sagte er verblüfft und blickte sich um, ob nicht jemand im Zelt sei, dem er seine Entdeckung mitteilen und der ihn dafür beglückwünschen und bewundern würde.

Wie ein Wolkenschatten glitt der Verdacht über seine Gedanken, dieser Zustand sei seinem Wesen vielleicht nicht gemäß. Denn was war Anstrengung anderes als die mutwillige und ungeduldige Überschreitung einer Grenzlinie zwischen dem eigenen Bereich und dem der Götter? Man schritt voran, aber nicht zu weit, und baute darauf, daß sie einem in gleichem Maße entgegenkamen. Den ganzen Weg mit offenen Augen allein zurücklegen und gar nichts mehr dem Zufall überlassen zu wollen, war womöglich für einen Menschen wie ihn strafwürdige Hybris.

Theodor trat aus seinem Zelt, vor dem zwei Soldaten hockten und Wache hielten. Der böige Wind blies ihm scharf ins Gesicht, die Höhenlinie der Hügelkette im Osten sah gegen das rosige Morgenlicht aus wie mit schwarzer Spitze geklöppelt. Es würde lange dauern, bis die Sonne über die Berge käme, in deren Schatten die kargen Garrigue-Hänge mit ihren Rosmarin- und Ginstersträuchern lagen. Die Wellen brandeten gegen die Felsen, der Wind roch nach Salz.

Schwach glühten noch zwei Lagerfeuer, von den Pferden und Ochsen kam warmer Tiergeruch herüber, die erwachenden Soldaten räusperten sich, andere wälzten sich unruhig in letztem Schlaf. Die Kriegsflagge mit dem Mohrenkopf knatterte in den Böen. Weit im Süden lag Algajola. Theodor blickte auf das Heerlager, das Meer, die Hügel, die staubige Straße und den Hafen am Horizont und konnte sich des Eindrucks nicht erwehren, diese ganze Gegenwart sei eigentlich schon vergangen.

Er dachte an den Brief seines Neffen mit der Nachricht von Amélies Tod, die doch eigentlich auch sein Leben hätte anhalten müssen, statt dessen ging er mit seiner Mätresse ins Bett und auf Kampagne.

Er mußte an den Mann denken, der ihn von allen, die er je getroffen, am stärksten beeindruckt und dem er selbst so gar nicht genügt hatte: den russischen Zaren, dem er vor langen Jahren in Amsterdam gegenübergestanden hatte.

Heute begriff er, daß es unmöglich war, zugleich Entscheidungen zu fällen und Gefühle zu empfinden. Gefühle brauchten die Luft der Zeit und Kontemplation. Er, Theodor, hatte heute noch nicht mit dem nachdenklichen Staunen über das Wunder seiner Geburt und Existenz abgeschlossen, hätte noch immer am liebsten über den merkwürdigen Wegen seiner Kindheit und Jugend gebrütet. Männer wie der Zar, und in kleinerem Maße heute auch er, hatten ganz einfach zuviel zu tun, um zugleich etwas empfinden zu können. Bevor das mit einer Handlung verbundene Gefühl zu seinem Recht kam, stand schon die nächste Entscheidung bevor. War man ein Handelnder, konnte man kein Lebender sein, dachte Theodor. Nicht so, wie ich das Leben begreife, das ist die Wahrheit und die Tragik.

Niemand bewunderte ihn außer Angelina. Woher soll es denn kommen? Weshalb setzt man sich denn jeden Morgen wieder zu etwas zusammen, wenn nicht jemand dasteht und sagt: Schön! Die Korsen erwarteten alle nur etwas von ihm und zweifelten, ob er fähig wäre, es ihnen zu verschaffen. Angelina war vielleicht nicht viel, aber sie bewunderte ihn, weil er der König war, und er brauchte dieses großäugige Erstaunen des Mädchens, wenn es morgens aufwachte und seine vor Aufregung feuchten Finger nur zugreifen mußten, um den Monarchen zum Leben zu erwecken.

Jenseits allen Träumens und Sinnens wußte er, daß die Insel noch vor dem Herbst von den Besatzern befreit sein mußte, bevor deren Appelle auf neuerliche Hilfe von außen fruchteten. Waren sie fort aus Korsika, würde niemand auf Erden ihnen mehr helfen, es zurückzuerobern.

Jetzt wurden die beiden Kanonen in Stellung gebracht und abgefeuert, und der beißende Geruch nach Pulver und heißem Schmierfett und die Rauchwolken verpesteten die morgendlich klare Luft. Theodor stieg im wehenden Berberkleid auf sein Pferd und zugleich die Treppen zur Pariser Oper empor, begleitet wie jetzt auf diesem Küstenstreifen von englischen Journalisten, einem deutschen Hofpoeten und einem italienischen Schlachtenmaler. Ein Cousin seiner allerchristlichsten Majestät, der den lauschenden Hofdamen beiläufig von seinen Triumphen erzählte. Er hielt die Zügel des Schimmels, den der Lärm nervös machte, eng und nahm auch seine eigenen hochsteigenden Gedanken an die Kandarre. Wenn er hier nicht gewann, wenn es ihm nicht gelang, Korsika zu befreien, konnte er sich nirgendwo mehr sehen lassen und endete als geschlagener, verspotteter Bettler, dem jeder stinkende Bürger ungestraft die Verleumdungen entgegenschleudern durfte, die Genua seit geraumer Zeit über ihn in Umlauf brachte: der Hochstapler Neuhoff, der falsche Adelige, der König mit Spielschulden, der Mitgiftjäger, der Dieb Neuhoff, der Sodomist Neuhoff, der Syphilitiker Neuhoff. Rhythmische Chöre verächtlichen Hohns, Kaskaden des Spotts brachen über ihn herein, hallten in seinen Ohren, und er wand und krümmte sich im Straßenstaub wie ein Wurm. Einer, der falsch und zu hoch gespielt und die Nerven verloren hatte, von den Erynnien zur Strecke gebracht, einer, den Fortuna auf die höchsten Gipfel gelockt und dort nackt der Lächerlichkeit preisgegeben hatte.

Er gab seinem Pferd die Sporen, zog den Säbel, und die verdatterte korsische Reiterei folgte ihm auf die noch verdutzteren genuesischen Truppen zu, die, an Attentate aus dem Hinterhalt gewohnt, mit allem gerechnet hatten, einem Austausch von Kanonen- und Musketenschüsen, so wie englische Gentlemen ihre Karten tauschen, aber nicht damit, daß man sie auf dieser Insel, wo sie heute Geschäfte machten, morgen angespuckt und übermorgen umarmt wurden, einfach niedermetzeln wollte.

Die Schlacht besaß nicht die Großartigkeit aufeinanderbrandender Massen, eines angreifenden Waldes von Spießen und minutenlanger Kanonaden, die die Erde erbeben ließen und ihr tiefe Wunden rissen, wie sie vor Theodors innerem Auge stand. Die genuesische Vorhut geduckt hinter zwei niedergestreckten Pferdekadavern, brennende

Fischerkaten, eine schreiend vorstürmende, weißäugige korsische Kampflinie, Mündungsblitze und feuerwerksartiges Geknatter. Bäumende Pferde und in den ersten Strahlen der über den Bergkamm steigenden Morgensonne funkelnde Säbel, immerhin.

Das wehe Muhen der Ochsen in den langen Intervallen zwischen zwei Kanonenschlägen und dann ein haßerfülltes Metzeln mit Messern und Spießen und die panische Flucht der Genueser in die Ginsterhügel, wo sie sich die Kleider zerrissen und von hinten niedergestochen wurden, oder gar ins Meer, wo sie unbeweglich, bis zu den Hüften im Wasser, stehenblieben, mit den Armen ruderten und perfekte Zielscheiben für die korsischen Schützen abgaben. Nebelschwaden von all dem verschossenen Pulver und das übliche Bild einzelner Schuhe und Mützen auf dem Schlachtfeld, das Gebrüll verendender Tiere, kniende Soldaten, die sterbenden Feinden den Hals durchschnitten und sie ausplünderten, eine pralle Morgensonne, die immer höher stieg, so daß zu Mittag bereits alles süßlich nach menschlicher und tierischer Verwesung roch. Die befreiten Fischer standen säuerlich lächelnd vor ihren verbrannten Hütten und winkten der königlichen Armee, die weiter auf Algajola zog, zaghaft Vivat.

Mehr als fünfhundert Tote und Verletzte hatte Genua in diesen Tagen zu beklagen. Theodor war bei den nachfolgenden Kämpfen und Scharmützeln schon gar nicht mehr selbst zugegen, war bereits unterwegs nach Ornetu, um die neue Münze zu gründen, seine Engländer und seinen Poeten im Troß, wogegen er Filippini, den Schlachtenmaler, der sich beklagt hatte, alles sei zu schnell gegangen, für weitere Skizzen vor Ort zurückließ.

In Gedanken saß er mit Angelina im Bett, bevor die Kampagne in der Balagna noch begonnen hatte und erzählte der kuhäugig Lauschenden von seinen Regierungsplänen und Visionen.

Er habe, obwohl Sproß eines der ältesten Adelsgeschlechter der Grafschaft Mark, lange gebraucht, um endlich ein Mittel gegen all die Clanstreitigkeiten, Vendetten, Rang- und Hahnenkämpfe seiner Untertanen zu finden: die Stiftung eines Ritterordens! Ein Ideal, bindender als alle Blutbande. Natürlich habe bei dem Gedanken auch das Beispiel der Logen eine Rolle gespielt. Was sie dazu sage. Aber sie sagte gar nichts, verstand auch vielleicht nicht alles, weder sein gestenreiches Italienisch, noch seine komplizierten Worte.

Ein Ritterorden, der an die höchsten menschlichen Tugenden appelliert, zurechtgeschnitten auf die exklusiven Korsen, Auszeichnung und Verpflichtung zugleich, ein Versuch, alle niederen Triebe im höheren Streben einzuschmelzen. Natürlich bin ich nicht so naiv zu glauben, daß man das Ganze nicht ein wenig modernisieren müßte, schloß er eilig an, und wenn es unter anderem dazu dienen soll, die Patrizier auf meine Person zu verpflichten, muß auch etwas für sie dabei herausspringen, so gut kenne ich sie inzwischen. Das sind aber Ausgaben, die wieder hereingeholt werden können, indem man auch ausländische Monarchen und Würdenträger in den Orden aufnimmt, was ohnehin seinem Renommee zuträglich wäre, erstere kostenlos, letztere gegen ein entsprechendes Entgelt, was sagst du dazu, Jane, ist das vernünftig und verspricht Erfolg, oder ist es unsinnig?

Er war bereits im nächsten Satz, als ihm auffiel, daß er Angelina Jane genannt hatte. Natürlich redete er von Anfang an mit seiner Frau, durch die Membrane von Zeit und Raum hindurch, und benutzte seine korsische Geliebte gleichsam als Resonanzkasten, aber es laut ausgesprochen zu haben, unterbrach seinen Gedankenfluß, doch offenbar war ihr der englische Name in Theodors Redeschwall entgangen.

Schwieriger, seine Fiktion aufrechtzuerhalten, wurde es,

als Angelina nach kurzem Nachdenken tatsächlich ihre Gedanken zur Idee des Ritterordens entfaltete. Davon wollte er nichts hören, hielt ihr zärtlich die Hand auf den Mund und begann erneut, ihr – der anderen – seine Pläne darzulegen.

Warum überhaupt plauderte er im Schlafkabinett mit einer abwesenden und einer inkompetenten Frau über Dinge, die doch eigentlich bei seinen Vertrauten und Ministern, bei Paoli, Costa oder Giafferi auf viel mehr Verständnis und Interesse hätten stoßen müssen?

Die Antwort auf diese Frage erhielt er indirekt am dreißigsten Juni im Kloster von Tavagna, wo die erste Kassette randvoll mit glänzenden neuen Silbertalern bis vor seinen Reisethron geschleppt wurde, einen Klappstuhl aus Mahagoni mit Löwenköpfen am Ende der Armlehnen.

Theodor tauchte beide Hände in das Geld, zog eine der Münzen heraus und betrachtete sie wie einen Spiegel, was sie in gewisser Hinsicht ja auch war. Für das Brustbild hatte er dem Künstler einen Vormittag lang, Edikte und Gesetze unterzeichnend, im Bischofspalast von Cervioni Modell gesessen. Unter dem Königsprofil stand auf den kleineren Einheiten: *T.Rex Corsicae*, und auf der Rückseite fand sich ein Bild der Muttergottes mit der Unterschrift: *Monstra te esse matrem*. Die größeren Münzen – goldene waren mangels Gold noch nicht geprägt – trugen unter Theodors Konterfei die Zeile: *Theodorus D.G. unanimi consensu electus Rex et Princeps regni Corsici*. Drehte man sie um, so sah man eine von drei Palmen getragene Krone und die Worte: *Prudentia et industria vincitur tyrannis*. Die kleinen Kupfermünzen schließlich begnügten sich auf der Vorderseite mit dem *T.Rex* und versprachen auf der Rückseite: *Pro bono publico Corso*.

Mr. Sweeney reagierte lebendiger als die korsischen Minister, die sich offenbar über gar nichts zu enthusiasmieren vermochten, und gratulierte Theodor und seinen Beratern zum bisher Erreichten mit den Worten: *Very nice piece of teamwork, Sir!*

Aber genau das war es ja, bei Lichte besehen, keineswegs, fand der König. Er dachte sich alles ganz alleine aus, hielt es eifersüchtig geheim, beredete seine Pläne und Überlegungen durch Angelina mit seiner Frau, horchte über die Grenzen von Raum, Zeit und Vernunft nach einer Antwort und präsentierte dann, mit zusammengebissenen Zähnen auf Begeisterung hoffend und Mäkelei und Widerstand gewärtigend, seine fertigen Projekte dem Kabinett.

Einerseits fühlte er sich in der Pflicht, die rettenden Ideen selbst zu gebären; ja, gewisser Weise meinte er es denen, die ihn gewählt hatten, schuldig zu sein, seine Würde und Erhöhung solcherart zu rechtfertigen und den überraschten Patriziern seine Funde zum Geschenk zu machen, um nicht zu sagen, sie ihnen zu apportieren, woraufhin es nicht mehr als legitim war, Dank und Lob zu erwarten. Aber es war nicht nur das.

Seine Heimlichtuerei war natürlich zugleich auch der Versuch, diejenigen, die ihm die Verfassung abgetrotzt hatten, zu überlisten mit fertigen Konzepten, die sie dann, mangels realistischer Alternativen, wohl oder übel absegnen mußten. Zu konzertierter Zusammenarbeit und zu vertrauensvoller Arbeitsteilung, zu *teamwork*, wie Sweeney es genannt hatte, besaß Theodor nicht das geringste Verhältnis.

Es ist meins, dachte er, und ich will, daß alle Welt erfahre, wer dieses Land hier – das wirklich zu studieren er sich noch immer nicht die Mühe gemacht hatte – in einem von ganz Europa mit angehaltenem Atem beobachteten Experiment zum Musterbeispiel eines modernen Staates formt.

Er wusch sich die Hände in der Geldkassette und hielt dann Sweeney und Upworth eine der Münzen wie eine Hostie entgegen: Darüber müssen Sie berichten, meine Herren! Korsika hat sein eigenes Zahlungsmittel.

Wie verhält es sich zum Pfund? fragte der kleinere der beiden Journalisten.

Ich strebe Parität an, entgegnete Theodor würdig.

Wenigstens sahen der kleine, runde Giafferi und die anderen bewegt aus.

Ich habe für diese große Stunde eine Oper geschrieben, meldete sich der venezianische Librettist, der sich Theodors Sehnsucht nach anderer Musik als den »polyphonen Eselsschreien«, wie er es nannte, zunutze gemacht und eine Charge bei Hof errungen hatte. Der deutsche Poet wandte sich maulend ab. *Il re di Corsica*. Es fehlt nur noch der kongeniale Komponist, den Majestät mir versprochen haben. Möchten Majestät die Szene der Verklärung einmal lesen? Der von Pegasus gezogene Phaeton des Sonnenkönigs erhebt sich in die Lüfte, die vier Elemente stimmen den Chor an ...

Jaja, gewiß, aber nicht jetzt, schnitt ihn der König ab, der sich auch seinen Hofpoeten vom Leibe halten mußte, weil dessen gargantueske Mahlzeiten mit täglich hypertropheren Ergüssen und immer inflationäreren Lobpreisungen gerechtfertigt wurden. Außerdem hatte er noch ein soeben in Frankfurt am Main erschienenes Buch über sich zugesandt bekommen, eine Biografie, geschrieben von einem Menschen, von dem er noch nie gehört hatte. Unsinnig, wie sie zwangsläufig sein mußte, bedauerte Theodor dennoch, keine Zeit zu haben, sie zu lesen. Ein entfernter Vetter, den er ebenfalls nie im Leben erblickt hatte und der behauptete, über den Grafen Drost – noch ein Unbekannter, wenn auch nicht dem Namen nach, er mußte weitläufig zur Familie seiner Großmutter gehören – mit ihm verwandt zu sein, veröffentlichte in deutschen Gazetten Briefe Theodors, die jemals verfaßt zu haben er sich beim besten Willen nicht entsinnen konnte. Immerhin, dachte er, seine zu bißfestem Silber konkretisierten Träume in der geschlossenen Faust haltend, ich bin in aller Munde.

Soeben hatte er Angelina die Hand auf die Lippen gelegt, um sie daran zu hindern, mit ihren Ansichten den Dialog zwischen ihm und seiner Frau zu stören, jetzt biß sie ihn zärtlich in den Handballen, ein lustvoller Schmerz normalerweise, der Theodor erregte. Nichts davon dieses Mal, er mußte laut denken und brauchte dazu den Anblick des Mädchens, aber nur den.

Siehst du, Ideen und Gedanken und große Theoriegebäude, auch moralische Leitsätze haben mich immer gelangweilt, solange sie in Büchern stehen, deren Verfasser, das darfst du mir glauben, ihnen meist die schlechtesten Anwälte und Bürgen sind. Offenbar besitzen diese Gedanken aber doch eine Existenz für sich, ganz unabhängig von ihren Urhebern, sonst hätten sie sich mir nicht mit einem Mal wieder in Erinnerung bringen können bei meinen Überlegungen, wie dieser schönen Insel hier zu mehr Leben, Begeisterung, Produktion und Handel zu verhelfen wäre.

Was wollt Ihr an Korsika ändern, Majestät? fragte Angelina quengelnd. Es ist das schönste Land der Welt.

Nun ja, Kind, es ist in der Tat ein sehr schönes Land, es mangelt ihm nur an einer gewissen Aktivität. Kennst du denn übrigens ein anderes?

Nein, natürlich nicht, rief das Mädchen stolz, und Theodor tätschelte ihm, komplett befriedigt von der Logik seiner Antwort, die Wange.

Zum Beispiel hat Korsika die Häfen, die Bodenschätze und Früchte der Erde, eine strategisch ideale Lage im Mittelmeer, aber auf alledem sitzen leider nur deine Landsleute, die es nicht zu nutzen verstehen. Ließe man nun in großem Stil Landesfremde hier siedeln, neue Städte errichten, ihre Industrie und ihren Handel treiben, bezahlte das ganze zunächst mit den beschlagnahmten genuesischen Vermögen, die uns derzeit bereits zur Hofhaltung dienen, dann könnte das Land binnen kurzem aufblühen. Zwei Probleme: Was wäre der Köder, sie hierherzulocken, außer der Schönheit, wie du sagst, des Landes? Das müßte die absolute und ernstgenomme Freiheit der Ausübung ihrer Religion und ihres Kultes sein. Ich wüßte keinen Juden oder Hugenotten, den das nicht interessierte …

Was, du willst Juden, Ketzer und Sarazenen ins Land holen? rief Angelina, in ihrer Empörung die intime Anrede benutzend. Wo uns Genua schon seine Zuchthäusler und Messerstecher herübergeschickt hat, gar nicht zu reden von den unseligen Griechen!

Theodor lächelte: Ich sehe schon, was da auf mich zukommt, aber ich war bei den wirklichen Problemen, und dies ist das zweite: Wie verkuppele ich die neuen Bürger des Landes mit den alten? Zahlen jene, genau wie die Griechen, ihre Steuern nicht mehr an Genua, sondern an uns, werden die Korsen ihren Nutzen schon erkennen. Diese Menschen bringen den hiesigen Kenntnisse, Geld, Brot und Devisen, und arbeiten sie erst zusammen, dann darf man getrost auf die Zeit hoffen, die alles vermischt, was nahe genug beieinander lebt. Etwas anderes sind natürlich die politischen Freiheiten dieser Leute, die so eng gefaßt werden müssen als die religiösen tolerant. Aber welcher Jude giert nach einem Staatsamt, wenn er seine Geschäfte abwickeln und seinen Sabbat heiligen darf. Die Administration soll ruhig den Korsen überlassen bleiben, dabei werden sie sich nicht überarbeiten … Andererseits erwähnt Locke das Problem der Atheisten, die nicht eidesfähig sind und keine höchstrichterliche Autorität anerkennen können. Weißt du, was Secondat mir zu diesem Thema geschrieben hat?

Angelina, der Theodors Monolog langweilig wurde, drehte sich schmollend auf den Bauch und zeigte ihm ihre hügelige Rückenansicht, aber er nahm sie gar nicht wahr. Sein vager Blick glitt über ihre Haut hinweg auf die weiße Wand.

Auch Leute wie die Herrnhuter, die in Sachsen immer mit einem Fuß im Zuchthaus gelebt hatten, würden herkommen. Protestantische Stoffmanufakturen und Webereien, hugenottische Möbelwerkstätten, griechische Öl- und Weinhändler, jüdische Minenbesitzer und Bankiers, die im Laufe von drei oder vier Generationen zu Korsen würden und das Blut der Urweinwohner entspannten.

Ein König, wie man sie bisher gekannt hatte, dachte er, wäre solcher Visionen nicht fähig. Aber er, Theodor Neuhoff, *Rex Corsicae*, war nicht der Hüter hemmender Traditionen, auch wenn er die Werte seines Standes, die Religion und die Ehrfurcht vor der Genealogie mit einem nostalgisch-liebevollen Respekt hochhielt, der nicht mehr allen Ernstes fähig war, an sie zu glauben. Prinzipien, Denkverbote und Verschrobenheiten behielt er sich zwar vor, aber kein durch die Generationen träge gewordenes Monarchenblut verdammte ihn zur Etikette der Unbeweglichkeit. Nur ein Revolutionskönig wie er, nur ein Landesfremder, nur jemand, der auf dem Scharnier der Epochen lebte, vermochte nach hinten ebenso vorurteilslos zu blicken wie nach vorn.

Mit dem Besten des Abendlandes, gleich welcher Zeit es entstammte, würde er diese Insel, sobald sie erst einmal befreit war, zu einem Schatzkästlein Europas machen. Vielleicht war er tatsächlich dazu berufen, eine Jahrhundertgestalt zu werden.

Sein Blick, der wieder scharf wurde, fiel direkt auf Angelinas schwarzes Vlies. Sie stand vor ihm, griff mit je drei Fingern in die dichten Locken und zog sie auseinander, wie die Frauen im Hafen von Tunis die Perlenschnüre vor den Eingängen der Lusthöhlen beiseite geschoben hatten, um den Fremden näherzulocken.

Ah, nein, nicht jetzt, sagte Theodor unwirsch. Zu seiner eigenen Überraschung verspürte er nicht die geringste Lust. Geh weg, Angelina, ein andermal, ich muß arbeiten.

Es war das erste Mal, daß er in ihrer Gegenwart nicht früher oder später der horizontalen Versuchung erlag, und als er zur Kampagne durch den Nebbiu und die Balagna aufbrach, fragte er sich besorgt, wie das möglich und ob er schon nicht mehr König und diszipliniert genug sei, der Liebe ebenso ihren Platz in seinem Tagesprogramm zuzuweisen wie den übrigen Pflichten, denen er nachzukommen hatte.

Erst als er sein unstetes Nomadenleben zwischen Feldzügen und Kurzzeitresidenzen in den Provinzen unterbrach und aufgrund des Prozesses Casacolli nach Corti zurückkehrte, während die Armee des Obersten Fabiani zur Belagerung Bastias zog, war Angelinas Körper in Theodors Vorstellung wieder so weit von Janes Geist entfernt, um sie von neuem begehren zu können.

Aber nach der Umarmung begann sie zu weinen und hörte nicht mehr damit auf, bis Theodor völlig verunsichert über die Qualität seiner Liebkosungen und so ernüchtert war, als seien die Tränen des Mädchens ein Guß kaltes Wasser über Stirn und Nacken. Er wollte sie gerade ärgerlich fortschicken, als sie sich mit einer Geste, die zu theatralisch war, um vollkommen impulsiv sein zu können, vor ihm auf den Boden warf und sich die Haare zerraufte.

Theodor, in Sachen schauspielerischer Leistung seit jeher pingelig, sagte kurz angebunden: Was ist, Kind? Spann mich nicht auf die Folter und komme zum Wesentlichen, ich habe nicht viel Zeit heute morgen.

Majestät, Don Teodoro, Geliebter, bitte schlage mich, ich hab es verdient, ich bin eine Spionin, eine nichtswürdige, Genua bezahlt mich, strafe mich, bringe mich um, von eigener Hand und schnell, aber laß mich nicht foltern, ich flehe dich an, ich habe solche Angst vor Schmerzen, ja, ich bin angesprochen worden, im Hafen von Bastia, wo ich arbeitete, von einem Offizier des Stadtkommandanten, daß ich in deine Nähe gelangen soll und ihnen alles erzählen, was du denkst und tust, ich schäme mich so sehr, heilige Mutter Gottes, hab Erbarmen mit mir, jetzt und in der

Stunde unseres Todes, es war soviel Geld, und ich hab doch nichts und muß mein Kind ernähren, das bei einer Amme lebt, denn es kann doch nicht ... Aber ich habe mich in dich verliebt, Majestät, mein Gebieter, der mein Land befreit, gleich am ersten Tag und bin tausend Seelentode gestorben jedes Mal, wenn ich etwas berichtet habe, viel war es ja nicht, nichts Wichtiges, doch verdiene ich natürlich gewiß trotzdem den Tod, aber Euch, Majestät, habe ich sofort geliebt, hoffnungslos, wie ein Mädchen aus dem Hafen eben einen König liebt, und Ihr habt mich erhöht und respektiert und geborgen in Eurer Freundlichkeit, Don Teodoro, Geliebter, und wie habe ich es dir gedankt, für dreißig Silberlinge habe ich Euch verkauft, aber jetzt, als du fort warst, all diese Wochen, da konnte ich's nicht mehr ertragen, ich wollte sterben, ich mußte es dir gestehen, auch wenn ich des Todes bin, nur um eines bitte ich, Majestät, laßt mich nicht foltern und brennen, ich habe solche Angst vor den Schmerzen, nur die kleinen Schmerzen, die du mir antust, Geliebter, die sind süßer als Honig und nach ihnen und deinen Augen und deinen Händen bin ich begierig, und –

Du bist eine Spionin, die Genua mir ins Haus geschickt hat? unterbrach Theodor sie ebenso ungläubig wie zutiefst entzückt.

Wieder das Aufschluchzen, der Aufschlag der rotgeweinten Augen unter dem zerrauften schwarzen Haar: Oh, Gnade, Majestät! Nicht brennen, nicht die Augen ausstechen!

Nun höre doch einmal mit diesen Scheußlichkeiten auf! befahl Theodor und lachte beschwipst auf. Also Genua schickt mir tatsächlich eine Spionin auf den Hals?! Ist das wahr? Schneidest du auch nicht nur auf? Nun erzähle doch einmal richtig. Hier, mein Taschentuch, schneuz dir die Nase und beruhige dich, man versteht ja kein Wort!

Angelina erzählte alles noch einmal, weniger stockend, und sah in den Pausen Theodor mit wachsendem Unverständnis und augenrollender Bestürzung an, da er sich gar nicht genugtun konnte an Einzelheiten und immer wieder nachfragte, was die Genueser ihr genau befohlen, in welchem Ton sie von ihm gesprochen hatten und was sie ihnen berichtete, und seine Laune wuchs von Minute zu Minute.

Wirklich? Ernsthaft? Also haben sie doch einen verdammten Respekt vor mir und allem, was ich hier tue! Das ist ja ein Ritterschlag! Und du erzählst deinem Verbindungsmann also regelmäßig alles, was du siehst, und er läuft dann los? Oder wie? Oder hast du selbst auch geschrieben? Aber nein, sie konnte ja weder lesen noch schreiben, sie mußte alles mündlich weitergeben. Ja, sagte Theodor, da wußte man in Genua, daß ich ein Mann mit einer Schwäche für schöne Frauen bin, mein Lindenblatt. Ich kann mir denken, wie sie dasaßen, mit militärischer Macht, mit Geld kriegen wir ihn nicht, aber ein junges Mädchen ... Kompliment, meine Herren, aber das ist ja einfach wunderbar, das ist ja ganz köstlich, so und nun erzähle mir noch einmal, wie das war, sie sprachen mit Respekt von mir, nicht wahr? Ich mache ihnen schwere Sorgen ...

Angelina, die sich, ohne recht zu wissen, wie ihr geschah, von Theodors Ausgelassenheit anstecken ließ, halb schon überzeugt, der sichere Tod werde ihr erspart bleiben, noch immer benommen von der vollkommen unerwarteten Wendung ihrer Lage, rief jetzt ein wenig forscher: Oh, und ich habe ihnen gesagt, welch ein Liebhaber du bist, Majestät, ich habe ihnen erzählt von deiner Stärke und Unersättlichkeit und wie du mich manchmal genommen hast wie ein wildes Tier in deiner Raserei und mich gepfählt und mich in der Luft gehalten nur mit der Kraft und Macht deiner Männlichkeit und mich dann überschwemmt hast wie der Nil sein fruchtbares Delta, daß ich dachte, eine Quelle sprudelt in mich, eine warme Heilquelle wie in den Bergen meiner Heimat, und ich habe ihnen ins Gesicht geschrien, welch ein Mann unser König ist, wie unermüdlich er mich vier-, fünf-, acht-, zwölfmal hintereinander in den siebten Himmel der Lust schleudert – nun übertreibt sie aber, und zwar erheblich, dachte Theodor mit einer gewissen Mißbilligung, denn die phantastischen Superlative am Schluß drohten auch dem Anfang des Satzes seine Glaubwürdigkeit zu nehmen – und daß vor einem solchen Mann jeder Widerstand, jede Gegenwehr zwecklos und er ein großer Herscher... aber sag, willst du mich nicht töten, nicht foltern lassen, Herr, Gebieter, Majestät, habe ich mein Leben denn nicht verwirkt?

Theodor antwortete nicht. Das Porträt vor Augen, das sie mit flatternden, kurzen Fingerchen, durch die eigenen sprühenden Übertreibungen offensichtlich erregt, von ihm als einem wilden Stier gegeben hatte, nannte er sie zu ihrer Verblüffung Europa und forderte sie schnaubend auf, ihn zu besteigen.

Doch, langsam summierten erinnerungswerte Momente sich zu einem immer stabileren Königsbewußtsein: Der Anblick seines Konterfeis auf frisch glänzenden Silbermünzen, die langen, genießerischen Minuten, wenn er sich von seiner afrikanischen Sklavin das Haar waschen und die Kopfhaut massieren ließ, sein Gesicht mit duftenden Essenzen und Ölen eingerieben wurde, der Barbier ihn mit sauber kratzenden Strichen rasierte und danach seinen Schnurrbart färbte, brannte und drechselte. Das Tagesthema, zu dem die ihn bestrahlenden Gestirne sich zusammenfanden und das ihm sein königlicher Astrologe stellte und jetzt auch noch die Eröffnung, daß Genua ihn ausspionieren ließ.

Einige Tage darauf schlug er, mitleidig angerührt von Angelinas Bekenntnis, sie könne nicht lesen noch schreiben, und noch immer in einer übermütigen, allerdings auch, wie sich zeigen sollte, naiven Laune, seiner Geliebten vor, ihren nächsten Bericht gemeinsam schriftlich zu verfassen.

»Dem Dogen und Senat von Genua seinen Gruß entbietend«, lud Theodor Ironie und Sarkasmus schaufelweise in sein Schreiben. Angelina stand, über seine Schultern gebeugt, hinter ihm, ihre warmen Brüste ruhten auf seinem Nacken, und die Zunge in seinem Ohr spielerisch bewegend, ließ sie sich vorlesen, was er zu Papier brachte, und kicherte dazu. »Sagen Sie mir doch im Namen Gottes, woher Sie die Würde eines Monarchen und den Fürstentitel gewonnen haben, da Ihre Republik vordem nichts anderes gewesen ist als eine Zunft gewinnsüchtiger Piraten.«

Und dann paß auf, jetzt zum Schluß: »Noch muß ich Sie um eine Gefälligkeit ersuchen, nämlich wenigstens dafür zu sorgen, daß sich in den zwischen meinen und Ihren Truppen etwa vorfallenden Gefechten doch jemand von Ihren Landsleuten blicken lassen möge, der das Kommando über sie führe. Ich fürchte nur, dieselben haben mit ihren Wuchergeschäften soviel zu schaffen, daß für den Geist der Tapferkeit bei ihnen nicht mehr viel Raum ist.«

Und dergleichen mehr, wobei Theodor und Angelina sich auf abwechslungsreiche Weise amüsierten, bis der Brief schließlich kuvertiert war und von der Doppelagentin ihrem Kontaktmann überbracht werden konnte.

Daß der Empfänger sich über dieses Schreiben weniger amüsieren würde, war vorauszusehen, ebenso, wie es eigentlich hätte klar sein müssen, daß man, war sein Verfasser allenfalls nicht zu greifen, sich desto sicherer am Überbringer der Unverschämtheiten rächen würde.

Mitte September brachte man Theodor Nachricht, Angelina sei mit durchschnittener Kehle in einer Gasse von Sartè aufgefunden worden. Theodor gab sein persönliches Geld für ein würdiges katholisches Begräbnis, an dem er allerdings selbst nicht teilnahm. Der Arzt, der den Tod festgestellt hatte, vertraute ihm an, die Ermordete sei in Hoffnung gewesen. Mit einigem Recht durfte Theodor annehmen, der Vater des ungeborenen Kindes gewesen zu sein.

Das Ende des bedauernswerten Mädchens nahm sich um so seltsamer aus, als am Tag darauf Theodors Neffe, Friedrich von Trévoux, auf der Insel eintraf.

Ich habe alles gehabt, dachte der König traurig, aber nie, wie andere, glücklichere Menschen, zur gleichen Zeit.

Man hätte meinen können, es sei Theodors selbstgefällige Champagnerlaune gewesen, die ihn am Morgen von Angelinas Geständnis so weich und versöhnlich stimmte, vor der Diät Casacollis Begnadigung zu fordern. Dabei befähigte seine aufgeräumte Stimmung ihn vielmehr, die Situation hellsichtig einzuschätzen und zu beschreiben. Höchstens hinderte sie ihn daran, so scharf, drohend und einschüchternd zu sprechen, daß die versammelten Patrizier, die anstelle des von Theodor eingesetzten, aber noch nicht zusammengetretenen Gerichtshofs unglücklicherweise auch die Jurisdiktion innehatten, sich seinen Argumenten unterwarfen.

Casacolli entstammte einer noblen Familie aus Furiani und hatte zu den Vierundzwanzig gehört, bis vor kurzem seine geheime Korrespondenz mit dem genuesischen Kommissar in Bastia aufgedeckt worden und er nun wegen Hochverrats angeklagt war.

Theodor hatte ein-, zweimal mit dem stolzen und klugen Mann gesprochen, dessen persönliches Schicksal ihm herzlich gleichgültig war. Aber er wußte genau, daß der Clan Casacolli Schwierigkeiten bereiten würde, verurteilte man sein Oberhaupt, ob zu Recht oder nicht, spielte keine Rolle. Schwierigkeiten, die in Theodors prekärem Befreiungs- und Einigungswerk, das ohnehin schon von genügend Imponderabilien abhing, bestimmt nicht notwendig waren, um so weniger jetzt, da es gegen Bastia ging.

Doch in der aufgewühlten, zornigen und nicht ganz uneigennützig rechtenden Diät erwies es sich rasch als illusorisch, mit Strategie und dem höheren Gut der Befreiung Korsikas gegen das kleinere Übel eines Briefwechsels zu argumentieren, der letztlich niemandem geschadet habe.

Aber der Verräter untergräbt Ihre Königswürde, Don Teodoro! war noch das Harmloseste, was er zu hören bekam. Der Kanonikus Orticoni meldete sich zu Wort, und wie jedesmal, wenn der unternehmende Mann sich plusterte, sah Theodor Meister Rabe auf seinem Ast krächzen.

Majestät, Don Teodoro, begann der Geistliche und machte eine perfide Pause zwischen den beiden Anreden, als wäge er die zuerst gesprochene im Munde, schmecke an ihr, finde sie unpassend oder ungenießbar und spucke sie aus, um die minder ehrerbietige als die angemessenere stehenzulassen. Don Teodoro, dieses Todesurteil ist eine Frage der Ehre, der Ehre des Königtums, die auch auf uns, seine Garanten und Bewahrer ausstrahlt und zurückfällt. Vielleicht seid Ihr ja in solchen Fragen der korsischen Ehre ein wenig verwirrt, seit Ihr mit einer stadtbekannten Dirne Kommerz pflegt ...

Die anderen murmelten peinlich berührt.

Habt Ihr denn wenigstens vor, die Schande, die diese Kreatur auf die Majestät wirft, dadurch abzuwaschen, daß Ihr sie legitimiert, um das Gerede zu beenden?

Theodor lächelte schmallippig. Aber mein lieber Abbé, sagte er und legte in dieses Wort all die Verachtung eines Mannes, der am Hofe des Regenten in jedem zweiten Raum einen Schwarzrock am Werk hatte sehen können, der mit geraffter Soutane breitbeinig vor einem Himmelbett stand und sich, von einer Nonne oder Bäckerstochter auf der Blockflöte begleitet, im Vorsingen der Psalmen übte, mein lieber Abbé, ich folge auch hierin ganz dem guten Beispiel des katholischen Klerus, im übrigen bin ich längst verheiratet, oder wollen Sie mir aus dem reichen Schatz Ihrer Erfahrung die Vielweiberei schmackhaft machen?

Orticoni zuckte zusammen, als hätte Theodor ihm eine Ohrfeige versetzt, aber diese Scharmützel, die der König im

Geiste seiner rhetorischen Lehrzeit in Versailles führte, wo es darauf angekommen war, blitzschnell einen sauberen Treffer zu setzen und die Lacher auf seiner Seite zu haben, nicht darauf, eine Runde von zwanzig Selbstgerechten von den Vorzügen vernünftigen Denkens zu überzeugen, diese Scharmützel halfen ihm nicht weiter.

Er hatte diejenigen Herren gegen sich, die als Nachbarn der Casacolli sich von der Beseitigung des Clanführers und der Einziehung seines Besitzes Nutzen versprachen, dazu die Gier anderer, ein Exempel zu statuieren, wer weiß, aus welchen seltsamen psychologischen Gründen sie zu erklären war, vielleicht auch, dachte Theodor resigniert, aus simpler Blutlust und Todesgeilheit. Schließlich redeten auch die besonnensten und einsichtigsten seiner Minister, Giafferi und Paoli, gegen eine Begnadigung.

Don Teodoro, es ist eine Sache des Prinzips, ganz wie bei der von Euch entschiedenen Todesstrafe gegen die Bluträcher. Wir können nicht aus taktischen Erwägungen heraus die von uns selbst geheiligten Gesetze brechen, wenn wir glaubwürdig und Ehrenmänner bleiben wollen.

Wenn ich es kann, dachte Theodor, der hier schließlich der Gekränkte ist, dann könntet ihr es schon lange, ihr Ehrenmänner.

Theodor setzte sich nicht durch. Tat er alles dafür? Verzichtete er vielleicht auf die letzten Mittel, damit das Unvermeidliche geschehe und sie erlebten, daß er recht gehabt hatte, und es zugeben mußten? Es wurde abgestimmt, und nur der treue Giafferi und Sebastiano Costa stimmten mit dem König.

Der Verurteilte erhielt Gelegenheit zu einem letzten Wort, dem Theodor nicht mehr zuhörte, genausowenig wie er sich bei der am nächsten Morgen stattfindenden Exekution durch Vierteilen sehen ließ.

Aber der Ort war klein, und das Zuhören ließ sich nicht vermeiden. Durch geschlossene Läden und offene Fenster hörte der König, wie die eisernen Manschetten einrasteten, wie den Gäulen ein »Hüh« zugerufen wurde, hörte das seltsam ploppende Geräusch aus ihren Pfannen springender Knochen und danach das Schmerzensgeheul des bis dahin stoisch stummen Sterbenden. Er hörte das Reißen von Sehnen und Muskeln und das Entsetzensgegurgel der Menge, er hörte das mühsame Hufgeklapper der vier ziehenden Pferde.

Es dauerte keine vierundzwanzig Stunden, da wurde in der Residenz ein blutverschmierter Kleiderfetzen abgegeben, und weitere fünf Tage später, Theodor weilte in Sulenzara, wo ein holländisches Schiff mit Waffen und Munition vor Anker lag, erhielt er Nachricht, der Oberst Fabiani, der Bastia erstürmen sollte, sei ermordet worden, und die kopflose Truppe, anstatt die Stadt zu belagern, in Heckenschützenduelle mit dem Clan Casacolli verwickelt, der solcherart den eingeschlossenen Genuesern, die verzweifelt darauf warteten, von Graubündner Söldnern entsetzt zu werden, in die Hände arbeitete.

Theodor befahl, in höchster Eile eine Truppe zusammenzustellen, um den Männern Fabianis zu Hilfe zu kommen und Bastia einzunehmen, solange man noch die Mittel dazu besaß. Er selbst verließ mit fünfhundert Mann Corti, weitere zweitausend Soldaten unter dem Befehl Gafforis sollten sich von Aleria aus die Ostküste hinauf in Marsch setzen, und der Teil des Heers, der in der Balagna stand, wurde benachrichtigt, sich am Fuß des Passes von Tegime mit den anderen Truppenteilen zusammenzufinden.

Am zweiten Tag begannen die Schwierigkeiten, aber am ersten konnte Theodor erneut erfahren, daß das Leben im Felde, die Männergesellschaft mit ihrer handreichenden Kameradschaft, mit den einfachen Freuden der geteilten Wasserflasche, dem Schweiß-von-der-Stirn-Wischen und dem gutmütig sonoren Gelächter eine willkommene Simplifizierung der Welt ist, bevor es ans Sterben geht.

Zum ersten Mal nahm Theodor die korsische Landschaft, die er sich in den engen Tälern ergehen mußte, mit wirklicher Muße wahr. Mit all den spannungsvollen Kontrasten von vertikal hochschießender Zackigkeit und bemoosten, schlafenden Elefanten gleichenden Hügelkuppen, von rauschendem Wildwasser und mondhafter Ruhe himmelspiegelnder Bergseen, von zarter Ziselierung blühender Orchideen in ihren Farnverstecken und greller Ginsterdornigkeit wirkte das Land, als hätte die Hand eines zürnenden Gottes einen lieblichen Kontinent gepackt und zu einer spitzigen kleinen Insel zusammengedrückt, in deren Falten noch die ehemalige Größe ächzte.

An diesem ersten Tag lachte Theodor viel mit seinen Soldaten, und die scherzten respektvoll mit ihrem König. Am zweiten aber wurde der Marsch durch Schnee unterbrochen, der meterdick lag und das Hochtal unpassierbar machte. Wo kommt der verfluchte Schnee her? Es ist Hochsommer! schrie Theodor, als man ihm auf der Karte die Ausweichroute zeigte, die einen zusätzlichen halben Tag kosten würde.

Am Abend des zweiten Tages wurde festgestellt, daß die Hälfte der mit Munitions- und Pulverkisten bepackten Esel samt ihren Treibern verschwunden waren. Angeblich hatten sie ihren Sold nicht erhalten.

Am dritten Tag wurde die Truppe erneut aufgehalten, und zwar durch eine Schießerei in einem verbarrikadierten Bergdorf, dessen Bewohner, wie sich herausstellte, eine Blutfehde mit einem der Soldaten zu regeln hatten. Es war derselbe Soldat, der die Umgehungsroute vorgeschlagen hatte. Der einzige Weg lag im Kreuzfeuer aus zwei Häusern, es war kein Durchkommen, und erst als Theodor den Soldaten mitten auf der Straße erschießen ließ, konnte seine Armee ohne weitere Verluste passieren. Unterdessen hatten sich mehrere Grenadiere, die aus der Gegend stammten und sich weigerten, dem Dorf Schaden zuzufügen, mitsamt ihren Musketen davongemacht.

Theodors zusammengeschmolzene Truppe traf mit zwei Tagen Verspätung am Fuß des Passes von Tegime ein und war dennoch die erste. Gaffori, der am folgenden Morgen erschien, hatte ähnliches zu berichten. Die Armee, die schließlich vor den Zinnen der Zitadelle von Bastia stand, war keine mehr.

Von Theodors Haufen waren weniger als zwei Drittel durchgekommen, und Gafforis Truppe bestand, was offenbar niemandem aufgefallen war, zum großen Teil aus Söhnen Bastias, die sich weigerten, ihre eigenen Häuser und Familien zu beschießen. Der korsische Befreiungskampf glich einer Sanduhr, der, wie oft man sie auch zu neuen Versuchen umdrehte, aller Inhalt wegrieselte, um sich am Boden als Sediment ewiger Unbelehrbarkeit aufzuhäufen.

Mit den vielleicht zweitausend Mann, die noch übrig waren, aber nicht über genügend Munition verfügten, konnte außer ein wenig symbolischem Beschuß gegen die mittlerweile von Graubündner Söldnern verstärkte Zitadelle nichts ausgerichtet werden, und Theodor mußte noch froh sein, daß die Genueser nicht etwa einen Ausfall wagten, der seine fadenscheinige Armee gewiß aufgerieben hätte.

Verbittert legte der König sich auf die Pritsche in seinem Zelt und ließ sich in Fieber und Stumpfsinn fallen. Mit dem Selbstmitleid kamen auch Schüttelfrost und Zahnschmerzen.

Ich will in einem zivilisierten Land sein, dachte er, in einer großen, hellen Stadt, in einem bequemen Bett. Trübsinnig hörte er den Regen auf die Zeltplane fallen, später auf das Dach der Sänfte, in der er zurückgetragen wurde, die roten Samtvorhänge blieben zugezogen. Eine Hand spielte in einer offenen Geldkassette mit den Silbermünzen, die sein Konterfei zeigten.

Es war in Sartè im September. Die Generäle hatte Theodor gebeten, sich eine feste Residenz zu suchen und ihnen die

Feldzüge zu überlassen. Theodor war froh, dem Bischofspalast von Cervioni entronnen zu sein, der kleiner war als seine Florenzer Wohnung. Er wollte ein wenig Luxus und Pracht um sich haben nach dem frugalen und unkomfortablen Wanderleben der letzten Wochen und Monate. Er brauchte Raum für die Bibliothek, die er sich anlegen ließ, für die Bediensteten, die sich um sein leibliches Wohl sorgten. Er fühlte sich schwach und abgezehrt, selbst nach dem Baden schmutzig, und sein Mund, aus dem er nach dem katastrophalen Feldzug auf Bastia zwei weitere Zähne hatte ziehen lassen müssen, schmeckte hohl und bitter.

Es gibt, im Kleinen wie im Großen, Gewißheiten, die eine bestimmte Weile in Latenz existieren, ohne sich in Realitäten zu verwandeln, und die die vergehende Zeit sozusagen erst einholen muß.

Im Kleinen wußte Theodor auf seiner Pritsche vor Bastia, als die Zahnschmerzen einsetzten, daß eine neuerliche Folterstunde beim Zahnausreißer unumgänglich sein würde, vergaß diese Tatsache in den folgenden Wochen aber so vollkommen, daß auch die Schmerzen verschwanden, und der Tag der Operation, als er dann anbrach, ihn aus heiterem Himmel in Panik stürzte.

Im Großen war ihm, als er seine Schrumpfarmee hilflos Kanonenkugeln auf die Zitadelle abfeuern ließ, bewußt, daß er seine Herrschaft, sein Werk, irgendwann, ohne beides befestigt zu haben, würde unterbrechen müssen, um auf den Kontinent zurückzukehren und dort zusätzliche Waffen und Kredite loszueisen. Das stand ihm bevor, doch Theodor wollte dem Unvermeidlichen und Feindseligen nun nicht auch noch von sich aus versöhnliche oder resignierte Schritte entgegengehen. Solange der Moment noch nicht da war, existierte er nicht und würde nie existieren.

Von September an also wußte Theodor, daß er Korsika, wo alles noch in den Anfängen lag, verlassen mußte, und wußte doch auf eine schwer zu begreifende Weise zugleich nichts davon, so daß er in zuversichtlicher Zukunftsblindheit weiterregieren konnte.

In Portivechju empfing er persönlich die ersten Hugenotten und spanischen Juden und überreichte ihnen ihre Einbürgerungspapiere. Vergessen waren in diesem Moment die hitzigen Diskussionen mit den Patriziern, von deren Einwänden die neuen Siedler zum Glück nichts ahnten. Einen Tag lang zeigte sich die Insel von ihrer schönsten Seite, entlockte den Neuankömmlingen entzückte Ausrufe der Bewunderung, und die Bilder aus Theodors Regierungsträumen und die, die er jetzt vor Augen hatte, legten sich unter einer sanften Spätsommersonne harmonisch übereinander.

In Sartè wurde die Situation des noch immer nicht befreiten, noch immer nicht allseits anerkannten Königreichs anläßlich einer *consulta* diskutiert, bei der Theodor schonungslos, aber mit begründbarem Optimismus alle Zahlen auf den Tisch legte. Es war mit den eroberten Städten, dem stehenden Heer, der Münze und dem einsetzenden Geld- und Devisenfluß, den wiedereröffneten Bergwerken, neuen Manufakturen, ersten Exporterfolgen, dem mittlerweile konstituierten Gerichtshof und der Grundsteinlegung für die Universität trotz aller Rückschläge und Niederlagen eine Bilanz, die sich sehen lassen konnte.

Dennoch wurde, hauptsächlich von jenen, die Theodors Lieferungen für sich selbst auf die Seite geschafft hatten, der Mangel an Nachschub und Mitteln und die zu luxuriöse Haushaltung des Monarchen moniert. Don Luigi Giafferi und Ghjacintu Paoli legten zur Antwort jeder zwei Säcke Gold auf den Tisch, ihr persönliches Vermögen, das sie mit einfachen Worten dem König und der Heimat spendeten, zum Zeichen ihres unbedingten Glaubens an den Sieg der gemeinsamen Sache.

Dieser runde kleine Mann, dachte Theodor gerührt und erinnerte sich des stinkenden Kontors in Livorno, stachlig und hart wie eine korsische Kastanie, aber seit der ersten Begegnung war er ihm nie untreu geworden.

Das Schweigen, das auf diese Geste folgte, empfand Theodor als einen der hohen Momente seines Königtums, ebenso wie am folgenden Tag, dem sechzehnten September, die feierliche Stiftung des »Ritterordens der Erlösung«.

Alles war ein wenig größer, sauberer, prunkvoller als bei der arg improvisierten Königsproklamation von Alisgiani und ein angemessenerer Rahmen als das ärmliche Bischofspalais von Cervioni, um sich, den vergoldeten Lorbeerkranz auf dem Haupt und in ein bodenlanges azurblaues Cape gehüllt, als Großmeister des Ordens zu präsentieren, den Premierminister Giafferi und den kommandierenden General zu Rittern und weitere fünfzig an- und abwesende verdienstvolle Korsen und Ausländer (gegen Bezahlung) zu Satrapen zu ernennen.

Die Medaille, die die Zugehörigkeit zum Orden der Erlösung symbolisierte, stammte von dem Künstler, der auch schon Theodors Münzen entworfen hatte. Der König trug sie an einem handbreiten Kordon, die Ritter und Satrapen an jeweils schmaleren Bändern. Sie bestand aus einem grünen, emaillierten und von zwei gegeneinander versetzten Sternen eingefaßten Medaillon, einem großen siebenstrahligen in Gold und einem kleineren in *Sable*. Das Medaillon zeigte die nackte, die Scham von einem Gürtel mit Eichblatt verhüllt, Justitia, in der rechten Hand ein Schwert, in der linken eine Waage haltend. Sie stand, das rechte Bein angewinkelt und den Fuß auf einem Berg abstützend, auf einem stark stilisierten Korsika. Unter ihrem Schwert schwebte ein Reichsapfel, unter der Waage ein maurerisches Dreieck, das den Buchstaben T einfaßte. Die Strahlen des schwarzen Sterns enthielten jeder Theodors Familienwappen, den fliegenden Vogel und die Buchstaben ULIP.

Als Theodor bekanntgab, daß auch der Herzog von Sachsen-Weimar, der Graf Drost, der Graf von Nassau-

Weilburg, der Vicomte de Trévoux, sowie die Earls Montague und Hamilton darum gebeten hatten, in die Bruderschaft aufgenommen zu werden, war der Stolz groß und die Korsen so hochgestimmt, wie es nur möglich ist, wenn man sich selbst feiert.

Kurz vor diesem Tag oder kurz darauf erfuhr Theodor von Giafferi, daß Orticoni eine dritte Partei um sich geschart habe, die sowohl die Genueser als auch den König loswerden wolle. Die Geldmittel wurden knapp, der Herbst kam, die Zeit hatte die Zeit eingeholt.

Theodor wollte nichts davon wissen. Es lebte und regierte sich gut in Sartè, auch war sein Neffe Friedrich nun bei ihm, ein schneidiger französischer Soldat, und in seinem Gefolge fünfzig pfälzische Söldner, die in die Garde des Königs eingegliedert und bezahlt werden wollten.

Friedrich war ein fremder junger Mann, galant, gebildet, ernster als Theodor in seinem Alter, die Trauer um seine Mutter adelte seine unfertigen Züge. Theodor schloß ihn in die Arme wie einen Sohn und ließ sich in aller Ausführlichkeit die letzten Jahre Amélies erzählen, die er nicht miterlebt hatte. Darüber verging der Oktober.

Am ersten November informierte Giafferi ihn darüber, daß Orticoni ein Mordkomplott gegen ihn geschmiedet habe, ein gedungener Mörder war in Theodors Vorzimmer abgefangen worden und hatte unter der Folter gestanden. Jetzt erst dachte der König daran, daß womöglich schon Angelina ein Opfer des intriganten Klerikers geworden war und nicht der Rachsucht der Republik. Giafferi hielt den Moment für gekommen, die unvermeidliche Reise auf den Kontinent anzutreten, so daß bei Theodors Rückkehr mit Orticoni und seinen Machenschaften aufgeräumt sei.

Der König war einverstanden, ohne recht wahrhaben zu wollen, was das bedeutete. Er realisierte es auch am vierten November auf der Fahrt von Sartè nach Sulenzara noch nicht, auch noch nicht am sechsten in der kleinen Hafenstadt selbst. Er freute sich auf den Kontinent, er freute sich darauf, zukünftigen Zuhörern die letzten Monate in reich ausgeschmückten Erzählungen präsentieren zu können, aber daß dies zugleich hieß, sein Königreich zu verlassen, wollte nicht in sein Bewußtsein dringen. Selbst noch nicht, als die kleine *tartane* am zehnten November in See stach und die Kaimauer hinter sich ließ. Erst als kein Sprung an Land mehr möglich, erst als auch ein Zurückschwimmen durchs unruhige Meer nicht mehr vorstellbar war, fiel der Schleier von Theodors Augen.

Er stand im Heck und zog, um die Bewußtwerdung des Offenbaren weiter hinauszuzögern, das Poem aus der Tasche, das Overbeck, der auf der Insel geblieben war, ihm zum Abschied am Kai mit vielen Kratzfüßen überreicht hatte.

Er versprach sich nichts weiter davon als Beschäftigung für die Augen. Es war zur Abwechslung ein Gedicht ohne Titel, ohne Reime, ohne Zeilenbruch, sehr erstaunlich, vielleicht hatte der Dichter ja eingesehen, zu alledem kein Talent zu haben. Theodor las:

»Oft bin ich mit den Augen dem Flug der Vögel über meinen Kopf hin gefolgt. Ich spürte, daß auch ich selbst nur ein Reisender über dem Wind sei. Eine Stimme vom Himmel schien mir zu sagen: Mensch, für dich ist die Zeit noch nicht gekommen, davonzuziehen. Warte, bis der Wind des Todes sich erhebt, dann erst wirst du die Schwingen breiten und in jene ungekannten Regionen fliegen, nach denen es dein Herz verlangt.«

Bestürzt blickte Theodor von dem Papier auf und machte eine unwillkürliche Bewegung, als wollte er tatsächlich versuchen, zu der sich rund und dunkel aus der Morgendampfigkeit erhebenden Insel zurückzufliegen. Costa, der neben ihm stand, zuckte zusammen und blinzelte den König fragend an. Sweeney, an der Reling lehnend, hatte sich eine Pfeife angezündet, deren vom Wind zerfaserter Rauch wie eine persönliche kleine Parodie auf den Dunst wirkte, der die Küstenlinie Korsikas verschleierte und über dem die Silhouette der Berge wie ein auf Nebeln gebautes Schloß schwamm. Ein Diener näherte sich dem König und reichte ihm und den Umstehenden Tee. Upworth seufzte genießerisch und verlangte nach Milch.

Theodors Augen konnten sich nicht von der Insel lösen. Wie unglaublich, wie überwältigend schön sie war! Da trieb sie majestätisch und langsam davon, und er wurde sich bewußt, daß seine Gefühle eben erst auf ihr landeten.

Ubi libertas, ibi patria! Dies war seine, des Heimatlosen Heimat gewesen, der Ort, den er sich erwählt und erschaffen hatte. Dies ist mein Land, dachte Theodor erschreckt und mußte an seine Mutter und seine Schwester denken, die beide ohne ihn gestorben waren, und an seine Frau, die er ohne ein Wort verlassen hatte. Versäumnisse eines Lebens, nie wieder zu reparieren.

Aber hätte er denn irgend etwas anders machen können, um jetzt nicht auf diesem Schiff zu stehen, das nach Osten segelte? Ihm fiel nichts ein. Er hatte nie eine Wahl gehabt und alle Entscheidungen nach bestem Wissen getroffen. Er mußte sich in Erinnerung rufen, daß es ja keineswegs ein Abschied für immer war. Es war eine notwendige und von langer Hand geplante Reise, und in wenigen Monaten würde er wieder zurückkommen.

Sein Blick fiel auf die beiden Journalisten vom Gentleman's Magazine. Sie standen nebeneinander an der Bugreling und blickten in Richtung Festland.

Es ist ein angenehmer Gedanke, nach all den Monaten wieder Richtung Heimat zu segeln, nicht wahr? sagte Mr. Upworth.

Da pflichte ich Ihnen bei, Jeremiah, sagte Mr. Sweeney. Es war eine lange Zeit. Man sollte es kaum glauben, aber ich freue mich sogar auf den Londoner Nebel und Regen.

Nun, wir wollen nicht übertreiben, antwortete Mr. Upworth.

Vierzehntes Kapitel

Um den genuesischen Häschern und den von der Republik gedungenen Kopfgeldjägern zu entgehen, mußte Theodor sich von einer sicheren Enklave zur nächsten hangeln und ständig im Schutzbereich neutraler oder freundlich gesinnter Höfe und Botschaften verweilen. Zugleich war er gezwungen, so schnell wie möglich die größten Gläubiger – zwischen seinen persönlichen und denen des schwankenden Königreichs Korsika bestand oft genug Personalunion – dadurch zu beruhigen, daß er weitere Lieferungen und Kredite von ihnen verlangte und dabei mit den wenigen Sicherheiten jonglierte, die er zu bieten hatte. Als eine in allen Bankhäusern des Kontinents notorisch bekannte Figur war er aber in günstigerer Verhandlungsposition als zuvor. Nur ein Gläubiger, dem man so viel schuldet, daß der eigene Fall auch ihn mit ins Verderben reißt, ist ein sicherer und vertrauenswürdiger Handelspartner. Die übrigen glaubte Theodor vorerst vernachlässigen zu dürfen.

Mit einem Gefühl der Erleichterung, von dem er nicht recht zu sagen wußte, ob es der abgeworfenen Bürde der täglichen Verantwortung geschuldet war oder der Aussicht darauf, den beim ersten Mal notwendig gestümperten Herrschaftsentwurf wiederholen und verbessern zu dürfen, fuhr er nach Rom, nahm den Kardinal Alberoni in die Bruderschaft des Erlösungsordens auf und ließ sich das durch ein Empfehlungsschreiben an den König von Savoyen entgelten.

Der wollte eine Unterstützung des Unabhängigkeitskampfes nicht prinzipiell ausschließen, gab aber zu bedenken, er habe von Campredon und Amelot erfahren, Fleury sei geneigt, dem Hilferuf der Republik Gehör zu schenken. Un- oder halbverrichteter Dinge, aber wenigstens in der Hoffnung, in Savoyen einen potentiellen, wenn auch nicht sonderlich gewichtigen Alliierten zu besitzen, beruhigt vor allem über die Formen, mit denen er empfangen worden war, reiste Theodor mit seiner kleinen Suite aus zwölf Männern weiter in Richtung Paris.

Nach einer ratlos empfindungsarmen Viertelstunde am Grab seiner Schwester erreichte er in der letzten Januarwoche die französische Hauptstadt, richtete sich ein und ließ ein Schreiben mit der Bitte um eine Audienz bei Fleury nach Versailles bringen.

Dort erwartete ihn eine Enttäuschung, um so ernüchternder, als seine nach dem Besuch in Turin ohnehin hochgespannten Erwartungen durch die ersten Pariser Tage noch übertroffen worden waren. Ein Billet nach dem anderen flatterte in seine Räume, Journalisten, Titeljäger und luxuriöse Kokotten gaben sich die Klinke in die Hand, Bankiers und Kaufleute schlugen sich darum, ihn zum Souper an ihrer Tafel zu haben. Er verbrachte die Abende in der Oper oder im Théatre Français und die Nächte in den Cafés, umringt von einer Traube schwatzender, trunkener Geister, die für die brillantesten von Paris galten.

Es hätte ihm, wäre er in der Lage gewesen, kühl zu analysieren, in welchen Kreisen er Popularität genoß, auffallen können, daß er vor allem den jungen Philosophen, Pamphletisten, Autoren, kurz: der kritischen, intellektuellen Elite, als ein Freiheitsheld galt, dessen konstitutionelle Monarchie mit ihrem Selbstbestimmungsrecht und Gleichheitspathos sie als revolutionär bewunderten, wozu Theodor, für dessen Geschmack viel zuviel Konstitution geherrscht hatte auf Korsika, säuerlich lächelte. Der höhere Adel und die Höflinge jedoch hielten sich merklich zurück, aus dem Schloß kam keine Einladung.

Aber darüber dachte er nicht nach, denn er verbrachte seine Zeit mit dem jungen Diderot, wurde nach einer Premiere im »Français« Marivaux vorgestellt und zechte mit Prévost d'Exiles, dem Verfasser der Geschichte vom Chevalier des Grieux und der Manon Lescaut, die Theodor in Berthelsdorf seinerzeit heimlich gelesen hatte. Der mit langem schwarzem Umhang und mit Beffchen als Abbé kostümierte Schriftsteller war auch der Übersetzer von Richardsons *Pamela* und trat mit seiner holländischen Geliebten Lenki Eckard auf, die Theodor wie eine kosmopolitischere Version Angelinas vorkam, einer jungen Dame mit strohblondem Haar und großen Schneidezähnen, die bei ihrer Verbeugung ein Dekolleté offenbarte, dessen Spitzenbesatz ihre Brustwarzen umschloß wie Blütenblätter einen Stempel.

Vor allem aber diskutierte er mit Montesquieu über Herrschaftstheorie und -praxis, umgeben von zehn oder fünfzehn konzentriert lauschenden Männern und einigen jungen Frauen, das heißt, er unterbrach Secondats Redefluß ab und an mit Zitaten Lockes und korsischen Anekdoten.

Der Höhepunkt seines Pariser Aufenthalts war erreicht, als er am neunundzwanzigsten Januar zur Oper fuhr und zwei Pistolenschüsse auf seine Karosse abgefeuert wurden. Das heißt, zumindest als der Schreck überstanden war – die Kugeln durchschlugen die Holzverkleidung und bohrten sich in die blaue Polsterung der Theodor gegenüberliegenden Sitzbank –, entwickelte der Abend sich zu diesem Höhepunkt, denn seine beiden korsischen Leibwachen auf dem Kutschbock feuerten blind in die Dunkelheit zurück, die Pferde scheuten, auf der Straße brach Panik aus, und die Nachricht, daß ein Attentat auf den König von Korsika verübt worden sei, verbreitete sich Theodor voraus als Lauffeuer in Richtung der Oper, wo seinetwegen der Beginn der Vorstellung verschoben wurde, die Treppe sich vor seinen leicht zitternden Schritten zu einem Spalier öffnete und der Saal sich, als er in seiner Loge Platz nahm, erhob und mit Aahs und Oohs applaudierte, bevor das Orchester mit der Ouvertüre begann.

All dies bereitete ihn schlecht auf den folgenden Tag vor, an dem er im Schutz der in Anschlag gehaltenen Musketen seiner Leibwächter nach Versailles hinausfuhr und einem gelangweilten Sekretär sein Billet für den Kardinal in die Hand drückte.

Im Laufe der nachfolgenden Stunden legte er einen Kreuzweg durch drei Vorzimmer zurück und wurde immer wieder aufgefordert, seine Identität zu bestätigen. König? Von Korsika? Aber diese Insel sei im Besitz der Republik Genua, sie sei kein Königreich... Er sei also der Baron, der Freiherr Neuhoff, von woher? Westfalen? Er wartete, von Minute zu Minute nervöser, spähte mit rotem Kopf umher, ob irgend jemand sich über ihn lustig machte und starrte in den Innenhof hinunter, auf die Längs- und Quergebäude und ihre Arkaden, Treppenhäuser und Schleichwege, die Heimat tausender eingepferchter Hofhühner, die sich langsam mit Schatten füllte. Es war wie in seiner Knabenzeit, als die Herzogin ihm den Befehl gegeben hatte, einen Tag lang durch ein solches Fenster die Wege bestimmter Personen, ihre Begegnungen und die dazugehörigen Uhrzeiten zu notieren, sein erster Auftrag als Spion.

Fleury empfing ihn nicht. Amelot ließ sich verleugnen. Sein Memo wurde zurückgewiesen.

Er blieb keinen weiteren Tag in Paris.

Aber die Versailler Erniedrigung war nichts gegen das, was ihn in Amsterdam erwartete. Gewiß, er wurde leichtsinnig in der Stadt seiner Gönner und Finanziers. Er verlor ein wenig seine Aufgabe aus dem Blick, und wenn nicht sie, dann doch die Eile, mit der er sie hätte erledigen sollen, um in sein Königreich zurückkehren und vor einem eventuellen Eingreifen Frankreichs vollendete Tatsachen schaffen zu können. Im nüchternen Licht Amsterdams, im kühlen

Wind der Grachten an so romantische Gefahren zu denken wie ein Pistolenattentat auf eine mit Samt ausgeschlagene Kutsche auf dem Weg zur Oper, war einfach unmöglich. Theodor residierte in einem Haus in der Prinsengracht und hielt sich mit schmuckvollen Erzählungen aus Korsika schadlos für die Schnödigkeit der französischen Politiker. Er gab dem schwer beherrschbaren Drang, den Lohn für all seine Mühen aus bewunderungsvollen Blicken und ihm zugetragenen Stadtklatsch zu saugen, ein Stück zu weit nach.

In der Nacht vom sechzehnten auf den siebzehnten April spielte Theodor Karten und ging etwas ärmer, als er den Abend begonnen hatte, durch die feuchte Morgenluft nach Hause. An der Tür seines Logis wurde er von vier Uniformierten verhaftet, seine Leibwächter mußten tatenlos zusehen. Das heißt, hätte Theodor geahnt oder glauben wollen, daß es sich tatsächlich um eine Verhaftung handelte, er wäre wohl nicht so gleichmütig mitgegangen. Er begriff die Situation erst, als keine seiner Fragen beantwortet wurde, keine Amtsperson ihn aufklärte und man ihn in eine schmutzige, vergitterte Zelle stieß, auf deren Boden er ausglitt. Beim Aufstehen bemerkte er einen großen feuchten und stinkenden Fleck auf seinem Mantel.

Zwei Stunden später erfuhr er in einem Amtszimmer im ersten Stock desselben Gebäudes, was ihm vorgeworfen wurde. Ein alter, völlig vergessener Gläubiger hatte, was nicht schwer war, von seiner Anwesenheit in Amsterdam gehört, einen nie beglichenen Schuldschein von vor zehn Jahren geltend gemacht und eine Zwangsvollstreckung mit Beugehaft durchgesetzt. Es ging um wenige tausend Gulden.

Theodor reagierte mit ätzender Herablassung und all dem beißenden Spott, zu dem ein wegen fünftausend Gulden verhafteter König fähig ist. Mit einer nachlässigen Handbewegung nannte er den Namen eines Bankiers, bei dem man den Kreditbrief, den er aus der Tasche zog, einlösen solle. Sein Benehmen machte den Beamten Eindruck, aber nur so lange, bis am späten Nachmittag ein Bote zurückkehrte und die Nachricht überbrachte, der Bankier habe Konkurs angemeldet und sei nicht in der Lage, irgendwelche Zahlungen zu leisten.

Ein Richter mit quittengelbem Gesicht, einer schiefsitzenden Allongeperücke, unter der graues, borstiges Haar zu sehen war und bräunlichen Pferdezähnen, erklärte bündig, der Herr König bleibe, könne er seine Schulden nicht begleichen, bis zu einer Verhandlung in dieser Sache arretiert. Theodor wurden zwei Zimmer zugewiesen, ein Schlaf- sowie ein Wohn- und Arbeitsraum, und man gestattete ihm, einen Kammerdiener und seinen Sekretär bei sich zu haben, aber die Tür blieb verschlossen.

Das ganze Ausmaß seiner Lage wurde ihm erst am Morgen darauf bewußt, als die Zeitungen gebracht wurden, zunächst nur die »Gazette von Amsterdam« und die »Utrechter Gazette«. »König von Korsika in Amsterdamer Schuldgefängnis« titelte das erste Blatt immerhin noch, während das zweite ihn als »den deutschen Abenteurer Baron Neuhoff« bezeichnete, »der im vergangenen Jahr soviel Aufsehen erregte, als er sich von korsischen Rebellen zu ihrem König krönen ließ«.

Die Journalisten, die seinen Weg die letzten Jahre über als treusorgende Eumeniden begleitet hatten, wandelten sich zu Erinnyen, deren Fackeln und Schlangen Rhetorik und Häme waren. Mit jedem Schlag ihrer in Wahnsinn versetzenden Peitsche, vor der er durch die beiden verschlossenen Räume flüchtete, den Tisch umstoßend, daß alles Papier darauf zu Boden segelte und das Tintenfaß auf den Bohlen zerbarst, sich gegen die schwere Eichentür werfend, das bunte Fensterglas einschlagend, daß die Handgelenke bluteten – oh, nein, stammelte er, laß es nicht geschehen sein, nicht wegen fünftausend Gulden –, mit jedem Schlag explodierten grelle Bilder von abgründiger, nie wieder rückgängig zu machender Lächerlichkeit vor seinen Augen. Mehr noch als der Zelle wollte er der engen Kammer der Zeit entkommen, in deren Mausefalle er saß.

Das Echo seiner Inhaftierung entsprach dem publizistischen und gesellschaftlichen Interesse, das seine Unternehmungen in ganz Europa geweckt hatten. Wie ein Süchtiger verschlang Theodor jede Zeile. Er hielt die Zeitungen in zitternden Händen mit dick verbundenen Handgelenken. Er betrank sich an Genever. Er erbrach sich. Sein Magen war angespannt wie eine vibrierende Cellosaite. Zahnschmerzen setzten wieder ein. Ein Fieberanfall warf ihn aufs Bett. Er schwitzte und litt. Nicht so zugrunde gehen, dachte er. Wenn ich schon sterben muß, dann von eigener Hand. Das Erniedrigendste war der gesunde Appetit, den er an den Tag legte, kaum hatte das Fieber nachgelassen.

Mittlerweile hatten sich seine Schulden verfünffacht, denn der genuesische Konsul durchstreifte die Stadt auf der Suche nach alten, zu mobilisierenden Gläubigern, und jeder in Arrest verbrachte Tag produzierte einen weiteren, der sich in die Liste derer eintrug, die den Glauben verloren hatten und ihn jetzt bluten sehen wollten.

Theodor hatte den Strick – eine dicke Seidenkordel, die tagsüber den Himmel seines Bettes zurückband – bereits an der Decke des Arbeitszimmers befestigt, das Mittagessen war gebracht worden, so daß vor dem Tee keine Störung zu erwarten stand, die Mitarbeiter waren fortgeschickt. Er berührte, den grausigen Tod vorausfühlend, seinen Hals, und die warme Zartheit und leise pochende Lebendigkeit seiner Haut überwältigte ihn so sehr, daß er in Tränen ausbrach vor Mitleid mit diesem schönen, armen Körper, seinem einzigen Schutz und Versteck. Gerade ihn wollte er nun so mißhandeln, ihm Schmerzen zufügen und seine Haut, indem er sich selbst auslöschte, alleine lassen und zu schwarzer, schrumpelnder, stinkender Fäulnis verdammen. Nein, das konnte er diesem Leib nicht antun, dachte er kopfschüttelnd, während seine Fingerspitzen noch immer behutsam über die großporige Haut unterhalb des Bartansatzes strichen.

Er sah die übermannshohen venezianischen Karnevalsfiguren vor sich, unter deren Umhängen sich kleine Männer und manchmal Frauen auf Stelzen verbargen, verkroch sich genauso in seiner Haut, die mit einem Mal viel zu groß war für ihn, und warf durch die Augenlöcher verstohlene Blicke nach draußen.

Aber man gewöhnt sich an alles, selbst an Zeitungsartikel, und nach drei Wochen Arrest und mit fortschreitender Zeit langsam abflauender Lektüre mußte Theodor feststellen, daß seine Fähigkeit, zu denken und zu planen, zurückkehrte. Einige ermutigende schriftliche Zeugnisse, ein Brief Costas sowie mehrere Artikel, deren respektvoller Ton die anfängliche Häme ausbalancierte, taten ein übriges, ebenso Jacob Cats' Rückkehr aus England, der versprach, die Kaution zu übernehmen.

Am siebten Mai verließ der König von Korsika, sich den Weg durch eine Menschentraube bahnend, seine Arrestzelle im Stadhuis. Cats gab ein Fest zu seinen Ehren, auf dem Theodors Blick zwischen all den schönen jungen Frauen auf eine Matrone fiel, deren aufgeschwemmtes Gesicht bräunliche Flecken verunstalteten und die ihn aus von Fettgeschwulsten eingefaßten Augenspalten zu mustern schien. Er fühlte sich von diesem Blick verfolgt und versteckte sich hinter dem Gastgeber. Ob er sich wirklich nicht mehr erinnere, fragte Cats mit schmalem Lächeln. Es handle sich um die verwitwete Mijfrouw Els van Boon.

Zurück in seiner Wohnung, lief Theodor mit brennendem Gesicht, eine Lampe in der Hand, zu dem großen Kaminspiegel, um sich zu vergewissern, daß die Jahre nicht auch ihn so entstellt hatten.

Weitere Briefe aus Korsika unterrichteten den König, daß die Versuche Genuas, seine Inhaftierung von den Zinnen der Zitadelle Bastias herab propagandistisch auszunutzen, nicht nur gescheitert waren, sondern seine Untertanen dazu gebracht hatten, die Stadt rings um die Festung in Schutt und Asche zu schießen. Theodor nutzte schmunzelnd die Dialektik der Publizität aus, die dem wegen Schulden Inhaftierten und schließlich Freigekommenen einen ganzen Haufen neuer, von seinem vielgenannten Namen angelockter Finanziers bescherte, rüstete ein Schiff mit Waffen und Munition aus und stach am dreißigsten Juni in See. Anfang August wurde er, eine halbe Tagereise nach der Straße von Gibraltar, von Spaniern aufgebracht, die ihn nach Oran eskortierten und die Ladung beschlagnahmten. Am neunzehnten kam er durch ein Edikt der spanischen Krone frei und durfte nach Sardinien weiterreisen, von wo er schließlich unverrichteter Dinge nach Holland zurückkehrte.

Im Februar des folgenden Jahres landeten französische Truppen unter dem Befehl des Marquis de Boissieux auf Korsika. Nach allem, was Theodor zu Ohren kam, wüteten sie dort schlimmer, als die Genueser es je getan hatten, es ging das Gerücht von Massakern und Brandschatzungen, und irgendwo auf der Insel befand sich nach wie vor Friedrich, sein Neffe und Sohn.

Im Oktober dann war Theodor, nach einem Aufenthalt in Florenz, einen Tag lang auf seiner Insel. Giafferi und Paoli mußten ins Exil und berichteten, das korsische Volk stehe hinter ihm, aber im Moment sei es illusorisch, das Königreich wieder etablieren zu wollen. Viel dringlicher war es Theodor ohnehin, seinen Frédéric zu retten, der sich mit ein paar Freischärlern in der Macchia versteckte und den Soldaten De Boissieux' verlustreiche Scharmützel lieferte. Theodor hatte ein Schreiben des Generals Wachtendonk dabei, der die habsburgische Garnison der Toskana befehligte. Der Brief war für das französische Oberkommando bestimmt und forderte freies und ehrenvolles Geleit für den jungen Trévoux.

Im Februar '39 starb De Boissieux und wurde vom Marquis de Maillebois ersetzt, einem sehr viel verständigeren Mann, der mit Diplomatie und Höflichkeit reüssierte, wo sein Vorgänger mit Mord und Terror die Korsen zwar in Bann gehalten, aber nicht befriedet hatte. Von Florenz aus, wo Theodor seinen Neffen schließlich wieder in die Arme schloß und ihm eine Obristenstelle im Regiment Wachtendonks vermittelte, von Venedig, dann erneut von Amsterdam, verfolgte Theodor die Politik Maillebois' mit wachsender Panik. Jede Garantie, die der Marquis gab, jede Konzession, die er einzugehen versprach, zähmte die kampfesmüden Korsen und nahm weitere von ihnen für die französische Hoheit ein, auch weil die Genueser strikt nichts mehr zu sagen hatten und es den Insulanern keine geringe Freude bereitete, bei ihren neuen Herren gegen ihre alten zu intrigieren und schlecht zu reden.

Wie fünf Jahre zuvor organisierte Theodor von Venedig und Florenz aus den illegalen Handel der Rebellen, beriet, ermutigte sie, korrespondierte mit ihnen, um die Legitimität nicht zu verlieren, die er nach wie vor beim Volk genoß und die das einzige war, was von allen seinen Anstrengungen übriggeblieben war. Nur so konnte er gegenüber Banken, Handelshäusern, unentschiedenen Regierungen weiterhin im Namen der Korsen sprechen, als deren reisender Königsdarsteller er durch Europa zog.

Er war vom lorbeergekrönten Monarchen zum Amsterdamer Gefangenen herabgesunken und dem Fegefeuer der Erniedrigung als leicht gerupfter Phoenix entronnen, unempfindlicher geworden, was seine persönliche Würde und Hoheit anging. In seinen Schreiben und Auftritten fand er einen Ton, in dem das Bittende und das Fordernde, der Geist der Hoheit und des Geschachers sich miteinander verbanden und ineinander verschmolzen.

Die Rückgewinnung des Throns wurde eine fixe Idee, und Theodor, dem dabei nicht wohl war, spürte doch, daß es zu spät sei, jetzt noch davon abzulassen. Ich habe nie alles auf eine Karte gesetzt zuvor, dachte er, weil ich wußte, daß genau dies dabei herauskommt: Jeder Tag, der vergeht, ist ein verlorener Tag für alle anderen Unternehmungen und Lebensalternativen und ein weiterer Tag enttäuschter Hoffnung in der einen, einzigen Sache, deren Erfolg immer notwendiger wird, je länger er ausbleibt.

Den Gedanken, Korsika jemals von innen heraus, an der Spitze der Bevölkerung, selbst zu befreien, hatte er aufgegeben. Er suchte, die europäische Diplomatie studierend, sondierend, Zeitungen verschlingend, politische Astrologie und Geometrie und Kaffeesatzleserei betreibend, nach einer Möglichkeit, die Hilfe einer Großmacht zu gewinnen, um seine Ansprüche auf den Thron durchzusetzen, wobei die Insel selbst in seinem Kalkül sich zum Faustpfand wandelte.

Die Windmühlenflügel des Propagandalebens, das er zu führen gezwungen war, kreisten ruhelos, aber er selbst saß darin wie das Drehlager, mußte warten und wurde, wie er sich selbst immer wieder sagte, älter und älter.

Im Dezember 1740 fielen die Preußen in Schlesien ein. Zur selben Zeit führte England einen halbherzigen Seekrieg gegen Spanien um das abgeschlagene Ohr eines britischen Kapitäns, und zum ersten Mal in fünfzehn Jahren wackelte der Stuhl des Premierministers bedenklich. Im Frühjahr darauf wurde Maillebois nach Frankreich zurückbeordert, denn Fleury hatte ein Bündnis mit den bei Mollwitz siegreichen Preußen und den Spaniern geschlossen, um Habsburg in die Enge zu treiben, und das besaß Vorrang vor der Unterstützung Genuas. Um die Mitte des Jahres herum verließen die französischen Truppen Korsika, und mit ihrem Abzug übernahm die Republik wieder ihr altes Unrechtsregime. Im Januar entließ der englische König seinen kriegsunlustigen Premierminister Walpole, und die »Patriotischen Whigs« kamen an die Macht und verbündeten sich mit Wien. Dies war die Konstellation, die Theodor ausnutzen mußte.

Er verfaßte ein zwanzigseitiges Memorandum, eine Mischung aus Strategiepapier, Bündnisofferte und Erpressungsschreiben, und reiste nach Wien, wo er in den ersten Märztagen eintraf. Sein Angebot war ein befreites Korsika unter seiner Herrschaft als Marinestützpunkt im Mittelmeer, um den Handelsverkehr zu sichern, die Toskana und Sardinien vor dem Zugriff Spaniens zu bewahren und, käme es zum Äußersten, einen strategischen Sammelpunkt für Auseinandersetzungen mit Frankreich oder den Türken zu besitzen. Er ging, was nicht ganz den Worten und dem Geist der seinerzeit von ihm unterschriebenen Generalkapitulation entsprach, so weit anzudeuten, im Falle seines Ablebens ohne männliche Nachkommenschaft werde Korsika ans Reich fallen, nahm aber auch kein Blatt vor den Mund, wenn es darum ging, welche Konsequenzen eine Ablehnung und damit auch sein persönliches Scheitern hätte: Die Insel geriete mit fataler Gewißheit in die Hände der Bourbonen, die italienischen Länder der Krone wären über kurz oder lang verloren, der Mittelmeerhandel abhängig von den Launen Madrids.

Theodor stand vor dem Kartentisch, deutete, erklärte, erläuterte mit kalter, aber von Charme ummantelter Logik, der er selbst lauschte wie der Rede eines vollkommen Fremden. Der Raum füllte sich mit Ministern und Generälen, die Luft roch schwer nach Perückenpuder, Pfeifentabak und Pferdemist, es herrschte eine Atmosphäre lethargischer Panik, und man nickte, murmelte und räusperte sich viel.

Ein Einatmen und ein Ausatmen, ein Liderschließen und wieder -öffnen später saß Theodor neben John Carteret in der mit goldenen Stuckornamenten verzierten Regierungsloge und blickte nach schräg links oben, wo sich König Georg II. soeben zum fanfarenbrausenden Halleluja erhob, gefolgt einen Sekundenbruchteil später vom Außenminister, der Theodor mit hochgezogenen Brauen bedeutete, es ihm gleichzutun, sowie dem gesamten Publikum von Covent Garden.

Es kam zuviel zusammen in diesem Moment, einem Kulminationspunkt in Theodors Leben. Der Äquinoktialsturm der Gegenwart brandete gegen die Kaimauer seiner Erinnerungen, die abprallenden Wellen trafen sich mit den einlaufenden in einem donnernden Bersten, einem sekundenschnellen Aneinanderhochklettern und gemeinsamen, von Schaum- und Gischtexplosionen gekrönten Aufbäumen. Theodor stand und lauschte dem Jubelchor, und Tränen begannen über sein Gesicht zu laufen, was die Umstehenden beifällig als einen Tribut an die Musik seines deutschen Landsmannes deuteten.

Er dachte daran, wie er vor fast zwanzig Jahren mit Jane draußen an der Mauer gelehnt und dem Echo von Händels italienischen Opern gelauscht hatte. Und jetzt, keine drei Wochen war es her, hatte sich das Reich in der Person des Erzherzogs Franz von Lothringen mit ihm verbündet, zwar nicht schriftlich, denn »das, lieber Baron, können wir uns nicht leisten«, aber eine ungeheure Geldsumme war bereitgestellt, mit der Wien dem König von Korsika eine englische Schlachtflotte finanzierte, um sein Land zu erobern. Ein geheimes, kodiertes Schreiben – Theodor lächelte erinnerungsschwer, als er die De Vigenère'schen kryptographischen Tabellen sah – an die englische Regierung hatte man beigefügt, und so war Theodor nach London gekommen, um aus dem Vollen zu schöpfen und sich mit der Macht zweier europäischer Höfe endlich zu nehmen, was ihm zustand.

In einem mutwilligen Versuch auszuloten, bis wohin die

Götter ihn verwöhnen wollten, hatte er auf dem Weg in die britische Hauptstadt die Reiseroute über Kursachsen umgeleitet. Er hatte vorgehabt, endlich seine Frau heimzuholen und als Königin von Korsika neben sich auf den Thron zu setzen. Siehst du, wollte er ihr sagen, es hat sich gelohnt, daß ich bei Nacht und Nebel verschwunden bin. Und dann hatte er starr und ungläubig vor ihrem Grab gestanden, auf dem kleinen Friedhof von Herrnhut, die Frühlingssonne fiel schräg auf den hellen Stein, auf dem in Gold über vier Zeilen all ihre Namen und Titel eingraviert waren. Von seinem Namen jedoch keine Spur. Hier lag eine Lady Jane Ormond, aber keine Baronin Neuhoff.

Du Kleingläubige, hatte er kopfschüttelnd gemurmelt. Was sind schon zehn Jahre? Du hättest wissen können, daß ich wiederkomme, und mir vertrauen, anstatt einfach wegzusterben.

Jenseits der Friedhofsmauer, auf ungeweihtem Grund, befand sich ein einzelnes Grab, darin lag Larbi, der einen Monat nach Jane entschlafen war. Seiner Herrin bis zum Ende dienend, hatte der Diener seinem Herrn bis zum Schluß Ehre gemacht.

Und heute speiste der Herr mit dem englischen König, der sich freute, deutsch reden zu können, und sich beschwerte, mit seinen Ministern in einer Art Küchenlatein verkehren zu müssen, hörte er Händels Oratorium in der Loge des englischen Außenministers. Am Nachmittag hatte der junge Horace Walpole, der Sohn des vormaligen Premierministers, ein erklärter Bewunderer Theodors seit Jahren, ihn in das soeben eröffnete Schwimmbad geführt.

Großartig, nicht wahr, Majestät, hatte er gesagt, es ist das erste seiner Art in der Welt. Auf seine Weise ähnlich revolutionär wie Ihre korsische Konstitution.

Theodors Bewunderung war geschrumpft, als er erfuhr, das große Becken sei keineswegs für eine private Nutzung gedacht und daß alltags hier so viele Menschen im Wasser zappelten wie Goldfische im Karpfenteich von Fontainebleau. Man schwimmt also immer hin und her, sagte er. Nun ja, es hat ja wohl für die meisten etwas Sinnbildliches.

Es war alles schön und gut, auch daß er jetzt auf andere Weise König von Korsika werden würde als beim ersten Mal, ohne Handel und Händel, ohne Erniedrigung und Ränke und Ranküne, und auch keine Rücksichten mehr nehmen mußte auf die Empfindlichkeiten der Einheimischen. Der Idealismus von ehedem hatte einer Vorstellung Platz gemacht, die eher wie eine Kreuzung der Herrschaft Maillebois' und des genuesischen Hochkommissars anmutete – und während das Oratorium zu Ende ging, dachte Theodor mit einer gewissen Verbitterung, daß es einen gewaltigen Unterschied gab zwischen Verheißung und Genugtuung.

Ich werde achtundvierzig dieses Jahr, ich bin ein alter Mann. Ich bin nicht Alexander. Ich bekomme, was ich will, aber ich bekomme es spät. Wirkliches Glück kann nur ein junger Mann empfinden, der noch nie durch eine Niederlage zurückgeworfen wurde. Später ist es nur noch so, als schütte man eine Jauchegrube mit Gold zu. Es glänzt und schimmert, aber der Gestank kommt doch immer wieder hoch.

Das Bild von der glänzenden Stinkgrube war griffig und mochte in einem Moment illusionsloser Erkenntnis entstanden sein, dennoch war es nicht von der Art, die einem nützt beim weiteren Bestehen seines Lebens. Tatsache ist, daß Theodor einige Monate darauf, als er neben Kapitän George Barclay auf der Brücke der *Revenger* stand und die würzige Luft tief in die Lungen zog, auch nicht der geringste Kotgeruch in die Nase stieg, und auch wenn er achtundvierzig Jahre zählte, war das, was er an Bord des majestätischen Schlachtschiffs und im Anblick der dunstflimmernden Küstenlinie Korsikas empfand, Verheißung und nicht Genugtuung. Im nachhinein sagte er sich oft, daß in jenem Moment, dem Augenblick, in dem das Ersehnte zum Greifen nah und sein Gefühl, Herr der Lage zu sein, vollkommen war, Gott den Atem hätte anhalten müssen, damit der Moment sich zu Ewigkeit verwandle.

Vom Juni bis zum Oktober hatte er seine von Österreich finanzierte und von England bewerkstelligte Rückeroberung Korsikas geplant. Mehrere Schiffe mit allem, was die Rebellen benötigten, voran die *Revenger* und die *Salisbury* unter Kapitän Peter Osborn, randvoll mit englischen Soldaten, waren über Lissabon ins Mittelmeer gesegelt und standen unter seinem Befehl. Was immer auf dem Kontinent vorging, hatte Theodor nur mehr am Rande interessiert in diesem Sommer und Herbst.

In den Gewässern vor der korsischen Küste hatten sie die *San Isidoro* versenkt, ein spanisches Kriegsschiff mit einhundertzwanzig Kanonen, ein Dutzend kleinerer genuesischer Boote aufgebracht, die zurückgekehrten korsischen Führer Giafferi und Luca Ornano vor Isula Rossa an Bord empfangen und instruiert und Waffen, Munition und Uniformen an Land bringen lassen.

Am achten März, so Theodors Befehl, würden seine Schlachtschiffe Bastia angreifen und erobern, es sei denn, der neue genuesische Hochkommissar Speroni hißte die weiße Fahne.

Am Abend des fünften März legte eine unter britischer Flagge segelnde *tartane* längs der *Revenger* an, und der Botschafter in Florenz, Mr. Horace Mann, enterte an Bord herauf.

Ich nehme an, Sie möchten dabei sein, wenn wir morgen beginnen, die Insel zu erobern, sagte Theodor.

Der Botschafter fixierte eine an der Wand befestigte Schlaguhr und schüttelte den Kopf. *I'm afraid no, Sir*, antwortete er.

Theodor, der so saß, daß er durch die Hochfenster auf

die Küste blicken konnte, fragte ruhig, was der andere mit seinem Nein meine.

Er sei bevollmächtigt, dem Baron das Bedauern seiner Regierung darüber auszudrücken, erklärte Mann, daß auf höchsten Befehl kein britisches Schiff genuesisches Hoheitsgebiet angreifen dürfe.

Und woher dieser Sinneswandel? fragte Theodor noch immer ruhig, den Blick noch immer auf die Küste gerichtet, die so nahe war, daß man meinte, die Blätter an den Bäumen zählen zu können.

Er vermöge es ihm nicht mit Gewißheit zu sagen. Ein Wechsel der Prioritäten, Sir. Eine offene Brüskierung Spaniens gelte nicht mehr als opportun. Mr. Manns Stimme zitterte ein wenig. Theodor wiederholte mit ironischem Unterton: Nicht mehr opportun?

Ganz recht, Sir, so sei ihm gesagt worden.

Wem habe ich das zu verdanken? Carteret?

Er wisse nur so viel, daß Carteret gegenwärtig keinen leichten Stand habe, und sein Strohmann Compton mit ihm. Die öffentliche Meinung... Mister Walpole... Offenbar habe man den König überzeugt, daß ein Landkrieg gegen Frankreich das Äußerste sei, was den Staatsfinanzen zugemutet werden könne... Die Eventualität eines Seekriegs gegen Spanien, vielleicht auch gegen Frankreich... Er müsse das verstehen. Vielleicht nächstes Jahr, sei ihm gesagt worden, sie hätten ja nach wie vor gemeinsame Interessen mit –

Vielleicht nächstes Jahr? unterbrach Theodor ihn mit gedehnter Stimme. Hastig sprach der Botschafter weiter: Für Seine Durchlaucht sei selbstverständlich eine Kompensation, eine Entschädigung vorgesehen. Er sei bevollmächtigt, ihm diesen Kreditbrief auszuhändigen. Überdies sei es gar keine Frage, daß man auch für einen standesgemäßen Wohnsitz aufkomme...

Theodor bat den Botschafter hinaus ins Freie, auf den

schmalen Balkon des Kapitänslogis. Riechen Sie die Luft? fragte er. Der Geruch kommt vom Land herüber, Thymian, Minze …

Der Botschafter nickte. Sie schwiegen eine Weile. Lord Carteret bitte ihn im übrigen, über einen Vorschlag nachzudenken, begann Mr. Mann wieder. Er habe doch große Erfahrungen in, nun ja, Geheimdiplomatie … Und der Außenminister könne sich vorstellen, da es mit Korsika nun vorerst nicht weitergehe, verspüre er vielleicht Neigung, im Dienst der englischen Krone in Savoyen, in Neapel, in Florenz, gewissermaßen … wie solle er es ausdrücken, sich umzusehen?

Warum nicht, sagte Theodor. Darüber wird zu reden sein. Dürfte ich meinerseits noch eine Bitte an Sie äußern?

Der Botschafter verneigte sich.

Ich möchte meinem Volk nicht als letztes Bild von mir den Eindruck hinterlassen, ich ließe es schnöde im Stich. Steht es in Ihrer Macht, uns, bevor wir nach Livorno oder wohin immer zurückkehren, die Insel einmal umrunden zu lassen, so daß meine Untertanen durch meinen Anblick auf diesem Schiff Mut und Vertrauen schöpfen, um ihren gerechten und heiligen Kampf für die Freiheit weiterzuführen?

So geschah es. In mehreren Häfen wehten die Flaggen der Royalisten, Salutschüsse wurden abgefeuert, und Theodor stand auf der Brücke und winkte.

Als die *Revenger* und die *Salisbury* dann vor dem Wind nach Süden hielten und Abstand von der zerklüfteten Küste gewannen, lehnte Theodor an der Reling. Er hatte bereits einen Schritt auf die Kajütentür zugetan, konnte oder wollte sich aber vom Anblick der Insel noch nicht losreißen. Sein linker Arm war in die Hüfte gestützt. Die Konturen Korsikas zerflossen im abendlichen Dunst. Er gab sich einen Ruck, führte den vor Stunden angedeuteten und begonnenen Schritt zu Ende und trat, die Augen von der Küste lösend, nach drinnen.

Im Frühling 1744 lebte Theodor in Siena. Er nannte sich Baron von Bergheim. Er beschäftigte zehn Männer, Kammerdiener, Sekretäre, Verwalter. Er führte ein großes Haus. Er bezahlte in englischen Pfund.

Im Herbst 1745 erschien er mit einem Memorandum zur Befreiung Korsikas am Hofe in Turin. Er trug einen kragenlosen violetten Frack, dessen Revers und Taschen brokatbestickt waren, auf der Brust die Großmeistermedaille des Erlösungsordens, um die Taille eine grüngoldene Atlasschärpe. Seine Vorschläge wurden abgewiesen.

Im Juli 1746, von einer Reise nach Wien zurückgekehrt, wo er neuerliche Unterstützung für seine Thronansprüche hatte finden wollen, logierte er als Untermieter eines Kunsttischlers in der Vorstadt von Volterra.

Im Februar 1747 fuhr er in derselben Sache wieder nach Wien, verkleidet als Geistlicher, und erhielt von verschiedenen Logenbrüdern Unterkunft und Almosen, wurde aber nicht bei Hof empfangen.

Im August 1747 suchte eine Abordnung von Soldaten ihn in der billigen Pension in Florenz auf, wo er eine Kammer bewohnte, und präsentierte ihm den Ausweisungsbefehl.

Gegen Ende des Jahres war er in Köln und kam dort bei seinem entfernten Verwandten, dem Baron Drost, unter. Von dort aus reiste er, um seinen Gläubigern zu entgehen und sie zugleich suchend, da sie seine einzige Geldquelle waren, zwischen Amsterdam und Hamburg hin und her. Er nannte sich Baron von Stein, Sir John Palmer, Abbate Lacenere, er spielte, verkaufte korsische Orden und Münzen, leistete verschiedene Dienste.

Im Januar 1749 traf er mit einem Empfehlungsschreiben des holländischen Ministers Hop in London ein, das ihm Zutritt zu diplomatischen Kreisen und der Gesellschaft verschaffte. Er nannte sich Baron von Stein, sorgte aber dafür, daß jedermann wußte, wer er war. Die Republik Genua verlangte noch immer seine Auslieferung, die von John Pelham abgelehnt wurde.

Der grauhaarige, hager gewordene Mann mit dem müden Lächeln des Weitgereisten, der einen Sommer lang König gewesen war, wurde einen Sommer lang die Attraktion der Londoner Salons. Der Schweizer Botschafter Schaub bezahlte Theodor fürstlich dafür, seinen Empfängen Glanz zu verleihen. Der junge Horace Walpole stellte in seiner Gegenwart seine Sammlung von, wie er es nannte, *Neuhoffiana* vor, die Theodor zu einer historischen Kuriosität machten, einem Mann, der nur noch seine Vergangenheit vor sich hat.

Man nannte ihn wieder Majestät. Man redete über die Extravaganz seiner Toilette, die Hoheit seines Auftritts. Er sah sich schon wieder als gemachten Mann, als er am Abend des einundzwanzigsten Dezember auf einem Empfang bei Schaub wegen mehrerer Millionen Pfund Schulden verhaftet wurde.

Der vorderste der Uniformierten, ein unsicher um sich blickender junger Mann, fragte ihn: Sir, sind Sie der Baron Neuhoff, König von Korsika?

Theodor empfand das Neutestamentliche der Szene zu deutlich, um einem Bonmot widerstehen zu können, streckte die Hände aus, neigte den Kopf und antwortete: Du sagst es.

Die Umstehenden lachten und applaudierten ihm, bis er aus dem Saal geführt war.

Fünfzehntes Kapitel

Des Königs Blick inspizierte die Bühne: Pritsche, Nachttisch mit Öllampe, in der Ecke der Abtritt. In der Mitte des Raums der Schreibtisch, darauf ein Stapel begonnener Briefe und das weiße Papier, auf dem er eigentlich seine Memoiren verfassen wollte. Kein einziges Wort dazu war ihm bislang aus der Feder geflossen, etwas in ihm weigerte sich, die eigene Person in der Vergangenheitsform zu behandeln. Hinter dem Schreibtisch das rohgezimmerte Bord, das sich unter der Masse der Bücher bog. Neue belletristische Werke, die er noch nicht gelesen hatte, historische Abhandlungen, Zeitschriften. In der zweiten Zelle, in die durch einen Lichtschacht ein wenig Tageshelligkeit fiel, das schwere geschmacklose Möbel, das sich zu einem Thron verhielt wie eine nicht konsekrierte Oblate zum Leib des Herrn. Daneben die Sitzgelegenheit für den Gast. Die Psyche. Vor der Wand mit der vergitterten Luke saßen die Musiker und warteten auf ihr Zeichen.

Wo sind die Mandolinespieler für den Vivaldi? fragte der König streng.

Zwei an Hühnerknochen nagende Männer erhoben sich aus dem Gewölbeschatten. Theodor nickte. Habt ihr genug zu essen und zu trinken?

Klar, Sir! Danke, Majestät. Für vorgestern und gestern reichts. Gegen den Hunger von heute fressen wir nächste Woche!

William, fragte der König, welchen Aperitif können wir unserem Gast reichen?

Nur noch den Sherry, den Mr. Walpole das letzte Mal hiergelassen hat, Sir.

Benachrichtigen Sie ihn, er möchte Wein und Cognac senden, sagte der König.

Er nahm auf dem Thron Platz. Er kannte den berühmten Tragöden nur von der Bühne. Wen würde er auftreten sehen? Den leichtfüßigen Harlekin oder den hinkenden Richard? Nein, König ist hier nur einer. *Ha, am I king? Tis so*, das bleibt an einem hängen. *O bitter consequence*. Dabei hatte er in den letzten Jahren schon schlechter gewohnt als zur Zeit. Die Dialektik der Freiheit. Das Schicksal tat alles dafür, damit er leben konnte, wie er es immer erträumt hatte: ungestört über sich nachsinnend, ohne von den Forderungen des Tages abgelenkt zu werden. Er hatte sich einer gewissen Inkonsequenz zu zeihen, damit nicht zufrieden zu sein und um jeden Preis dieser Klausur entkommen zu wollen. Aber überall, wo er länger geblieben war im Leben, hatte er es nur ausgehalten, weil er jederzeit fortgehen konnte. Dabei fand man sich doch stets, sobald die Reisebewegung zu ihrem ersehnten Ende kam, wieder an einem einzigen Ort, in vier Wänden, die sich von diesen hier nur in Details unterschieden. O die Welt der Details!

Die Idee zu der Begegnung stammte aus dem Hirn des umtriebigen Horace Walpole, der alles, was in seinen Kräften und seiner Phantasie stand, versuchte, um Theodor aus dem Gefängnis zu bekommen. Da die Schuldenbegleichung illusorisch war, konnte nur ein Gnadenerlaß helfen, und ein solcher mochte wahrscheinlicher werden, glaubte Walpole, wenn die Londoner Gesellschaft und der Hof David Garrick zujubelten in der von ihm geschriebenen und aufgeführten Tragödie über Glanz und Elend des Königs von Korsika. Kathartische Tränen einer ganzen Stadt, die Theodor zurück in die Freiheit schwemmen mochten. So war es gedacht, und an ihm war es nun, den Schauspieler und Dramatiker für diesen Plan, das heißt, für sich,

Theodor, zu begeistern und seiner Inspiration in den Sattel zu helfen.

Garrick wurde gemeldet, Theodor gab den Musikern einen Wink, das Mandolinenkonzert hob an, und er sah, wie der Mann, dessen Gesicht im Schatten seines Huts verborgen war, zur Tür hereinkam und unwillkürlich seinen Schrittrhythmus dem Takt der Musik anpaßte. Vor Theodors Thron zog er den Hut so tief, daß die Feder über den Boden strich und hob dann den Kopf ins Licht empor.

Majestät, sagte er laut und deutlich, und bewundernd empfand der König, wie sehr das Wort in der Schwebe hing zwischen Affirmation und Frage, wie die ersten zwei Silben rasch und selbstverständlich, die letzte dann wie durch einen kurzen Vorhalt, ein rasches Nachhorchen gebremst herauskamen, wie gaumig es klang, als sei es schon länger gekaut und auf seinen Geschmack hin geprüft worden, auf seine Eignung in dieser besonderen Situation. Auf dem Theater, dachte Theodor, spricht man so einen König an, über dessen Schicksal bereits entschieden ist. Nicht zynisch, nicht einmal ironisch, nur das ominöse Wort genug dehnend, um sich alle Optionen offenzuhalten.

Während dem Theaterprinzipal Hut und Mantel abgenommen und der Stuhl zurechtgerückt wurde, studierte Theodor das Gesicht zum ersten Mal aus der Nähe und ohne daß dicke Bühnenschminke die Züge verzerrte.

Es war ein teigiges Gesicht, überhaupt nicht hager, das schränkt die Mimik ein, auch nicht feist, sondern teigig im Wortsinne: formbar. Das warf die Frage auf, wie er selbst sich denn geben und darstellen sollte. Saß man einem Mann aus Granit gegenüber, fiel es leicht, sich um seine Persönlichkeit schmiegend, ihr in Ton und Stimmung zu entsprechen, um eine Begegnung zu ermöglichen. Was aber, wenn auch das Gegenüber ein Meister der Knetbarkeit war?

Mister Garrick, es ist mir eine Freude und Ehre, Sie in meinem Thronsaal zu empfangen. Darf ich Ihnen einen

Sherry anbieten? Die Umstände verhindern, daß meine Bar besser gefüllt ist.

Mir war ohnehin nach einem Sherry zumute. Darf ich Ihnen meinerseits eine Havanna anbieten, Sire? Die Hausordnung erlaubt das doch?

Sie verbietet nur, daß ich sie mir selbst besorge. Es hat etwas für sich, ein Empire zu besitzen.

Ich besitze es leider nicht persönlich. Mein eigenes Reich beschränkt sich auf das Drury Lane Theatre.

Das dem anderen an Ruhm kaum nachsteht.

Garrick verneigte sich leicht. Einen Moment lang beschäftigten sich beide damit, die Zigarren zu beschnuppern, abzuknipsen, anzurauchen. Der Schauspieler erhob sich, um dem König Feuer zu geben. Der Qualm wurde vom Leuchter angezogen und sammelte sich als violette Wolke über dem Bartisch. Durchsichtige Schleier wallten in Richtung der Musiker.

Das liebe Drury Lane Theatre, begann Theodor wieder. Wie sieht es aus? Ist der Erfolg noch stets zu Gast? Was geben Sie heuer? Ich bin überhaupt nicht mehr auf dem laufenden. Nichts ist dem gesellschaftlichen Leben abträglicher als solch ein Gefängnisaufenthalt.

Oh, der Erfolg, der Erfolg, krächzte Garrick wie erstickt und umfaßte seine Kehle. Entschuldigen Sie, Majestät, ich habe einen Rachenkatarrh, dieses ewige Brüllen in kalten, feuchten Räumen. Ja, der Erfolg, damit ist es so eine Sache ...

Sie erstaunen mich, Garrick, ich habe Ihr Theater nie anders als voll kennengelernt.

Ziehen Sie die Freiplätze für Freunde, Kritiker, Schnorrer, Schmarotzer und Hochadelige ab, Sir, und bedenken Sie, die Stücke Shakespeares sind ausufernd, kompliziert, verlangen eine Horde von Schauspielern, die alle ernährt werden wollen ...

Welches haben Sie sich denn vorgenommen für die kommende Saison?

Den König Lear, sagte Garrick und blickte den König fest an. Sicher kennen Sie –

Theodor schüttelte den Kopf. Nein, das Stück habe ich nicht gelesen. Wovon handelt es?

Garrick stand auf, als sei es ihm unmöglich, seine Gedanken im Sitzen zu entwickeln. Es ist die Geschichte eines Königs, der –

Theodor beugte sich nach vorn. In der Art Ihres geplanten Stücks über mich?

Nun ja, der König verfällt dem Wahnsinn, und ich ebenso, denn Tatsache ist, daß ich mit dem Lear die Kassen nicht füllen werde.

Er stand vornübergebeugt, die Arme auf die Stuhllehne gestützt und spähte wie hilfeheischend zu den Musikern hinüber, bevor er das Glas an die Lippen hob.

Darf ich mir erlauben, Sire, Ihnen vorzutragen, was ich mir als Prolog für die kommende Saison habe einfallen lassen? Ich würde mich freuen, wenn Sie mir Ihre Meinung dazu sagten.

Nur zu, ermutigte ihn Theodor.

Sacred to Shakespaeare was this spot design'd,
To pierce the heart, and humanize the mind.
But if an empty House, the Actor's curse,
Shews us our Lears and Hamlets lose their force;
Unwilling we must change the nobler scene,
And in our turn present you Harlequin.
Quit Poets and set Carpenters to work,
Shew gaudy scenes, or mount the vaulting Turk.

Und dann meine Konklusion:

Gehts um die Wurst, ist hehre Größe schnell vergessen,
Denn unsre allererste Leidenschaft ist doch zu fressen.

Hm, antwortete Theodor, das *Fressen* ist nicht schön. Wie wäre es vielmehr mit:

Wirds dir im Magen flau, will hehre Größe nicht viel heißen,
Zunächst braucht auch der Komödiant etwas zu Beißen.

Garrick brauchte vor Verblüffung einen Augenblick, um seine Mimik eben diese Verblüffung ausdrücken zu lassen.

Sie sind ja ein Poet! rief er schließlich. Theodor hob abwehrend die Hand, es mißfiel ihm, daß man über seine Fähigkeiten erstaunt sein konnte.

Was das Essen betrifft, sollen Sie heute abend entschädigt werden, es gibt Fleischpastetchen, Pudding und Soße, einen Lammrücken, ein Sorbet auf maurische Art, und zum Schluß flambierte Caramelcreme und Stilton. Aber sagen Sie mir lieber, wie Sie es machen, eine Rolle wie diesen Lear einzustudieren. Sie sind ja, ganz anders als die Schauspieler, die ich in Frankreich sah, jemand, der nicht mit symbolischen Mitteln allgemein menschliche Leidenschaften darstellt, sondern konkrete Affekte. Ich glaube, hierzulande war es Mr. Betterton, der vor allem Wert auf die schöne sprachliche Kadenz legte, die von einer entsprechend statischen Gestik untermauert war.

Ja, diese alten Mumienschauspieler! rief der Komödiant, und seine Gesichtshaut rötete sich unregelmäßig. Wo beginnen denn die Leidenschaften, wo zeigen sie sich? Am Körper! Was ist denn Ihre Reaktion auf Angst, Schreck oder Überraschung? Kalter Schweiß. Und da wollen diese arroganten Ölgötzen leidenschaftliche Wallungen mit olympischer Ruhe darstellen! Ein Pantomime darf schwitzen, auch ein Bühnenarbeiter. Aber so etwas ist unter der Würde eines Schauspielers. Ein runder Mund, als kniete er vor seinem Freund, um ihm zu Gefallen zu sein, ein ins Leere starrendes Kuhauge. Sie stehen da, als fehlten ihnen die Kniegelenke, die Arme wie bronzene Uhrpendel, eine Nackenstarre hindert sie, den Kopf zu bewegen, und dann diese trockenen, tristen, trüben Stimmen, die das Publikum endgültig in den Schlaf singen, sicherer als jede Dosis Opium.

Nein, auf der Bühne stehen ist Arbeit, Sire, körperliche Arbeit. Sehen Sie, für den Lear zum Beispiel oder für Ihr Stück, darüber müssen wir nun aber endlich sprechen, was brauche ich da, was muß ich entdecken? Ein Etwas, eine Geste, eine besondere Art, den Kopf zu heben und zu wenden, eine Schwere oder vielleicht eine Leichtigkeit der Bewegung, die ich mir einverleibe, bis ich sie beherrsche, etwas, das nur dem Souverän eignet, der Kern, aus dem heraus sich alles andere organisch entwickelt. Was glauben Sie, Majestät, warum ich so oft krank bin, ich strapaziere meinen Körper nämlich ins Übermenschliche, wissen Sie, woran ich leide? Gallenkoliken, Gicht, Gelbsucht, Flatulenz, schwarze Zunge, ahnen Sie, Sire, was es heißt, auf der Bühne an Flatulenz zu leiden?

Theodor, dem Garricks Ausführungen etwas zu physisch-persönlich wurden, hob die Brauen und sagte: Dem Körper seine Freiheit zu lassen auf der Bühne gehört wohl zwangsläufig einer neuen Epoche an, die der Freiheit an sich einen höheren Wert beimißt als der Sittlichkeit. Es scheint mir nur natürlich, daß ein Zeitalter, welches das Recht der Menschen, so zu sein, wie sie mögen, auf seine Fahnen schreibt, auch den Körper aus der Kontrolle durch den Geist entläßt. Vorzüglich auf dem Theater, wo zunächst einmal zur Belehrung und zum Gaudium des Publikums gezeigt wird, wie es dann nächstens in den Straßen kommt.

Obgleich die Freiheit, Sire, ergänzte ein ernüchterter Garrick, doch der Stern ist, der über Ihrem Königreich Korsika stand. Die Präambel Ihrer Verfassung ist durch alle europäischen Gazetten gegangen...

Theodor hatte das Gefühl, den freiheitlichen Flatulenzen des Schauspielers Einhalt gebieten zu sollen, und sagte: Ich meine, daß Freiheit etwas ist, das zum Geist gehört, nicht zum Körper, zur Seele, nicht zum Staat. Als Gedanke hat sie die große Chance, Ironie bleiben zu können, als Tat kippt sie zu schnell in Anarchie und Barbarei.

Aber Ihre Präambel, Ihr Korsika, rief der Schauspieler empört.

Ein Textbuch, und gerade Sie sollten wissen, daß alles auf die Interpretation ankommt, auf den Ton. Wobei ich Ihnen zugebe, daß man den richtigen besser trifft, wenn auch die Vorlage stimmt. Wir sollten alle Shakespeares Texte nachleben können, anstatt jeden Gedanken wie eine Angelrute ins Nebelmeer der Wörter werfen zu müssen und zu hoffen, daß uns ein Fang gelingt.

Ich gestehe, daß ich mich nie sicherer fühle, als wenn ich auf der Bühne stehe und meinen Text spreche.

Ja, antwortete Theodor, das kommt daher, daß diese Bühnenworte das tiefste sind, was auszudrücken Ihnen beschieden ist.

In der Tat. Wenn ich mir nach dem Auftritt die Schminke abwische, habe ich manchmal Angst, das Gesicht dahinter gleich mit fortzuwischen.

Es wäre nicht weiter tragisch. Die Schminke, dies eine der Erkenntnisse meines Lebens, ist das Entscheidende.

Und wer sind Sie, Majestät, ohne Schminke?

Das ist ein Geheimnis. Und ich achte Geheimnisse viel zu sehr, um sie aufdecken zu wollen. Auch und gerade diejenigen, die ich vor mir selbst habe.

Aber, fragte Garrick, nach vorn gebeugt, die Zunge zwischen die Lippen geklemmt und offenbar im Glauben, er sei kurz davor, jenes gewisse Etwas zu fassen, das er für seine schauspielerische Anverwandlung so dringend brauchte, wenn Sie ganz alleine sind, Sire, ganz alleine hier in der Stille sitzen, was tun Sie dann, was denken Sie dann?

Dann fröne ich dem Einstweh.

Der Nostalgie, sagte Garrick weihevoll, der großen vergangenen Zeiten.

Nun, die Nostalgie ist nur die melancholische Seite der Sehnsucht. Aber wenn Sie es denn so nennen wollen, ist es eine etwas anders geartete als bei meinem jungen Freund Walpole.

Es war Zeit, das Gespräch auf diesem Umweg zu dem Theaterstück zu bringen, andernfalls würde Garrick den ganzen Abend verplaudern.

Er macht halb London rebellisch, Majestät. Er zeigt Papiere, Münzen, alle möglichen Dinge aus Korsika, er erzählt überall, daß England und sein Vater Sie im Stich gelassen hätten damals und versucht, dem Rad der Weltgeschichte in die Speichen zu greifen...

Ein recht erfolgreicher Versuch, sagte Theodor.

Er organisiert Sammlungen und Benefizveranstaltungen, unter uns gesagt, er ist ein Wirbelwind in allen Gassen, der darunter leidet, keine Passion zu haben, die ihn selbst betrifft, nichts Eigenes.

Denken Sie nicht niedrig von solchen Menschen, widersprach Theodor. Unsere Epoche krankt an einem Übermaß der Passionen. Ein leichtfüßiger Geist, der mehr Neugierde als Leidenschaft besitzt, ist mir sehr sympathisch. Man muß nicht immer zum Kern allen Seins vordringen wollen, um so weniger, als man nicht weiß, welche Enttäuschungen einen dort erwarten. Ein Amateur, ein Dilettant kann zu wunderbaren Resultaten gelangen im Leben. Man braucht, um Sie selbst zu zitieren, lieber Garrick, nicht unbedingt den kalten Schweiß angesichts einer Epiphanie auf der Stirn zu fühlen, um zu begreifen, daß man lebt. Ein Mann wie der junge Walpole ist von allem, was auftaucht, angezogen, und in manchen tiefen Brunnen, über dessen Rand er sich neigt, fällt er eben hinein. Die Hauptsache ist, daß er auch wieder herausfindet.

Auch ich treibe so, sagte Garrick, dem bei dieser launigen Eloge auf Walpole nicht genug die Rede von sich selbst war, ich bin in St. James wie in St. Giles zu Hause, und überall beobachte ich die Menschen. Es ist mein Lebenszweck und Inhalt, mit meinem Körper und meiner Seele in immer neue Gestalten und Kostüme zu schlüpfen und wieder und wieder ein anderer zu sein.

Sehen Sie Garrick, bei mir liegt der Fall genau umgekehrt: Ich, das ist eine Armee Unbekannter, die sich des Körpers und des Schicksals von Theodor Neuhoff bemächtigen, um beides in all seinen Möglichkeiten auszuloten.

Soll ich Ihnen einmal den Walpole geben?

Theodor lächelte und hob die Hände. Ich fühle mich in seiner Gesellschaft ja selbst immer wie eine der gotischen Kathedralen, die er so sehr bewundert. Ein großes, etwas baufälliges Gemäuer aus einer reineren Epoche, von dem er das Moos kratzt, damit es noch fremder aussieht.

Garrick lachte. Ich bin sicher, Sire, verzeihen Sie mir, er würde Sie auch gerne miniaturisieren lassen und mit sich herumtragen wie das Modell seines Hauses oder Sie wie eine seiner Majoliken aus der Vitrine ziehen und unter gelehrten Kommentaren am Tisch von Hand zu Hand gehen lassen.

Kommen wir zu unserem Stück, Garrick, sagte Theodor.

Ja, genau, das Stück, erwiderte der Komödiant und sprang unter dem Zwang seiner inneren Aufgewühltheit hoch, um sich die ihn beschwerenden Gedanken abzugehen. Mit einem neugierigen Blick blieb er vor der Psyche stehen. Zunächst sah er gar nichts, weil die leicht näselnde Baritonstimme Theodors und die Musik seine Sinne blockierten. Die Kerzen warfen ein unstet flackerndes Licht auf die silbrige Fläche, in deren Tiefe er dann wie auf der Oberfläche eines Sees das Gesicht des Königs sah mit den zwei tiefschwarzen Augenzisternen. Er stellte sich so, daß sein eigener Kopf den anderen verdeckte. Der Vollmond geht auf, dachte er bitter, eine leere Scheibe mit den flachen Kratern der Blatternnarben. Seine Augen glichen eher lehmigen Pfützen. Er machte eine Grimasse, um den Ausdruck herbeizuzitieren, den ein Kritiker der »World« sein »sardonisches Lächeln« genannt hatte.

Ich gestehe, Sire, was mich an meinem Vorhaben ängstigt, ist die Tatsache, daß der Held meines Stücks mir im tatsächlichen Leben gegenübersitzt. Ich fühle mich, als beginge ich einen Verrat, einen Diebstahl.

Machen Sie sich darüber keine Gedanken, ich empfinde mein Leben selbst so sehr als Fiktion, daß jede fremde Interpretation mir neue, unbekannte Einblicke gewährt. Und es ist ja nicht das erste Mal, daß über mich geschrieben wird. Wenigstens werde ich zu einem solchen Unterfangen jetzt auch einmal persönlich befragt, da ich doch diese oder jene Marginalie beisteuern könnte. Haben Sie schon einen Titel für die Tragödie? Man muß immer mit dem Titel anfangen.

Sie wären also nicht erzürnt, Majestät, über gewisse dichterische Freiheiten?

Erkennen Sie Würde und Größe meines Strebens an, Garrick?

Aber natürlich ...

In allem anderen sind Sie frei, zu schalten und zu walten, wie Sie möchten. Das einzige, was ich nicht ertrage, ist nicht ernst genommen zu werden.

Garrick starrte den Mann mit dem schütteren Haar an, der in einer verschossenen Samtjacke auf seinem Sessel thronte.

Ja, die Würde und die Freiheit, sagte er tastend, ich kenne das. Denn um unsere Würde ist es seltsam bestellt. Die höchsten Herren bewundern unsere Freiheit und Kunst und schicken uns Blumen und Konfekt in die Garderobe, aber im Zivilleben weigern sie sich, einem die Hand zu geben. Gott weiß, daß ich bei mir im Theater ausgemistet habe und Regeln eingeführt und mein Lebtag versucht, der Bühne Würde und Respektabilität zu gewinnen. Mein Privatleben, das darf ich Sie versichern, ist über jeden Tadel erhaben, über jeden Zweifel. Die Zeiten, da man uns Halunken nennen durfte und Lustknaben und Straßenräuber und Prostituierte, sind doch nun lange vorbei. Und doch, und doch, Reputation will unser Stand einfach nicht erlangen, als sei die Freiheit, die wir uns herausnehmen, mit Würde nicht vereinbar.

Wer Angst vor der Freiheit der anderen und am meisten vor der eigenen hat, entgegnete Theodor, muß ihr freilich die Würde absprechen und sie nur der strengsten Konvention zugestehen. Aber der freieste Mann, den ich kannte, und so weit jenseits des gesunden Mittelmaßes, daß man ihn geköpft hätte für seine Exzesse, wäre er nicht der Prinz gewesen, und zwar zu Recht, war auch einer der würdigsten. Allerdings mußte man die Würde des Gian-Gastone de Medici am Grund eines Sumpfs der Selbsterniedrigung und Selbstzerstörung suchen. Er stellte die Erbärmlichkeit der menschlichen Kondition am eigenen Leibe bloß, das besaß Würde, wenn auch nicht im bürgerlichen oder christlichen Sinne.

Er glaubte wohl nicht an Gott, sagte Garrick.

Eher nicht, er sagte mir einmal: Neuhoff, mein Beichtvater glaubt wirklich, daß es keinen Gott gibt, ich, ich glaub nicht einmal das. Aber das wäre eine Rolle für Sie.

Ein Skeptiker, ein moderner Mensch. So jemandem wird eine Tragödie nicht gerecht.

Nein, der selige Gian-Gastone hätte sich gewünscht, der Held einer komischen Oper sein. Aber alles der Reihe nach. Zunächst das Stück über mich.

Hochinteressant, was Sie mir da erzählen, Sir, denn was die Tragödie betrifft –

Oh, Sie meinen wegen meines Todes? unterbrach Theodor. Da darf ich Sie beruhigen. Zögern Sie keinesfalls, mich sterben zu lassen. Mit ein wenig Glück kann ich dann von einem Logenplatz aus meine eigene *consolatio* hören. Auch, was das übrige betrifft: freie Bahn der Melpomene.

Gewiß, Sir, druckste Garrick. Aber es ist weniger Melpomene, die mich beunruhigt, als Tyche. Wir brauchen einen Renner, übrigens auch im Interesse des Benefizgedankens. Eine Tragödie in der Art Shakespeares ... mit fünf Akten ... die Würde und Größe des Strebens, natürlich, aber wissen Sie, was die Leute rufen in den seelenzerreißendsten Momenten des Hamlet? Mach ihn endlich fertig, du Langweiler, rufen sie ... Und Sie, Majestät, ein moderner Mensch ...

Theodor sah, wie Garricks Züge zerbröselten vor lauter Scham und Widerwillen, auszusprechen, was er lieber von seinem Gegenüber erraten haben wollte. Der betrachtete das gekonnt – mit kaltem Schweiß! – dargestellte Tableau inneren Ringens, und plötzlich verstand er und rief im selben Moment aus: Sie wollen »Harlekin in Korsika« schreiben!

King Harlequin, flüsterte Garrick tonlos, und dann ein kleinwenig lauter, so wie aus einem niedergebrannten Kaminfeuer plötzlich noch einmal eine helle Flammenzunge hochlodert: Die Rolle meines Lebens.

Einen Moment lang verschwand Garrick, verschwand die Musik und das Verlies, und Theodor verspürte wie einen Phantomschmerz denselben Sog in die Abgründe der Lächerlichkeit wie dreizehn Jahre zuvor in Amsterdam. Aber es war nur eine Erinnerung diesmal, und er unterdrückte die Replik, die ihm auf der Zunge lag. Es war an Garrick, nicht an ihm, jetzt zu sprechen und sich herauszureden.

Ich sehe es an Ihrem Blick, Majestät. Auch Sie denken gering von meinen Harlekinaden, wie denn auch nicht. Sie, ein Mann von höchster Bildung und Erfahrung, Sie müssen glauben, es sei ein Zeichen von Mißachtung, womöglich von Hohn, das Drama, das sich an Ihrer Existenz, Ihrem Stern inspiriert, zur Apotheose des Harlekin zu machen, der, unter uns gesagt, mein Alter ego ist, mein liebstes Kind, mein Zwillingsbruder und, was immer die Kritiker auch sagen mögen, die einzige Gestalt, in der ich dem Theater wirklich Neuland schaffe. Ich flehe Sie an, Sir, lassen Sie mich versuchen, Ihnen zu erklären, hören Sie erst und richten Sie dann.

Warum soviel Tremolo, lieber Garrick? Glauben Sie, ich hielte mich für eine Shakespeare'sche Tragödiengestalt? Meinen Sie tatsächlich, ich wäre unsensibel für die Ironie des Ortes, der uns zusammenführt? Das Leben ist ein Sehnen nach Klarheit und Reinheit, um das wie die lästige Fliege ums Licht doch immer die Ironie der Erkenntnis summt, und Gott ein Dramatiker, dessen Werke mit ihren Obszönitäten und ihrer unstrukturierten Überlänge an keiner französischen Bühne eine Chance hätten. Nur die Simultaneität von Tragik und Komik ist wahr und Lüge jeder Versuch, diesen unappetitlichen, aber lebenswarmen Mischmasch zu scheiden in Gut und Böse, Hell und Dunkel, Ernst und Heiter und uns weismachen zu wollen, das Leben sei nur dieses oder nur jenes. Und auf dem Theater ist es dasselbe. Ich will Tränen in den Augen haben, aber es sollen auch Lachtränen dabei sein. Ironie und Mitleid sollen Sie in Ihr Stück geben.

So, dachte Theodor, was immer er jetzt auftischt, werde ich mir mit gutem Gewissen sagen können, und er selbst wird es sich sagen müssen: daß ich ihn dazu inspiriert habe und auf den richtigen Weg geführt.

Also darf ich ja vielleicht auf Verständnis hoffen, sagte Garrick, denn um nichts anderes ist es mir und ist es der Figur des Harlekin zu tun, als mit Lachen und Weinen die Wahrheit zu sagen und dazu noch auf eine Art und Weise, in der die Subtilitäten der großen Dramenworte durch die Drastik der Körpersprache ins menschlich Verständlichere herabgemildert werden. Sie kennen doch, weitgereist wie Sie sind, gewiß Herrn Molières Scapin?

Theodor nickte ungeduldig.

Sehen Sie, mein Harlekin ist eine ganz ähnliche Figur. Einer, den das Publikum auf den billigen Rängen liebt, denn er gehört zu ihnen und sagt den Mächtigen die Wahrheit, und auch von denen wird er geliebt, da sie sich gerne die Wahrheit sagen lassen, sofern es nur auf der Bühne geschieht, und es ist ein köstliches Gefühl für sie, so gezüchtigt zu werden, ohne daß irgendeine Spur an ihnen zurückbleibt. Wo in der Tragödie nobel gelitten wird, da kreischt er, worüber geschwiegen wird, das zeigt seine Pantomime, dafür aber wird er geprügelt, und hat er die Gelegenheit, prügelt er zurück. Er ist, Majestät, ein Märtyrer aller geschundenen Körper, und das verstehen die Zuschauer und lieben es, dafür kommen sie in Scharen und bezahlen gutes Geld. Und nun stellen Sie sich vor, dieser Harlekin befreit Korsika vom Joch der Republik, unter den Augen der opportunistisch danebensitzenden Mächte, ohne ihr Zutun, spüren Sie, wieviel Gelegenheit zu tiefem Ernst im Spaß, zu von Gelächter versüßter bitterer Wahrheit es da geben wird? Harlekin, ein besserer König als alle unsere Herrscher? Freilich muß er dann, denn das geht ja nicht, Harlekin als Fürstenspiegel, mit Stockhieben davongejagt werden...

Nun ja, entgegnete Theodor lächelnd, Stockhiebe waren es gerade nicht...

Ich stand auf der Brücke der *Revenger*, die vor Isula Rossa ankerte, und ich sah die Küste, wo ich, meinen Soldaten voranreitend, einige Jahre zuvor ein gewaltiges Heer vernichtet hatte. Auf den wolkenumspülten Gipfeln lag gleißendweißer Schnee. Ich streckte die Hand aus und konnte diese wilde, wunderschöne Insel, die mir gehörte und sich mir als Heimat offenbart hatte, spüren wie der Bauer, der prüfend in die Erde greift und an ihr riecht, um zu sehen, ob es ein gutes Jahr werden wird. Und ich roch, daß es ein gutes Jahr werden würde. All die Zeit und Mühe war endlich zum Kristall der Erfüllung zusammengeschossen. Die Silbermünzen mit meinem Konterfei darauf würden in aller Welt als Zahlungsmittel kursieren. Ich stand auf den soliden Eichenbohlen des englischen Flaggschiffs, unterstützt von einer Weltmacht, die mir blind folgte. Meine Getreuen, die nie verzagenden Freiheitskämpfer, der kleine Giafferi, der kluge Costa, der ritterliche Paoli und mein eigener Sohn Friedrich standen neben mir an Bord, Männer unterschiedlichsten Temperaments, aus denen ich eine Faust geformt hatte, die meinem Willen gehorchte. Alle hatten sie meiner Rückkehr geharrt, alle warteten sie auf den Moment der Apotheose. Und dann ...

Theodor, der in den leeren Raum gesprochen hatte, als rede er zu sich selbst, drehte sich beiläufig zu Garrick um, hob die rechte Hand und machte mit Zeige- und Mittelfinger eine fast lautlose schnippende Geste.

Der Unterarm hatte sich, nicht langsam, nicht schnell, sondern in träger Grazie bewegt, und dieses Schnippen ohne den Daumen, der die Bewegung in ein dynamisches Schnalzen verwandelt hätte, war nur resignierend zu nennen. Es wäre resignierend zu nennen gewesen, hätte es nicht etwas derart Leichtes, Spielerisches gehabt, wie ein Abstreifen von Asche, wie wenn ein Italiener eine Anekdote mit einem *ecco* abschließt, das heißen soll: »Sie sehen ja, ich bin trotzdem noch hier.« Aber es wirkte zugleich auch wie ein letzter Ton auf dem Cembalo, ein schelmisches *Pling*, das, den schweren Schlußakkord auflösend, sich ein wenig über ihn lustig macht. Die Bewegung, mit der man ein Stäubchen vom Fingernagel wischt ...

Garrick wußte sich gar nicht mehr zu fassen. Er war aufgesprungen. Seine Ohren leuchteten rot. Er machte mit ausgestreckten Armen einen Schritt auf Theodor zu, als wollte er ihn hochziehen, um die Schultern fassen.

Das ist es! rief er. Genau das! Können Sie das vielleicht noch einmal ...? Aber woher, natürlich nicht. Sie haben es ja selbst gar nicht bemerkt. Dem Himmel sei Dank, daß ich es nicht verpaßt, daß mein Blick so scharf ist, meine Aufmerksamkeit so gespannt! Mein Gott, es ist immer nur solch ein Fünkchen, auf das alles ankommt.

Wovon reden Sie, Garrick? fragte Theodor ruhig.

Ihre Geste! ereiferte sich der Schauspieler. Dieses ganz außerordentliche Fingerschnippen. Das ist das Zeichen des Königs! Das ist die Bewegung, aus der heraus sich alles entwickelt, der Charakter, der Mensch! Das ist die Nabelschnur zwischen Ihrem Körper und meinem!

Was war das denn für eine Geste? fragte Theodor amüsiert-erstaunt.

Warten Sie Majestät, ich zeige sie Ihnen!

Und binnen einer Sekunde verwandelte Garrick sich vor Theodors Augen in einen anderen, in ihn selbst nämlich, so daß der König sein Spiegelbild zu erblicken glaubte. Die physischen Unterschiede zwischen den beiden Männern verschwanden, und Theodor sah zu, wie Garricks kleine Pantomime in einer absolut exakten Replik seines Fingerschnippens endete – daß sie exakt war, konnte er beurteilen, denn es hatte sich keineswegs um eine unbewußte Bewegung gehandelt.

Seine ganze Rede hatte, wenn er es recht sah, zu nichts anderem gedient, als sie mit genau dieser Geste abschließen zu können. Was er exakt damit hatte ausdrücken wollen, hätte er selbst nicht zu sagen vermocht, aber das war auch nicht das Entscheidende. Viel entscheidender war, daß sie, diese Bewegung, sich offen für alle Interpretationen hielt.

Mehr kann ich beim besten Willen nicht für ihn tun, dachte der König.

Die Tragödie des verratenen Herrschers, der betrogenen Freiheitshoffnungen eines ganzen Volkes – ein Fingerschnippen, sagte Garrick, der in sich selbst zurückgekehrt war, bebend.

Theodor blickte auf wie aus tiefen Träumen erwachend. Solch einen Tag wie jenen werde ich wohl nicht mehr erleben, was meinen Sie?

Garrick musterte ihn, und wenn ihn soeben noch Bewunderung für diesen Mann erfüllt hatte, so sah er jetzt einen gebrochenen Greis, der ihm Mitleid und ein wenig Abscheu einflößte.

Vielleicht nicht, sagte er. Aber dennoch hat Ihnen das Schicksal eine Hauptrolle zugeteilt.

Offenbar, erwiderte Theodor amüsiert, aber sicher kann man nicht sein, denn unser Rollenbuch ist Gottes Heilsplan. Leider bekommt es nur der Regisseur zu sehen, wir anderen müssen improvisieren.

Garrick beschrieb mit beiden Händen eine Art Kuppel und sagte: Das ist unsere Tragik. Noch nach dem schönsten, dem bewegendsten Auftritt irgendwann das Proszenium verlassen zu müssen, in die entsetzliche Dunkelheit der Kulisse zurückzutreten und nicht zu wissen: War es gut? Das Spiel geht weiter. Aber nicht wir, Majestät. Wir treten bald wieder ab. Wir sind kaum sichtbar in den Äonen der Äonen. Ameisen, sind wir, Monaden ... Aber das hat auch wieder sein Beruhigendes. Das Hohngelächter und die Flüche können uns nicht folgen ins Vergessen. Nein, wir sind nicht viel!

Er schüttelte den Kopf und wiederholte seine Worte: Wir sind nicht viel, Sire.

Mein lieber Garrick, sagte der König. Ich fürchte, unsere so überaus fruchtbare Unterhaltung muß sich für heute dem Ende entgegenneigen. Ich erwarte nämlich meinen Beichtvater. In den frühen Morgenstunden bin ich immer sentimental und versöhnungsbereit. Er nutzt das aus. Was soll ich tun?

Als er wieder alleine war, hallten Garricks letzte Worte weiter lautlos durchs Gewölbe. *Wir sind nicht viel.* Doch, das hatte etwas. Theodor wiederholte den Satz, um zu sehen, ob er sich mit ihm anfreunden könne. Ein Gedanke, um Frieden zu schließen mit sich und der Welt. Ich bin nicht viel, sagte er laut. Welch eine Erkenntnis am Ende dieses Abends. Hoffen wir nur, es werde nicht die letzte und tiefste sein, die mir beschieden ist.

Das vorletzte Kapitel

Am sechsten Dezember 1756, fast auf den Tag genau sieben Jahre nach seiner Verhaftung, stieg der König die feuchte Treppe empor. Das Tor zum Innenhof wurde aufgeriegelt, und er hörte das feine Säuseln des Regens. Es war längst nicht mehr William, der ihn stützte, die Wärter blieben hier nicht so lange wie die Gefangenen.

Er zögerte einen Moment, in den Regen hinauszutreten, als sei er sich nicht mehr sicher, wie dieses Element auf den menschlichen Körper wirkte. Womöglich würde er sich im Regen in seine Bestandteile auflösen.

Er schüttelte den Arm des Wärters ab, seine Knie gaben einen Moment lang nach, dann stand er fest und machte zwei Schritte auf dem Kopfsteinpflaster des Innenhofs. Er nahm den Hut ab und legte den Kopf in den Nacken.

Der Himmel hat sich nicht geändert, dachte er. Es war ein Londoner Herbsthimmel, bleigrau und glatt wie die alchimistische Suppe, in der er seinerzeit gerührt hatte, um Gold daraus zu seihen.

Der Griff des Wärters, der sich lange genug geduldet hatte, kam nicht ungelegen, denn die Kälte ließ seine Glieder verkrampfen, und seine Beine fühlten sich an wie die einer Marionette an den Fingern eines müden Spielers.

Er trug dieselbe Kleidung wie bei seiner Einlieferung. Den schwarzen Dreispitz, die schwarze *houppelande*, die dunkelbraunen wildledernen Bundhosen, die weißen Seidenstrümpfe, die Schnallenschuhe, ein weißes Hemd und das wollene *justaucorps*. Die Jahre der Gefangenschaft waren den Sachen nicht gut bekommen, obwohl sie trockener gelagert hatten als er selbst. Pelerine und Jackett hatten Mottenlöcher, durch die der Regen bis auf die Haut drang. Die Seidenstrümpfe waren so dünn geworden, als trüge er Spinnweben um die Waden.

Vor der Pförtnerloge wartete im Mauerschatten eine hochgewachsene Gestalt auf ihn. Sobald seine Augen sich an den Dämmer der Tordurchfahrt gewöhnt hatten, sah er, daß der Mann kleiner war als er selbst, aber einen schwarzen Zylinder trug. Er hielt ein Buch in der Hand und eine Feder.

Alles im Stehen, dachte Theodor. Jetzt kann es ihnen plötzlich nicht mehr schnell genug gehen. Er mußte unterschreiben, seinen gesamten persönlichen Besitz in Empfang genommen zu haben und keinerlei Regreßansprüche zu erheben. Er unterschrieb mit »Theodorus Rex« und verbot mit einem endgültigen Blick dem geöffneten Knochenmund des Notars, auf dessen Oberkiefer kein Zahnfleisch zu wachsen schien und dessen gelben Zähne sich verjüngten und im Knochen verschwanden, seine Kommentare.

Sie sind frei, Neuhoff. Gehen Sie mit Gott.

Er mußte schmunzeln. Seine Haut war so kältestarr, daß die Mimik wie durch eine sein Gesicht umschließende Lehmkruste brach. Der Wächter, der ihn aus seiner Zelle geführt hatte, trat beiseite. Mühevoll schritt der König vorwärts. Alles, worauf es im Leben ankam, war vor diesen beiden Männern, einem Gefängnisbeamten und einem Wärter, jetzt weder zu straucheln noch zu stolpern, noch einfach, was das Natürlichste schien angesichts der ungeheuren Müdigkeit, die jeder Atemzug noch vertiefte, als sei die neblige Luft ein äthergetränktes Tuch, lang hinzuschlagen, als fiele er ins Wasser oder in ein Bett, und zu schlafen.

Jeder der vielleicht zehn ihrem Blick ausgesetzten Schritte mußte gelingen. Schreite, dachte er, schreite. Kopf hochhalten. Würde zeigen. Ins Weite blicken. Lippen zusammenpressen. Hände auf den Rücken, nein, dann falle ich vornüber.

Nach sechs Schritten war er am Tor. Er blieb stehen, schob die Hand in die Tasche seines *justaucorps*, so beiläufig, daß er, fände er dort nichts, sie unbemerkt würde herausziehen können. Aber seine klammen Finger berührten eine Münze.

Er wandte den Kopf dem Mann an der Eichenpforte zu, die als Tür für Fußgänger in das große Tor eingelassen war. Er hatte das Gefühl, eine Mechanik aus Zahnrädern und Flaschenzügen bedienen zu müssen, damit sein Kopf die Vierteldrehung vollführte: Hier, für die Mühe.

Er schnippte die Münze in die Luft. Der Wärter sah sie verblüfft fliegen, dann schnappte seine Hand zu wie ein Froschmaul, das eine Fliege schluckt. Danke, Sir! Vergelt's Gott!

Schon besser, dachte Theodor und schritt voran, bis er die Gefängnistür einrasten hörte. Dann verließ ihn die Kraft, und er lehnte sich gegen eine Mauer wie ein müder Karrengaul. Er versuchte, regelmäßig und tief zu atmen, aber es drang nicht genügend Luft in seine Lungen. Müdigkeit und Schwäche schienen die Achse der Welt zu verdrehen.

Er versuchte sich zu konzentrieren und feste Gedanken zu formen, aber er brachte sie nicht über ein gallertiges Anfangsstadium hinaus und hatte den Eindruck, der Regen wasche sie von ihm ab und spüle sie in den Rinnstein, bevor er Zeit gehabt hatte, eine Schale um sie zu bilden.

War er einen Augenblick eingenickt? Das Gefühl, aus dem Schlaf zu fahren, erschreckte ihn derart, daß er sich wieder ganz aufrichten konnte, die Straße überqueren und unter einer Arkade Schutz vor dem Regen finden.

Von dort blickte er zurück auf die regenschwarze Backsteinmauer des Gefängnisses. Es war keiner gekommen.

Neuhoff hatte der Beamte ihn abschätzig genannt. Nicht *Sir*, nicht *Baron*, nicht *Majestät*. Einfach *Neuhoff*.

Beamte sind immer ein gutes Barometer für unseren gesellschaftlichen Wert. Niemand hatte ihn abgeholt. Wie oft hatte er sich diesen Moment ausgemalt seit der ersten Nacht in seiner Zelle: Die zwölfspännige Equipage seines Cousins, des Königs von England, er roch den Duft nach Parfum und Puder unter dem tressenbesetzten Dreispitz, den er getragen hätte, und das begeisterte Volk stand Spalier. Oder das gebildete London unter Führung Walpoles hatte eine Debatte im Parlament erwirkt. Freiheit für den König von Korsika, und eine Abordnung vivatrufender Gentlemen holte ihn vor den Toren dieses lächerlichen Baus ab, der ihn nicht hatte halten können. Oder Garricks Stück hatte das Volk begeistert, das seinen Namen skandierend, am Tor rüttelte, bis der Gnadenerlaß kam, und ihn dann auf den Schultern durch die Stadt trug.

Später waren die Entlassungen stiller geworden, diskreter, ein Unterzeichnen von Papieren, ein Aushändigen von Visa und Kreditbriefen, eine Stimmung ernster Ehrerbietung oder schweigsamer Höflichkeit. Und seine Phantasie war, wie üblich, den Tatsachen um zwei Dimensionen der Konditionalform voraus. Er hatte zwar die große Politik nicht mehr verfolgt, aber irgendein Reich würde er schon zum Verbündeten seiner Sache machen können. Nie hatte er sich so sehr als König gefühlt, nie so sehr verpflichtet, seine Berufung zu erfüllen und die heillosen Korsen zu befreien, wie seit er hierzulande festsaß.

Nun gut, es war anders gekommen. Auch die Korsen hatten niemanden geschickt, ihn zu empfangen, aber sie waren seit jeher wie die Hunde demjenigen hinterhergelaufen, der den größten Knochen schwenkte.

Der einzige Freund, der ihm einfiel, war Walpole, den offenbar niemand von seiner Entlassung in Kenntnis gesetzt hatte. Bei ihm würde er Kräfte schöpfen und sich wieder in einen Menschen zurückverwandeln können. Er erinnerte sich dunkel, wo seine Stadtwohnung lag, auch wenn er sie seinerzeit nie zu Fuß hatte aufsuchen müssen.

Die ersten Minuten des Gehens waren eine ausschließlich innere Erfahrung, zu der die Stadt nur die Gitterstäbe des Laufstalls bereitstellte, bis zu denen der Neugeborene sich vorantastete. Du bist König von Korsika, du gehst jetzt bis zu diesem Gesims. Du bist Theodor Neuhoff, du bist es dir schuldig, diese Kreuzung bis zu dem regennassen Backsteinhaus zu überqueren.

Eine Sekunde lang riß die Wolkendecke auf, und ein Lichtfächer fiel flach wie eine Rampe in die Straßenschlucht. Die Regentropfen glitzerten wie aufgewirbelter Silberstaub, ein vielleicht nur vorgestellter Hauch von Wärme streifte seine Wange. Er blieb stehen, das Phänomen war bereits wieder zuende.

Die Stadt, durch deren Labyrinth er sich tastete und die in der Sonnensekunde etwas Lebendiges gewesen war, wandelte sich zu einer abstrakten, dreidimensionalen Projektion mit Kuben, Pyramiden, Kegelstümpfen. Achsen liefen auf Fluchtpunkte zu, Vektoren pfeilten kometenartig ins Gesichtsfeld und bohrten sich in verschiedene Richtungen, deren Winkel zueinander keine Harmonie besaßen. Können Sie mir bis hierher folgen, Baron? fragte De Broglie. Theodor schüttelte beschämt den schweißnassen Kopf. *Appliquez-vous, Baron!* Ich habe meinen Zirkel vergessen, flüsterte der Knabe und riß die Augen auf, aber die straffen Linien erschlafften zu Kurven, rollten sich zu Spiralen ein, bauchten aus und sackten in sich zusammen. Er erinnerte sich, die Tür nicht geschlossen zu haben, so daß die jungen Kätzchen bestimmt aus dem Haus gelaufen waren. Wie sollte er sie jetzt finden, und wenn er eines erwischte, mußte er es mit sich tragen, während er die anderen suchte, und es würde sich losreißen und endgültig verloren gehen. Larbi, ich kann die Gleichung nicht lösen, sagte er zu seinem Diener, der eine bräunliche wollene *djellabah* und auf dem Kopf einen schwarzen, hohen Zylinder trug, mit dem er größer war als sein Herr. Er hatte sich ein Bärtchen stehen lassen, das sich wie ein feiner Mohnkranz um seine fleischigen Lippen rankte. *Zu mir, ihr fröhlichen Trinker*, rief er, *ihr jungen Hunde, steht auf! Kommt, leeren wir noch ein letztes Glas. Unser Schicksal nähert sich mit großen Schritten. Der letzte Kelch ist nah.* Warum rennst du so, Larbi? Aber Eure Schwester liegt doch im Sterben, wir müssen noch rechtzeitig an ihr Lager! Wie hatte er das nur vergessen können? Er hatte so viel mit den entlaufenen Katzen zu tun gehabt, daß er an das Wichtigste nicht dachte. Aber wie konnte Jane im Sterben liegen, wenn sie eben noch die Katzen hinausgelassen hatte. Dann fiel ihm ein, daß er nicht zu ihr durfte, bevor er seine Aufgabe gelöst hatte. Ich warte nicht mehr länger auf dich, rief Larbi mit einer Frechheit, die er vor Theodors Verhaftung nie gezeigt hatte. Unter Theodors Füßen waren keine Pflastersteine mehr, sondern Schlamm, der sich bei jedem Schritt schmatzend um seine Schuhe schloß und es ihm unmöglich machte, die Beine zu heben. Der Winkel des Regens zu den Mauern aus großen grauen Steinquadern öffnete sich immer weiter, wie eine Schere. Die konzentrischen Kreise der Pfütze, in der er stand, formten einen Brunnenschacht, in dessen Tiefe er einen Kopf sah, der ihn hilfesuchend anblickte. Er tauchte hinab, um ihn zu retten.

Jeremie Larkoszi befand sich, seinen Handkarren schiebend, in dem ein in alte Mäntel eingeschlagener Messinglüster, mehrere Schlüssel und Schlösser, ein schmiedeeisernes Kaminbesteck und ein Satz kupferner Kasserollen lagen, auf dem Rückweg nach Soho, wo er in einem Souterrain der Little Chapel Street N°5 einen Trödel- und Altkleiderladen besaß und mit seiner Mutter lebte.

Er war ein kleiner, zartgebauter Mann mit olivfarbenem

Teint, dunklen Augen und noch dunkleren Ringen unter ihnen. Seine flach ansteigende Stirn ging über in einen fast kahlen Kopf, den schwarzes Haar in mehreren Querbahnen schraffierte. Er trug ein Käppchen auf dem Hinterkopf und kaute beim Rechnen abwechselnd an seinen Schläfenlöckchen. Fragte man ihn nach seinem Befinden, gruben sich schwere Sorgenfalten in seine Stirn, und er antwortete: Eigentlich recht gut, ich kann nicht klagen. Es ist nicht mehr so wie früher, gewiß, aber es geht ganz ordentlich.

Nun hätte man annehmen können, er sei, angesichts solcher Vorsicht im Ausdruck, ein wohlhabender Mann, der nicht durch zu große Zuversicht den bösen Blick provozieren wollte. Das war jedoch nicht der Fall, aber gerade deshalb, eingedenk der Erfahrungen Hiobs, wollte Jeremie Larkoszi nicht anfangen zu rechten und sich zu beklagen.

Heute hatte er ein für seine Verhältnisse ausgezeichnetes Geschäft gemacht, um so tiefer verkroch er sich beim Gehen in seine schwarze Pelerine, in der er am liebsten ganz verschwunden wäre, aus Furcht, jedermann könne die Zufriedenheit über den günstigen Abschluß auf seinem Gesicht lesen wie in einem offenen Kontobuch. Er starrte auf den schlammigen Boden und flüsterte: Ich bin nicht da, es gibt mich gar nicht. Ich habe eine neue Niederlage erlitten und schleiche nach Hause zu meiner Mutter, Gott erhalte sie.

So sah er den im Straßenschmutz ohnmächtig daliegenden Mann.

Warum ich! war sein erster Gedanke. Warum muß ich vorbeikommen, wenn so einer daliegt, ein armer Bettler, und am Verhungern ist? Warum kommt in solchen Momenten nie ein Reicher vorbei oder ein Doktor? Vielleicht ist er ja schon tot? Oder nur besoffen?

Es war Jeremie, der sich dafür verfluchte, nicht möglich, seinen Weg fortzusetzen und seine Waren, an dem zusammengesunkenen Menschen achtlos vorübergehend, in Ruhe nach Hause zu bringen. Er setzte den Handkarren ab und beugte sich über die Gestalt, deren Mantel und Schuhe schmutzig und durchnäßt waren. Vorüberfahrende Kutschen hatten die *houppelande* mit gelben Lehmspritzern besprenkelt.

Oijoi, warum ich? sagte Jeremie laut, während er den Körper umdrehte. Er blickte in ein abgezehrtes Gesicht unter nassem, an der Stirn klebendem, grauem Haar. Der Mann atmete. Eine Fahne hatte er nicht.

Man kümmert sich schließlich auch um kranke Tiere, sagte Jeremie, nicht wahr? Warum also nicht um Menschen? Was hast du denn da um den Hals hängen, mein Freund?

Er sah sich den vierzehnstrahligen Stern an, der ein Medaillon umschloß, das eine nackte Frau mit Schwert und Waage zeigte. Er konnte sich keinen Reim darauf machen, aber die Kette war womöglich vergoldet. Wo hast du die denn geklaut, mein Junge? Jetzt mußt aber wach werden. Wie soll ich Zwerg denn so ein Trumm wie dich auf die Füße hieven, hm? Komm, werd wach.

Er klopfte mit seiner kleinen Hand dem Ohnmächtigen leicht links und rechts auf die Wangen, bis der die Augen aufschlug.

Komm, Freund, so kannst du hier nicht liegen bleiben, sagte er in den vagen Blick des Erwachenden hinein.

Der König tauchte aus sehr tiefen Träumen langsam zur Oberfläche empor. Er versuchte sich zu erinnern, zu orientieren.

Walpole? fragte er.

Jetzt steh erst mal auf, sagte Jeremie ungeduldig und sah sich hastig um. Vor allem wollte er vermeiden aufzufallen. Er verwünschte sich bereits für seine gutmütige Schwäche.

Ich bin der König von Korsika, brachte Theodor mit noch immer glasigem Blick hervor.

Gewiß, und ich bin der König David. Und jetzt stehst

bitte auf und machst keine Umstände, damit wir in mein Schloß reiten können.

Er erschrak, als er dem Verwirrten auf die Beine half, über die Leichtigkeit des hochgewachsenen Leibs und sah ein, daß der Geschwächte unmöglich bis zur Little Chapel Street würde gehen können. Seine Gedanken eilten der Zeit voraus, und während er die Pelerine des Königs abklopfte, erklärte er: Meine Mutter wird sich nicht freuen, wenn ich noch einen Esser mitbringe. Sie meint, ich sollte lieber eine Frau mitbringen, die ich geheiratet habe und die Ordnung machen kann, sie meint, man findet eine Frau, wie man Türschlösser und Klamotten findet, oder kann sie zur Not mit dem Stemmeisen aus der Fassade brechen. Mußt dir nichts dabei denken. Für einmal essen und schlafen verbürg ich mich schon. Hast lange nichts mehr gegessen, was?

Theodor, noch immer in einer weichen und durchsichtigen Zwischenwelt am Rande wachen Bewußtseins, sagte höflich: Das macht nichts, Sir, sehr freundlich von Ihnen, denn die zweite Erinnerung außer dem Namen Walpole war die an den inneren Befehl, Würde und Haltung zu zeigen.

Kopfschüttelnd und Verwünschungen kauend, hob Jeremie den Lüster aus dem Karren und bugsierte den König hinein. Dann deckte er ihm Knie und Schoß mit dem alten Mantel zu und drückte ihm die sechsarmige Messingspinne in die Hand.

Gut festhalten, nicht fallen lassen, das ist mein Wochenverdienst. Hörst du?

Gewiß, Walpole, sagte Theodor mechanisch. Sobald wir gespeist haben und ich etwas ruhen konnte, wollen wir unsere Strategie noch einmal durchdenken. Ich brauche natürlich vor allem Waffen und Munition.

Oijoi! stöhnte Jeremie auf, zog die Schultern hoch, damit sein Kopf im Mantelkragen verschwand und leitete mit verschlungenem Zeige- und Mittelfinger den bösen Blick zur Erde ab. Waffen und Munition! Er deliriert! Hoffentlich!

So gelangten sie bis nach Soho. Jeremie schloß auf und klappte die Holzläden hoch. Dann trat er die sechs Stufen ins Souterrain hinunter und rief: Mama, ich bin's! Ich habe einen Gast mitgebracht. Keine Sorge! Alles ist in Ordnung!

Jetzt kommst du nach Hause! ertönte eine kreischende Stimme aus der Dunkelheit des Ladens. Deine Mutter weint sich die Augen aus dem Kopf. Ihr Sohn, ihr einziger Sohn, treibt sich den ganzen Tag in der Stadt herum, amüsiert sich, vergißt die Arbeit, vergißt seine Mutter, die hier sterben könnte währenddessen, von den Ratten und Würmern aufgefressen, hilflos, alleine und in Angst um dich, aber –

Aber, Mama, ich war gerade eine Stunde fort!

Und was ist das, was sagst du da? Die Stimme näherte sich, und Jeremies Mutter erschien am Fuß der Treppe, eine kräftige Frau mit rotem Kopf und ein wenig zotteligem Haar. Sie stemmte die Arme in die gepolsterte Taille und erfaßte mit einem Blick ihren Sohn, der die Auslage aufbaute, und den Mann, der im Handkarren saß, den Lüster auf dem Schoß.

Jeremie! rief sie schrill und sprach dabei das »J« nicht englisch aus, sondern wie in »Jemineh« oder »Je nach dem«. Nicht nur bringst du wieder so einen Hungerleider mit, es ist auch noch ein Goi! Willst du uns denn ruinieren?

Aber, Mama, der arme Mann. Er soll doch nur einen Krusten Brot essen und schlafen und dann seiner Wege gehen.

Theodor reckte sich hoch, legte vorsichtig den Lüster beiseite und stieg aus dem Karren. Er bewegte sich vorwärts, verneigte sich, zog dabei den Hut und sagte: Madame, es ist mir eine Ehre. Ich bitte es zu entschuldigen, wenn ich Sie inkommodiere.

Wenn Sie mich was? Aber woher denn, keineswegs ...

Sie starrte mit wildem Blick zwischen ihrem Sohn und dem Fremden hin und her, als spiele man ihr eine Farce, die sie nicht verstand. Jeremie drehte begütigend den Finger vor der Stirn.

Aber der König war mittlerweile wieder soweit bei Bewußtsein, daß er verstand, nicht im Hause Walpoles zu sein. Er erinnerte sich an seine Entlassung und die ersten darauf folgenden Minuten und zog den Schluß, daß er vor Schwäche einen Ohnmachtsanfall erlitten hatte und offenbar von dem kleinen jüdischen Trödler aufgesammelt worden war. Eins nach dem anderen jetzt, sagte er sich. Essen und Schlafen zunächst, alles weitere muß warten, alles weitere lag am jenseitigen Ufer eines Meers von Müdigkeit.

Ich werde Ihnen selbstverständlich nicht lange zur Last fallen, Madame. Und es soll Ihr Schade nicht sein. Ich bin der König von Korsika, und ich darf Sie versichern –

Nun kommen Sie halt erst mal rein, maulte die Alte und fiel dann wieder in einen schrillen Ton, als sie rief: Jeremie, wir sprechen uns noch, Sohn!

Ein Meschuggener, ich muß mir einen Meschuggenen ins Haus holen, flüsterte der Trödler.

Das Souterrain war ein höhlenartiges Gewölbe mit Backsteinmauern und einem Boden aus gestampfter Erde, das Theodor fatal an seine Zelle erinnerte. Ganz offenbar, dachte er, fällt es mir schwer, diese unterirdischen Verließe hinter mir zu lassen. Sein Blick ging durch den Vorraum, der bis zur Decke mit Waren vollgestopft war, Kleidung, Hüte, Bilder, Bilderrahmen, Gipsfiguren, Schrankbretter, Kisten voller Alteisen, oxydiertes Besteck und rostige Säbel, eine Rüstung, Teppiche. Im hinteren Raum gab es einen Tisch mit vier Stühlen und zwei Verschläge oder Alkoven, mit Teppichen verhängt, hinter denen wohl die Betten standen.

Jeremie war heruntergekommen. Du hast Hunger, nicht wahr?

Der König wandte ihm den Kopf zu. Es störte ihn nicht, daß der kleine Mann ihn duzte, er würde ihn nicht zurechtweisen, aber auch nicht auf seinen Ton eingehen.

Ja, ich habe zu tun gehabt, eilige Geschäfte, und das Frühstück übersprungen. Wenn Sie auftischen möchten ...

Mutter und Sohn sahen einander an. Die Alte stand seufzend auf und holte aus einem Wandschrank einen Laib Brot sowie ein Stück Käse, das schon bessere Tage gesehen hatte. Jeremie stellte einen Weinkrug auf den Tisch. Dann schnitt er drei Scheiben von dem Brot und teilte den Käse in drei Stücke. Seine Mutter warf ihm einen Blick zu, und er erhob sich und brachte eine Schale mit Pinienkernen herbei.

Sie können natürlich auch gerne länger bei uns unterkommen, sagte die Alte forschend. Wenn Sie nicht wissen, wohin sonst. Es ist nicht teuer hier, und Sie sind ja gewiß nicht mittellos...

Mama, sagte Jeremie und legte die Hand auf ihre. Es war ihm peinlich, selbst vor diesem abgebrannten Bettler.

Sie haben da so eine schöne vergoldete Kette um den Hals hängen, fuhr die Mutter fort. Ist doch Gold, nicht wahr? Die ist bestimmt so viel wert, daß Sie mit ihr für zwei, drei Nächte Kost und Logis bezahlen können.

Theodor lächelte ihr zu: Madame, ich weiß Ihre Gastfreundschaft zu schätzen, aber ich werde sie vermutlich nicht allzu lange in Anspruch nehmen können. Ich habe Pläne und Projekte, die keinen Aufschub dulden. Was die Kette hier betrifft, so hängt das Medaillon des Ordens der Erlösung an ihr, dessen Großmeister ich bin und das, wie Sie verstehen werden, nicht verkäuflich ist. Die Kette an sich könnte ich in der Tat veräußern, ich habe seinerzeit etwa sechshundert Pfund dafür bezahlt, es ist handgedengeltes achtzehnkarätiges Gold.

Die beiden Gastgeber wechselten Blicke. Wieder drehte Jeremie den Finger vor der Stirn. Er zwang sich zu einem

Lachen: Katzengold ist das, komm, gib nicht so an und iß erstmal was, Freund.

Sie starrten ihn an. Er rührte sich nicht.

Was ist? Wir haben nichts Besseres. Komm, iß, du bist hungrig.

Theodor bemerkte freundlich: Gewiß. Ich warte nur darauf, daß die Gedecke aufgetan werden.

Die Gedecke? Die Gedecke ... Du meinst Teller und ...

Und Besteck. Natürlich, Sohn, sei nicht so schwer von Begriff, keifte seine Mutter. Hol die Gedecke, die Gedecke, nicht wahr?

Ganz recht, Madame.

Dann lagen Brot und Käse auf einem Teller, daneben Messer und Gabel.

Du mußt den Käse auf die Tischplatte schlagen, daß alle Maden rauskommen.

Theodor klopfte den Käse auf die Tischplatte. Zuvorkommend zerdrückte Jeremie ihm die weißen Würmchen auf dem Holz. Bevor er sein Brot zum Mund hob, begann Theodor zu murmeln.

Was sagt er? flüsterte die Mutter.

Ich glaube, er betet, zischte Jeremie.

Amen, sagte Theodor laut und fügte hinzu: Das war lateinisch, gesegneten Appetit wünsche ich.

Das Essen verlief schweigsam, das harte Brot zu kauen nahm alle Konzentration in Anspruch. Theodor goß sich Wein nach.

Ich danke für das exzellente Mahl. Wenn Sie mich jetzt entschuldigen würden. Ich gedenke, ein wenig zu ruhen. Madame! Wenn Sie, mein Herr, die Freundlichkeit besäßen, mir mein Zimmer zu zeigen ...

Gewiß, Sir, antwortete Jeremie unwillkürlich. Er erhob sich und geleitete den König bis zu dem rechten Alkoven, in dem er üblicherweise selbst schlief. Ohne dazu aufgefordert zu werden, half er dem hageren Fremden aus seinen Kleidern und stützte ihn, als er sich aufs Bett niederließ.

Warten Sie, ich hole Ihnen noch eine Decke.

Ich danke Ihnen, guter Mann. Wie heißen Sie?

Jeremie.

Jeremie. Und weiter?

Jeremie Larkoszi.

Jeremie Larkoszi, ich werde Ihre Freundlichkeit nicht vergessen. Wenn ich erst wieder in meine Rechte eingesetzt bin, werde ich mich Ihrer zu erinnern wissen.

Gewiß, gewiß, nun schlafen Sie erst mal.

Ja, das will ich. Ich bin, ich gestehe es, todmüde und ein erbärmlicher Gast. Ich bitte Sie, bei Madame meine Schwäche zu entschuldigen.

Die alte Frau Larkoszi blickte vom Tisch herüber und nickte sprachlos.

Recht gute Nacht, Sir, flüsterte Jeremie und deckte den König zu, der vor Kälte zitterte. Die grauen Augen blickten ihn lächelnd an, dann schlossen sie sich.

Huldvoll, dachte Theodor. Ich war huldvoll. Aber es hat mich sehr angestrengt. Sehr, sehr angestrengt.

Er begann ruhig zu atmen und entspannte sich auf seinem Bett, das wie eine riesige Schneeflocke langsam in die Tiefe eines abendlichen Himmels zu sinken schien.

Nachdem er eine Weile geruht hatte, war er wieder ganz wach. Der Schlaf hatte ihm gut getan, und er fühlte sich kräftig genug aufzustehen. Er hörte, wie die Vorhänge sich in der Brise bauschten, die durchs offene Fenster hereinkam, und öffnete die Augen. Die Luft, die seine Brust umschmeichelte, hatte dieselbe Temperatur wie seine Haut und das Leinenlaken, das seinen Körper bedeckte. Er dehnte sich, spürte die Muskeln in seinen Schenkeln, seinen Waden, seinen Schultern, und sprang aus dem Bett.

Da war sie wieder, die alte Dringlichkeit, hinauszukommen in den Tag und einfach dazusein. Draufloszugehen in jugendlicher Lust, sich zu bewegen, der Zukunft ein Stück entgegenzugehen, ohne lang zu planen, vorzubereiten, zu warten, voller Gottvertrauen, und das hieß nicht einfach Selbstvertrauen, sondern war die kindliche Gewißheit, daß die Begegnung zwischen ihm und der Welt glückhaft verlaufen werde.

Er hielt sich nicht damit auf, lange nach passender Kleidung zu suchen, um so weniger, als er nicht wußte, ob er nach einer halben Stunde oder einem halben Jahr zurückkäme. Er schlüpfte einfach in die orientalisch gemusterte rotweiße Pluderhose, schnürte sich das weiße Leinenhemd am Hals zu, warf die leuchtendrote Schaube über, griff sich den hohen Hirtenstab und stürzte zur Tür hinaus, am Ofen des Bäckers vorbei, wo es verführerisch nach frischem Brot roch, und die Straße hinab, deren Fassaden im Nachmittagslicht in Elfenbein- und Pfirsichtönen schimmerten und deren graue Katzenkopfbuckel wie kleine kabbelige Wellen vor ihm ausliefen. Er bog rechts ab und ging auf den Fluß zu. Die Menschen grüßten, zogen die Hüte. In einem Vorgärtchen strahlten duftende Tomaten die Sonnenwärme ab. Eine dicke gelbe Katze räkelte sich auf einer Mauer, deren in Placken abgefallener Putz sie zur Reliefkarte eines fremden Kontinents machte. In Toreinfahrten tanzten Pollen im Lichtnebel vor dem Dunkelgrün sommerlicher Gärten. Im Schatten geöffneter Halbbogenfenster war der träge nachmittägliche Schlaf junger Mädchen wie ein Duft zu ahnen.

Über dem Fluß spannte der grüne Himmel sich bis zum Horizont. Der Wind frischte in Böen auf, und die Wolken rückten in einem Heerzug mit Artillerie, Feldwagen, Schleudern und Entertürmen heran. Die Gewitterspannung war so stark, daß ein in die Luft gehaltenes Schwefelhölzchen sich von alleine entzündet hätte. Er freute sich auf die Entladung, die erlösenden Donnerschläge, den prasselnden Regen und die dampfende Wärme hinterher, die Düfte der

Blüten, Bäume, der Erde, die wie aus zerschlagenen Parfumphiolen aufsteigen würden. Der Wind riffelte die Wasseroberfläche, das grüne Spiegelbild der Häuserfront am Ufer zersplitterte.

Dann war er auf dem Weg zum Akazienhain mit den Tempelruinen. Noch jetzt, tausend Jahre nach dem Verfall, wirkte die Leere zwischen den geborstenen Säulen und den grün umrankten, altrosafarbenen Steinquadern mit den weißen Marmorfriesen wie die Hohlform der Schönheit. Sein Schritt, unterstützt vom weitausgreifenden Hirtenstab, war so leicht, als trüge er Flügelschuhe und als bestünde die körperliche Anstrengung nicht darin, die Füße zu heben und voreinander zu setzen, sondern darin, seinem Körper so viel Gewicht zu verleihen, daß er zwischen den fliegenden Sprüngen wieder zur Erde hinabsank.

Pollenschwere Hummeln kreuzten wie mit Gold beladene Galeonen durch den Akazienhain, er kam an der letzten Säule vorüber, die das Ende der Stadt markierte und hielt inne: Ein bezaubernder Anblick bot sich ihm, gegen den die Schönheit von Flora und Architektur verblaßte. Auf leichter Anhöhe, keine zwanzig Schritte entfernt, ruhte eine junge Schäferin auf der Wiese, völlig nackt, ihr Kind säugend, nur ein im Gewitterlicht grünlich phosphoreszierendes weißes Tuch um die Schultern. Sie blickte ins Leere oder nach innen, all ihre Sinne schienen in den Milchkanälen auf den saugenden Mund des Neugeborenen zuzustreben.

Er blieb ganz ungeniert stehen und betrachtete die Kauernde mit der gleichen stillen Intensität, mit der sie sich auf das schmerzlich lustvolle Ziehen in ihrer Brustwarze und das warme Gewicht in ihren Armen konzentrierte – und dann doch wieder nicht ganz, denn er spürte in einer Art innerem Jubel, daß ihm, während er zusah, die Welt nicht verlorenging. Hummelgesumm und Wind waren noch immer da, aus den Augenwinkeln sah er den ersten Blitz weit jenseits der Stadt und hörte den Donner wie fernen Geröllabgang in den Bergen. Er spürte sich atmen und fühlte das glatte Holz in seiner Faust, empfand sein eigenes, lebendiges Gewicht, als er sich auf den Stab stützte, um bequemer zu stehen.

Voller Zuneigung und mit einem Begehren, so leicht wie eine Taube auf seiner Schulter, studierte er die weiße und rosige Haut des Mädchens auf dem grünen Untergrund, die sinnliche Querfalte über dem Bauch, die den Nabel ein wenig quetschte und in die Breite zog, den Rhombus von Schlüsselbeinen und Hals, bei dessen Anblick eine Schläfrigkeit in seinen Nacken und seine Kniekehlen kroch, den Schatten, den der linke Arm warf und der über den Bauch hinablief und in das schattige Delta zwischen den Schenkeln mündete, die beiden links und rechts der Schläfen baumelnden tressenhaften Strähnen, die die junge Mutter gewiß in gedankenverlorenen Momenten um den Finger wickelte und kaute.

Der Gedanke, daß das Schicksal die Begegnung mit seiner großen Liebe jetzt schon herbeigeführt hatte, erfüllte ihn mit einer freudigen Dankbarkeit, an der auch die Tatsache, daß die Schäferin ein Kind auf dem Arm trug, nichts änderte. Dort saß seine herbeigewünschte Zukunft, die in der Gewitterspannung von einer Zeitdimension in die andere übergesprungen war. Seine Geliebte und seinen Sohn hatte er gefunden und mußte sie nicht mehr suchen, erobern, zeugen.

Schon tat er einen Schritt über den Bach in ihre Richtung. Dann besann er sich. Ähnlich groß wie die Anziehungskraft des schönen Bildes war auch die des begonnenen Wegs und der ihn pflasternden Träume, die alle darauf warteten, unter seinen Schritten zu Begegnungen zu erwachen, ebenso betörend wie diese.

Das Versprechen auf Glückseligkeit, das von der Schäferin ausging, war verlockend, aber was sie ihm geben konnte, war nur Erfüllung. Der Wandernde dagegen durchquert die Welt wie ein Sonnenstrahl, sein Blick läßt alles aufblühen, was zuvor geschlafen oder nicht existiert hat. Es war erregend, Frau und Kind, dem Versprechen von Lust und Ewigkeit, so schnell begegnet zu sein. Aber wenn das Schicksal jetzt schon, kaum hatte er die Stadt verlassen, solches Glück für ihn bereithielt, wie ungleich verheißungsvoller war es dann, es nicht zu ergreifen, sondern zu verzichten, sich am Verzicht zu berauschen und weiterzuwandern, weiterzusuchen, neue Bilder zu schaffen.

Ein Verzicht aus der Fülle, aus dem Vertrauen darauf, daß die Hoffnung, die immer sich Erneuernde, seine Schutzgöttin ist und sein Leben dirigiert, nicht die Gewißheit.

Im Bewußtsein, die Schöne nur noch kurz zu sehen, verweilte er einen Augenblick, atmete oder seufzte tief und nahm dann seinen Weg wieder auf, ohne noch einmal zurückzublicken.

Hinter ihm brach das Gewitter los.

Er ging auf dem Gipfel des Glücks.